# 京华陕北人

讲述陕北人的故事

编著◎王永利　　摄影◎李朝阳

中国文联出版社
http://www.clapnet.cn

图书在版编目（CIP）数据

京华陕北人：讲述陕北人的故事 / 王永利编著；
李朝阳摄影. -- 北京：中国文联出版社，2018.10
　　ISBN 978-7-5190-3957-8

　　Ⅰ．①京… Ⅱ．①王… ②李… Ⅲ．①访问记—作品
集—中国—当代 Ⅳ．①I253

中国版本图书馆 CIP 数据核字(2018)第 241892 号

## 京华陕北人——讲述陕北人的故事
（JINGHUA SHANBEI REN——JIANGSHU SHANBEI REN DE GUSHI）

| | |
|---|---|
| 编 著 者：王永利 | 摄 影 者：李朝阳 |
| 出 版 人：朱 庆 | |
| 终 审 人：奚耀华 | 复 审 人：周小丽 |
| 责任编辑：王柏松 | 责任校对：潘传兵 |
| 封面设计：叶光平 | 责任印制：陈 晨 |

出版发行：中国文联出版社

地　　址：北京市朝阳区农展馆南里 10 号，100125

电　　话：010-85923035（咨询）85923000（编务）85923020（邮购）

传　　真：010-85923000（总编室），010-85923020（发行部）

网　　址：http://www.clapnet.cn　http://www.claplus.cn

E - mail：clap@clapnet.cn　　wangbs@clapnet.cn

印　　刷：天津丰富彩艺印刷有限公司

装　　订：天津丰富彩艺印刷有限公司

法律顾问：北京市德鸿律师事务所王振勇律师

本书如有破损、缺页、装订错误，请与本社联系调换

开　　本：787×1092　　　　　1/16

字　　数：659 千字　　　　　印　张：24.25

版　　次：2018 年 10 月第 1 版　　印　次：2018 年 10 月第 1 次印刷

书　　号：ISBN 978-7-5190-3957-8

定　　价：198.00 元

# 序言：这五十多张面孔上写满了陕北

高建群

陕北高原通往外部世界的道路，一般说来有东西南北四条。往北走，叫北上北草地，这道路而鄂尔多斯，而包头，继而在草原上散漫开来，直达中亚，甚至抵达莫斯科城下。民歌天才王向荣的"大青山高来乌拉山低，马鞭子一甩我回口里。小青马马我喂上二升料，三天的路程我两天到。"说的就是这脚夫北走北草地的情景。

向西走，叫走西口。通常走西口和北走北草地这两个概念有些混淆。例如山西人就常将这两个概念混淆。向西走，过三边、过盐池便进入黄河大河套地区，迆入贺兰山。这一条路也可以通到很远很远的地方。当年大夏王赫连勃勃立足陕北，就一直溯黄河句上发展，直到攻陷西宁城（西宁当时叫西平，为鲜卑族政权，五朝十六国之一国南凉的都城，国王叫秃发辱檀。专家考证说，秃发与拓跋应当是同两个字，是当时的文化人孤陋寡闻，笔录错误）。

第三条道路则是向东，隔黄河而望山西。晋陕峡谷地面，有很多的黄河渡口，这些渡口令陕北高原与晋西北高原相接，陕北民歌中的船工号子，就是这样产生的。我推测，在大禹治水，凿开龙门之前，这两块高原是连在一起的。例如龙门附近的这座山，叫梁山；而山西境内的这座山，叫吕梁山。大禹治水，将山拦腰斩断，于是黄河水得以滔滔而泻。千百年来的奔流冲刷，勒出黄河晋陕山谷这一道深渠。

第四条道路叫"下南路"或叫"走南路"。这是陕北父老说了千百年的一个词儿了。也就是南下关中，进入富庶的农耕地区，进入千古帝王之都长安城。通常，春天有了几星雨，趁墒情，农人把种子撒进土旦，尔后背上褡裢，挂个打狗棍，脖子上再挂个唢呐，就下南路讨饭去了。秋收前再回来收割。冬天则猫在窑里，这叫"猫冬"。

说起下南路，这里需要提及一条古老的道路——秦直道。道路沿陕甘分水岭——子午岭而筑，北抵内蒙古包头，南自关中平原的淳化县甘泉宫，是秦始皇修的古代高速公路。许多著名人物的下南路，就走的这一条道路。例如攻陷长安城的赫连勃勃。

呜呼，在这通往外部世界的道路上，一代一代的陕北人都试图走出。他们怀着斯巴达克式、堂吉诃德式的梦想试图走出闭塞的空间，走向外部世界。他们相信奇迹会在自己身上出现。

他们基本上都是失败者。在道路两旁横七竖八地躺倒着许多的失败者。每一个失败者的额头上都印着命运的印戳。

我在被称为陕北史诗的《最后一个匈奴》中说："在这个地球偏僻的一隅，生活着一群有些奇特的人们。他们固执，他们天真善良，他们心比天高命比纸薄，他们大约有些神经质。他们世世代代做着英雄梦想，并且用自身去创造传说。他们是斯巴达克和堂吉诃德性格的奇妙结合。他们是生活在高原的最后的骑士，尽管胯下的坐骑已经在两千年前走失，他们把出生叫作"落草"，把死亡叫作"上山"，把生存过程本身叫作"受苦"。

同样在这本书中，还有一段火辣辣的文字："哦，陕北，我的竖琴是如此热烈地为你而弹响，我的脚步是如此的行色匆匆，你觉察到我心灵的悸动吗？你看见我挂在腮边的泪花吗？哦，陕北，我们以儿子之母亲一样的深情，向自遥远而来又同遥远而去的你驻足以礼。你像一架太阳神驾驭的天辇，威仪地行进在历史的长河中，时间的流程中。你深藏不露地微笑着，向前滚动，在半天云外闪露着你的身姿。芸芸众生像蚂蚁一样出没有你庞大的支离破碎的身躯上，希望着和失望着，失望着和希望着。哦，陕北！"

以上是阅读这本名曰《京华陕北人》的书时，我在那一瞬间，面对书中这五十多个或熟识或陌生的陕北面孔时，涌上心头的一股潮水般的激情。

这五十多个陕北人都是这块土地上开出的花儿。上苍嫌这一方人类族群太枯焦了，于是给它的地底下蕴藏些煤，蕴藏些石油、天然气，而在单调的黄土高坡上，则让它生长出许多花儿，来装点风景。地有灵气，托花而达。这些书中所描述给我们的陕北人，正是这样的高原之子和大地之花呀！

这本书的撰稿者和摄影者，也是这样的花儿，而且是行走的花儿。他们的劳动值得社会称赞和褒扬。他们掘地三尺，把陕北这座文化富矿，把中国这一块特殊地域，展现给你看。在这个熙熙攘攘利来利往的浮躁时代里，他们像苦行僧一样地采访和写作，为一种使命感所驱使，为一种故乡情结所驱使，在完成一件堪称伟大的工作。

我是在今年（2018）春天，在陕北高原的统万城遗址上，与他们俩相遇的。王永利先生曾经是媒体人（他的文笔简洁、准确，充满力度），朝阳先生则是一位职业的摄影家，在陕西电视台做过记者。

两人都放下了手头的事情，脱离体制，走向民间，在北京注册了一个文化公司，以宣传陕北文化为业，而这本《京华陕北人》就是他们的业绩之一。

在陕北靖边县城的一个宾馆里，我接受了他们的采访。我说，这样做文化，会饿肚子的。他俩说，还好，能做下去。大约做大了，影响大了，情况会好一些。我在那一刻对这两位苦行僧一样的文化人，充满了敬意。老实说，在这个世界上，能叫我尊敬的文化人，已经不多了。

我写过一个《统万城》长篇。西安的一所大学，将它做成三十二集的幕课（一个新名词）。这次，是来统万城为片头拍一些镜头的，顺便也向当地政府通报一下这事。原先说拍大电影，折腾了五六年，还不见眉目，想不到，这个形式便捷的三十二集幕课《统万城》是做成了。

正是在这疮痍满目、地老天荒的统万城遗址里，我遇到了这两位先生。前边我说了，他俩像两个苦行僧，行文至此，觉得说得还不到位，那更准确的说法是，像两个游走者，面容憔悴，衣衫不周，满高原颠沛，为一个文化梦，为一段乡梓情。

2018.7.14
于西安

高建群：国家一级作家，著名小说家、散文家、画家、文化学者，陕西省文联副主席、作协副主席，榆林市委、市政府聘请的"书香榆林"文化顾问。

京華陕北人陕北人的骄傲

戊戌年夏 廷霄

霍廷霄
北京电影学院博士生导师
著名电影美术家

山不让尘，川不辞盈

醉石斋主人 李和生

李和生
著名书法家
陕西省书法家协会
外联宣传委员会副主任

# 心在故乡

王永利

这些年，我总是用余秋雨在《文化苦旅》序言中引用的两句话来安慰自己，用这种淡淡的伤感和文艺给自己漂泊的旅程一些力量，也试图给自己身在江湖做一些注脚，以释怀我对故乡的愧疚——

第一句是杨明《因为有爱》中关于故乡的说法——其实，所有的故乡原本不都是异乡么？所谓故乡只不过是我们祖先漂泊旅程中落脚的最后一站。

如果说这一句是为了从内心中安慰自己，缓解对故乡思念的注脚，那么另一句来自泰戈尔的诗则给了我一种走向远方的理由——我抛弃了所有的忧伤与疑虑，去追逐那无家的潮水，因为那永恒的异乡人在召唤我，他正沿着这条路走来。

其实，无论我用什么样的方式排遣身在异乡的孤独，我始终都无法忘记自己的故乡，她总是那样真切地将流浪的我收留，给予我继续前行的力量。

我常常想，与城市长大的孩子相比，我是那么幸运——因为，我有一个完整的故乡，她是那样真实和清晰，似乎我都可以在记忆里将她触摸，感知她四季变换的温度。

然而，故乡总令我动容，并且随着年龄的增长和旅程的延伸而更加强烈——一方面是我总怀念我那疯狂、快乐的童年，另一方面是我无法阻挡这些年来故乡逐渐衰落的命运——当然，这大概是因为我始终也无法忘却她给我的力量和我渴望她变好的想法在内心里挣扎的原因。但无论如何，她属于我，属于我寂寞和单调的童年里深刻的记忆。

严格来说，我把故乡仅仅限定在我儿时成长的那个山村——王石窑，而丝毫不会加大她的范围一点，甚至连读初中时所在的镇子——高镇也不会纳入到其中。也只有如此，我才更觉故乡于我而言是那么的重要和真实，因为我从这里出发，沿着这条山路，走向各地。

即使是在镇子里读初中的时候，我也会在每个周末回家后跑遍村庄里的每一个角落，看她们是否还如同我上一周离开时那样，没改变半点模样。我也总是会拿我所看到的别的地方与我的故乡作比较，我那时很希望我的故乡也能像我读书的镇子那样——路宽、人多、有电灯照明，我甚至因为故乡的落后而略略感到自卑。

进城读书后，每半年才能回家一次，我用思念家人的方式思念着故乡。我的梦中总是将父亲艰辛劳动的场景联系着故乡的山山峁峁，那些场景给了我许多打湿枕巾的回忆，也成了我迫不及待地期待放假的原因。而每一次离开故乡的前夜，我总是很难在奶奶一遍一遍的絮叨中入睡。故乡的许多印记成了我努力读书，准备改变家庭命运的强大动力。那时的我内心里虽然理想飞扬，但总也走不出我要"出人头地"的想法，我努力的方向也大多要与自己生长的故乡的落后联系在一起，我自己的价值观也常常让"出人头地"这样本能的想法作了定义。

也许，正是这种落后和艰辛的生活给了我因为要摆脱她而发奋读书的力量。在那个诗意飞扬的年代，我曾在日记本上写下这样一句话：我深深爱着生我养我的土地，但我内心却极力想逃离这块土地，也许对土地的背叛才是对土地最好的回报。

彼时的我因为对贫穷的拒绝而将自己的出走作为对故乡的回报。一方面，我在逃避那种艰辛的劳动；另一方面，则是为了过上体面的生活，我需要找到一种与众不同的道路。但无论如何，故乡于我总是一个无法释怀的所在。我总是在远方思念故乡，大概，每一次醉酒时的热泪盈眶，都是表达我对故乡热爱的一种方式。因为我知道，我原本的"出走"是为了体面地"回归"。

以后的日子里，我越行越远，但无论走到哪里，我总要将彼处与我的故乡作一番比较。我从不敢遗忘故乡半刻，因为那是我的根，我的心在故乡。我深知，对于每一个漂泊旅程中的游子来说，只有提起故乡才会让自己放下疲惫，内心里充满宁静和安详。并不是那里还居住着我的亲人，也不是那里埋葬着我的祖先，而是，我的人生从那里起步，我生命的基因里深深打上了那块土地的烙印，我的行为、我的语言、我内心里尚存的善良本性都是这块土地赐予的，我无法不是那里，我常因为我来自故乡而骄傲——因为，她给外人的印象是倔强、憨厚、实在。

我想，这两年来我采访的这50多位优秀的陕北人在对待故乡的问题上一定与我有相似之处，我们热爱故乡，才勇敢地出走。

时光飞逝，故乡正渐渐凋蔽，与我成长的时代所不同的是，眼下的故乡土地大面积荒芜，野草正疯狂地向上生长，大多数的人也像我当年那样选择离开故乡，进城谋生，变成新的异乡人。我不知道，我究竟该如何表达这种担忧——因为，当我们都"逃离"了故乡以后，我们的孩子恐怕再也找不到回家的路了，也从此丢失了内心里坚守的方向，失去了根，没了力量。

我想说，我离开故乡原本的目的是为了更好地回归，但，这些年，生活让我渐渐忘却了当初的诺言，故乡，即使是我内心里时刻追寻的方向，也成了我对自己诺言背叛的忧伤——但无论如何，我一定要找到回去的方向。

# 自序

李朝阳

《京华陕北人》，讲述陕北人的故事！

讲述在全国各行各业的，敢拼敢闯的陕北人的故事！

五十五期了。

有人看完《京华陕北人》的系列故事后说，这是陕北的"英雄榜"。"英雄榜"这提法可能有点夸大，但"光荣榜"却是实实在在的。

曾从事过新闻工作，又喜好摄影多年，我至今留有新闻情结，一直思谋借摄影做个事，属于自己喜欢的事，就算"自留地"吧。琢磨着，陕北老乡不同的面孔、有不同的故事正是适合表现的题材。两年前的一次聚会，和永利沟通后，"京华陕北人"微信公众号自媒体就诞生了。

2016年3月3日这天，太阳依旧灿烂明媚。在耀文的工作室，采访、拍摄就算正式启动，"京华陕北人"公众号第一期就这样正式推出。这个新生事物首先在老乡群里迅速传开，虽没鲜花，掌声倒是不少。阅读量不时有两三万人，遍及有陕北人的地方。我俩很欣喜，也受到了鼓舞。想法单纯，能得到大家喜欢，就知足了。永利负责文字，我负责前期摄影后期编辑、排版和发布。一周一期，一口气干了四十期。一段时间永利说他很是怕接我的电话，催他稿子。

前面四十期基本借周末和节假日约访在北京的陕北人，《京华陕北人》名字就来源于此。后来陆续有朋友提议，陕北能人全国都有，采访不应局限于北京。说的人多了，不自觉地我俩就借出差间隙，走访西安、榆林和上海等地方的陕北人。

在运作《京华陕北人》的这两年里，有欣喜也有困惑。欣喜的是陕北大地出人才，并且在各行各业都有。报道过的这些人里有很多不是科班出身，完全是半路出家拼闯天下，成就很不错；还有一些做出不普通事的普通人。每次采访完他们后，总能从他们身上看到一种向上的力量，这种力量鼓舞我坚持，不懈努力。

不唯名，不唯利，只讲故事！

困惑也不少。面向全国了，名字是否改？选择采访报道的人是否适合？在北京采访，时间都好安排，面向全国，两人的时间协调和采访对象的时间选择都是问题。车船差旅费，时间久了，就成了实际的负担。副业变主业，靠糊口的工作受了影响……

还好，家人支持！几个朋友也给我们一些实际的支持，解决了部分日常费用。在此说一声感谢。

《京华陕北人》五十多人的合集出版我愿叫第一辑。因为我们周围，还有很多有好故事的陕北人。这本合集只能是一段小总结。

欣喜不断，困惑犹存。

"革命打到哪里去？"

"……"

"长风破浪会有时，直挂云帆济沧海！"

2018.07.01　写于北京

# 目录 contents

**杨耀文**

在喧嚣中坚守清静

著者：王永利
摄影：李朝阳

杨耀文，20 世纪 70 年代生于横山石湾，编辑、资深出版人。早岁得多位前辈印人教诲，西泠峰骨体念得益最多。业余时间，杨耀文担任多个论坛的紫砂版版主。职业使然，让他博观杂学、耽茶好古，尤精于金石篆刻、书法别有问学。成功策划出版《知而行书系》《名家谭系列》《名家雅谈系列》《澄衷蒙学堂字课图说》《长乐堂本芥子园画谱》《迷上普洱》《经典普洱》《经典普洱名词释义》等数十套图书。2014 年 10 月曾于西泠印社本部成功举办个人印展。

自称为智者的人类在这个星球上的生存时间与地球本身的寿命相比，其实短暂得不值一提。有科学家曾这样比喻——如果将地球 46 亿年的寿命比作 24 小时，那么，人类的历史大概只有 3 秒。可就在这短暂的 3 秒，人类上演了太多的故事，以至于许多人穷其一生都在使尽浑身解数追求所谓的功名利禄。这究竟值不值呢？各人自有答案。

到现在为止，杨耀文还不能算一个大富大贵的人，至少事业还没做到惊天动地的地步，但是他的生活却令许多人羡慕。他在微信朋友圈发个书房照片，会引来一片赞叹声，有人向往，有人推崇，有人暗自模仿。朋友们坐在一起的时候，也会真诚地说，"耀文那生活，咱学不来。"这话看上去是因为他把生活过得很精致，让人学不来，其实不是，真正学不来的是他的心态。

刚认识他的时候，我觉得他活力四射，风风火火、快步如飞的背后却满满地渗透着墨香的味道，字写得飘逸潇洒，而同时也飘来一股浓浓的"希尔顿"的味道，他甚至还歪着头炫耀他吐出的烟圈；再后来，他喝着冰镇可乐，狂嚼夜市的羊蹄，爽朗的笑声后马上就打起鼾声；而现在，午后的阳光是他的财富，茶香四溢满书房。

其实我知道他的状态，他最大的"本事"就是不争，不赶时髦。当许多人用新名词改变自己生活的时候，他却坚守在装满了老榆木书架的书房里写字、刻印、饮茶、读书，除此之外，似乎

少见他的身影参与到各种聚会里去。当然，"打平伙"吃羊肉他似乎是不肯缺席的。他算得上是个美食家，采访他的那天中午，他就在他的书房里用仅有的几件炊具为我们准备了一顿温馨而有味道的午餐。

有段时间，我非常不理解曾经烟不离手，甚至一本正经地说"没抽过烟斗还能算烟民"的耀文，为什么在很短的时间内就戒了烟，让自己的生活减法进入到只剩下读书、喝茶这样简单的状态中，连钟爱多年的可乐也戒了。他说他戒烟是因为他离不开烟了，有一度时期他一睁眼就要抽烟，睡觉前还要抽烟，他觉得，自己不能让烟控制，不能成为烟的奴隶，于是他就毅然决然地戒了烟。

有时候我在想，我们每个人何尝不想摆脱这种负能量的生活？当我们被世俗的金钱、地位、荣誉蒙蔽了双眼的时候，为什么不学耀文做一些人生的减法呢？也许，"放下"才是真正的"得到"。可有时候，我们连思考为什么会有那些坏习惯纠缠自己的机会都不给自己，被身体的某些蠢蠢欲动的小习惯控制着，久而久之便成了某种改不掉的依赖，甚至有人会说成是自己的爱好。其实，如耀文这样，在生活的细节中学会思考，分得清好事与坏事，让自己控制生活的节奏，而不是随波逐流，把日子变成有滋有味的过程才有价值。如果您能够像耀文一样，把时间花在自己喜爱的某项充满正能量的活动中，那即使琐碎的日子也就会慢慢凝练成一种经得起推敲的岁月。

笃行

名家读史

临渊羡鱼

当你看到他自己在灯下一刀一刀地刻着，然后把那些刻好的几百方印错落有致地摆放在书柜里，并让他如数家珍般告诉你每一方印的来历和每一块石头的特点的时候，你会觉得他的人生是那么饱满；当你看到他收藏的上千把紫砂壶被他时常拿出来擦拭，并一一说出壶的用料、来历和制壶人的背景的时候，你会觉得他的人生是那么富有；当你看到他从小收集来的满满几大册邮票的时候，即使看不到价值连城的藏品，你也会觉得他对待生活的态度是那么用心；当你看到他个人收藏的几千册图书安静地躺在书架，并告诉你"不能说全部看过"的时候，你会觉得他对学习的态度是那么谦恭；当你坐到他的对面，让他滔滔不绝地给你讲每一道泡好的茶该如何品味舌尖上的芳香的时候，你会觉得他对生活的体会是如此的到位——所有的成功总是需要不断付出才能得到，他的印在西泠印社有过专场展出，他刻的扇骨在市场上大受欢迎，他自己制作的瓦当，自己制作的茶则、茶针都成为朋友们惦记的礼品，他甚至自己动手制作出许多个性十足、造型典雅古朴的台灯，与他的书房浑然一体，令人叹为观止。但是他在讲他自己的时候却要说"勤奋不够，喜欢偷懒，缺少天赋"，他说自己能看清自己，他就追求"平淡、平和、平实"。

人生不过百年，每个人内心该追求什么从来没有标准答案。但无论如何，去做自己喜欢做的事而且认真去做一定是正确的。

其实杨耀文先生还有另外一种品质就是不拒绝。通常情况下，当他的朋友提出什么问题，他总是主动说，没事，我替你弄。他似乎面子很薄，从不懂得拒绝。我常常会记得很多年前他每次在看到我以后的场景——花的钱还有吗？然后就掏出他兜里的钱，分一半给我。那些钱对当时的我来说真的很重要，会让我不担心饥饿随时来袭。

于是我就想到了"做好自己"和"度人"这两层含义。大概人生的价值唯有此才是最可贵的。可惜啊，太多的时候，我们大多数人被功名利禄蒙蔽了双眼，腻住了心，很难做到他这样的从容淡定和大度，不能在喧嚣的世界里坚守清净，让自己成为世俗的奴隶。

施俊礼 戎装写春秋

著者：王永利
摄影：李朝阳

施俊礼，1945 年出生于陕西省横山县魏家楼。1964 年 12 月参军，在总后直属部队历任战士、班长、政治处干事、秘书、参谋、副科长、办公室主任、政治部副主任等职；从 1987 年开始，调任解放军总后勤部机关，其后任企业管理局局长并负责全军生产经营领导小组办公室日常工作；1990 年，被中央军委授予大校军衔；1998 年，中央宣布军队停止一切经商活动，经党中央、国务院批准，由国家 15 个部委组成军队企业交接部门联席会议办公室，施俊礼担任副主任，参与执行了军队生产经营的重大改革。

今天我们要介绍一位退休军人，也是一位有故事的人——他从陕北老家到青藏高原，然后再到北京，在总后勤部这样的军队中枢担任重要职务，走出了一条不平凡的道路——他就是施俊礼大校。

如果不是早先已经知道施俊礼先生的背景，我肯定不会以为面前的这位长者曾经有过几十年的军旅生涯。因为他的儒雅和温和会更多地让人以为他是一名学者或是教授。多次接触后，他身上的干练和严谨，以及他对事情安排的条理性和他一如继往的守时作风才会让人走近他一身戎装的形象，才会让人觉得眼前的老人正是一名军队的高级干部。

对于施俊礼来说，人生的第一个转折点发生在1961年。这一年，尽管他作为为数不多的几名取得红5分的学生从高镇中学初中毕业，但由于家庭贫困，他依然不得不停止学业，回到家中，过上"牛在前来我在后"的生活，在黄土地上从事最艰苦的劳动。

知识在任何时期都能改变一个人的命运。由

于在学校的成绩突出，施俊礼于1963年被聘请为乡村民办老师。这一方面让自己从繁重的体力劳动中解放了出来，能够有时间读书、学习，另一方面则每个月可以为家庭带来6块钱的收入。要知道，当时的6块钱能办很多事。这对于一个贫困的家庭来说是多么的重要呀！

真正的改变发生在1964年12月。这一年，解放军261部队到陕北接兵，接兵的军官一眼就看上了有文化、身体条件好的施俊礼。然而当时正是中印关系十分紧张的时候，他也曾亲眼目睹过有阵亡通知书直接送到了乡里，而且大家都知道，他们这批兵就是要送往青藏前线。

也许是年轻人为国尽忠的热情，也许是心存改变命运的念头，总之，理想和热血伴随着乡亲们的热泪让施俊礼迈出了军旅征程的第一步。

而今天，已退休多年的施俊礼回忆起自己坚定地参军、上前线的决心时却这样说："我其实除了作为年轻人要求进步以外，心想还能坐火车，那得去呀。"一句轻松的谈笑隐藏着多少身处闭塞乡村青年对自己能够开阔眼界、改变人生命运的渴望。

在赶往青海的路上，前来接兵的班长急病住院，于是领导便安排施俊礼作为代理班长。可以看得出，有知识、办事沉稳、可靠是他年轻时就具备的素质。

入伍的第一站，施俊礼被分配在西宁市的总后第一汽车修理营，这是中印反击战后为稳固祖国西南边疆应急而组建的部队，主要任务就是与青藏运输线汽车部队一起为边防部队搞后勤保障。从此，施俊礼以后的20多个青春年华就奉献在青藏高原的运输线上。

时间会回报所有人的用心付出。刚到部队的时候，施俊礼在政治处担任放映员。那时候部队为了加强副食品供应，各处室都在大院的空地上种菜。政治处的放映员"小施"来了以后，所种的园子里的菜明显高出其他田块里的菜一大截。这是他利用闲暇时间早在开冻前已经将厕所的大粪担了许多施在田里的缘故。

功夫不负有心人。他的默默付出让领导看在眼里，于是就直接找他，鼓励他写入党申请书，就这样，在领导的鼓励下，他参军一年就顺利入党。

一步一个脚印，凭借着陕北人的勤劳与纯朴，四千里青藏线上留下了施俊礼和战友们的足迹与汗水，甚至还有生命。

1985年，随着党的干部队伍"四化"建设形势发展的需要，总后安排施俊礼他们到北京脱产学习党政干部基础理论。两年来，他勤奋刻苦，聆听了人大、北大、清华、北师大等多所知名高校的专家、教授的授课，修完全部二十多门课程，顺利取得了人民大学颁发的大专文凭。

在青藏高原工作时，施俊礼是从基层一点一点成长起来的，后来又在机关经常起草各类文件，他不仅一线管理经验丰富，而且还成为部队的"一支笔"。而在北京的理论学习使他更加系统地用理论武装起了自己，而这正是当时总后勤部机关需要的人才。于是，施俊礼就被调入总后勤部机关工作。就这样，他从窑洞到高原，并一步一步走进军队最高决策中枢。

站得高，看得远。在总后勤部机关工作的这些年，不仅丰富了施俊礼的人生履历，而且见证和参与了军队此时的改革历程。由于担任总后企业管理局局长、军企交接办副主任，他先后参与起草了许多份军队生产经营管理和规范性文件，几乎走遍了各军区、军兵种等主要部队单位，为军队后勤建设做出自己的贡献。

一颗公心，满腔热情。当他奔忙在各部委、各省市、各军区、各军兵种的路上的时候，他时刻没有忘记自己的陕北老家，心里总牵挂着家乡。有人上大学，有人找工作，甚至是有家乡的人来北京看病这样的小事找到他这个"军官"时，他总是热情帮助，令许多人十分感动。

2005年退休后，施俊礼退而不休，他每天不仅关注国家重大决策问题，而且时刻关注着家乡的方方面面。多少年来，施俊礼一直秉持着陕北人的个性和生活习惯，他的老伴说他"其他都好，就是不爱做家务"。但不爱做家务的他却为家乡的建设总是奔忙不断，不辞辛苦。他希望家乡好，他希望家乡人幸福。采访施老的时候，他还为我们写下这样一句话——"祝京华陕北人生活幸福、万事如意"，令我们深受感动。

# 牛朝 江山风月我为主
# 自信人生入画图

著者：王永利

摄影：李朝阳

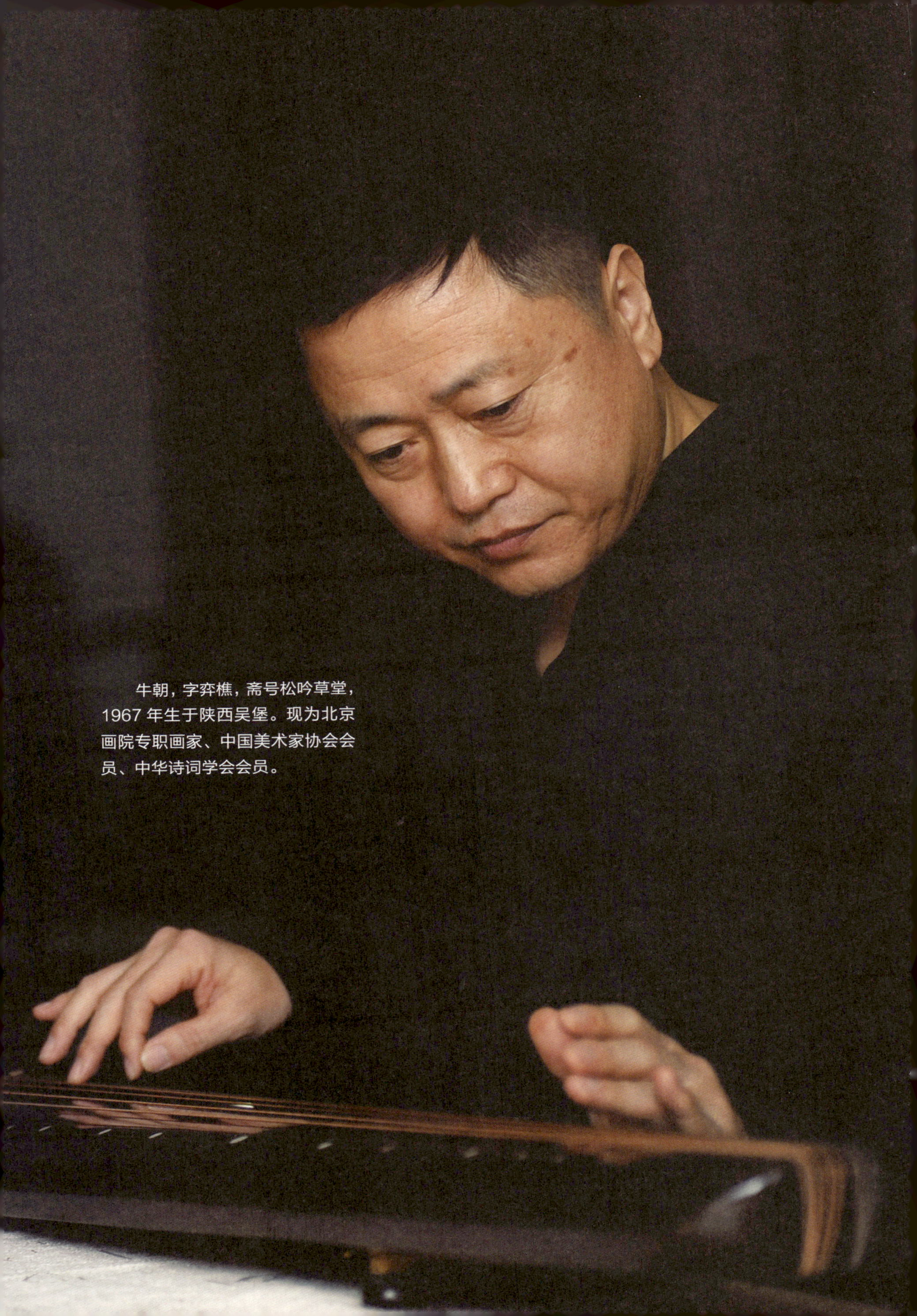

牛朝，字弈樵，斋号松吟草堂，1967 年生于陕西吴堡。现为北京画院专职画家、中国美术家协会会员、中华诗词学会会员。

说实话，我思索良久，无法下笔，因为我遇到一个难题，我不知道如何才能完整地写出我心中的画家牛朝。这个难题在朝阳拍摄完之后变得更加艰难，我生怕我的文字不能匹配我面前的这一幅幅山水画和朝阳镜头中这个鲜活的人物。我想，这一切大概都源于牛朝的独特。

1986年，牛朝作为一名职业的法律人进入司法界。然而，职业和爱好之间始终在进行着一种对抗。最终，他的天赋给了他无比巨大的勇气。因为他从小在内心里埋下的那颗画画的种子一直就不停地生长，从来不曾枯萎。

1998年，牛朝放弃了公职，也同时抛弃了常人看来已然可以轻松地在世俗的环境中潇洒的生活，怀揣着一万块钱和作为职业画家的理想，从榆林来到北京，他要让自己重新开始。

地下室、城中村、民房，对于已工作12年的牛朝来说，接受这些环境必须要有一个巨大的心理准备，但他坚持了下来。他笑着说，"长这么大，我只坚持了两件事，一件是画画，另一件就是不吃葱。"他说自己是个信守诺言的人，无论对自己还是对别人，他都坚守着底线。朋友在无所事事的衙门里发着牢骚，和牛朝商量着要去远方寻找理想的时候，大概也就只是说说而已。可没想到过了一阵子，牛朝却已经办理了辞职手续，约这位朋友去北京。这位朋友惊讶地说："你真去啊？"牛朝认为，这就是他对自己诺言的坚守。他是个一旦想好了就坚持去做的人。

梦想有时候会照进残酷的现实。当他骑着自行车到处张贴租房信息的时候，可以想象出初做"北漂"的艰辛，但他坚持了下来，因为他告诉自己，他要坚持画画，他心里很清楚，自己必须在北京这样一个占据了文化、艺术制高点的地方才能提升自己的视野。

"我热爱黄土地，那里滋养了我，可我不会被黄土地的厚重阻挡自己的眼界。"于是，今天牛朝笔底的画作大多不会仅仅停留在黄土地上，而更多的是在幽幽古意间表达着自己对山水灵性的热爱，也从中将自己作为一粒沙、一块土，融会在绘画历史的长河中。

我和牛朝最早相识在羽毛球场上，和我相

比他的年龄显然不占优势。可作为业余爱好，他在打球的过程中也将自己的性格表现得淋漓尽致——热身的时候他就已经表现得自信满满，然后用自己的速度去挽救每一个球。赢球的时候，他总是会轻轻一跳，双手使劲向下做出胜利时祝贺的动作；而输球的时候，尽管遗憾得甚至会喊出声，但他从来不抱怨队员。然而对有争议的球却斤斤计较，他似乎总确信自己对球有没有出边线的判断毫无差错。

有时候，我在想，也许正是他这种在细节上的"较劲"成就了他。因为你看他的画作，那些高山流水、那些高士品茗的场景全都是用一笔一画的工笔线条细细描摹而成。这些巨幅长卷中，立意当然关键，更多的恐怕是那些必须放大之后的细节才能证明他绘画的功底。

我不懂美术，这正是我写牛朝难以下笔的关键，然而我每每都能在他的画作中找寻到一种幽

幽的古意和浓浓的文人气息，能感受到牛朝对自己每一幅作品的深思熟虑和百倍用心。比如他所创作的古琴画系列，他利用自己对古琴知识的掌握，将纸帛按不同形制的、现存世的唐宋名琴同等比例裁切，然后根据琴曲、琴诗的意境，用自己独特的绘画技法进行创作，画毕题诗、题跋，然后盖上他自己刻的印章，诗、书、画、印全部自己完成，呈现出前所未有的琴形琴画系列作品，多幅作品被国家大剧院等机构收藏。

说实话，我很难准确描述这位相处多年的兄长。因为据说多年前作为律师的牛朝也曾豪饮，然而今天已作为职业画家的牛朝反倒并不奔放，即使好友相聚，每每在酒桌上只是点到为止。律师的理性和艺术家的豪放在他这里似乎被彻底颠覆。

但无论如何，他对山水的热爱已深入到内心。每次他缺席打球的时候，必然是他又一次到西藏、

又一次到黄山，或者又一次在乡野山村间凝目注视的时候。他喜欢用苏东坡那句话来表达自己的闲适心境，就在专题拍摄他的时候，他再一次写下这句话："江山风月本无常主，闲者便是主人。"

我想，这里所谓的"闲者"一定是内心清静的人，也正如牛朝这样看轻世俗诱惑的人。他常说自己对金钱物质的态度是不追逐、不回避，不做金钱的奴隶，只听从自己的内心。他会为自己的内心召唤不辞辛苦——他案头那盆附石菖蒲是他从湖南武陵源亲手采来，一路小心呵护带回北京，然后小心翼翼地栽种在石盆中，再披上从岳麓山亲手采来的绿苔，同时辅以太湖石搭配。此刻，

这"天涯仙草"的浓浓绿意正是对他百倍用心的回报。画友戏称他是"苍苔猎手"。他端起茶杯、露出虎牙的笑意里无疑很满意这个称号。

如今的牛朝经过几十年的坚持，作品已经具有相当的水准，得到行业内很多专家的高度赞赏，并被北京画院破格"招安"，成为首位进入北京画院的陕西籍画家。但他似乎从来不"装"，不故弄玄虚，他将内心奔涌的理想宣泄到一幅幅画作中，寄托到一种令人向往的意境中，或高山流水琴音悠远，或名士相对满室茶香，而这一切正如他自己的生活——"做一个真实、自在的人"，在江山风月间做一个真正的"主人"。

掇秀山　498cm×186cm　2017 年

山涧林香　68cm×34cm　2016 年

碧涧流淙　502cm×186cm　2017 年

文明 学至于行

著者：王永利
摄影：李朝阳

文明，陕西横山人，1968 年毕业于中央财经大学，编审。财政部财政科学研究所研究生部兼职教授、硕士研究生导师；曾担任中国建设银行投资研究所副所长、行长办公室主任级调研员、行史办主任等职；曾长期在中国财经出版社担任财政编辑室主任、编审，先后编审图书 160 余种，期刊 180 余期，总计 7000 余万字。出版《投资经济导论》专著一部；主编和参与主编《融资投资实用全书》《投资知识百科全书》《中国投资管理大全》《中国投资年鉴》等大型工具书多部。

1956 年人生第一张照片

1964 年在天安门与柳金柱同学合影

1962 年中学门口同班合影

1964 年与几位校友合影

学
至
於
行

文旺先生雅正

吉潭东

毕竟是"老牌"大学生，今年已经73岁的文明仍然怀着一颗忧国忧民的心。他凭着自己的学术素养到现在仍然担任着财政部财政科学研究所研究生部的兼职教授，每年都要花很多时间去指导研究生，为研究生讲授投资学。

作为横山中学的校友，我和文明先生有过几次接触，总觉得他和蔼可亲，讲话入情入理又充满激情，而且带着浓浓的思辨的味道。

2016年4月1日下午，当我们按照约定的时间来到文明先生家中的时候，他正在为自己所带的学生修改硕士毕业论文。

乡音伴好茶。不断摘下又戴上的眼镜随着他哲理般的话语，让人觉得他一生所学是那么宽广，可是每当谈起自己专业领域的问题，他却又显得那么谨慎。

文明1943年8月23日出生于横山县石窑沟乡的折家山村，他父亲姓韩，母亲姓文。由于他出生后，和母亲俩人总是生病，经当地有名的"算命"大师测算后被认为是母子相克，于是在虚岁四岁时被领到外婆家，随母亲姓了文。奇怪的是，从此以后，他和母亲都不再闹病了，身体也慢慢长壮实了。

70年的时间已经过去，今天，文明先生在说起这段经历时还诙谐地说，"这一改姓也许真的是改变命运的开始。"因为到了外婆家生活后，外婆家的村里有学校，他有机会得以读书。尽管解放前中共米西区委成立大会就在折家山文明先生的村里召开，但折家山毕竟处在穷山僻壤，想要上学几乎不太可能。

1951年初入学堂读书时，文明还只有乳名，于是先生就在他那个用粗麻纸订成的识字本上写下"文明儿"三个字，算作他的名字。可文明觉得那个"儿"字不好听，就自己改名字为"文汉明"，"汉"字也符合舅舅家的字辈排行叫法。可后来，他五年级时的一位叫高天培的班主任老师，在进行少先队员登记表和给文明画一幅水彩画的笔记本封面时，两次直接改他的名字为"文明"。从此，这个"文明"就成了他的正式名字，也正如他的为人与处世的原则，做一个"文明"的人。

1957年，在全横山县720多名考生中，文明和另外179人被横山中学录取，成为一名初中生。"那时候我们勤奋、上进"，校长黑义忠领导的横山中学，创造着一个又一个的辉煌。今天，当他再次说起母校，依然饱含深情，他对黑义忠校长充满深深的敬意和无限的怀念，对教过他的老师满含深情，而那些校园里的一草一木似乎还都历历在目。因为他在那里完成了自己的初中、高中学习，人生最美好的年华就在那里度过。

在中学里，文明担任过横中第三任少年先锋队大队长，可文明觉得他的人生中好像没有少年，他从童年开始就需要担当起挑水、背煤、砍柴、种地等大人们干的活计。因为9岁那年，他的外公去世后，幼小的文明必须承担起家庭的重担。而在学校里，他也没能在音乐、美术、体育这些副课上太下功夫，他怕浪费时间，他要努力学习主课，他立志要改变家庭的命运。

高二那学期暑假开始，文明就在放假的时间不再回家，而是在学校里勤工俭学，一边复习功课，一边为学校放羊，补贴生活的费用。那时候，他也正怀揣着工程师的梦想，胸藏着对哲学、物理学的热爱，在追求知识的道路上不舍昼夜。以至于在1964年考大学时，他主动加试数学，被录取到中央财政金融学院（现为中央财经大学）。从此，他开启了服务于财政、金融工作的职业生涯。

当史无前例的"文化大革命"风暴席卷全国的时候，文明也曾随着串联队伍从北京一路到西安、成都、重庆，又顺江而下到武汉，一直到达南京、上海、杭州，再去了井冈山、南昌、韶山等地。将近3个月后，当他回到校园的时候，造反派夺权后不久，又分成了天派、地派。派性从文斗转向武斗，恐怖、混乱、迷茫的阴影笼罩着校园。看到这样的情形，他一头钻进教学楼开始读书，主要阅读马列主义著作、哲学、经济学及相关专业等著作，成为"学习派"，不再卷入到那些狂热的打斗中。由于他读书多，写成的文稿也多，可以为那些写大字报的人提供素材，倒也没受什么干扰。

文明说，那两年时间静下来的读书真正是成就他的岁月，使他的知识得到系统的提升，而文学的梦想依然还在，哲学的情怀依然还在。多年来，文明总是不断学习，不断汲取新的营养，拓宽新的视野，让他获益良多。博学和专业让他在退休后，依然被建行总部聘任，继续工作，真的是退而不休。建行领导要他担任行史办主任，由他担任《中国建设银行史》《中国建设银行辉煌五十年》《中国建设银行大事记》三本巨著总编纂，洋洋460万字的三大卷，历经8年，终于在2009年付梓发行。

如今，回想起自己一步一步走过的人生道路，文老用"工作学习"四个字来总结。古人讲"学而优则仕"，其实"仕而优则学"更重要。只有在工作中坚持学习，善读无字之书，才会游刃有余。大概他家里悬挂的那幅书法作品"与有肝胆人共事、从无字句处读书"正是他的追求。

他说无论是1968年大学毕业后到湖北十堰市102工程指挥部（"二汽"初建时的施工单位秘密代码）担任会计工作，还是1973年随北京三建回到北京继续搞财务管理工作，他都一刻也没有停止专业、理论方面的学习和探索。

1976之后，当经济建设成为全党中心工作的时候，他觉得自己应该"归队"，十年没有招生的中国亟需大批财政、金融方面的人才。他要自己将大学所学服务于改革开放的事业。于是，他谢绝了北京三建领导的挽留，调到中国财政出版社做起了编辑工作，为中国各类大、中专财经院校编辑出版财经专业的教材。那时候，他的编辑室出版图书最多，获奖最多，创收最多，是所谓的"三多"编辑室。1989年，文明被调往中国建设银行投资研究所担任副所长、编审，专门从事投资、金融专业的理论研究和期刊编审工作。

本该在2003年就退休的文明，因为工作需要，直到2009年他才正式从工作岗位退下来。

退休以后的文明除了教学之外仍关注着国家的经济、投资、金融动态，关注中国乃至世界形势的发展变化。作为同乡，他以他的人生智慧告诉我们，陕北人应该审视自己性格中的长项和短处。在坚持耿直、忠厚、坚毅、勤勉品质的同时，千万不要气势太盛、锋芒毕露，说话办事要留有余地，识时务、知进退，要学会沉稳含蓄，修炼人生的大智慧。

在文老家里的墙上，挂着一些书法作品，内容都是他所喜欢或者能够表达他内心想法的词句。比如他非常喜欢的"学至于行"这个条幅，正是出自《荀子·儒效》中"不闻不若闻之，闻之不若见之，见之不若知之，知之不若行之。学至于行之而止矣"的原话，他的人生经历正是如此——他把大学所学的知识实践到企业的财务管理工作中，而他所掌握的一线企业的生产经营动态，又会给他研究金融、经济理论提供最扎实的实践基础，让他能够把理论和实践很好地结合起来，相辅相成。

当又一个春天到来的时候，文老在他的窗前填词《朝天子》一首，并在采访时赠送给我和朝阳，一种淡定、从容的人生况味跃然纸上：

惊蛰，春风，又见垂柳黄。
冬去春来独自尝，痴立陋居房。
松立屋后，柳伴窗前，人生费思量。
莫问，少想，品茗意犹长。

# 若望 苍生

著者：王永利
摄影：李朝阳

刘若望，自由艺术家，现居北京。1977年生于陕西省北部榆林地区的佳县山区，其家乡所在地区是中国最早接受天主教传教的地区之一，他的名字"若望"即是天主教圣徒"约翰"的谐音。1996年，他考入位于西安的西北纺织工学院服装设计专业学习，1998年因想从事绘画专业而提前退学。1999年到北京，2002年至2005年在中央美术学院助教研究生课程班学习，2005年作品《东方红》参加中央美术学院"学院之光"优秀作品展并获奖。2015年，获得意大利那不勒斯文化奖。

刘若望是中国改革开放以后成长起来的青年艺术家，他从中国西部贫困的小山村，通过求学，走进省会城市，走进中国的首都，成为一位自由艺术家。他从2005年开始在中国艺术界脱颖而出，通过一组组雕塑作品，通过一个个展览，成为有影响力的、享有国际声誉的青年艺术家，其作品除了在中国大陆的北京、上海等地展出外，还在新加坡、韩国首尔、新西兰皇后镇、意大利威尼斯、意大利都灵大学等地展出，代表作品有原罪系列、狼系列、天兵系列、人民系列、高山流水系列、渡渡鸟系列等。德国总理默克尔、新西兰总理约翰·基、韩国国防委员会委员长元裕哲、韩国副总理金秉准等均会见过刘若望，对他的创作表示祝贺。

午后的阳光直射进偌大的工作室。刘若望懒懒散散地斜靠在沙发上，不时坐起身啜一口被泡得浓浓的红茶。这是一位不讲究打扮的男人。也许是作为知名的艺术家见惯了各种大场面，因此，尽管知道我们要为他拍一组照片，他依然在衣着上没有丝毫刻意的准备。

他突然间会变得很平静，像进入艺术创作的思考状态一样，但这背后又分明能让人感觉到奔涌着一股野性。

"陕北给我的就是野性，在这里生活了那么多年，已有一种溶入血液里的野性。"

少年时的刘若望在黄河边尽情地撒欢，他不是每天四五个来回游到黄河对岸的山西，就是带领着一帮孩子在梯田上狂奔。这种松散和自在的生活属于每一个孩子，但在刘若望这里却显得不同。因为稍微成长以后，他就在思考，在这块贫瘠的土地上，难道就要这样无望地生活下去吗？

这种对生活的质疑和危机意识后来一直影响着他的创作。

1999年，初到北京的时候，陕北来的刘若望如同许许多多来北京追梦的陕北人一样，他的家乡被人贴上"贫困、落后"的标签，甚至在饭桌上被善意地调侃也似乎成为一种保留节目。

作为一名雕塑家，刘若望早先的作品《人民》《东方红》系列都无法摆脱陕北的烙印，有很强的地域文化背景。而正是黄土地的苍凉与厚重给了刘若望艺术表现手法上的大气。直到现在，他的每一次创作都是以系列、组合的形式表现，不仅宏大，而且极具震撼力，并且每次都能得到市场和学术的双重认可。

2007 年，在煤炭市场火爆的催生下，陕北的经济进入前所未有的繁荣，但这时候，刘若望已经隐约感到这繁荣背后潜藏的陷阱。他感到一种危机，一种焦虑和恐慌的情绪，当然这更多的恐怕是对一夜暴富的陕北人守不住财富的担忧。于是，"狼来了"这个每个陕北孩子都听过的故事被刘若望用苍冷的铸铁讲述了出来。

2009 年，《狼来了》系列作品在 798 创意广场展出的时候，所有人都被震惊了，影响力空前巨大，连香港媒体都整版报道。

110 匹铸铁塑造的狼，眼睛冲着中央的武士，置身其中让人充满巨大的压迫感，甚至有狗在展出现场狂吠不止。而这正是艺术家刘若望对社会的忠告，也是刘若望对这个时代表达自己看法的一种方式。而 110 这个数字本身意味着什么，大概每个中国人都能想到。这组作品最终在新西兰落户。

2015 年，《狼来了》大型雕塑作品获得意大利那不勒斯"2015 年国际那不勒斯文化经典奖"。评委会主席在介绍刘若望获奖原因时说：《狼来了》是一组具有创造性的作品，艺术家思想上的独立，创作中的自由姿态，反映世界变化，专注于历史与现实以及人类的精神状态，寻找原初性的力量和纯粹意识，体现了一种奇妙的探索精神。

刘若望作品

2009年之后，一下子红了起来的刘若望没有停止思考的脚步，而是以更加积极的心态去探索人与时空、人与自然的关系。

在以兵马俑为原型的《高山流水》系列作品中，刘若望借士的原型表达自己对社会的美好渴望，他希望今天的人能如古人一样，信守诺言，多些君子之气，少些尔虞我诈。

而另一组用不锈钢塑造的毛里求斯国鸟"渡渡鸟"则借助这种不会飞、已经灭绝的物种来表达他对人与自然关系的看法。从不锈钢的作品中，每个人都像在镜子中那样看到自己。那么，如果不保护环境，人类会不会也有一天像渡渡鸟一样消失在自己的家园中？当然，人类也必须克制自己的行为，防止更多的"渡渡鸟"消失、灭绝。在这里，刘若望的作品又一次让观众置身到艺术作品中。如同《狼来了》一样，让观赏者能够与作品有一种很直接的互动。刘若望曾说："我一直以来就主张艺术不仅仅是拿来欣赏的，更需要欣赏者参与到作品当中去感受。"

正处于创作盛年的刘若望近几年佳作不断，而且每次都是以群体组合的形式推出，以体量巨大、质感粗犷、形态强悍为特点，用群体性、系列化的方式表现了他鲜明的个性，而且每件作品总能给人深深的思考。

2016年3月6日，"若望苍生"艺术展在北京开幕。我非常喜欢写在巨幅海报上的那句话："刘若望的作品是悲悯的英雄主义，对于刘若望来说，艺术是一种无穷的朴素的欣慰，真实的愉悦无穷无尽，博大的痛苦也隐含其中。"

# 赵大地 心怀感恩唱陕北

著者：王永利
摄影：李朝阳

赵大地，横山人，横山中学校友，国家一级演员。目前为东方演艺集团、东方歌舞团青年歌唱家，同时担任中国扶贫协会形象大使、中国绿色行爱心大使、北京榆林商会形象大使等多个社会公益职务。

大地曾荣获文化部颁发的"四川抗震救灾突出贡献奖"两次，四川省人民政府授予大地抗震救灾突出贡献勋章；曾在广西南宁第二届国际民歌艺术节"中华民歌"大奖赛获得金奖，并在文化部举办的第二届西部民歌大赛获得金奖；曾多次参与国家级大型演出，并受到国家最高领导人的亲切接见。

赵大地作为最具代表性的陕北歌手之一，已成名多年，诸如其他成功者一样，他也经历了一条异常曲折的音乐道路。他总是在不断的探索和坚持中呵护着自己从小就种下的那颗音乐梦想的种子。

如今的赵大地在事业上可谓是功成名就，其作为黄土地上走来的歌者，仍一心致力于弘扬他所钟爱的陕北文化，并将其作为一生的使命。与之交相辉映的是，步入中年的赵大地现在还一直乐于"布道"——他总是不失时机地宣传孝道和感恩。

在采访大地的时候，他多次提起"感恩"这两个字。看得出，他的内心里常常会对过去的经历进行思考，以此对自身不断反省，客观地评价自己身上的优缺点；而更多的是，他的经历告诉我们，人生需要学会感恩，需要懂得知恩图报，无论是对父母、对师长，还是对朋友，当然也离不了他一直挂念的母校。

而另一方面，大地又是一个爱憎分明的人，他不会刻意掩饰自己对人、对事的看法，甚至敢

直言冒犯权威，心直口快，直截了当。这大概是陕北汉子与生俱来的性格吧。这就是现在的赵大地，一个心怀感恩、性格鲜明，将推广陕北文化作为人生使命的陕北歌者。那么，是什么造就了现在的大地？让我们和大地一起回顾一下他的青春岁月吧。

如同那个时期一起长大的许多小伙伴一样，大地打小便在自己生活的乡村小镇（横山县殿市镇）的大人们唱酒曲、闹秧歌的影响下成长着。与众不同的是，模仿能力极强的大地没有停留在简单的欣赏和兴奋中，而是组织了一帮小伙伴自己当起了"导演"，在午后的时光里沉浸在"唱大戏"的自我陶醉中。而那时，他还在广播里学会了诸如"交城的山，交城的水"这样的唱词，整日里嘴上哼唱着不断，让一些懂文艺的人觉得这个娃娃不一般，很有文艺细胞。读完小学后，大地的艺术世界一下子从陕北传统的民歌、曲艺中跨越到流行歌曲——因为他的哥哥从部队复员后带回来了磁带和录音机，而他最喜欢的就是张明敏的《我的中国心》。由于崇拜张明敏，大地那时候便改名叫赵明敏。

大地说，真正让他找到艺术自信的引路人是他读高中时横山中学的杨印德老师。那时候，学校每年都会举办一些晚会，大地的一曲《长江之歌》震惊了全校。而杨印德老师在发现大地这个人才后，不仅让大地表演，甚至大胆地让大地做了全校晚会的导演，鼓励大地走艺术的道路。

那时候在横山中学，赵大地被人称为"霹雳王子"，他和一帮同学不是抱着吉他唱民谣，就是在众人面前跳现代舞，很是风光！

高中毕业后，带着对艺术的满腔热爱，大地去了西安，参加了一个所谓的歌舞团。后来在全国各地演出的过程中，大地才知道，这其实就是一个草台班子。但他在这个草台班子大半年的经历让他获益不浅，让他知道什么才是真正的江湖。而这也给大地以后敢于放弃在神东公司的安逸生活提供了最强大的信心。

1991 年 7 月，大地以第一名的成绩考入神府煤田组建的文体中心。在神府煤田的神东公司，大地一待就是 12 年。他在这里创作、唱歌，而

且收获了爱情，组建了家庭，生活过得幸福而安宁。但这种安逸和封闭让大地内心里埋藏的音乐种子几近枯竭。直到他遇到了他的师父——榆林著名民间艺术大师孟海平。大地说他一辈子都要感激孟海平老师。

孟海平发现了大地的才华后告诉他，"人活着应该要强，不能在一个地方这样混日子待下去，要勇敢地改变自己"。后来，孟老师推荐大地去西安参加民歌选拔赛。尽管大地唱得很好，得到评委的一致赞许，但大地却被"安排"只能领到银奖。一怒之下，大地放弃了领奖，他从内心里憎恶和鄙视这种所谓的"黑幕"。于是，一颗要闯荡江湖、混出名堂，凭实力证明自己的种子在大地内心里开始萌发。

可以说，是孟海平老师和不服输的劲头让大地走出了陕北，走向了北京。正在此时，大地在四川录制《人民的心声》节目的时候，遇到了他的又一位贵人——著名作曲家王佑贵。那时候的王佑贵因为《春天的故事》《长大后我就成了你》《桃花依旧笑春风》等名曲驰名全国。王佑贵爱才心切，力邀大地到中国歌舞团来担任独唱，并为此时还叫赵明敏的大地改名为"赵大地"，希望他作为黄土地的儿子能为大地而歌。

2002年，考到中国歌舞团后，赵大地才发现自己与别人的差距有多大。尽管大地歌唱得好，舞跳得也不赖，但长期以来身在江湖，他其实一直没有接受过系统的音乐教育和所谓的科班教育，全是野路子出身。"那时候练声，我只能等别人都走了以后才敢张口，怕别人笑话。"一向好胜的大地在中国歌舞团这样藏龙卧虎的地方彻底找不着北了，他只能在暗地里狠下苦功。

一个真正的成功者，天赋与勤奋一个都不能少。经过不断的学习努力，赵大地的机会终于来了。在年底举办的中国歌舞团建团50周年晚会上，大地不仅在开场演唱了《黄河船夫曲》，而且中场又演唱了彩云对歌，一直到谢幕，大地共演出了4个节目。节目反响不错，在业内和大众间都广受好评。从此一发不可收拾，赵大地开始参演各类大中型演出，并为多个知名影视剧、电视栏目演唱主题曲。一时间，在国内的主流媒体眼中，赵大地就是陕北民歌的代表。这个阶段的赵大地被捧得很红——媒体关注，演出不断。市场的繁荣加上他特色鲜明的演唱，他把陕北民歌带到了全国名地，甚至带到了维也纳金色大厅。

在这个过程中，与赵大地的成功一直相伴随的就是那颗永远不变的感恩的心。他深知，靠他自己一个人去推广陕北文化，力量很单薄。为了回报这片土地，大地开始极力提携陕北的后来晚辈，为陕北年轻的民歌手不断争取机会，并亲力亲为，为年青一代的陕北民歌手的发展操心费力。大地说，他现在最得意别人喊他一声"赵老师"。

因意外伤害导致高位截瘫的高山也热爱音乐，但和大地素不相识，抱着试探的心理找到已经很红的大地，表达了自己想唱歌的想法。大地为这种坚强和梦想感动，他不仅教高山唱歌，在音乐上把关，而且亲自策划、制作专辑，亲自打造了《轮椅上的信天游》专辑，同时还四处"化缘"，筹得几十万经费做了 MTV 和动漫，让高山在自己的歌声中找到生活的信心，让更多人从高山的身上感受到生命的坚强和美好。

在采访的结尾，大地说道："我能回报我的那些恩师的最好方法就是传承他们的衣钵，继续培养后辈的陕北歌手；他说我能回报养育我的陕北热土的最好方法就是继续推广和弘扬陕北文化那独特的魅力……"

让我们祝福心怀感恩的大地，祝福魅力永存的陕北文化！

牛建党 歌声嘹亮唢呐响

著者：王永利
摄影：李朝阳

牛建党，吴堡人，著名唢呐演奏家、国家一级演员、中央民族乐团演出中心主任、中国音乐家协会会员。1993年毕业中央音乐学院，同年考入中国广播民族乐团，在唢呐的高音、中音、低音声部中都担任过重要职位，曾多次在重大演出中担任独奏。2000年开始调入中央民族乐团工作，曾多次担任独奏。

多年来，牛建党为大量的电影、电视剧和唱片录制节目，唢呐独奏曲《怀乡曲》已被中国唱片总公司《大师唢呐·管子》中收录出版。曾为电影《红高粱》《水浒传》《笑傲江湖》《黑脸》《小兵张嘎》《三十里铺》等众多影视录制唢呐音乐。近年来还为大量电视、电影录制独唱，为电视剧《血色浪漫》演唱多首片中插曲、《雾柳镇》演唱片尾曲、《三十里铺》演唱片中插曲、《万历首辅张居正》演唱片中曲、《嫁个好男人》演唱片头主题歌。为电影《日出日落》《谁的眼泪在飞》演唱片中插曲。发行出版了两张个人演唱专辑《敖包的美丽I》《敖包的美丽II》，在社会上受到普遍好评。

"春节我想家，可家再也回不去了。我叫牛建党，我的老家在陕西省榆林市吴堡县牛家崖村。去年腊月，村子里最后一位老奶奶过世后，那里就再也没有人了。窑洞前面的院子长满了荒草，荒了，都荒了。你们知道吗？《春节序曲》里的那个调调就是我们陕北的秧歌调。我的父亲就是唱着这个调调，走进了黄土之下。"这段话就是本期"京华陕北人"的主人公，牛建党在《又见国乐》全国巡演，乃至在世界级著名音乐殿堂、美国肯尼迪艺术中心演出中怀着对家乡的无限眷恋而说的一段话。在接受采访的时候，他万分激动地把那段话又说了一遍，作为听者，看着牛建党激动的表情和眼眶里的泪花，我的眼眶也湿润了。

《又见国乐》颠覆传统民乐的表演形式，它似剧，有一定的情节和故事，又似音乐会。不论国内，还是国外的演出中，牛建党不仅要用唢呐吹奏《春节序曲》，还要讲故事、唱歌、表演……这一切都展现了他精妙绝伦的音乐才华。在演出中他唱道："提起个家来家有名，我的那个老家在榆林。米脂的婆姨绥德的汉，世世代代美名传。"此时，他内心除了激动还有骄傲，骄傲他来自陕北的黄土地，而正是陕北这块最古老的黄土地给他输送了最有营养、最为珍贵的艺术血液。而这块黄土地上的牛家崖始终是他魂牵梦萦的地方，是他艺术种子萌发的地方，是他存放艺术梦想的所在……随着生活条件的改善，村民们都搬迁了，牛家崖从此荒芜了，只剩下那些残墙破院和一串串熟悉的记忆。而他也只能是过年的时候，走一走、看一看、忆一忆这片孕育他的土地，再就是拍些照片，把最为热恋的家乡用自己的方式保存下来，烙在内心最深处……

1969年，牛建党出生在吴堡县牛家崖村。家境贫寒让他吃了不少苦，生活的艰苦让他从小就萌发了要改变命运的念头。他常常想：如何摆脱艰苦的生活，能和城里孩子一样生活？他觉得自己必须离开这里，必须走出去，离开生养自己的土地不是对土地的背叛，而是对土地最好的回报。因为在教育落后、信息闭塞的农村凭借考试来寻找出路，对于牛家崖的孩子来说太难太难，几乎就不可能。

牛建党自小就与其他孩子不同，从不沉溺于玩耍中，由于父亲在外地工作，他就成了家里能帮母亲干活的唯一的劳力，在劳动之余，因受父亲从事音乐工作的影响，他也对音乐产生了极大的兴趣，经常自己琢磨和摆弄父亲留在家里的乐器。他想，他也要像父亲一样靠着音乐去城里生活。于是，他说服了母亲，13岁那年他如愿以偿，跟随父亲在父亲工作的吴堡县剧团学二胡演奏。没有老师，他就拜"书"为师，自学、苦练。父亲在他幼小心灵里埋下的那颗音乐种子慢慢破土而出，发出了嫩芽。几个月后，父亲带着他去西安音乐学院附中参加考试。他们本是抱着试试看的心态、开开眼界的想法去的，可没想到西安音

乐学院的于永清老师慧眼识才，发现这个山里娃音准极好，天赋过人。这让于老师喜欢得不得了。刚满 14 岁的他便幸运地被西安音乐学院附中录取了。在西安音乐学院附中，他跟着恩师于永清扎扎实实地学了六年的唢呐。那个年代，考上西安音乐学院附中相当于考上了小中专，不仅可以农转非、办档案，而且毕业后还可以分配工作。从西安音乐学院附中毕业后，本来可以按照大多数人的路那样走，回老家或者去市里参加工作，而且，当时延安歌舞团已同意牛建党去工作，但他告诉自己，人应该有更高的追求，应该树立更远大的目标，应该到最好的殿堂去学习，要自己安排自己的命运。于是，他大胆地报考了中央音乐学院，在中央音乐学院毕业工作后，他依然不断地努力、不懈地追求，又报考并成为一名中央音乐学院唢呐硕士研究生。

迄今为止，他已经与唢呐结缘三十多年，用他的话说就是："唢呐已经成为我至亲的亲人，陪伴了我这么长时间，甚至已经成为我生命里最重要的一部分，当然与唢呐结缘，还得感恩我的恩师于永清。"直到现在，他对改变自己命运的恩人于永清老师充满了深深的感恩。"我需要感恩的人很多，很多人在我的人生历程中给予了我无私的帮助，而于老师就像我的再生父母一样，他不仅给我打开了艺术殿堂的大门，更教会我如何做事、做人。"那些如同明灯一般照耀过别人的人必将得到应有的福报，今天的牛建党也像他的恩师一样，为他人无私、默默地奉献自己的光和热。

不一样的思维，造就了不一样的人生。当初对音乐的热爱成为他努力的一种无形的催化剂，而他的坚持不懈、刻苦努力和天生的音乐素质成为他打开成功之门的钥匙。付出就一定会有回报，他的追求在他执着的陪伴下成为现实。

牛建党说："生命不止，追求不止。"他不满足于舞台的演奏与演唱，还投身在了民族乐器的发展中。多年来，他凭着对民族传统文化的一片挚诚和对唢呐艺术的满腔热情，在唢呐制作中倾注了大量的心血。唢呐作为一种民族乐器，更多的时候是在民间演奏，因此，在乐器制作上并不精细。而作为国家级专业乐团的演奏家，他觉得传统工艺制作的唢呐已经不能满足现代音乐创作演奏的需要，于是，他不断地思索着乐器的改革，在工作实践中思考和琢磨。为了实现这一理想，他决定成立自己的唢呐制作室，牛建党说在他乐器改革的道路上非常幸运地寻找到了一位志同道合的合作伙伴，他就是年轻有为的管乐制作师姚贤达先生，两人一见如故，相得益彰，为了共同的理想，一起合力钻研，共同投资购买各种最先进的设备，展开了对唢呐这样一件传统乐器

的改革，在立足传统的基础上，寻求开拓和发展。经过多年的不断钻研，一件件研究成果不断问世，并创立了属于自己的牛牌唢呐。

牛牌唢呐性能优良、做工精细。他们生产的高音加键唢呐、中音加键唢呐、次中音加键唢呐和低音加键唢呐，在业界得到了极高的评价。牛建党说自己是一个非常幸福的人，因为自己所从事的工作就是自己最喜欢做的事。他把兴趣"玩"到了极致，而且为民族管弦乐器的发展填补了巨大的空白，大大提高了唢呐的演奏性能。正是有了他对乐器的深入研发，对音乐的精益求精，作为演奏家的他现在担任着中国民族管弦乐学会乐器制作与改革委员会副会长。

近年来，牛建党除了唢呐演奏、民歌演唱和乐器制作外，在其他音乐艺术方面也在不断创新，在世界著名作曲家谭盾创作的《西北组曲》中，首次将民歌领唱运用到乐队作品中，并成功担任了《信天游》的领唱与唢呐领奏，引起很大的反响。

在人艺著名导演林兆华执导、著名作曲家郝维亚担纲作曲的音乐话剧《说客》中，牛建党独自包揽了所有民族管乐器的演奏，整部话剧的核心音乐全部由唢呐、笛子、笙、管、箫、埙等乐器完成，同时，牛建党还要在剧中担任重要的领唱任务。

牛建党说道："自己全部的音乐成就都来自陕北这块黄土地的馈赠，作为一名艺术家，生活在陕北才能真正体会到什么是幸福。"陕北虽外表贫瘠、单调，但内心却是那么丰饶、多彩，那些来自艰辛生活，凝练而成的艺术底蕴是那么深厚，那么动人心弦，那么令人难以释怀……正如那陪伴着人生历程的唢呐声和信天游一样，不仅在悲苦中哀婉诉说，也在欣喜中激昂咏唱，只有厚重的黄土地才能孕育出高亢激越、低回婉转的唢呐声，也只有广袤的大漠才能诞生如此炽烈大胆、淋漓尽致地裸露内心情感的信天游。

采访到最后他激动地说："我们陕北的这片黄土地始终会修剪我的灵魂，打造我的羽翼。我不会忘记，因为我的根须永远都扎在这里！我也不会忘记，因为我的生命永远会在这片黄土地里呼吸！"

拓宏 按秒收费的男人

著者：王永利
摄影：李朝阳

拓宏，1984 年出生于子洲县裴家湾，毕业于北京电影学院镜头画面设计专业。现为北京艾腾文化传媒有限公司艺术总监，曾为《武媚娘传奇》《大秦帝国》等电视剧做特技制作。

眼前这位长相微胖的年轻人笑眯眯地坐在桌子的对面，那一脸的络腮胡子，似乎就告诉我，他就是个搞艺术的人。严格来讲，他是个躲在幕后把电脑技术和美术画面运用于影视剧后期制作的人，他的工作是按秒来收费的，干的就是技术加艺术的活，很是前卫。当然，他也是一名年轻的导演，曾多次为一些地区、企业导演艺术宣传片——他就是来自子洲的拓宏。

从北京电影学院毕业后，他淘得了人生的第一桶金。但他没有把这笔钱用来改善生活，而是成立了一家专门承接影视剧后期特效制作的公司。找项目、拉队伍，他希望自己能够做一家高端的特效制作公司，让理想大放光彩。

"刚开始也很犹豫，不仅我自己，连家里人也很担心，会不会太冲动，自己一个西安美院附中学美术、北京电影学院学电影美术的人能管理好一家公司吗？赔了钱怎么办？"陕北人身上那种不畏惧的精神一次又一次地在思考中鼓舞着他。他说自己已做好了准备，实在赔得不行就回家卖豆腐。拓宏的父母后来也鼓励他说："再差也会比家里卖豆腐那会儿强。"

而此时，让拓宏一直念念不忘，认为是自己生命中的贵人的电影美术大师霍廷霄教授给了他最大的鼓励。由于是西安美院附中的校友，在北京电影学院拓宏又是霍廷霄的学生，还都是陕北老乡，霍教授对拓宏说："有想法就去闯，我为你托底。"正是霍教授的鼓励，给了拓宏最大的勇气和信心，让他走上了自主创业的道路，拉开了一段精彩的人生序幕。

今天，拓宏又成为霍廷霄教授的研究生，他觉得，自己不仅仅是在向教授学习电影美术，更多的是在学习和传承陕

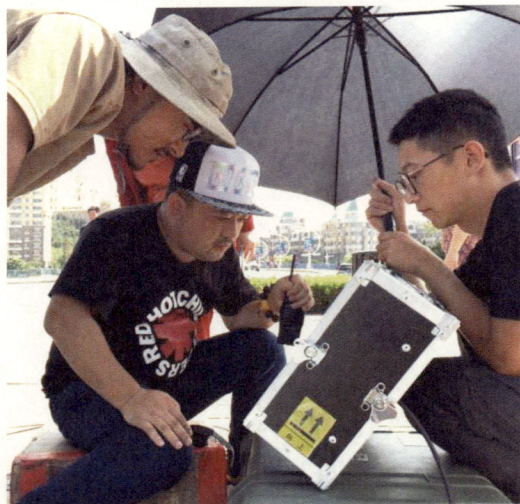

北人身上的道义，乐于助人，不遗余力。

"无所谓，反正曾经什么也没有，赔了就重新开始。"老师的鼓励，加上敢闯、敢拼、好脾气、好人缘，拓宏的事业就这样一步一步朝前迈进。

影视圈就是一个小社会，从导演到演员以及为拍摄、后期制作的人员真可谓三教九流，无所不有。而往往，在这个圈子里混，口碑很重要，好的人缘能够带来许多现实的好处。从农村来的拓宏身上秉持着陕北人憨厚、实在的特质，为他赢得了许多信任。正是这样，《武媚娘传奇》《大秦帝国》等这样知名的电视剧才请他做特效指导，为电视剧的观赏性锦上添花。

拓宏认为，目前中国的影视剧市场很大，是座富矿，但需要专业的团队来运作全过程，需要有完整的思路和一流的技术来保障影视剧从创意、拍摄到制作、推广能够顺利进行。他始终认为，影视剧就是艺术品，好东西必须值钱，绝不能委曲求全乱了市场秩序。正如他在2013年时那样，尽管公司业务青黄不接，但他坚持不降价，他知道自己必须坚持艺术的审美原则。但谈到做人，拓宏却总强调做人要学会妥协，正如他和他的合作伙伴那样，虽然在艺术上坚持底线，但在合作过程中则相互妥协，相互理解。

拓宏觉得，陕北人不怕吃苦，敢闯、敢拼固然可贵，但善于合作也应该要更多地被强调。

# 王瑶 人生有爱更精彩

著者：王永利
摄影：李朝阳

王瑶，陕西榆林人，成长于宁夏银川，在横山中学度过了高中时代。大学毕业后在央视国际电视总公司广告部（北京未来广告）工作，后在传媒领域创业，2016 年作为创始人开始打造中国首创的户外和数字融合服务平台——融媒网。

"京华陕北人"到本期已先后报道了9位陕北籍在京奋斗的优秀人物。报道推出后得到许多领导、老师、朋友的支持和鼓励,有人留言,说这些"京华陕北人"的奋斗精神、成功故事深深地鼓舞了他们,唯一遗憾的就是目前报道的全是男性,还没有一位女性主人公。为此,我们在本期特意推出一位来自横山的才女——王瑶。

## 横山中学　初展才华

王瑶的父母都是陕北人,但她父母后来都到银川参加了工作,因此,王瑶其实也就在银川长大。

在银川读完初中后,作为独生子女的王瑶不再愿意在父母的呵护下做温室里的花朵,她希望有一片天地能让自己放飞。于是她来到与自己的家庭很有渊源的横山中学,开启了属于自己的精彩人生。

当时的陕北整体都还十分落后,作为一个小县城的横山,条件更是无法和银川相比。但渴望独立的王瑶却在这里找到了属于自己的相对独立的空间,培养自我管理的良好习惯。王瑶在这里得到时任横山中学校长的张景明、薛世兰夫妇无微不至的关爱和呵护。横山中学也让王瑶收获了友谊,度过了自己最美好的青春岁月。

那时的横山中学学风很好,许多同学怀揣着文学的梦想,王瑶也不例外。学习之余,她们一帮同学经常聚集在一起,谈理想、谈人生,沉浸在文学的海洋中。只是,王瑶比其他同学多想了一步,她希望成立一个文学社团,创办一份刊物,给这帮志同道合的同学搭建一个平台。这种想法得到当时在横山中学执教的李赤老师的肯定和鼓励。由于对鲁迅很崇拜,于是文学社就定名为"鲁迅文学社",而且在学校备案成立。学校不仅名义上支持这种做法,而且还有实际行动上的支持,为这帮文学青年提供了一间办公室。

有了组织,有了活动场所,当务之急是要创办一份刊物,可刊物的名字却很难定下来,直白和俗气都不是他们的初衷。作为文学社的首任社长,王瑶集思广益,最终,因为横山中学坐落在芦河畔,也因为当时的一首流行歌曲,于是横山中学历史上的第一份油印刊物《鲁冰花》作为鲁迅文学社的社刊就这样在王瑶的主持下诞生了。

不要小看这份油印刊物的力量,也不要小看鲁迅文学社的价值。这个社团组织和这份刊物在此后的很多年一届一届地传了下来,为许多人的内心埋下了一颗文学的种子。

在那个课外读物十分稀缺的年代,文学社每周请来一些校内和校外的文化名人举办讲座,和社员们分享文学的魅力,也让许多同学的名字和作品被刻印在《鲁冰花》上。一种荣耀和自豪感会点燃许多人心中的梦想,而且会成为影响许多人人生方向的最初的力量。笔者本人也曾在后来学长们的手中接过这份带着激情和温度的责任,而这份传承下来的责任正是王瑶他们当初付出心血所栽植的。

横山中学后来的学子们应记住王瑶、王亚非(泽华)、董佳羽、张耀祖等同学,是他们给横山中学的许多学生埋下一颗文学启蒙的种子。

付出本身就是一种收获。在鲁迅文学社,王瑶的组织能力、策划能力得到很好的锻炼,她在这里也展露出自己出色的领导才华,为她以后的人生道路打下了良好的基础。

## 传媒行业　再露头角

1996年,大学毕业后的王瑶进入《北京青年报》从事采编工作,做策划,做广告,从一个初涉社会的年轻人很快就成长为单位的中坚力量。笔者想,大概是《鲁冰花》的墨香在此刻鼓舞和成就了她。

那几年，电视媒体平台如日中天。王瑶决定放弃纸媒，加入到电视传媒平台。而她一直以来的优秀也让她如愿进入到央视这个平台。在央视的中国国际电视总公司北京未来广告公司，王瑶正式专注于到目前仍从事的广告行业。

央视的平台不仅让王瑶结识了一大批优秀的传媒人才、杰出的中国企业家，也见证了中国经济快速发展的历史进程，而且还点燃了王瑶创业的激情。

2003年，王瑶走上了自主创业的道路。她先后为 CCTV-3《艺术人生》《新视听》等知名栏目做整本广告策划和运营，事业做得风生水起，她收获了许多值得分享的精彩往事。

善于学习的人总能捕捉到最初的机遇。2008年，王瑶意识到广告市场格局已经发生了很大的变化，于是开始涉足户外广告。

"当你发现你的朋友正从事着一些你所不了解的行业、讲述着你所不了解的名词的时候，你就会觉得恐慌。"王瑶所说的"恐慌"其实更多地来自她不断的进取心。2012年和2015年，她带着"恐慌"两次走进北京大学的课堂，对"股权私募"和"互联网"进行系统学习。从对学院派的理论学习到与实战派分享经验，王瑶内心得到全新的洗礼，让她真正了解了互联网时代的市场运营的精髓。如今，"DSP（程序化购买）""流量""IPO""脑洞"这样的词会从王瑶的口中不断跳出。

"看准了，就马上行动。"娇小的身材却有"女汉子"的魄力，如今的王瑶和她的团队正在打造中国首创的户外和数字融媒体服务平台——融媒网，他们志在创造中国广告界的"京东"。

可以说，每一次转变，她都能准确地把握机遇，并且站立在潮头。而这些能量实际上来自她不断的进取和长期持之以恒的学习以及对市场的前瞻和把握。

## 丰满人生　爱是保障

一个事业成功的女人往往都会被外界贴上女强人的标签，但王瑶认为，家庭的幸福才是女人真正的成功。她对幸福的定义是对父母的陪伴、对孩子的关心、对家庭的付出、对友情的珍惜。

采访王瑶的时候，王瑶说自己上一周用6天出差时间跑了3000多公里，回京后又和爱人驾车带着双胞胎儿子去曲阜、孔庙，让孩子感受中国文化的魅力。

工作之余，王瑶会陪着父母逛超市买东西、下厨房做美食，一家人幸福地一起进餐。

前几天，王瑶带着孩子去看车展，满足孩子的好奇心。从孩子三岁起，每年寒暑假，她都会和爱人带孩子出境看世界。南非的好望角、澳大利亚的大堡礁、俄罗斯的圣彼得堡、日本的富士山、马尔代夫的海滩、美国的环球影城……都留下了一家人快乐的身影，两个不满10岁的孩子在王瑶夫妇的陪同下游历了17个国家和地区。

王瑶说她希望更多的人能够放下手机，给家人一些高质量的陪伴，用心、用爱与家人分享时光；用美食、用快乐与家人感知幸福；用行动、用付出给孩子们一个国际视野；用语言、用行为影响孩子的成长。

几年前，王瑶夫妇就带孩子去参加全球公益组织"狮子会"，她希望孩子在父母的影响下从小能够培养爱心，能够潜移默化地让孩子在大人们的行动中感知爱的力量，熟悉成人世界的议事规则，做善良和理性的人。

我觉得，王瑶表面的优秀大家有目共睹，但她更精彩的人生其实是她对家庭的用心付出。

其实，我近年来认识的王瑶更像一个知心的学姐，她在校友会的群里总是鼓励各种正能量，用温情与大家对话。

大概像王瑶自己所说的那样，她在横山中学的几年学习生涯让她的人生道路有了完全的不同，因此，她对横山一直就有很深的感情，对横山中学的校友有一种天然的亲近。在北京的许多次老乡聚会、校友联谊，王瑶都从不缺席，而且总是积极张罗、亲自主持。

王瑶说自己最喜欢的一句话是国际狮子会创会会长所说的："你能为多少人服务，你就能走多远！"而此刻，笔者想用王瑶说的一句话来结束文章：爱是一切美好的源，人生有爱更精彩！

# 魏龙

## 不安己分 腾挪跨界

著者：王永利
摄影：李朝阳

秦商艺术会馆

　　魏龙，出版人、策划人、设计师，喜欢艺术收藏、品鉴，秦商（北京）文化传媒有限公司、北京林林低碳科技有限公司董事长，北京陕西企业商会副会长。

　　魏龙的骨子里是有一种艺术情怀的，这些年来，他似乎一直没有遗忘出发的初衷，始终保留着对艺术的挚爱，于是就有了"秦商艺术会馆"。

1994年，在我刚刚认识魏龙不久后，他就去了北京。

那时的魏龙穿一件短小的牛仔裤，脚蹬一双被擦洗得干干净净的白色旅游鞋，发型也是流行的中分状态，在双橹文书社的每周讲座时常常会秀一下他颇具古风的"魏碑"。这让低年级女生"啧啧"地惊叹不已。

很久以后，我才知道，当时的魏龙早已和后来成为我同班同学的女生"二娃"眉来眼去，私定了终身。

今天，偶尔看到他们两口子在微信上互动秀恩爱，给人的感觉好像还是那个情窦初开的年代，只是没有了那时候的羞羞答答。

之所以要用这些笔墨说魏龙的过去，是我觉得魏龙似乎总比他的同龄人成熟，在许多方面走在同龄人的前面。

20世纪90年代末期，当我们许多人还奔波在找工作的路上的时候，魏龙就已经注册了公司，开始从事出版行业。

至今，出版行业依然还是魏龙的主业，只是业务的形态发生了一些变化，他已经由传统的出版、发行图书转型到定制式服务，为一些行业、地区出版专题类文化产品。比如由魏龙亲自策划、组织编辑并担任主编的《全景延安》系列图书，详细记录了延安所属每个县的人文、历史、民俗、自然等各类情况，以图文并茂的形式，全景展现了延安的历史沿革和社会、政治、经济、文化、生活等各方面的巨大变迁，具有很强的史料价值和实用价值。

魏龙认为自己是个喜欢尝试新事物的人，他总是在不断思考新的产业与自己的关系，比如他成立了"北京林林低碳科技有限公司"和"北京林林光伏开发有限公司"，响应国家号召，向农业和新能源产业靠拢。如今，在榆林的毛乌素沙漠腹地，林林农业产业园区正处于持续的建设中，首期开垦的3000亩耕地，去年已经种出了"圪梁

梁"牌土豆，得到品尝者大大的称赞。

其实，无论从事什么行业，魏龙心中总还是惦记着艺术，他说他敬佩中国传统文人的情怀，心中有对艺术品天然的亲近感。似乎，只要有墨飘香，花开就在眼前。

今天的秦商艺术会馆，1000多平方米的展出面积里面收藏着近200名艺术家的书法、绘画、雕塑作品。文人雅石一直是魏龙衷心喜爱的摆件，馆里藏有造型逼真、神态各异的灵璧石、英石、太湖石，使得艺术馆的布置大气而不失精致。在每一件藏品前，魏龙都如数家珍，从艺术家本身到作品的解读，他娓娓道来。如今的魏龙已然成为一名具有相当修养的艺术品鉴师。尤其对书法、绘画等艺术作品十分在行。

看得出，魏龙这些年在背后下了不少功夫。笔者想，他一定会下功夫钻研的，毕竟，每件作品都价值不菲。作为收藏人，没有深厚的功底，恐怕是很难把握对艺术品的判断的。

2015年，"艾生水墨家园"画展在中国美术馆开幕。作为策展人和主持人，魏龙的身份已不仅仅局限于单纯的展览，而是已跨入到美术评论家的行列，能准确把握和解读画家创作世界中的心态和作品的艺术价值。更重要的是，他把来自黄土地的艺术作品和艺术家推到了世界级艺术平台，让画家对黄土地的迷恋和对黄土地的神圣表达展现在国际化的舞台中央。魏龙觉得自己肩负着这样的责任，他觉得这正是对养育自己的黄土地的深情表达。

可以说，魏龙的每一次跨界和转行都很成功。这成功的背后大概不仅仅源于他的刻苦钻研，更多的应该是来自于他与生俱来的独到的眼光。

如今的魏龙正筹划着一部陕北人在北京创业题材的电影《京漂儿》，剧本已经几经修改，正在协商具体的开拍事宜。

魏龙的心中似乎总藏着对陕北的热爱，他出版关于陕北的书、带画家到陕北写生、为陕北籍画家策划展览、把新技术引入到陕北、筹拍关于陕北的电影——不断地奔波需要付出格外的辛苦，但，心中有爱，就不觉得辛苦。

魏龙觉得，过去外界对陕北人的普遍看法是实在。但今天，我们这一代在外打拼的陕北人有责任告诉世界，陕北人的身上除了天性中的质朴之外，还有来自这块土地滋养的智慧，那深沉、厚重的土地和长期以来艰辛生活凝练出的智慧是对事物最原始、对直接的表达，而这原始和直接的表达一定能让陕北人将问题的本质一眼看穿，让所有的繁杂都变成简单，这也就如同做人，去掉那些花样百出的繁杂，只用一颗真诚的心面对世界。

# 霍廷霄 花开幕后

著者·王永利
摄影·李朝阳

霍廷霄，教授、博士生导师。1981年考入西安美术学院附中。1987年考入北京电影学院美术系。1991年北京电影学院毕业分配到八一电影制片厂故事片部美术创作室任影视美术设计师。2011年调入北京电影学院美术学院，现任美术学院总支部书记，享受国务院特殊津贴，北京市长城学者；中国电影家协会理事；中国电影美术学会会长；中国美术家协会会员；中国电影家协会电影高新科技专业委员会副会长；中国电影制片人协会影视制作者分会（联盟）副理事长，国家新闻出版广电总局美术协会副会长。

霍廷霄参与制作的电影作品二十余部，四次获得中国电影金鸡奖最佳美术设计奖，两次获得香港电影金像奖最佳美术指导奖，并获美国艺术指导协会、美国影评人协会最佳艺术指导大奖等奖项。代表作品有：《炮打双灯》《霸王别姬》《荆轲刺秦王》《没事偷着乐》《美丽的大脚》《武士》《英雄》《十面埋伏》《太行山上》《满城尽带黄金甲》《麦田》《苏乞儿》《唐山大地震》《白鹿原》《进皇城》《红楼梦》等。

## 霍廷霄作品获奖情况：

2012年，第49届台湾电影金马奖最佳美术设计奖《白鹿原》（提名）；
2011年，第28届中国电影金鸡奖最佳美术指导奖《唐山大地震》（获奖）；
2009年，第27届中国电影金鸡奖最佳美术奖《麦田》（提名）；
2007年，第26届香港电影金像奖最佳美术指导奖《满城尽带黄金甲》（获奖）；
2005年，第25届中国电影金鸡奖最佳美术奖《太行山上》（提名）；
2004年，第38届美国国家影评人协会奖最佳艺术指导奖《十面埋伏》（获奖）；
2004年，第58届英国电影学院奖最佳美术指导奖《十面埋伏》（提名）；
2004年，第9届美国金卫星奖最佳美术指导奖《十面埋伏》（获奖）；
2004年，第24届中国电影金鸡奖最佳美术奖《十面埋伏》（获奖）；
2003年，第23届中国电影金鸡奖最佳美术奖《英雄》（获奖）；
2002年，第23届香港电影金像奖最佳美术指导奖《英雄》（获奖）；
1997年，第50届戛纳国际电影节最佳美术贡献奖《荆轲刺秦王》（获奖）；
1993年，第14届中国电影金鸡奖最佳美术设计奖《炮打双灯》（获奖）。

著名演员马玲 油画作品 100cmX80cm 1992 年 8 月

陕北村庄 油画作品 80cmX60cm 2009 年 10 月

尽管在影视圈内部，霍廷霄早已经大名鼎鼎，他早就是谢飞、张艺谋、陈凯歌、冯小刚、何平、杨亚洲等许多著名导演的共同的朋友和合作者，但如果直接说出霍廷霄的名字，许多观众恐怕还并不知道他是谁。在一个疯狂"追星"的时代，这样一位在电影幕后工作的大师不被许多人了解应该是十分正常的事。二十多年来，霍廷霄担任美术设计和美术指导的电影已经成为这个时代的经典，也代表着中国电影的一个高度。不信你看看我们下面大致列举的这些由霍廷霄担任美术设计和美术指导的电影的名字：《炮打双灯》《霸王别姬》《荆轲刺秦王》《没事偷着乐》《十面埋伏》《美丽的大脚》《武士》《英雄》《太行山上》《满城尽带黄金甲》《麦田》《苏乞儿》《唐山大地震》《白鹿原》。

也许，在看到这些电影的名字后，许多人的脑海中就会闪现出发那些气势恢宏、唯美壮观的电影画面。是的，您所记住的这些画面正是霍廷霄的作品，也是霍廷霄作为一名电影美术大师的骄傲。

在这里，我有必要告诉您，电影美术的概念和电影美术这个工作都包含些什么内容。

百度百科这样定义电影美术：电影综合艺术的重要组成部分，是专为影片画面造型进行设计和创作的艺术部门。

作为电影美术指导，霍廷霄往往要在一部电影拍摄过程中领导上百人的团队负责任何与电影美感及美学有关的范畴。大到一座城池的设计，小到进入镜头中一个茶杯的摆放，甚至演员的化妆、造型和服装搭配，这些都是电影美术师的精心安排。当观众在影院中欣赏到影片中美轮美奂的场景、享受到电影画面的视觉盛宴的时候，应该懂得这些都是电影美术师在幕后精心设计、艰辛工作的结果。

长期以来在电影美术工作上的执着，让霍廷霄不仅在国内电影界得到普遍的认可，多次获得中国电影金鸡奖最佳美术设计奖，而且还获得了法国戛纳国际电影节最佳美术贡献奖和美国国家影评人协会最佳美术指导奖等多项国际大奖。

著名导演冯小刚对霍廷霄的评价是："有能力，肯吃苦耐劳，而且为人朴实。"

而杨亚洲导演则说自己独立执导的四部影片中，创作团队的人员流动性很大，但霍廷霄是唯一不变的合作伙伴。

可以看得出，在影视圈里面，霍廷霄不仅工作成就高，

而且人缘好，为人厚道。即使在被誉为中国电影美术第一人后，他依然还是那么谦逊、诚恳，一副地地道道的陕北人的形象。

其实，在电影界取得许多桂冠的霍廷霄一直没有停下自己手中的笔，他把浓情倾泻到人间的荒凉处，他把重彩泼洒到生活的最前沿，他的油画作品中总能让人看到底层生活场景的沧桑和悠远、无奈和悲凉，当然也有欣喜和宽慰，也有深邃和唯美——这也许就是一个艺术家对生活的态度。

1964年，霍廷霄出生在陕北绥德县。作为家里九个兄弟姊妹中最小的一个孩子，父母亲没有因为家境不好而埋没霍廷霄的艺术天赋，而是支持他学画。从上初中开始，他遇到一位至今仍让他念念不忘的恩师——张少生。

张少生毕业于西安美院，毕业后被分配到绥德县电影院工作。也许是霍廷霄的天赋和勤奋打动了张老师，也许是张老师本身为人高洁、惜才爱才，总之，初中三年，霍廷霄分文不拿，吃住在电影院，跟着张老师学画画。

张少生老师不仅教霍廷霄画画，还在文学修养、诗词格律等方面给了他启蒙。更重要的是张老师让霍廷霄记住了对待艺术必须严肃和刻苦的道理。少年时的霍廷霄偶尔也会偷懒，但严厉的张老师会毫不留情地把他的画板扔掉。严师出高徒，这些深刻的记忆不仅让他在1981年顺利考上西安美院附中，更重要的是影响了他自己日后对待工作的态度。

有一点不得不说，那就是张少生年轻时对待霍廷霄的态度让霍廷霄不仅学会了师道尊严，也传承了张老师对别人无私奉献的精神。《京华陕北人》曾经报道过的拓宏在北京电影学院就师从霍廷霄，拓宏说他自己从霍廷霄老师那里得到的不仅仅是知识，还有温暖的关怀和勇敢面对社会的底气。

成名之后的霍廷霄忙得不可开交，但绥德县要做大型摩崖石刻，霍廷霄二话不说，完全免费设计。感谢张少生先生栽种下的这颗"奉献"的种子，让我们看到一位才华横溢的艺术家身上满满的爱心。

采访霍廷霄的时候，霍廷霄打趣地说，也许

今天在电影学院担任教授、从事电影美术指导，正是少年时在电影院学画时埋下的种子。

1991年，霍廷霄从北京电影学院美术研究生毕业后被分配到八一电影制片厂，直到2011年转业到北京电影学院美术系担任硕士生导师的这20年间，霍廷霄一直在八一电影制片厂担任美术师。正是这20年的时间成就了霍廷霄，让一部又一部经典影片的创作团队中留下了霍廷霄的鼎鼎大名。

在与韩国导演合作拍摄《武士》时，霍廷霄在葫芦岛海边制作的古堡被记者误以为这一座历时几百年的城堡本来就存在；在与杨亚洲导演合作《没事偷着乐》的时候，霍廷霄设计、搭建的"张大民"家逼真到让当地工作了20多年的派出所片警都误以为走错了地盘；在与张艺谋导演合作《英雄》时，为了让红、白、蓝三种色彩表现故事的主题，霍廷霄经多次试验后，最后别出心裁地选用一种红色的鞋油作为红色的颜料，顿时，那种凝重与斑驳马上就与影片所要表达的人物内心浑然一体。难怪张艺谋导演说："也许多年以后人们不会记住故事情节，但一定会记住那些气势恢宏的画面。"

霍廷霄认为，电影美术师不能被动地成为导演的工具，而要通过自己的创作去激发导演和演员，这就要求电影美术师必须做许多功课，"对时代、对历史、对艺术有准确的把握"。当电影在拍摄一些历史的跨度的时候，要求美术设计师必须准确掌握史料背景，让拍摄背景表达合理的情节，提升作品的深度，而且让视觉传达信息，叙述故事，让色彩成为故事的另一个讲述者。

今天的霍廷霄正是事业的黄金期，他不仅有口碑、有人脉，而且长期以来积淀的艺术修养使他看待问题、表达思想更趋于成熟，但他说多年前张少生先生给他的诗词功底、文化底蕴今天依然发挥着作用。

在许多场合，霍廷霄都说过希望自己能够拍摄一部有关陕北文化的作品，以表达自己对黄土地深深的热爱，我们期待、祝福霍先生的大作能够早日问世，让世界了解陕北，让陕北走向世界——而这个过程中，注定需要霍廷霄先生这样的大师来掌舵。

# 刘军

## 电子世界肯钻研
## 创新路上不停歇

著者：王永利

摄影：李朝阳

刘军，男，1972 年出生于陕西省榆林县横山区县，广播技术专家，北京恒星科通科技发展有限公司总经理兼技术总监。

从新中国成立到 20 世纪 80 年代末期，广播几乎覆盖了中国的每一个角落。

就连笔者出生和成长的中国最底层的陕北农村，每家每户都会有一件（也许是唯一的一件）家用电器——有线广播。每天早、中、晚，来自中央、省、县以及公社和大队的各种精神、指示、通知都会准时从扣在窗户一侧窑洞檐子下的广播中传出。那时的农村大多没有钟表，父辈们也是听着每天三次广播声音知道是该上山劳动了还是该生火做饭了。

可惜啊，后来的中国，覆盖面如此广泛的信息设施全部废弃了。那些连接着每个村子、千家万户的电线也被一些人剪了回去，绑了猪圈的栅栏。

之所以要浪费这么多时间说广播的过去，是因为"京华陕北人"本期要介绍一位广播技术达人，让大家了解这位技术怪才目前从事的广播技术与过往有什么不同。今天的主角就是来自陕西横山的刘军，北京恒星科通科技发展有限公司总经理兼技术总监。

从照片上大家一定已经知道，刘军身材敦实、皮肤微黑，笑眯眯的脸上架着一副眼镜，有一种很容易接近的感觉，似乎是个搞市场的老手。

其实刘军是个技术狂人，满嘴里都是"扫频""跳频"这样的专业技术名词。他的生活总是与他的事业紧紧地捆绑在一起。出身农家的刘军知道，自己不努力，没有谁会帮你的。他懂得自己的每一点努力都是进步的源泉，都是自己与昨天告别的勇气。

十多年前认识刘军以后，我就一直觉得刘军是个很用心、很有心的人。一大帮朋友在一起的时候，他总能用他的热情招呼着大家，同时也能用他的知识和思维给人以启迪，在细微处敏锐地发现一些道理。

采访刘军之前我一直以为他是学无线电专业的，实际他根本就不是学的这个专业，干上这一行全凭一腔热情和好学精神。刘军告诉我他从小就喜欢折腾机械电子类产品，喜欢动手拆卸、再组装。正是因为这一爱好，上初中时曾经"研究"坏了姑姑和舅舅家的两台收音机，他现在的一身本领与技术全是靠自学得来的，采访的过程中时不时冒出几句"奈奎斯特理论""微分观点""史密斯圆图"这样十分专业的数学与无线电理论，让我听得云里雾里。

2000 年前后，全国高考有了外语听力考试，已经大学毕业多年的刘军捕捉到这个信息以后，马上就发现了商机，他觉得校园广播将是一个巨大的市场，立即就有了自己创业的冲动。

可自己从哪里进入这个市场呢？对从没自己当过老板的刘军来说这真是眼下的难题。他仔细分析了自己的优劣势后，得出一个结论——"最发达的地方和最落后的地方商机最大"，要么去边远、落后的新疆、西藏等地开发大公司无暇顾及的市场，要么去北京、上海、深圳这样的大城市，从技术源头上占据害要。

2002 年 11 月，初冬的北京已有一些寒意，刘军只身一人来到北京，怀揣着工作几年来积攒的不到四万块钱，骑着自行车在中关村满大街乱转寻找自己的落脚点。一间民房、一张折叠沙发床、一张办公桌，这就是事业的开端。

笔者始终认为，一个人只有内心里对自己充满信心，才能有勇气去闯荡未知的世界；一个人也只有放低自己的身段，敢吃任何苦才能走出一片属于自己的天地。刘军就是这样一个人，他说一个人要想成功，首先得有

自信，在自信的基础上加上"吃苦、好学"就没有什么学不会的知识、闯不过的难关。

盲干不如不干。要想在竞争激烈的北京站住脚，就得有明确的定位，擅长技术的刘军彼时压力更大的是如何开发市场，让自己的创业梦想走得更久远一些。

可市场在哪里？没有人脉、没有靠山、没有资源，刘军白天写技术方案，晚上研究市场推广模式。当他从《慧聪商情》《电气与智能建筑》等杂志上寻找自己要购买的配件信息的时候，突然灵光一闪，为什么不在《慧聪商情》上做个宣传呢？但自己资金有限，不能按一般企业的套路去发布广告信息。于是他别出心裁，写了两篇技术性的文章投稿到编辑部，一篇叫《校园智能广播技术问答》，另一篇叫《HX-5000校园智能广播技术方案》。当时的《慧聪商情》等杂志信息量十分巨大，但大多是企业的广告，他们当然愿意发布这样有些技术含量的文章来提升杂志的品味。顺着这一思路刘军撰写文章投稿到多个杂志社，一分钱没花巧妙地发布了广告，不仅收到了稿费，而且奠定了刘军在校园智能广播行业专家的地位。

公司刚刚成立，就遇到了"非典"，对刘军来说是一次至关重要的考验，但是这两篇文章起了至关重要的作用，让刘军在2003年春夏之交的"非典时期"忙得不亦乐乎，源源不断的客户主动找上门来。在此后很长时间以来，那两篇文章都成为客户在互联网上搜索校园广播产品并找到刘军的渠道，成了客户对刘军信任的基础，让刘军的生意大多成了找上门的被动生意。用心、有心的刘军创业过程中的第一次高潮就这样如期而至。

创业艰辛，居京不易。

事业成长的过程也一步一步见证着刘军的付出。今天，如果我们到了某一个景区、广场、高校里听到路边的广播中传来优美的音乐或是播出某个通知时，说不定这就是刘军和他的同事们这些年提供的设备在运行。当然，这些美妙的声音与我们小时候听到的广播的声音质量早已不可同日而语。

技术在进步，产品在更新，刘军的专利、软

件著作权也逐步增多，校园类型的广播实现了"音源数字化、播放自动化、管理智能化、扩展自由化"，得到业界的普遍好评。成长的刘军没有停住思索和进步，而是更有能力和勇气抓住每一次机会。

2008年"5·12"汶川地震后，刘军当即决定捐献一批无线广播音箱给四川什邡市广电局，并亲自赴地震灾区第一线进行调研，回京后立即决定要研发适合我国国情的应急广播产品，并撰写了一篇题为《我国应尽快建立多级应急广播体系》的文章发布在互联网上，引起了国家广电总局有关领导的高度重视。

在储备技术的同时，刘军看到了互联网营销是未来的主要方向，就和公司的市场人员不断研究如何改变销售模式。他不仅让客户能够在公司的网站上看到许多非常有价值的内容，而且仔细研究了客户在互联网中搜索信息的习惯，为互联网提供有效的关键词。这一次，他潜心研究了SEO技术（搜索引擎优化技术），不花一分钱再一次让自己的公司成为百度、谷歌等搜索引擎的前几名，将有需求的用户导入到自己公司的网站中。

这些年，刘军带领着他的团队，业务从南到北、从东到西，不断扩大。许多城市广场、农村、校园、工矿企业都使用了刘军公司的广播产品。不断积累成功的案例让刘军的公司快速成为国内行业中有影响力的企业。

如果说校园广播是刘军创业的第一次高潮的话，眼下的刘军面临着第二次巨大的机会。因为当前国家正谋划着覆盖全国的应急广播体系，这将是一块非常巨大的市场，刘军说他已经准备好在这个市场中大展身手。

在研究传统的应急广播的同时，刘军更喜欢钻研一些有挑战性的产品与技术，"群载波"应急广播产品的研究成功，就是一个很好的印证。

2009年，刘军的公司承接了武汉长江隧道调频广播覆盖项目的设备供应，在隧道内设置了和地面调频广播相对应的应急广播频率。当时，客户提出了让刘军一口拒绝的想法——能否在车辆进入隧道内只要开着收音机不用调频率就可以接收应急广播频率。刘军拒绝的原因是因为这根本不符合传统的无线电理论。

客户的需求就是商业机会，善于研究技术的刘军总是没有忘记武汉用户提出的想法，一有机会就思考这个问题。

苦心人，天不负。直到2012年年底，一直思索的这个难题终于有了突破口，"群载波"应急广播系统终于问世。由于它的全频段覆盖性，让应急广播在面对突发事件时能发挥巨大的功能，在应对反恐、地震、洪水等灾害性事件的过程中能极大地提高信息传输的范围和强度，得到有关科研单位和高层人士的认可，并且广泛应用到应急救援、维稳与交通应急指挥等领域。

"群载波"技术的研发成功，让刘军在应急行业中名声大噪，他以一个学者的身份，定义了这一以前所未有的通信行业新技术，现在在百度上搜索到的"群载波"这一专业技术术语，就是由他所定义的。

刘军的韧劲和钻研精神除了应用在技术研发之外，工作之余还一直不辞辛苦地干着两件事：摄影和弘扬陕北文化。

十多年来，他每年都会用自己手中的镜头记录一些陕北民俗风情，尤其是老家附近的省级重点文物保护单位五龙山法云寺古庙宇群更是刘军不断研究和推广的对象。为此他甚至跑到国家图书馆查阅历史典籍资料，他对庙宇修缮、文物保护都积极参与、献言献策。2017年他花了一个多月的时间，天天晚上加班到凌晨一两点整理了400多页资料，为家乡五龙山村申报了住建部的《国家级传统村落保护项目》，目前已经通过三轮审核，等待正式公布。2018年5月，他又为家乡为五龙山组织策划了"圣境五龙山"摄影大赛活动，吸引来全国五六百名摄影师聚焦五龙山这个小山村，使五龙山一下子成了外界关注的热点。有朋友对刘军的说法是，"当别人做公司、做生意找权贵攀附、找后台撑腰的时候，刘军却一心一意地保护着五龙山的庙。再牛的领导也敌不过神仙的保护啊"。

笔者觉得，这不是戏谑，而是对一名企业家能够长期秉持对产品、对事业、对客户忠诚态度的中肯评价。

# 田波 次第花开

著者：王永利
摄影：李朝阳

田波，男，导演，法名仁增依稀多吉。和王苗霞创立北京善基电影公司、西安多吉影业。

1981 年 7 月生于陕西绥德县，2005 年毕业于西安美术学院，获学士学位。2004 年开始从事导演工作。早期师从电影美术大师霍廷霄先生，从事电影美术工作。《黄金甲》获美国导演艺术协会颁发的电影最佳艺术总监助理奖。

2007 年导演第一部关于陕北民生的纪录电影《佛陀墕》，获得香港华语纪录片节最佳长片纪录片提名，并被提名首届北京国际青年电影节最佳导演等奖项。

2011 年导演八集纪录片《路遥》，获第七届中国纪录片国际选片会"年度十大最佳纪录片"和"最佳摄影"大奖，在凤凰卫视、中央 9 套纪录片频道、中央 10 套播出，被陕西省文艺界誉为"陕西人文形象的一张靓丽名片"。2012 年导演出品第二部纪录电影《走马水》，荣获第九届中国纪录片国际选片会"人文类二等奖"、第九届中国独立影像展"年度十佳纪录片"奖、第三届中国西安国际民间影像节"最佳人文关怀"等奖项。

2013 年执导电影频道百集纪录片《中国通史》之《敦煌》《晚唐困局》《唐朝宗教》。

2014 年参加由张艺谋、成龙担任评委主席，中央电视台电影频道主办的"中国影响力"十强青年导演选拔赛，成功晋级十强导演。

2015 年导演编剧电影短片《人命关天》，展映于第五届北京国际电影节等影展。

2017 年导演由国家电影局出品，电影频道监制的院线系列公益广告《光荣与梦想——我们的中国梦》，荣获第 24 届中国国际广告节"组委会大奖"。

2018 年导演由国家电影局出品，电影频道监制的院线系列公益广告《光荣与梦想——我们的新时代》。

2018 年筹备、编剧、导演人物传记院线故事片《柳青》。

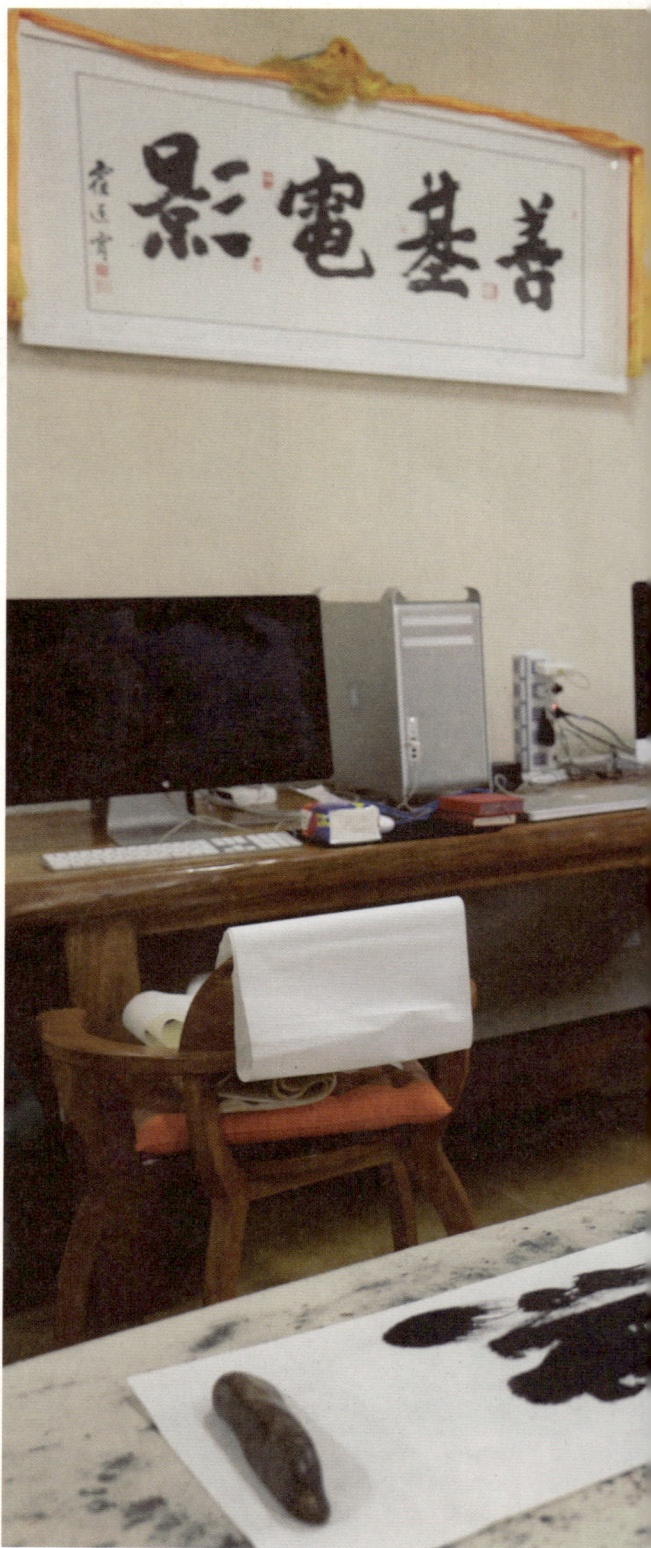

尽管创造的过程无比艰辛而成功的结果无比荣耀;尽管一切艰辛都是为了成功,但是,人生最大的幸福也许在于创造的过程,而不在于那个结果。

——路遥《早晨从中午开始》

世间唯有真诚最能打动人。

眼前的导演就用他的真诚打动了我。无论是没见面前我在纪录片《路遥》里面看到他的用心,还是在微信上沟通采访他时过程的顺畅。初次见面后他将那碗刀削面吃得一干二净,不仅把腌酸菜都倒进碗里,甚至连点汤都没剩。他随意的穿着和眼睛里透露出的清澈,这些都给人一种真诚的感觉。

在我采访完并连夜观看他的作品《佛陀墕》《人命关天》的时候,我在作品中依然还能感受到田波导演对生活的热爱和对电影的执着。

著名作家柳青说:人生的道路虽然漫长,但紧要处常常只有几步,特别是当人年轻的时候。这话影响了无数人,影响了路遥,也影响了这位80后导演。

田波与一些著名导演有过合作,几经磨炼,大开眼界,面对当时虚幻、浮躁、商业充斥的电影氛围,他开始思考自己心中的艺术追求:想要的究竟是什么?经过一番内心的斗争,他开始寻找属于自己的影像,探寻艺术的真谛。他离开北京,带着微薄的积蓄,回到故乡绥德,扛起摄像机,踏上黄土高原,深入到农村,用他的话说:"我要用我的青春在陕北大地上竖立两通碑。"他带着新婚妻子(也就是他的创作伙伴王苗霞)一头扎进了陕北子洲淮宁河的上游,走进穷乡僻野,没想到这一进去就是六年的光阴。最终完成了两部长片纪录电影《佛陀墕》和《走马水》。六年来的日日夜夜,缺少资金,风餐露宿,拍他们心中的影像,虽然没有回收成本,但他九牛不回,依然执着地把人生最宝贵的青春洒给故乡陕北。

田波说路遥的精神深刻地影响了他,路遥说:幻想容易,决断也容易,真正要把幻想和决断变为现实却是无比艰难。这是要在自己生活的平地上堆积起理想的大山。

谨以此片纪念作家路遥
路遥
LU YAO
路遥的经典作品《平凡的世界》影响千万青年的励志名篇
田波
A Documentary Feature TianBo

本片改编自2002年西北的一起真实的刑事案件
This film is an adaptation of a criminal case in northwest China in 2002.
此案被国内外媒体称为"枪下留人"
The case was globally reported as "Hold the Execution"
本案推动了中国死刑复核制度的改革
The case promoted the reform of the system of judicial review of death sentences in China.
善基电影
REAL FILM
Hold the Execution
田波 作品
A Tian Bo Film
人命关天
PRODUCED BY : CHINA MOVIE CHANNEL
KWEICHOW MOUTAI CO.,LTD
blog.sina.com.cn/chumenjianxi

走馬水
The Lost River 纪录电影
田波 王苗霞
善基电影
REAL FILM
blog.sina.com.cn/chumenjianxi

佛陀堀
the lost buddha
田波作品
FILM BY TIAN BO
纪錄片
摄制单位：北京善基影视文化传播有限公司

令人欣慰的是，通过他和他的团队艰辛的拼搏，从此陕北高原有了两部属于黄土人的影像。用田波导演的话说："我感动我自己曾有这样的初心，我们用青春和影像为故乡竖起了两通碑，虽然不尽完美，但我无愧于心。"

田波说，是陕北这块土壤滋养了他艺术的想象，赐予了他最朴素的生活启蒙。那本古老的《水经注》成了他常常观看的书籍，因为那本书中记载了外婆家门前那条叫走马水的河。他想探秘这条河流源头的故事，于是，《走马水》就这样悄然而生了。他用朴实的镜头坦然面对这片高原的本性。影片《走马水》中处处散发着悲悯与智慧的光芒，用光影雕刻出这片土地上农民的群像，为我们娓娓道来这个平凡世界里一个普通村庄的生活状态。他说："陕北的文脉没有断，没断的是一种精神。路遥就继承发扬了作家柳青的文学精神，许多人又继承发扬了路遥的精神，我认为我灵魂深处也自觉地继承了他的精神，继续深入生活，扎根人民，揭示真相，书写真善美。"

说到作家路遥，路遥无疑是一位中国当代文学领域殿堂级的人物。28岁的田波导演在接拍纪录片《路遥》时，欣喜不已又倍感压力。许多人曾怀疑将这么一位当代文坛英雄的人生传记交给一名年轻导演，他是否能完成好。"对于他们的质疑，我是在乎的，我能做的就是踏踏实实把剧本写好，把导演的功课做好，充分准备好摄制工作，用作品说话，我用路遥的话勉励自己，他在《早晨从中午开始》里说：要想成就自己的事业，就要不断地进行自我检讨，真诚去听取各种人的批评意见。即使别人的批评意见说得不对，也要心平气和地对待。好作品原子弹也炸不倒，不好的作品即使是上帝的赞赏也拯救不了它的命运。"

就像路遥写《平凡的世界》那样，田波说："我是用路遥的精神时时刻刻激励自己，路遥的许多话我是当《圣经》来读的，铭记在心，有一句话已经成为我的座右铭。路遥说："人要成就某种事业，只有初恋般的热情和宗教般的意志，人才有可能成就某种事业。"《路遥》纪录片的主创们怀着这种信念，一起吃住，一起到农村体验生活，一起研读路遥的作品，一起奋斗。几个月后，路遥的苦与乐都在田波导演的脑海里浮现，他说

甚至在梦里多次梦到与路遥一起聊天。

不忘初心，专心致志。三年多的时间，八集纪录片扎扎实实地捧在观众眼前。中央电视台和凤凰卫视台隆重播出，引起强烈的反响。2012年，中央电视台把八集纪录片《路遥》作为庆祝建国63周年献礼片再次播出。

路遥无疑是田波艺术道路上最为重要的一位精神导师，纪录片《路遥》让田波导演在拍摄完两年后精神纠结，这样的创作很伤身体，他说你的心是什么呈现给观众的就是什么，所以创作的本心非常要紧，心的穿透力是很大的，我们要善用其心就能创作出有能量的作品。这是田波对路遥精神的一种继承，也是对黄土文化血脉里的传承。

次第花开，需要阳光雨露的滋养，更需要他保持着一颗赤子之心，我想属于他的这朵花最终会灿烂芬芳。对理想的坚守让田波逐渐走向艺术的大道。2014年，来自全国的青年才俊经过激烈的角逐，在中央电视台电影频道主办的"中国影响力'十强青年导演'竞赛"中，田波脱颖而出，最终晋级十强。

"我热爱电影是因为电影有可能让我认识自己，看到人生的真相。"这些一点一点的进步让他不断前行，田波说，要感恩生命里所有支持过他的贵人，他是出门遇贵人，贵人扶持，还要特别感恩他的爱人王苗霞。他用"风雨同舟，相濡以沫"来形容自己与制片人王苗霞之间的关系。

田波认为，自己之所以心中坚守着理想，是因为自己心中存放着信仰。是佛陀的智慧、中华民族历代圣贤的智慧和人生探索点亮了他的心灵，他不再焦虑，不再彷徨，不再颠倒，用故事展现这个世界，让自己爱的能力得到更大的提升。

2018年，他带着筹备编剧三年的电影剧本《柳青》回到西安，在西安创立了多吉影业，要拍摄人民作家、路遥的文学导师人生教父——柳青。这是一位伟大而又传奇的文学巨人，我们也期待着这位青年导演所拍摄的这部电影会取得成功。我们有理由相信，有志者事竟成。凭着他"咬定青山不放松"的韧劲，我想柳青这位长眠者在天之灵，也会关照他的。

祝福他！次第花开，梦想成真！

# 高宏

## 读懂土地就读懂世界

著者：王永利

摄影：李朝阳

## 简历：

高宏，职业画家，1970 年出生于陕西横山县高镇沙沟村，现居北京宋庄画家村。

1970 年 3 月 4 日出生于陕西横山县沙沟村（注定与天地同在）；

1992 年—1994 年，在陕西商洛师范学院读书（总算有碗公饭）；

1994 年—2002 年，在延安职业技术学院工作（无聊的工作犹如行尸走肉）；

2002 年—2003 年，在中央美术学院油画系助教研修班学习（了解了学院气息，潜移默化地知道了差距）；

2003 年—2005 年，在清华大学美术学院绘画系做访问学者（理解了绘画结构的重要，造型大于色彩，绘画是思考生活的艺术）；

现居住于北京宋庄画家村（活是走自己的路，死是走别人的路）。

## 展览：

2003 年，在北京地坛公园"神马圈"首次举办高宏油画作品展（自己定得住，别人才能坐得住）；

2005 年，北京"鸿苑阁"举办高宏油画作品展（人无缘分自讨没趣）；

2006 年，在北京三色画廊举办"心质—位移"高宏油画作品展（知己有恩，心里无底）；

2010 年，在北京今日美术馆举办"爸爸的大油画"高宏大型十年油画作品展（物质—精神是高度的统一，只有美术馆才能找到作品的问题）；

2012 年，在中国美术馆举办"大地—高宏 2012 年油画展"（自由是向自然靠近）。

农民的世界是一个真正的世界，他们隐而不显，并埋藏着最高的价值，始终在这一价值里是承担者。多数人对其价值标准是一种表格式的填写，在追忆的过程里对真实进行惯性的符咒式的分离，但他们的生命在表象和内心世界获得了一个合法又合情的存在。他们在土地上坚守、追求着信念，在生存与活命里反抗着绝望，抒写着感受，土地对农民的要求就是你要抛离一切自欺欺人的幻想和神话，敢于正视现实的限制，觉悟到只有扛着风雨才能得救，这般悲壮的命运不是思考就能解决的，农民的可贵在于土地之上的承担，只要手里有土地，再苦的日子也能过，心里永远是平稳的，土地就是他们的命。

——高宏日记摘抄

2016 年 6 月 18 日，从未谋面的两个农村人在高宏偌大的别墅里展开有关家乡和土地问题的探讨。初次见面，我就能感受到高宏粗犷的外表下隐藏着的骨子里的硬气。他说，"陕北人永远不会倒下，因为我们心中的神就是父亲。"

我和高宏都是农民的儿子，我们俩的家相距不过几里地，在这之前我们并不认识。

我震惊于长我几岁的高宏对那片土地如此深刻的理解，也许这与他独特的成长经历有关。

独特的个性一定会带来独特的视角，独特的视角一定会产生独特的生活感悟，而高宏独特的成长经历也注定他的艺术表达方式的独特。在他的《庚寅·惊蛰》《乙丑·白露》这样场景式大幅油画作品中，有一种对生活深刻解剖后的凝重感，不同的人物脸上和眼睛里都释放出不同的生命体验，似乎有一种抗争、有一种麻木、有一种妥协、有一种无奈、有一种狡黠，但整幅画中却把农民骨子里的硬气和对生活无休无止的抗争的力量表现得深沉而凝重，他们顺应着节气，按部就班地在老天的安排下行进着生活。

总有人会用刻薄的语言对农民这个群体进行肆无忌惮的歧视，也许，某些个体的农民会由于生活的压力和负担的沉重，会是龌龊的，但这个群体是强大的，强大到可以托起整个国家。正如高宏在日记里写到的那样："农民的可贵在于土地之上的承担，只要手里有土地，再苦的日子也能过，心里永远是平稳的，土地就是他们的命。"这样的"承担"就构成了历史的画图。也许，农民对土地不进行挑战的原因是世代的农民经过无数次的挑战后，发现自己只能臣服于土地，丝毫的冒犯将得到严厉的惩罚，陕北有句老话说"人哄地皮，地皮哄肚皮"。大概，世间的事就是这样的吧。

少年时代的高宏是个令父亲头疼的孩子。1982 年，刚去横山中学读初中的高宏就因为和同学打架，被打成脑震荡，导致记忆力严重下降，让他不得不休学。这一次，从农村刚刚进城的高宏见识了城市孩子的"凶猛"，他们不像农村孩子打架的方式那样抱在一起比力气，"几乎是在运动中完成的，一下子就被打倒了"。戏剧性的是，那位出手就让高宏倒地的"高手"后来也成为一名职业画家，今天也住在北京的宋庄画家村，和高宏住得还很近，他们以朋友的姿态彼此"调侃"着对方。

休学期间，高宏许多出格的行为令家人无比担心。16岁之前，小小年纪的高宏常常怀揣着"明宝壳子"（陕北的一种赌具）长期出没在方圆几十里地的赌博场上，与大人们"同台竞技"，几十天都不回家。

我很担心在我理解的弱肉强食的赌场上他会不会受人欺负，他却说："谁敢？我那时出手非常狠，我曾一明宝壳子就打得一个耍赖的人鼻血直流。"而另外，高宏说其实真正的赌场十分讲规则，"最下三滥的营生却需要最有血性和仗义的人去做。"

高宏的顽劣把母亲急出一身的病，母亲的眼泪斩断了高宏心中的魔，他把自己的明宝壳子和赢来的40块钱一起扔进灶膛中化作一股烟后，开始收心去读书。高宏的家族中因为有长辈在外面工作，因此，虽然身处农村，但并不缺乏眼界，"供书"是家族的优良传统。

"四爸既是我的经历，也是我的依靠。"在县城中学当老师的四爸高长智成为高宏心中不敢挑战的权威，即使敢和父亲赌气，他丝毫不敢冒犯四爸，"因为他从来不辱骂我，即使批评也是点化式的。"就这样，高宏在四爸的庇护下在横山中学完成了初中、高中学业，但结果也一定在预料之中——1989年，高中毕业以后，高宏走上了外出打工的道路。

落榜后外出打工时，高宏认识了他的老师，西安美院毕业的马宇，让他得知考美术对文化课成绩要求低，于是，尽管高中学的是理科，但高宏却萌发了考美术的心思。他要曲线救国，他要寻找属于自己出人头地的途径。1991年，他一边复习文科知识，一边和马宇学了两个月的画，准备再次参加高考。可没想到，高考前，因为他的仗义去帮一位同学出气，又将他的高考之路堵死。

1992年，继续考美术，本来要考西安美院，却只被商洛师范学院录取。大学期间的高宏没有丝毫认真学画的心思，只想着早点毕业。毕业后，

高宏被分配到延安师范学校当了一名美术老师。此后的高宏应该说顺风顺水，当老师、做美术培训、结婚、生子，日子过得平静而安逸。

2000年正月，高宏开始思考一个严肃的哲学问题：人究竟为什么而活着？在黄河边的一个小镇上，住着五块钱一天的小旅馆，连续十多天，高宏陷入到这样一问题中，最后，高宏的结论是"伟大的人为人类活着，中间的人为事业活着，而底层的人为活着而活着。"思考良久后，他决定让自己活得有价值，于是，高宏便走上了一条不同寻常的追求艺术的道路，再后来的道路上充满了极度的艰辛，甚至是一种磨难。

夜深人静，我一个人独享时空，聆听自己悦耳的心动，一切都会在你孤独时降临，自己会有一种忏悔的心流，仰望自己的真实、逼迫自己真诚，埋藏在心底的隐秘会在这时向自己坦白。所有的丑陋、恶念、善意都在这时融合，没有回避，只有仰望天空，看看自己的软弱，低头时便是长久的忏悔，这忏悔是无奈的祷告。是不是冥冥之中早有定数。一种私念在狠狠地狂叫，诱惑里有一种强制，心里有火花。现实是可怕的，但我做着梦，在最简朴的生活中做梦，并且这个梦在长大，蕴藏着美好梦想。穷人的梦是有代价的，但上帝是公平的，将不幸与荣誉降临在苦难者身上，荒芜的心在艰苦中得到匡正，并勇敢地走向自己要去的地方。跪拜上苍，与泥土接吻。

——高宏日记摘抄

高宏在延安画油画，画得连自己都不满意，于是就想着去专业院校学习一下，同时也考个专升本，提升一下文凭。本来要考西安美院专升本的高宏被妻子撕了准考证，妻子让他要考就考中央美院油画系研修班。为这事，高宏打了妻子，但妻子没有怨言，大概，此时，唯一读懂高宏绘画价值的就是他的妻子李洁——一个善良的陕北女人。李洁说："尽管你长得一般、出身卑微，很多人瞧不起你，但我认为你是人才，要考你就考中央美院。"

但，一切都不顺利。2001年没有被中央美院

录取，2002 年高宏只好插班到油画系学习，没有文凭，没有身份，高宏让自己走上了一条不可能回头的艺术道路。

2003 年，高宏去清华美院看画展的时候，遇到了石冲、杜大恺教授，他们看了高宏的画作以后对高宏的才华给予高度认可，还邀请他在清华美院做访问学者。

在与学院派们交流的教程中，高宏明白了一个道理，"理论可以通过学习获得，但实际的生活体验必须要有亲身经历"。而高宏认为自己小时候的江湖经历和陕北这块土地上贫穷的生活这时已成为自己的优势，因为这些生活经历不仅具体，而且深刻到触痛灵魂，让他对生活的理解多了厚重感，能准确把握自己笔下所要表达的人物的内心。

但无论如何，几年来只出不进的生活已让高宏陷入到异乎寻常的窘迫之中。2005 年，结束清华美院的访问学者生涯后，高宏不得不来到北京通州的宋庄，开始了更加残酷的苦行僧式的生活。

"那时候，妻子带着孩子在陕西师范大学读本科，她来北京看我时，我只和她谈哲学、谈艺术、谈人生，但从来不谈生活，因为没有钱，哪里来的生活？"今天的高宏回忆起当年心情还是满满的沉重。

从高宏的日记中，我们一定读出了穷困对一个男人的折磨。他不仅三年不能回家看父母，而且在妻子打来电话说孩子生病没钱时，他也只能在雨地里转圈圈，长吁短叹又无可奈何。创作，成了高宏唯一的生活方式，生活的全部内容就是无休无止的创作，整个人都有一种"灵魂出窍"的感觉。

在北京宋庄租来的小屋中，别说暖气、空调，高宏整个冬天都没钱生火取暖，身体接受着极度的考验和折磨。但高宏认为自己只有找到绘画的原动力，才能使自己安宁，并企图以这种方式拯救自己、救赎家庭。"对我来说，绘画完了，家庭、理想，一切都破灭了。"

艰辛的生活和迷茫而漫长到看不到前景的创作道路没有让高宏退却，他坚信，命运之神一定会眷顾他。

贫穷带来的羞耻心和恐惧感一直在折磨、追随着人的心，孤独、脑离孤独唯一的出路就是坚决地战斗。

当事人的苦笑代替了旁观者的眼泪，一个人的切肤之痛取代了貌似公允的批判和分析，这样的反差更能唤起深刻反省。这是现实的灾难深重，苦不堪言的炼狱般处境的现实表现。

——高宏日记摘抄

2006 年底一个偶然的机会，今日美术馆馆长张子康看了高宏的画以后，感慨地说，"你要成不了，就是中国的问题。"这样的鼓舞无疑给了高宏坚持自己艺术创作极大的自信。

其实早在 2003 年，著名学者、评论家倪军就对高宏作出了这样的评价："高宏是个有思辨能力的画家，痛苦地琢磨着生与死、农村与城市、革命与传统这类的难题。他敏感并敏锐地批判时下的一些亢奋而忙碌的中国当代艺术现象。说不定，高宏这个西北人的作品可以代表中国艺术家正探寻着的新方向里一个光明的方向。"

而策展人赵树林则直截了当地对高宏说："你好好画，你是大师，他们是画家！"

可眼下的大师正处于极度的贫困之中，他儿子来北京看他以后说，"爸爸的床都是从垃圾堆里捡来的。"

状况逐渐在好转。2007 年，一名台湾的商人在看到高宏的系列画作后，要以 400 万元的价格全部买走，并带着高宏到上海、杭州、香港等地玩了一大圈。

当时的高宏怕朋友说他"吹牛"，就十分保守地对朋友说有人要花 300 万买他的画，朋友们都以为高宏在说梦话，甚至有的大骂高宏，"醒醒吧，别再谈艺术，你先把老婆、孩子养活起来。"

然而，台湾老板事业上出现了问题，400 万元的交易也就真成了"吹牛"。今天，如果不是高宏的成功，没人相信这个故事是真的，高宏的个人品质里面或许会被打上"吹牛"的标签，或许还有人会怀疑是不是高宏已经走火入魔，把梦做得太真实了。所以，成功是重要的，只有成功才能让自己有了力量，才会有人相信你，会把你朝好的方向去理解。

高宏说他要感谢妻子，因为只有李洁一直坚信高宏能成功，这也是高宏最大的力量。穷得实在不行了，他对妻子说，"咱俩离婚吧，凭你的条件找个对象应该不难，我不愿再连累你。"李洁鼓励高宏："人在江湖上的地位不是别人封的，是自己争取的，我相信你。"

李洁也许不懂得高宏绘画的真正价值，作为亲人她只能相信高宏的话，那么从日本回来的博士、北京电影学院绘画系副主任刘旭光教授却是个懂行的人，他从高宏粗狂奔放的笔触痕迹和饱满的构图中，能感受到心灵与黄土地升腾出的生命气魄的不断碰撞，他说："你的'炸弹'已经做成了，就等着有人来接盘。"

真正的转折出现在 2007 年底，接收高宏"炸弹"的人终于出现了。收藏家宋先生通过画廊朋友的介绍到宋庄看了高宏的画以后准备花 8 万元买一幅，可高宏却对宋先生说："你要买就买两幅，22 万，要不然不卖。"因为三年没回家的高宏欠了一屁股债，没有 20 万连年都过不了，这个冬天，也许就是他坚守艺术的最后的时间底线。

也许是作品打动了宋先生，也许是诚恳打动了宋先生，"22 万，成交。"宋先生没有拿走画，也没有现场给钱。说好第二天会汇款到高宏的账户上。都是有信誉的人，这次，高宏走出了重要的一步。

在高宏的画册中，我看到这样一段文字——

宋兄在 2007 年底买了画，并确定了与我来年合作。2008 年，宋兄打来电话再次确定了合作事宜，我焦灼不安的心才踏实下来，头顶上的压力突然轻松了许多，但是对绘画似乎有了些迷茫。怎样把自己的力量通过画面丰富起来，让画面能有惊异的气息，是当务之急，我的心在炽烈地抗争着。这种没有契约的合作其实压力更大，机会是需要通过能力来获取的。对我来说，工作的态度是最重要的，用心的程度是唯一的选择。

我感谢宋兄对我的赏识，每次画画的时候总是有他对我说的一句话响在耳边，他在 2007 年底对我说："高宏，你是一个有才华、有智慧的人，你需要别人的帮助，否则压力过重，这些东

西都会消失。"这句话是我来北京以后听到的鼓励最大，也是最实用的一句话。于是，这一年（2008 年）我就安心地画了二十张画，宋兄满意，认为达到了预期的目标，选了十四张画。我长叹一口气，一下释然了。

但我还要努力，让艺术再上一个台阶，于是，我又回到陕北的黄土地上，开始重新思考，重新丈量平凡世界里的大众的心魂。于是就有了 2009 年的《乙丑·白露》。

这是一种尝试。这种尝试也是在宋兄的纵容下产生的，这种对艺术家的纵容，让自己获得了一种更大的勇气和自信。但对艺术本身而言，今后的路更加漫长。

今天的高宏在自己舒适、宽敞的别墅里继续着画布上的前行，但他不沉迷于物质享受，他依然把双脚踩在大地上，每年都会回陕北采风，让心灵在那块土地上得到洗礼，汲取黄土地的营养，给自己强大的创作源泉。他敏锐地捕捉着那块土

## 自由是向自然靠近
### ——再说画家高宏

"京华陕北人"是一份刚刚开始的自媒体，自两个月前创办以来，得到许多朋友的支持和鼓励，让我和朝阳深受感动。而同时，我们自身更被这些所报道的人物不同的奋斗经历和成就而感动，因此，就更加诚惶诚恐地面对这件事情。

上期我们将画家高宏从公众号上推出后，引起强烈的反响，很多朋友从不同的渠道打听高宏的情况，想更多地了解高宏本人的生活以及其他方面的事情，也有很多人留言说希望更多地看到高宏的作品。

这样的留言和询问让我有了一些自责和遗憾，我们在报道画家高宏的时候过多地把笔墨放在高宏成名前那一段不堪回首的苦难和自我奋斗的历程中，而忽略了高宏的其他方面。

其实，作为一名从农村走出来的画家，高宏的生活很接地气，他别墅的院子里种的不是花草园林，而是黄瓜、西红柿和豆角，他会在创作之余用另一种劳动的形式让自己回归。他虽然耿直敢言，但他懂得尊重别人。我相信，他的经历就是他的财富。我深信那句话是对的："世事洞明皆学问，人情练达即文章。"当然，高宏不圆滑，也不矫情，不会装神弄鬼自我标榜，在采访他的过程中以及后来的这些天，我只要一想到高宏，脑子里就会出现两个字：真实。他在直面这个世界的态度大概就是"真实"。

无论如何，高宏是个特别的人，他把自己的简历都写得与众不同。在文后，我将原文把高宏的简历附在后面，供更多的人了解高宏。

其实，作为画家的高宏有另一个非常吸引人的东西——文字。高宏的文字简洁而富有哲理，令人惊叹他对生活和这个世界理解的如此深刻而又表达得如此到位。

因此，我将原文摘录高宏写给儿子的信和高宏对陕北老家的札记，让我们一起了解高宏的另一面，走近他的内心世界。有兴趣的朋友也可以到高宏的博客阅读他更多的文字（高宏的博客http://blog.sina.com.cn/gaohongboke）。

地上的一切信息，他知道那块土地上发生的许多事情，并在自己走向大城市以后将那块土地在内心里"供奉"了起来，让自己时刻和那块土地纠缠在一起。但那块土地给予他的往往却成了他的羁绊，"刚刚成长就在内心里充满了报恩的情节，到了懂得放下包袱的时候，却失去了最原始的冲击力。"

今天的高宏在经历过生命中的疼痛和深刻之后，逐渐成熟，但当他用表现主义的方式在画布上表达生命情感的时候，他还是如此犀利，就像他对待朋友那样，真诚而且坦荡，毫无保留地表达自己的看法。往往，他的犀利会被理解成对权威的冒犯。他有陕北人骨子里的那种"劣根性"——敢于挑战权威，但从不欺负弱者。这也许正是保证他走向殿堂的力量——真实而深刻，从不让自己活得麻木，从不说无关痛痒的话，从不会得过且过，不会让自己迷失在世俗的追逐中。

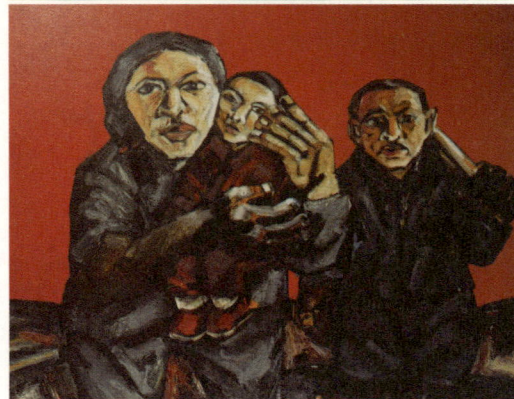

# 高宏给儿子的信（摘录）

儿子：

今日又要打扰你了，也许说得不对，仅供参考。

你空气中弥漫的是什么物质？你是怎样设计自己的？你忘掉自己的装备是什么了吗？孩子，每个人都是人群中的演员，并应该学会控制自己的表情。无论对集体和个人都应有品质的高度，所有能武装自己的背景都不是临时搭建的。这样说是因为未来人的修养是复合的，电子商务平台和图像是不可能缺少的，要求人必须有健康的体魄和完善的心灵。时代控制了人，你必须要学会拓展空间、设计未来、不断进取。现实中人总是跳来跳去不停地跳着，不断削弱自己会显得单薄而没有风格，不会引人注意。

人没有方向，没有目标就不会有舞台，不会有人为你拉帷幕，现实中人的意义就是一个挤压另一个人往前走，不去拽你布景的人都是风格高尚的人。在你前行的路上能托你一下的人都是恩人，能在一条路上挤掉你的人都是勇敢的人。

儿子，你为自己搭建起了不错的舞台，还缺少细致地雕琢自己的态度。你必须设计出自己舞台的灯光，设计出表现欲和人所共知的关系构建，必须反复训练自己的表现才能不断扩充空间，不要活在十二岁，应该活在未来的追求里，你们的时代是一个丰富的、竞争的、合作的时代，时刻都要挑战自己，击退内心不自信的声音。在广阔的空间里透出持续的呼吸，压力大的时候去勇敢地奔跑呼喊，不要与身边的负能量混在一起，关注自己的衣兜里到底能掏出多少东西，能为每件事情做点什么？

解决问题的唯一途径是学习、放下再学习，寻找强有力的心脏对抗孤独的风暴，孤独有可能是寂寞、物质、思想、感情等。

儿子，一个少年必须炫耀自己的才华，心中有无数不安的火焰，并能持续地燃烧发光，如果不敢裸露出自己的勇气，就不能从人群里剥离出自己。你不是在关注 NBA 常规赛吗？那是有规则的英雄游戏，板凳与表演者的游戏，有人一定会被淘汰，这就是人生。

儿子，软弱是一本读不完的旧书，会让你有衰败感，不要屈从于旧日历的尖叫，那里无人倾听，你必须每天翻阅新的书页，并能持续地更新自己。

儿子，空气中总会渗透进来一些尘粒，有时候会让你咳嗽，但空气是好东西。

儿子，人生到处是弯曲的管道，有时候还是要分解为十字通，不要让弯头断掉，要连接好，观察现代工业管道就能明白，人际关系是互相穿过的。

儿子，一个有思想的人一定要洗掉身上锈迹的渣，绘制出思想者的图谱愿景。

儿子，一定要往前走，走好每一步，不要失去目标，目标在细节里。你看到的别人也一定看到了，就看谁先行动。

儿子，人生的路线途径不一，但目标是固定的，就是活出自己。

儿子，人一生都在颠簸，每一站都挤满人，如果你在起点上没有座位时，也许等有座位了你却到站了。

儿子，人生永远是一部电影扭曲和拉直的关系，人生不变，但永远在更换导演和画面。只有懂得人生就会看到世界的全部。

儿子，你的路要自己走，父亲就和你唠叨这些与儿共勉。

父亲　高宏
2016 年 2 月 23 日

# 高宏的乡村札记

（一）

我们的村子是空的，青年人走出村庄，山坡上爬的是老人，母鸡在村口练习着正步。看不见人走动来往，只有一条狗展示着柔顺的毛发。那头黑豺猪四脚踏在落霜的泥土上。剪刀的风拖着秸秆长长的阴影，人和牲畜留下的脚印积着冷雨，寒秋鞭打着裸露。黎明的亮光反射在窗纸上，落叶在泥土上持续地画圈。风完全停了的时候，黑漆的公路里是拖拉机的声响，持续地穿过平庸的房顶。拾到的干柴放在灶火里点火，烤熟的土豆残留的气息是空的。我们都安静地坐在敞亮的空院里等同于荒凉，轻轻地交谈着农事，安排着割倒后的庄稼。

（二）

阳光步上台阶，倏忽地落在村庄。贫寒的土路瞬间被注入光芒，素秋形成农人的脸庞。树梢剩下叶的影子，举过头，飘动的镰架奋力抽打。连动的声音带走风中的草屑。驴的眸子留住了秋阳。默默行走和季节一起掠过。

（三）

经过村庄，熟睡在响。一只猫在墙头里独自来回走着，那只公羊咀嚼着喘息，刨着蹄子的一头灰驴直到黎明结着冰霜到来。阳光透过山顶，照亮落霜的日子，打开房门走出，背上搭一根绳，对着凹凸的山体做了一个手势，撒开腿，脚踩在镰割过的泥土上，走过，寻找着那些散放在田里的真实。

（四）

风吹来了寒冷，吹过谷田，大地门户大开。有人在地里磨铁，有鸟翼从田里低低掠过。当太阳收起来时，一天都是轻盈的铺开，眼里滚过就能幸福。有人踩过即将荒凉的田，风护住活命的基础，深藏于场顶上。风吹过那样着力，渐渐熄灭的生命留住了遗忘的细节，瞩目着疲于奔命的人，有人在风刺的嘹亮里奔跑，延续着足迹。

（五）

远处、近处的村庄，正在洒落的雨中罩住。细细的声息，那个走出村子的人，正是某处赶来的一个旅人。冒雨赴约的自由在村子里一扫而空，透湿的身子正是那穿越其中的东西。他倾耳听着村庄里隐约的人声，一个人知道只是一个路过者。时近傍晚，模糊的山体成为黑影，形成一个希望的屏障。竖着的树随地被扔在天空下，村庄寂静地安抚着沥青味的游荡。空寂的农舍，头戴硬边帽心神不安，脏兮兮的城边味掩于雨中。一切都不值一提，漂泊者的目光在冷雨里听着风的唱片，苦痛用水的方式掉落在地里。鸟类在树枝上开始撒尿，没关系的风俗最终却心满意足。要夜草的驴嗓音沙哑，歌者扣门的影子，身体因雨而坚硬。冲洗的双手空空，窥视在窗子的边缘。就这样微笑走到温暖的土炕上，一个人长着眼睛看不清来自生活的真实。秋夜，一代代永不停息。一个人的时间，向永不结束的田野蔓延！

（六）

风从很远的地方刮起，穿过河谷，刮过褐色的田野，摧折了枯萎的草茎。大地扩展着鸟群，拼成一张现代艺术皱巴巴的脸。

深吸一口气在风里疾走，秋天的光芒，以特有的方式施行着特权。如正在灭绝的火，降下火苗并标明了影响的深度。抛空的生铁在祈祷声里伸展并重获束缚的力量，刨开、拔起、镰过，因被俘而获救。那就像英雄死亡一样，赤裸对着天光，指向结实的粮仓。

窗外走动着肮脏的白羊，不停地念叨着过早的奢望。阉割揉搓着满意，揭走戳过的地，抹去的记忆生成了忧伤，指向凄迷的村庄。跟着秋天的旗帜，可疑，懒惰，贫贱不再复杂，只剩下被褐色染过的地走过。

（七）

在褐色里，我看清了自然的身体。

那是一张无言的肖像，把自己写成一个碎片。门边荒草下的河水里，漂浮着落叶长长的书信。漫长的沉默是降低自己的出生，挂果的树梢成功地避开失望，回赎短暂的秘密。乔装打扮地向着九月的村庄，地里的落果无声地连着田野。扔开丢失就是怜悯的惊讶！那记忆的拐杖陷入其中的一个纠葛。在膨胀的呼吸诱惑，让人难以脱身。

场边上，父亲把我的心喂养。斗篷遮掩着损坏的双颊，天堂的信仰是地剥离后的活命。嚼过的雄心在我生出即是死亡，慢慢用合适书写成贫瘠的山梁。接近熟悉比陌生更可怕，那里边没有增添虚假，不停歇的手最终定格为我的踌躇，他是我精神的施舍。烘干的秋天，把父亲的细节珍藏。

九月，风的凉，在劈开和撕裂里是完整的，大地尊严地立着，一种标志式的吻，是为了不停

地麻烦自己而生活着，站在门边上对准焦距，外边的村庄被局限在门框上。

（八）

我从小的村庄，慢慢地长大。请来品尝，口中有烧舌的晃荡。内心流动着忧伤，讽刺是来自村子的赞扬。

脚淡漠地摩擦在光芒的路上，一天一直缠在这个地方。我的内心有了伪装，却被广袤烫伤。我的手指是唯一的方向，想透过赞美来认识村庄。眼睛眯着，挑着草屑的钢叉，雪一样的明亮，在太阳的移动里堆起表达。睡在场里的豆秧声响啗啦，那是没有言语的对话。一个人弄出的焦虑，从来不是真实的，沉默的克制最响亮。越是沉向下方，虚无的高度越高，我一个人虚幻在无人出入的村庄。

阳光明亮，在食指与拇指间攥住装着锈铁的木耙。挖掘的土豆粗率的潮湿，换不回低廉的本钱，也不能放弃插进去的希望。愚蠢的山谷高不出头的丈量，流淌的时间表达着生活继续。

我从小的村庄，没有阳光找不到的地方。挥舞着大镰刀像风一样，劈透一日一日的成长。深掘一锹土，搅入怀中，根茎裸露在泥土上。留空的山谷，倾空的话，抚慰着呼吸，正在经历着一个下午的等待。

（九）

在这个秋天里，那棵树还在山上。解读这一刻，熟透的柿子挂在树枝上，发黄的叶子随风而下。不停地翻动在坡地上，落在水上。远处是正在收割的庄稼，写下秋天的诗章。

昨夜的风吹的苍凉，叫来生命的冷霜。记忆一个不再成长的晚上，忙碌奔跑在黄昏广袤的田野上。湛蓝的缝隙里受苦人把头低下，在一个下午的操纵里堆起炫目的田粮。阳光度过这悠闲的时光，照耀萧条的万物塞进新的光芒。

这个上午，秋天像草一样被割下来捆成一捆，带着阳光的浓香放进粮仓。度过一日不漫长，下山的太阳向着深处，眯着眼才看见生活。黑紫赭黄的山土，在黝黑树干上刻写着一种伟大，秋天割收做的是减法。

**刘进龙** 创业改变人生

著者：王永利
摄影：李朝阳

刘进龙，陕北神木人。2008年毕业于厦门大学国际经济与贸易系，比邻 CEO，创始人。互联网连续创业者，负责比邻产品方向和运营。2010年发起创建闪团网，任公司 CEO；成功打造单月营收超过 300 万、团队超过 100 人、拥有 7 家分公司的华南顶尖团购网站，并被誉为中国最有创意团购网站，后成功被窝窝团并购，完成千万级别退出。

20世纪80年代出生的刘进龙身上有着超出同龄人很多的成熟与理性，在与他交谈的时候，他对所有问题的回答不仅简要而准确，同时又有很强的逻辑性。

出生于陕北神木县的刘进龙没有像他的家乡人那样，在成长的过程中将视野投向煤炭等传统的产业，而是在大学毕业后就开启了自己的互联网创业之旅。

很显然，刘进龙已经与他家乡的那些企业家在对待企业管理和财富等问题上发生了很大的变化，他不属于依附在各种权力、关系网上的生意，而觉得互联网这片汪洋大海才是自己施展才华与抱负的舞台。这大概就是知识改变命运的人生。

虽然年纪不大，但刘进龙已经经过了两次创业，并成功实现了最终的目的。2016年，他再一次出发。由于有良好的团队和丰富的经验，刘进龙和他的团队首轮就获得了200万美元的投资。可刘进龙坦率地说："未来不可预测，一切都还在路上。"但从他对项目的分析和对市场的理解来看，一切都似乎胸有成竹。他认为，过去是快鱼吃慢鱼、大鱼吃小鱼，但今天，是有节奏的鱼吃没节奏的鱼。这个"节奏"就是指团队、技术、管理的专业化水平。

"为什么要创业"这个问题每个人都有不同的答案，刘进龙的回答是："为什么要去打工呢？去打工不也是每天都要解决很多问题么，创业能带给人成就感。"尽管有时候"晚上想想千条路，早上起来走原路"的状况会让创业者很烦恼，但是，不断前进的脚步会让创业者充满成功的喜悦和激情。

刘进龙在老家读书的时候觉得自己基本上没什么人生观和价值观，考上厦门大学国际经济与贸易系后，他觉得自己的能力和表现力非常差，这也大概正是陕北孩子和南方孩子的区别，于是不甘于被边缘化的刘进龙开始思考，如何才能够改变这一切，什么时候自己才能站在舞台的中央，成为主角？渐渐地，他有了自己创业的梦想，并且把马云作为自己的偶像。2006年，正读大学的刘进龙写下这样一句话：我要为未来的创业做积累。

为这一句话，刘进龙积极参加各种校园社团活动，并逐渐成了各种活动的主角和核心，这些过程不仅锻炼了他，而且让他找到了快乐和自信，让他打开了视野，有了更多的激情和创意。

2008年奥运会火炬在厦门传递时，刘进龙和他的同学们提前到火炬传递的上一站杭州收回了许多使用过的小红旗，直接运到厦门，然后在街上销售给市民，他们不仅让这些将被扔掉的红旗得到再次利用，而且还有了利润，同时用实际行动支持了奥运会火炬的传递，可谓一举三得。

从这种小事上可以看出，刘进龙是个善于思考和分析的年轻人。当许多人还沉浸在呐喊声中的时候，他已经经过思考发现了这背后的商机，这大概也就是他为什么将目光投向互联网创业的原因吧。

其实在2008年毕业时，刘进龙先到一家大公司工作了一段时间，但他自己很明确，他去打工只是为了了解大公司的架构和管理模式，创业才是他自己真正的目标。

2010年4月，刘进龙和他的小伙伴们创建了闪团网，很短的时间就实现了快速扩张，公司创办的第一个月，收入就达到百万以上。

2011年，闪团网被窝窝团收购后，刘进龙又在2013年创办了比邻在线，开启了自己的第二次创业之旅。这一次，他们又创造了不凡的业绩，19天突破100万用户。从2013年5月20日产品上线到2013年7月1日推出微电影《什么叫作爱》，三天内，点击率就达到上亿，到2014年9月，比邻用户已突破3000万。

许多事，出发的时候根本想不透，只有往前走，你才会得到自己想要的东西，只有经历过后，才能让自己具有了非凡的能力。刘进龙认为，"如果考虑的东西太多，人就会有犹豫"，而大多数人都在生活面前选择了妥协，即便有好的创业的想法，由于没团队，没经验，最后只能夭折。

今天的创业者，必须将"情感、利益、梦想"等团队的人全预定，老板要学会服务员工，让员工开心工作，共同创造未来。这才是刘进龙这样的创业家的企业运营规则，也是保障他们成功的法则。

　　阳光、朴实、热情、大方，是刘进龙给我的第一印象。再一次选择创业的刘进龙已经向成功迈出了重要的一步，他的行为将为更多的陕北年轻人树立榜样，让更多走出去，有勇气、有想法，而且有行动的年轻人，不断成长在奋斗的路上，逐渐走向成功。我们约定，在他这次创业再成功的那一刻，一起为他的公司"敲钟"。

# 王飞 成功是硬道理

著者：王永利
摄影：李朝阳

王飞，陕西横山人，羊老大集团公司董事长。2001年在北京大学企业家管理研究生班学习并修完全部课程。1986年—1991年在榆林市供销系统工作；1995年创办榆林市羊老大制衣公司，担任总经理；1998年创办榆林市羊老大集团有限公司，担任董事长兼总经理；2002年制衣公司改制为榆林市羊老大集团服饰有限责任公司，担任董事长兼总经理；2008年榆林市羊老大集团服饰有限责任公司改为陕西羊老大服饰股份有限公司，担任董事长。2006年当选中国人民政治协商会榆林市第二届委员会委员；2012年当选榆林市工商联第一届兼职副主席。2005年被评为榆林市十佳青年，2006年被评为星火企业带头人，2007年被评为"陕西十大杰出品牌人物"，2009年被评为优秀企业家，2010年被评为"希望工程先进个人"，2011年被评为陕西省诚信企业家，近年来累计向社会捐款（物）达到200多万元。

说实话，近几个月来所采访的"京华陕北人"总能给我许多感动，他们奋斗、他们成功，他们所经历过的非凡的人生会深深地打动我的内心，每每都会让我产生更多的敬意和冲动。敬意来自对他们成功道路上所付出的艰辛和努力，而冲动则是希望能够更深入地走近他们，挖掘不同的人身上所散发出的共同的魅力，希望能够给更多的人树立榜样。

但难处在于，每一位"京华陕北人"都很忙，我们所能获取的信息也十分有限，于是就让报道成了一种表面化的叙事方式，停留在浅显的成功颂歌中。这就让有的朋友调侃说"京华陕北人"现在做的是"京华成功陕北人"。是的，缺少深度成了我当前对报道不满意的根本所在。这也正是近两期"京华陕北人"滞后推出的主要原因。

当然，成功无疑是十分重要的。缺少成功这个"世俗"的评价标准，我将束手无策，我将更加不知如何让"京华陕北人"中的主人公以励志的形式展现在大家面前。

当本期主人公、羊老大集团董事长王飞在我的留言簿上写下"伟大是熬出来的"这样一句话的时候，我顿时释然，我理解他在成功路上所付出的艰辛，所有走向成功的过程注定都会经历漫长而又巨大的煎熬，而这个煎熬本身就隐含着巨大的价值，我也相信唯有成功才是硬道理。当然，成功不是简单地按照财富的多少来衡量，成功有多重标准。今天，"京华陕北人"所能做的就是认真聆听主人公的叙述，忠诚地记录，把他们真实的一面呈现给读者。

当王飞在北京朝阳门SOHO偌大的办公室中泡好一壶茶，讲述他如何从横山走向北京的时候，我坚信，自信满满的企业家所经历的背后，有许多常人无法想象的付出。

1966年出生的王飞在幼年时经历了巨大的不幸。6岁时，父亲去世，18岁时，母亲去世。

母亲的去世不得不让王飞中止了高中学业，只身来到榆林的工地上做苦力。

搬砖、拧钢筋、刷外墙涂料，这些从未干过的重体力劳动不仅让王飞双手血肉模糊、身体倍

受煎熬，更重要的是他在内心里问自己，"难道一生就要这样度过吗？"

在工棚里躺了两天两夜，他思考的结论是"改变是唯一的出路"。渴望成功的人从来就不甘于过平淡的生活。

连续好几天，王飞都蹲在一家台球案的旁边，从早到晚为老板"算账"。

四处打听，他才知道台球案子要去山西买。可当王飞买好了以后才发现，运输这个"大家伙"才是真正的难题。

求爷爷告奶奶，历经千辛万苦后，终于回到榆林，从此，榆林莲花池公园的门口有了第一张台球案子，那是1986年。

当上老板的感觉让王飞兴奋不已，因为他一天就可以挣到60多块钱，比当时干部一个月工资还高。

但好景不长，两个月后，当他手里的钱攒到900多元时，公安局封了他的生意，原因是有打球的人会在打球时带着输赢。

收摊后，王飞拿着自己认为的"第一桶金"还清了母亲治病时所欠的所有账务后，他笑着说："我把榆林当时没吃过的好吃的全部吃了个遍。"

没想到，今天看上去稳重大方、始终面带微笑的成功企业家也有过如此"俗气"的剧情。当然，我们必须理解20世纪80年代中国人的生活状态，大多数人最朴素的追求也许就是生活条件的改善，吃好已经很奢侈，因此，王飞对美食产生兴趣也就顺理成章。

1986年，王飞被招工进入供销社。在供销社工作的那几年，是王飞真正经历商业的开端，他见证了绒毛大战的"烽火硝烟"和起起落落，虽然是为单位干事，但这似乎也让他能产生兴奋的感觉。

当绒毛大战偃旗息鼓之后，王飞的心态也发生了变化，他不甘心于自己一个大小伙子站在柜台后面面对"三毛五毛、针头线脑"。

辞职后，王飞首先从内蒙拉了几车化肥到榆林，因为国家给少数民族的优惠政策可以让化肥到榆林有价差，一次下来，王飞"就能挣出四五年的工资"。

金钱一定是最直接的兴奋剂，尝到赚钱甜头的王飞从此以后就踏入商海，不曾离开，开启了自己真正的精彩人生。

1990 年，属马的王飞干起了羊毛的生意。他先是从内蒙古买回羊毛，梳洗后卖给服装公司；之后，他一次性买回 40 台缝纫机，靠贴牌生产防寒服；再后来，他注册自己的商标"羊老大"，决心要做羊毛防寒服行业的龙头老大——如今，羊老大名副其实，产品不仅国内畅销，还走向了俄罗斯等国家。

有一段时间，榆林的防寒服遍地开花，但随后而来的是造假成风，让榆林的纯羊毛防寒服受到外界的极大怀疑，王飞说他们羊老大始终坚持品质第一，用自己的坚持一直走到了今天。

从榆林本地开设了第一个服装作坊起，经过二十多年的努力，王飞将投资从服饰行业延伸到房地产、煤炭、广告、旅游、化工、农业等不同领域，成为集生产、加工、销售、投资为一体，跨地区、跨行业、颇具规模的多元化集团。羊老大服饰在全国 150 多个省、地级城市设有代理机构，销售终端数量达到 3000 多个。早在 2013 年，

"羊老大"品牌在全国羊毛防寒服行业率先获得"中国驰名商标"，标志着陕北羊毛防寒服行业领军品牌在崛起壮大，再次走到了全国前列。

成功的途径有千条万条，但唯有一条不能改变——那就是勤奋和坚持。

王飞说一般人吃不了他的苦。创业刚刚开始的时候，王飞带着业务员在东北等地推广产品，连续几年都不能回家过年，因为春节正是防寒服产品的市场黄金期。

看上去温文尔雅的王飞其实还有另外的一面，那就是他的决绝和勇气。刚刚起步做服装生意的时候，他只有9万元的资本金，每天要面对很多困难，其中应对政府各部门的检查成了他最头疼的难题。终于有一天，他实在忍无可忍的时候，"老鼠打了猫"。我问他想不想后果，他淡淡地说，"我守法经营也活不好，那我怎么办？既然敢打就要承担后果。"

虽然发展过程中的羊老大曾涉足旅游、广告、矿业、农业、房地产、煤化工等多个行业，都取得了不凡的成绩，但现在王飞说他把其他行业全部砍掉，只留下了服装和新能源两大板块，尽管其他行业也曾经为他带来丰厚的利润回报，让他今天说起财富张口就是以亿为单位。

王飞坦言，投资一定要走在别人的前面，不能跟风，否则就很难摆脱逆市的折磨，也就不需要那么费心地去处理与政府的关系。他说他在煤矿市场高企的时候卖掉了煤矿，一方面是因为对市场的预判，更重要的是他不贪婪，他要为跟随他的股东负责，不能太冒险。

前几年，当王飞在某国买下一座金矿的时候，坊间流传着一段王飞说的话："给我200个赵石畔（王飞老家的乡镇名字）的后生和20年时间，我可以在这些国家竞选总统。"这次我面对面采访他的时候就这句话的出处向他求证，他笑了笑，不置可否地说，"那些民族比起我们太懒惰了。"

有关王飞的故事也许还有很多，因为他在商海浸润三十多年来，往往都是行业的引领者和开拓者，而且常常是出手不凡，自然会吸引许多人关注。比如他不惜花费巨资从土库曼斯坦买回两匹汗血宝马就不仅让坊间议论纷纷，许多媒体也十分关注。

王飞说他属马，也喜欢马，而且汗血宝马作为名贵品种，他希望中国能够拥有这样的资源。今年，这两匹马已经有了后代，王飞说起这两匹马眉飞色舞，绝不像我问他是不是"有钱、任性"这么简单。

成功以后的王飞觉得自身压力巨大，所以他不断学习，在中国最著名的学府北大和清华，都留下了王飞读书学习的身影。他说这些过程中，找比自己更有水平的人聊天就是最有效的学习。这些积淀让他在决策时能够更加理性和冷静地分析市场。今天的市场环境已不同于以往，没有头脑的胆量将是死亡的催化剂。他想用30年的商战经验告诉年轻人，在具备了核心技术、品牌和资源禀赋后，沉下心来做事的心态才是成功的保障。未来的路很长，在选定市场方向后，潜心钻研，肯下功夫，不好高骛远将能走得更远。

成功后的王飞积极参与到社会事务中，作为榆林市政协委员，他献言献策，参政议政，他撰写的提案、社情民意由于调查深入、选题精准、建议合理，都引起了相关部门的高度重视，部分建议已得到了采纳，比如他几年前和其他委员联名提出的"降低榆林天价机票的建议"，由于数据确凿、论证合理，经反复提议，已得到解决，榆林人民已享受到打折机票带来的实惠。

今天，政府号召"万众创新、大众创业"。王飞说，"刚毕业的大学生缺乏经验，创业有风险，但如果去卖羊老大的服装，肯定不赔钱"，因为他有这样的经验。他曾对他的家乡人说："我与其为你们修一座桥，架几根电线杆，还不如把你们带出来闯市场、开眼界、共同致富。"很多年前就听说过羊老大要"打造1000个百万富翁、100个千万富翁"的目标。

王飞说，经过多年的打拼，羊老大练就了一支敢打硬仗的团队，他的心得在于对内要公平，要敢于不拘一格用人，以能力和水平作为用人的基本机制，同时要懂得分享，让团队和员工跟着自己有收获，有成就感。这大概就是保障成功和持续前进的最根本的原因吧。

**王维廷** 新能源，在路上

著者：王永利
摄影：李朝阳

王维廷，陕西神木人，中天同圆太阳能高科技有限公司董事长、北京神木商会理事，曾获"全国农村青年创业致富带头人""陕西省西部大开发创业十杰"等荣誉。

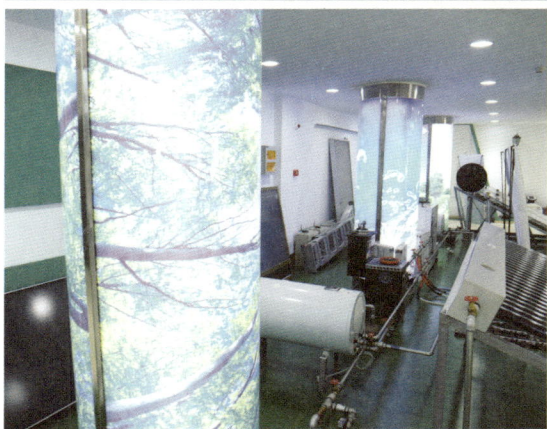

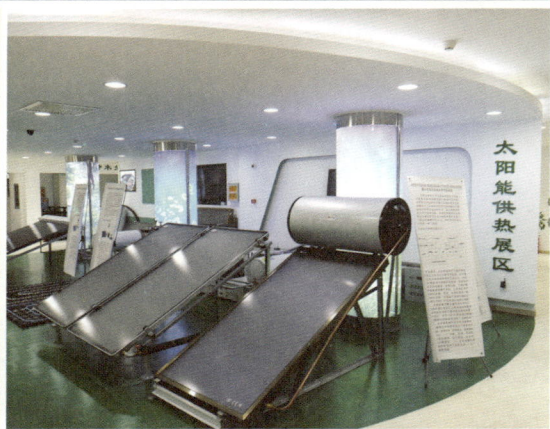

神木县的名气之大会让外界的人把所有的神木人都理解成为"煤老板"，但王维廷在他的办公室里却向我解释说他自己不能算是"煤老板"，至少不是大家所理解的煤老板。

看得出，今天在北京掌控着以太阳能制冷、制热技术研发和推广的高科技公司的王维廷董事长是不希望自己被贴上煤老板的标签的。是不是会觉得煤老板显得太"土气"呢？

当然，在我这里，"土气"并不是一个贬义词。从陕北黄土高原的土地深处走到北京来发展高科技产业的王维廷，正是因为这土地给予的力量和智慧，才有如此的雄心和魄力。

1973年出生的王维廷很善谈，也许是曾经从事、涉足过不同的行业和领域的缘故，因此，他的知识面也十分宽广。

1993年，王维廷刚刚满20岁，他贷款2200元在家乡神木搞起了养殖业。可起步几年以后，王维廷就已不甘心于在养殖业的路上发家致富——最初他也许就是为了满足自己养殖成本的降低，于是开始关注起了饲料行业，可到后来，他注册了心为科技公司，不仅开发微生物菌种、提升饲料品质，改善养殖条件，而且还经营着兽药、养殖设备，成为一家多元经营的农业高科技公司。今天，他还十分专业地向我解释"酵素菌""枯草芽孢杆菌"等微生物菌种的功能和作用。

"用心作为，科技领航。"王维廷对自己从事的工作总有着百般的思考，这些思考和努力的背后，让他获得社会的广泛认可，他曾被团中央和农业部评为"全国农村青年创业致富带头人"和"中国优秀民营企业家"称号。他的心为农业科技公司也被评为"陕西省十佳诚信经营企业"。王维廷扳着手指头给我讲述他当年从事过的业务板块：养鸡场、万头猪场、饲料、微生物制剂、养殖设备、沼气、有机肥、生态养殖技术、万亩有机玉米种植。

这些经历的背后就是王维廷丰富自己人生阅历的过程，让他不仅获取了财富，而且读懂了做人与做事。

有了一定资本的王维廷在2007年进入煤炭市场，但他始终觉得不对，因此，在2009年正是煤炭市场异常火爆的时候，王维廷来了个"华丽转身"，退出煤炭市场，然后一头扎进清华大学EMBA班开始了"充电"生涯，这也许就是他不愿说自己是煤老板的主要缘故吧。

接下来做什么？这成了王维廷不断思考的问题。他考察过港口，考察过金矿，研究过房地产市场。他认为，"人生贵在于抉择"，他最终选择新能源行业应该说与他之前经营的生态农业项目有十分重要的关系，因为这些产业都在根本上维系着"低炭""绿色""环保"和"可持续发展"这样的词汇。

2010年，王维廷在北京创办了中天同圆太阳能高科技有限公司，依托清华大学的技术背景，从事起太阳能供暖、制冷、光伏分布发电和新能源电子商务平台的技术研发和产业扩张，先后取得了三十多项专利技术。

我很感慨王维廷这样一名陕北人的眼光和勇气——他敢投资上亿元研发技术、开拓市场已经远远不止于面对当下大城市的雾霾问题的解决，他已经将目光转向农村能源的广大市场和国际舞台，虽然我还不能准确理解他口中"空气源热泵、太阳能光热电气"等这些专业名词具体的作为，但从王维廷自信的言谈中我可以感觉到他已经触摸到了一片广阔的市场。

在王维廷的五年规划中，世界上的一百多个国家都被他纳入到"互联网＋新能源"的市场战略范围内。

如今的王维廷在历经过三次创业（农业、煤炭、新能源）之后，已深谙市场的各种规则，他淡定而从容地告诫所有创业者，切不可以盲目冒进，要懂得投资与承担的关系，要学会对财富的经营。他说所有的事情都不会脱离中国古老哲学所包含的道理——物极必反。我再一次想到他当年脱身煤炭市场的决绝和勇气绝不是一句简单的"放下"那么容易，而一定是他对世界能源产业的深思熟虑和理性分析的结果。

王维廷认为，西北人的性格里有雷厉风行的一面，但缺少以柔克刚的智慧，往往能开疆拓土，但不能长期经营，导致命运轰轰烈烈、大起大落，这是王维廷内心里长期思考的问题，因为我在他的办公室里看到两幅书法作品，一幅是由一名地方官员书写的"方兴未艾"作品，另一幅则是中国道教协会前任会长任法融书写的"如日中天"四个字。我想，这一定暗含着王维廷对自己当前所从事的事业的规划，他说，他永远在路上，他要做一名有担当的企业家，用理想和目标支撑着自己不断前行。

# 董佳羽 梦想成就人生

著者：王永利
摄影：李朝阳

董佳羽，五洲博尔文化传媒公司总经理，横山中学北京校友会会长、北京横山商会执行会长、全联书业商会副会长、中国书刊发行协会非国有工作委员会副主任，多年从事图书出版行业，累计出版各类图书达到几千种。

　　曾经的文学青年，今天的企业家，董佳羽走过的路告诉我们一个道理——成功靠的是自身的特质和长期不懈的坚持。

　　在一家颇具禅味的茶馆，董佳羽如约而至，我以"京华陕北人"的名义代表许多打听董佳羽情况的朋友在名为"真诚"的单间与董佳羽展开一场真诚的对话。

　　有些人注定就是领导者，这与他自身的特质和担当有关，董佳羽就是这样的人。

　　初中时，董佳羽就表现出出色的领导才华，他曾担任石湾中学的学生会主席，而且获得了全县优秀学生干部的称号。

　　1990 年到横山中学读高中后，董佳羽发挥自己的特长，和同学们一起创办了横山中学的第一个文学社——鲁迅文学社。

　　今天，董佳羽说起当时创办文学社的情况时仍激动不已。我们的谈话就从他曾担任社长的文学社开始，因为那是他存放青春梦想的地方，是他得到全面锻炼的地方。

　　作为一个新生事物，文学社在创办过程中也是充满了艰辛，因为这些课外活动毕竟会占用一些学习时间，对于从各乡镇农村到县城来读书的大多数同学来说，考大学才是正途，才是最好的出路。那么，作为一个兴趣组织，有没有必要在高中阶段出现就引起许多人的怀疑。但张景明校长对文学社创办的肯定和庞国龙老师的实际行动支持，为董佳羽他们创办文学社坚定了信心。

　　事实证明，文学社的出现不仅没有影响到学习成绩，而且空前地影响了学校的风气，因为文学社不断地从校内外请来一些文化名流做讲座，与社员形成互动，不仅让沉闷、无聊的学习时光变得活跃起来，而且让许多同学大开眼界，树立

了正确的人生观和价值观。比如文学社从校外请来当年在各大媒体上不断发表文章的闫顺心老师，让社员开阔了眼界，学会了许多新闻写作的技巧。而校内的如李赤、毕云、刘亚东、黄尧等老师则利用业余时间，为社员们在写作方法、思路开阔和知识面的拓展做出了许多贡献。董佳羽感慨地说，正是这些老师的支持和付出，才让文学社走上了良好的发展轨道。

那时候的董佳羽不仅在文学创作上热情十足，先后在报刊上发表了不同的诗作，而且已显露出出色的组织、领导才能。他的作品《闹钟》得到老师、同学的极大肯定，后来发表在正式刊物上。

当年的鲁迅文学社充满了民主的气氛，王瑶、董佳羽、张耀祖、王泽华等几个人各自分工，各自发挥所长，让文学社的活动充满了理想主义的

情怀，用油印的社刊《鲁冰花》表达着他们对文学的追求。

不要小看这份小小的油印刊物，在那个文学梦想在许多同学心中发芽的年代，《鲁冰花》对社员优秀作品的发表给了许多同学异乎寻常的鼓舞，让许多同学更加坚定地热衷于文学和写作。

在李赤、毕云等许多老师的帮助下，文学社不仅社员队伍有了极大的发展（全校 800 多学生中有 600 人以上参加了文学社），而且文学社经常组织各类作品比赛，并且把优秀作品推荐到国内的各类诗词、散文大赛中，获得了不同程度的大奖，一些著名的期刊杂志也发表了许多由鲁迅文学社推荐来的作品，这些现象一时在学校内引起极大的反响。学校不仅给了文学社专门的办公场所和经费，还为此专门组织大会进行表彰奖励。作为时任社长，董佳羽走上主席台，发表了他有生以来第一次如此重要的讲话。

我读高中时的一名化学老师曾告诉我们说，人生要有"三头子"，首先要有"胆头子"，其次要有"嘴头子"，同时还要有"笔头子"。我们许多人十分认同这样的说法，这次和董佳羽讲起时，他十分肯定地说，当年的鲁迅文学社不仅给了他自己，还给了许多同学上面所说的"三头子"。因为文学社经常性的辩论会让同学们不仅敢于站起来发言，锻炼了口才，而且让同学们的综合素质得到很大的提高。这些经历让董佳羽至今都受益，他在很多场合开口就讲、毫不怯场。

董佳羽似乎从来就比一般同龄人胆正、气足。当年还作为一名在校中学生的他，竟然敢推开自己并不熟悉的一家银行行长的门，去为文学社拉赞助，而且想好了具体的赞助、回报细节。

回首当年在文学社的青春年华，董佳羽异常感慨，那时候除了掩盖不住的才华需要不断外溢，还有勇气、责任一起随着自己成长，他说路遥、席慕容、汪国真、三毛……心中有偶像的年华总是幸福的。因为这些岁月不仅很充实，而且如同早春满树的梨花，洁白而纯净。

1993 年，高中毕业后的董佳羽因为李赤老师到北京来专门搞汉字研究开发，于是，董佳羽在李赤老师的支持下来到北京学习企业管理。从来都目标清楚的董佳羽不会浪费一点时间，他从没

想自己要去哪里打工或者找个机关、事业单位去过清闲的生活，他心里只想着一件事情——创业。

董佳羽说他要感谢自己的父亲、母亲、哥哥和弟弟的开明与支持，是家里人最初支持他学习、创业的想法，不仅让他迈出重要的一步，而且让自己坚定了走下去的勇气。

其实，从20世纪90年代中期刚开始走上独立创业的时候，他不过就是带着几个同学利用节假日在北京或者是外地推销图书，靠着肯吃苦、敢拼搏收获了人生的第一桶金。大学毕业后，董佳羽很快就注册了博尔文化公司，专门从事文化出版业务。

一个阶段的回顾和反思，总会把一个人内心的许多牵挂调动。董佳羽至今依然记着许多帮助、鼓励过他的人——大连市某新华书店的庄经理、人民大学的丁志民教授、恩师李赤先生和毕云老师、张景明校长……感恩，会让一个四十多岁的男人目光中有些潮润，他说他总记得在北京一起战斗过的兄弟——王泽华、杨耀文、魏龙、高欣等。

有朋友提示说，董佳羽的道路开启了横山中学后来的学子们追求自己理想的道路，从横山中学鲁迅文学社担任过不同职务的人后来即使是在大学毕业后都放弃了在家乡寻求一份稳定工作的现实想法，从不同的地区走到北京来寻梦、创业、发展，董佳羽无疑就是他们的榜样。

董佳羽的可贵品质在于他不仅自己有想法、能行动，而且他能够吸纳自己的朋友和自己一起往前走，他认为坚持和分享才是自己最大的愿望。他希望把陕北人"能吃苦、守诚信、不保守"的特征汇聚到一起，白天创业用尽全力，晚上用方言相互"调侃"着聊天、揭老底到半夜，然后哈哈大笑，他觉得这才是人生中最痛快淋漓的生活。他说，一起干事情要以感情作为基础，让利益作为保障，只有这样，才能让事业走得更远。

从1996年到2016年，董佳羽20年创业的历程始终没有离开过图书这个行业，尽管他也涉足大学教育和文化创意产业园区开发，但他始终坚持着图书出版，希望自己的公司能够在文化传播、知识传递的过程中贡献一点力量。

董佳羽坦言，其实他也经历过一些寒冬，但他总是坚定地认为，没有不好的行业和产业，只是需要我们不断调整和转型，用创新的思维去适应市场的变化和社会的需求。大概正是基于这种理性的分析和坚持，才让博尔公司在教育图书行业细分市场一直名列前茅。

今天，董佳羽说自己还在做着转型，他要进军中小学生阅读、作文培训领域，做"互联网+"，让教育资源薄弱地区的学生一样能享受北京、上海等地的优质教育资源。

担任着横山中学北京校友会会长、北京横山商会执行会长的董佳羽在老乡圈子里有着相当的知名度和公信力，他倡议的活动总是能得到大家积极响应，这不仅仅是由于他的事业成功，更多的是他有一颗热衷于公益的心。他总是愿意付出，他能够团结多方面的力量，进而调动各方面的资源。前几年，他花费不小的代价组织了国内几十名教育顶级专家在母校横山中学召开了三天研讨会，希望给学校引进先进的理念和优质的资源；他为横山中学捐助价值几十万元的图书，以充实母校的图书馆，给学弟学妹们提供更多的阅读素材。

今天，当董佳羽把孩子送到国外接受良好教育的同时，他萌发了一个想法，他说希望能够利用他在北京文化、教育界的人脉资源，为家乡的学子们提供广阔的平台，他甚至策划着成立中学生作文竞赛基金，挖掘具有写作才华的学子，鼓励家乡的学子们能够全面发展、多方面成材。

如今的董佳羽，事业、家庭双丰收。朋友相助，家人支持，让他在企业发展的道路上不断前行。董佳羽说，事业固然重要，这是男人的追求，而同时，他更享受家庭的温暖，他感谢自己的妻子和家人对自己默默的支持，是家庭的温暖让他无论多么疲惫也能充满斗志。

人生就像一场旅行，不同的时间、不同的地点都会遇见和自己一起欣赏美景的人。在我将文章发给他让他审阅的时候，他特意打电话来说希望我能够在文章中表达对曾经陪着他一起走过青春、一起成就事业的朋友和兄弟的感谢，他说他从不曾忘记这些年和他一起成就梦想的朋友，是朋友让他觉得青春是如此而可贵。他说，有梦想，总年轻。

# 雨霖

## 朝圣者，风雨励霖前行

著者：王永利
摄影：李朝阳

雨霖，陕北府谷人。北京知名文艺导演，首都著名文艺专家，中国广播电视协会常务理事，北京雨霖导演工作室艺术总监，曾任中国民族管弦乐学会常务理事、中国音乐家协会会员、北京音乐家协会会员、中国指挥家学会会员、中国社会音乐研究会副秘书长、联合国亚太残疾组委会"爱心大使"、中国文艺志愿工作者。

从艺三十多年来，雨霖从一名作曲家、指挥家到知名文艺导演，他执导的全国各类大型文艺晚会高达五百多场（或许有人都不敢相信这些带有国字头的演出数字会是如此庞大），同时参与过多部影视作品的拍摄以及音乐剧、歌剧、歌舞剧、实景剧、曲艺小品等多种艺术形式的导演工作。其代表作：《公仆的足迹》《炊事班的故事》《美丽人生》以及"中欧青年主题文艺演出""影响中国大型文艺晚会""世界青田人文艺晚会""第七届北京民运会开幕式""全国青少年春晚""草原星""青春万岁""中国风"和"星光大道"等。

雨霖导演说他是在广播上听了几期"京华陕北人"后，对这个形式产生了很好的认同并予以了很高的评价。他觉得有人能把陕北的优秀人才进行挖掘和整理，是一件十分有价值的事。作为在北京生活了30年的陕北人，雨霖时时刻刻关注着陕北那一片让他眷恋的黄土地。当我们找到他的时候，他不仅十分乐于接受采访，而且用他作为一名导演的思维给了我们许多非常好的建议。

我惊叹于12岁就离开府谷老家的著名导演雨霖的敏锐。似乎，他的镜片后面的眼睛总是在不断捕捉着什么。坐在我的对面，尽管有近视镜片的反光，但他眼睛里的灵动依然掩饰不住地伴随着他流水般的讲述，用诗一般的语言传递着他修剃的光亮的大脑壳中的智慧。

一见面，雨导就月一句话吸引了我，他说，"陕北大地上流淌着艺术的基因。因为陕北过去长时间的贫穷，会让人们在生活中产生一种自我创造欢乐的追求。"雨霖导演说，陕北的土地长庄稼不行，但滋养艺术行，陕北人犹如陕北的河一样，浑身上下都充满着奔放和汹涌，有力量，敢奔向远方。

雨霖导演正是陕北这块滋养艺术的土地上走出来的一名优秀的人才，他用朝圣般的心对待艺术，对待自己喜欢的事业，这么多年来，从不放弃，无论是低谷还是在等待，他说自己一直都是守望者，在风雨励霖中，一路前行。

1988年5月18日，雨霖踏上北去的列车，从西安开往北京的18次列车的8号车厢18号座位，雨霖独自一人来到了举目无亲的大北京。

尽管有一组非常吉祥的数字伴随着他初入京华的旅程，但似乎也没有带给他过多的好运气。雨霖说："成功要靠自己的努力，一切从头开始。"

当雨霖怀里揣着200块钱，身下压着一张破报纸在北京的火车站时，眼前一片茫然。谁也不知道他此刻正式的职业身份仍然是陕西省歌舞剧院的首席指挥。而他来北京的目的只有一个，那就是提高自己，他说绝不可以再继续在温床里空耗时光，在单位里碌碌无为浪费时光。用他自己的话说就是要做"三高一低"的事情——见高人、会高手、上高台、放低自己。

从此，雨霖开始了常人难以想象的北漂生活——

1992年7月，第五届全国青年歌手电视大赛通过央视向全国直播，开赛之际，为大奖赛担任伴奏的中国广播民族乐团乐队指挥彭加鹏还没到场。就在大家为之着急的时候，进来一位大家并不熟悉但很有气场的人说，"彭加鹏不能来指挥乐队了，我来替他指挥吧。"乐团的演奏家们用怀疑的目光打量着这个土里土气的男人："你行吗？""是骡子是马拉出来遛遛。"他的自信和轻松让乐团和导演组似乎有了几分信心。一想，那就让他试一试，先指挥一曲，不行立马换人。毕竟雨霖是上海音乐学院科班出身，又曾担任过陕西歌舞剧院的首席指挥，一执棒，专业水准就显露无疑。因此，这一届被冠名为五洲杯的电视歌手大赛的演职名单上有了雨霖的名字。

多年以后，当他说起这段有趣的经历时候仍止不住哈哈大笑，他说是他让当时在中央音乐学院指挥系读研的同学彭加鹏不要去现场指挥，找个理由不去了之，其目的是"偷梁换柱"，让他斗胆登上了这么大的舞台，指挥国家级的乐团。其目的是希望在央视这个大舞台上给自己追逐艺术的朝圣的心一次或许是唯一的一次机会。从此，雨霖这个不起眼的名字与京华大地结了缘。

我不怀疑是由于当时体制的束缚让雨霖随口给自己起了这么一个名字，而我更愿意相信这是他长时间深思熟虑的结果，他大概是希望这个名字能为干旱的陕北大地带来一丝希望，大概是要将自己同陕北大地紧紧地连在一起。

走上电视文艺导演道路的雨霖可谓一路风尘，收获满满，不仅在全国执导了500多台大型文艺晚会，并与其他同行一起策划、导演了中国电视节目中最耀眼的栏目——《星光大道》。

从底层出发，一步一步走到国家级殿堂的雨霖心怀悲悯，他们就是要给草根机会，让老百姓走上央视的舞台，要让普通人能够像他们最早策划这个栏目时的名字那样——步步高。

导演之外，雨霖还有一个身份是音乐家、指挥家。多年来，他作为一名指挥家先后指挥过中央民族乐团、中国广播民族乐团、中国歌剧舞剧院交响乐团、中国音乐学院民族乐团和实验乐团，并组建成立了北京广播爱乐民族乐团。而他为林石诚、齐宝力高等很多音乐大师担任指挥、音乐监制的专辑高达36张。他创作的音乐作品达到400多部（首），其中歌曲《生身之母》（万山红演唱）、《千里姻缘》（白燕升演唱）、民乐合奏《秦缘》、琵琶曲《山寨》、二胡曲《陕北人》、舞蹈音乐《火箭兵的梦》和电视艺术片《公仆的足迹》等大量作品得到观众和听众以及专家的广泛赞许和肯定。

陕北人说，"没个三下两下，哪敢在戏台上

打架"。雨导说，居京不易，没两把刷子，在这个全国精英荟萃的地方真的不好混日子，毕竟北京这地方"码头大、台子口硬、水深无底"。

有人说，才华是上帝给有些人恩赐的礼物，殊不知这礼物正是一种"惩罚"。走向成功的过程其实令人倍受折磨。作为导演，雨霖"要读懂别人"，首先就要比别人付出许多，只有这样，才能驾驭全局。

看上去乐乐呵呵的雨霖其实常常为他喜爱的文艺作品苦苦追寻，他认为人生的过程就是一把刀逐渐开刃的过程，不经历锤打、淬火，就不可能有开刃后的锋利。有人这样形容雨霖："这家伙不得了，丫是从舞台上一开始捡瓜子皮上来的导演。"他说，导演是一个在幕后隐形的人，要甘于寂寞，蓄势待发，要有潜伏下来的能量和肚量。雨霖说，所谓"功成名就"不可随便提及，人的成功与名利从某种意义上讲是没有关联的。

我很理解雨霖这个被形容为"捡瓜子皮"上来的导演，就如我理解所有来京华寻梦的人一样，如果为了安逸，只是为了活着，那有什么必要来北京历经艰辛呢？我更理解雨导说自己对艺术上瘾的感触，因为他怀一颗朝圣般的心，把自己变成了艺术的"瘾君子"。我想，没有执着，没有坚持，哪会有如此丰满而不落俗套的人生？

无论是在北京还是在任何地方，偷人绝不可以，但偷艺可以，有人说得好"看艺不如偷艺"，如果你时时留心、处处注意，那么，"人情练达即文章，世事洞明皆学问"。自认为永远在路上的雨导自1992年创办京城最早的导演工作室——雨霖导演工作室以来，没有一天不在思考，没有一天不在学习，没有一天不在努力。人生如艺术、艺术如人生。"人从来都不怕困难，从来都敢于挑战任何艰辛，但人生没有捷径，坚持坐下来就能进入入定般的修炼，就能自我洗涤灵魂。"只有向艺术的殿堂攀登不息，才能获得别人的认可，才能有饭吃，成功才是硬道理。当今天的雨霖在全国包括北京大学在内的各地的许多高校做人生励志演讲的时候，大家更多关注的是他作为一名导演的成功，关注他作为西安音乐学院、上海音乐学院、中央音乐学院学习以及在延安歌舞团、

陕西省歌舞剧院、北京曲艺团、中国歌剧舞剧院、北京现代音乐学院、北京电视台等岗位上为艺术所付出的努力。然而，又有谁知道12岁之前的雨霖曾生活在陕北的最落后的农村，重复着"放羊为挣钱，挣钱为娶媳妇，娶媳妇为生娃，生娃为放羊"的生活。

12岁那年，当西安音乐学院的教授到陕北来招有艺术天赋的人才的时候，村主任问教授："你是乡里派来的吗？"

就在这样一个落后、封闭的只有几户人家的农村，从没走出过大山、一直都在放羊的雨霖用一首随口就来的《羊肚肚手巾》就让教授把他带到了西安，带到了艺术学院，从此，他的人生命运发生了改变。

山野的粗犷与艺术殿堂中的严谨毕竟不同，天赋必须靠汗水浇灌才能使其开花、结果。一步一个台阶，一步一个脚印，雨霖从西安音乐学院到上海音乐学院，再到中央音乐学院，每一次的深造和学习都催促着雨霖的飞跃。在名师一步步的指导下，在多年来不断学习和进步下，才能让他站在一个艺术的制高点上，敢于和昨天的自己告别，敢于放弃令人向往的稳定的工作，敢于用生命中最真挚的心去迎接理想之花的怒放，去体味人生道路上最富有意义的酸甜苦辣，并以此让自己变得成熟稳重低调简单。

今天，导演雨霖又开启了自己人生新的挑战，除完成大量的演艺活动与社会公益事业外，正应国内一家知名出版社的邀请，开始创作一部百万字的长篇小说，书名暂定为《地球上又多了一个男人》。与此同时，以同名小说改编、由他本人编剧并执导的32集电视连续剧将成为小说的终极版。

能舍得奉献自己的人一定能收获人生最壮丽的风景。酷暑之中的北京，当我们握手告别的时候，雨导仍旧骑着他的那辆骑了多年的破自行车进他居住的高档社区，我似乎看到背影里有一种意味深长的叮嘱——只要懂得把理想付诸行动，一切仅仅是个开始……人生，就是艺术，艺术，等于人生。雨霖，追求艺术的梦，如同一个朝圣的信徒，永远在路上！

# 李志武 坚守赢得花开

著者：王永利
摄影：李朝阳

李志武，1962 年出于陕西省延长县，著名连环画家，中国人寿集团品牌宣传部副总经理。1985 年开始发表作品，现有数十个短篇和两部长篇连环画发表、出版。其中 1999 年 10 月，《平凡的世界》连环画入选中国第九届全国美术作品展，并获得铜奖；2004 年 12 月，《白鹿原》连环画入选第十届全国美术作品；2009 年 9 月，题为《农耕纪事》的个人连环画作品展在北京举办；2015 年 1 月，《白鹿原》连环画在法国出版并得到热捧。

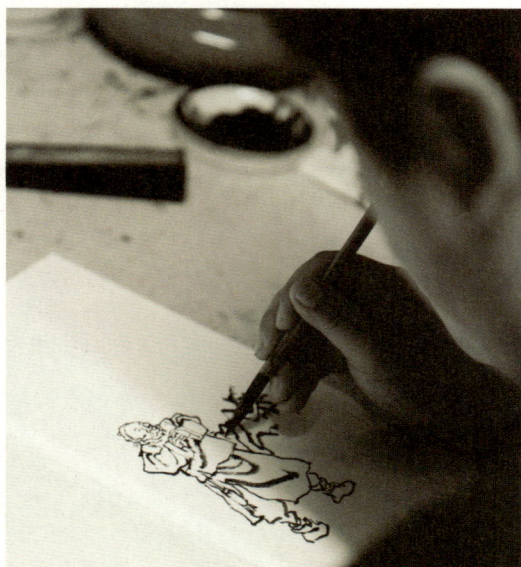

被誉为"英国辛德勒"的温顿说："有的人生来伟大，有的人追求伟大，有的人硬被人说成伟大。"本期"京华陕北人"的主人公李志武先生显然属于第二种。

当然，作为一位著名的连环画家，李志武令人敬佩的不是他的才情，而是他的坚守，是他长期以来能在本职工作之外坚持创作，从内心里敬畏文化、传播文明，最终成为国内一流的连环画家，而且他还从基层保险公司一步一步走到北京，成为总部的高级管理人员。我相信，这一切的背后正是他坚守的结果。也正是坚守，让他墙里墙外同样硕果累累，收获了丰满的人生。

1962年出生的李志武在上学时期正赶上"文化大革命"，无法在学校里接受正常教育的李志武收获了人生的另一种意外——如火如荼的"革命"需要各种各样的美术作品来宣传革命形势的一片大好，爱画画、画得也不错的李志武"那时候不知道写过多少美术字，画过多少雷锋头像、向日葵等图案"。"那时候政治任务多，县文化馆忙不过来就请我去帮忙，我帮助县文化馆画过不少的林彪、孔子的漫画，在县城满大街都张贴。"歪打正着，"革命"的需要锻炼了李志武的绘画技能。

而在这之前，七八岁的时候，李志武家在延长县城，因住在紧邻着文化馆的地方，让他曾目睹了红卫兵将文化馆的干部从屋子里揪出来打得满脸是血的场景。随后，文化馆也就没人管了，房间里的图书、石膏像等杂物散落了一地。"我那时候经常一个人从窗户钻进文化馆的库房里，随手找一本有插图的书就躺在草堆里翻看，一看就是很长时间。"

也就从那时开始，李志武开始描摹一些政治人物、历史人物的漫画像。没有纸，他就把纸箱子拆了画在纸板上，有时候还画在捡来的香烟盒上。渐渐地，李志武就成了学校小有名气的小画家。

"15岁的时候，我自编自绘的一套60多幅的连环画就在延长县文化馆的宣传橱窗展览，得到很多人的夸奖，因此，也就经常代表延长县参加延安地区举办的美术作品展。"直到今天，谈起那段岁月的李志武在感慨中透着亲切。他认为

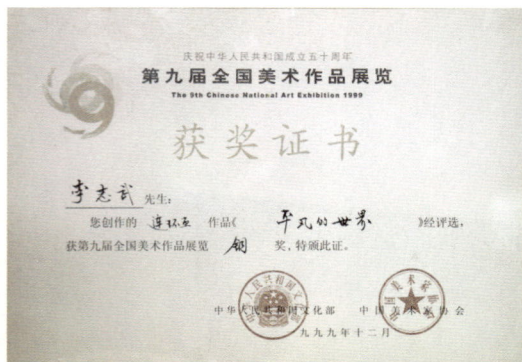

自己后来之所以把自己的美术天赋用在连环画创作上，和当时接触到的连环画给了他人生启蒙有着很大的关系。他说，"那个时代里的信息传播途径主要是靠广播和报纸，文化传播的渠道主要是电影和小说等，而连环画则是小学、初中学生的主要课外读物。可以说，连环画是我人生的启蒙智库，是我人生观、世界观形成的重要的导师。"

这也许正是李志武后来创作连环画时如此认真、严肃的原因，因为他知道，文艺作品对一个人的影响将是深远的。

虽然李志武在延长县的画画名气已经很大，但他毕竟没有接受过科班教育，全部过程都是自学。按很多人世俗的理解，1981年已经到延安保险公司上班的李志武从此也就要放下手中的画笔，去过一个普通人安逸的生活了吧，但相反的是，李志武却坚持用手中的画笔表达着自己的内心，探索着形成自己的绘画风格。他说他"像纤夫一样前行"，独自享受着连环画这个让自己钟情的事业的"艰辛与欢愉"。

1990年，李志武在广播中听完了小说《平凡的世界》后，马上就萌发了要将小说再创作成连环画的念头，"我觉得太亲切了，我觉得我就是孙少平，我画这个作品不需要体验生活，路遥所描写的正是我最熟悉的生活"。

1991年，李志武经朋友介绍到路遥家中拜访路遥，并谈了自己想画《平凡的世界》连环画的想法，路遥完全赞同，并写信委托当时《延安日报》社副总编辑张春生担任连环画文字脚本的改编任务，同时还赠送了李志武一套《平凡的世界》，让他用于再创作。

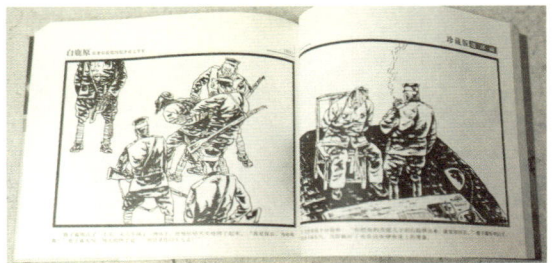

由于李志武白天要上班，因此，他的创作时间只能到晚上或是周末的业余时间。李志武回忆说，"当时我已将自己完全置身于《平凡的世界》中不能自拔。无论是吃饭、走路，还是蹲厕所，满脑子都是《平凡的世界》中的人物和场景的构思。"

1992年的一个深夜，李志武画完连环画《平凡的世界》后，他一笔都不想再改了，他甚至如同路遥写完《平凡的世界》小说后那样，内心充满了复杂的情感，虽然"有年轻人的勇气和激情"支撑着李志武完成了全部的创作，但历时一年半，磨秃了20多支画笔，积累下的稿纸有一尺多厚，右眼视力从1.5下降到0.2，每天清晨两三点入睡，甚至画到天亮，整个人瘦了一大圈，让30岁的李志武身体倍受煎熬。

这些画稿路遥病重入院前曾在延安看过，他让李志武把656张画稿一张一张摊在宾馆的床上，看了足足有三四个小时，然后说，"画得好，很真实。"然后又说，"出版的时候，我给你写个序。"然而，随后不久路遥就重病住院，到最后只给李志武写了个简单的授权书，其中最后几个字是："水准不低，本人完全同意出版。"

李志武说，《平凡的世界》他是用黑白对比和略微夸张的手法完成的，他借用了陕北民间画和剪纸等艺术元素。这位被媒体誉为"中国传统连环画最后旗手"的人，让广袤的黄土高原和深厚的文化底蕴，造就了他那苍凉、朴拙且充满泥土气息的绘画风格。事实证明，李志武对长篇叙事性的连环画的人物、事件的把控具有相当的水平，所以才得到路遥的肯定，得到出版界的肯定，得到美术专业人士的肯定。

2000年底，曾刊发过连环画《平凡的世界》的《连环画报》在酝酿"长篇连载"的新选题时，执行主编夏丽想请李志武创作《白鹿原》。于是，"我便给陈忠实写信，说明我的想法与决心。很快，我就收到了陈忠实一封热情洋溢并充满期望的回信，随信还附一页盖有印信、郑重其事的授权书。"

为贴近原著的风貌，李志武多次去陕西关中好多地方进行实地考察和写生。就跟着了魔一样，但凡有一点线索，李志武也要去看一看。就是从那时起，他养成了搜集老照片、古民宅书籍的爱好。李志武表示，自己的绘画作品总体上来说还是比较忠实原著的，真诚地展示了那个时代的东西，出版后收到的评价也都表示有那个时代的味道。

开始创作《白鹿原》的时候，李志武已经凭借着出色的宣传、摄影等工作能力，被调到北京担任中国人寿集团的高管，工作更加忙碌，于是，每天下班后，李志武又开始了埋头创作，平均每天要画3幅以上的画稿，可是等画完第一集62幅画稿后，由于觉得"缺少空灵的感觉"，李志武撕掉了自己一笔一笔画出的"心血"，一切重头再来。到全部作品完成后，长期的艰辛让李志武的颈椎出了问题。

李志武的努力得到了陈忠实的高度认可，陈忠实评价说："志武画的《白鹿原》，我以为把握得甚为准确，甚为传神，更有着画家自己着意的夸张和张扬。"而法国连环画评论家则说，"李志武这个画家进入到白鹿原里去了。"

接连着创作了两部著名的陕西当代文学家的作品，让李志武名声大振，在国内连环画界已成为大腕级的人物，作品不仅获得了全国美术奖，也被外国出版社选取出版，但他依然内心积攒着力量，他说他接下来将要展开对贾平凹《秦腔》的连环画创作。他说虽然自己的体力已大不如前，而且画连环画也很伤视力，"一般的东西也就不再弄了，但遇到好题材仍舍不得。"

如果《秦腔》能够问世，那么，陕西当代作家中的三个领军人物的茅盾文学奖作品已全被李志武"拿下"。"贾平凹的授权书已经给了我，但我还没有和贾平凹见面，因为我不是那种沽名钓誉的人，我也不愿借名人高枝给自己脸上贴金，我内心里就是想着做一些自己喜欢的事，并且坚持着去做。"其实，他已经多次去贾平凹的家乡采风，收集有关的素材和资料。

采访李志武的时候，他的谈吐和为人让我觉得他就是一个谦谦真君子，随和、厚道、理性，不张扬但内心充满了力量。我觉得，他最大的力量就是坚持，坚持也成就了他人生的辉煌。是坚持让他从简单、平凡的工作中创造出伟大。也许，李志武从没有想过追求伟大，但他的坚持已经让他登上了人生的高峰。

高玉涛 因为路遥

著者：王永利
摄影：李朝阳

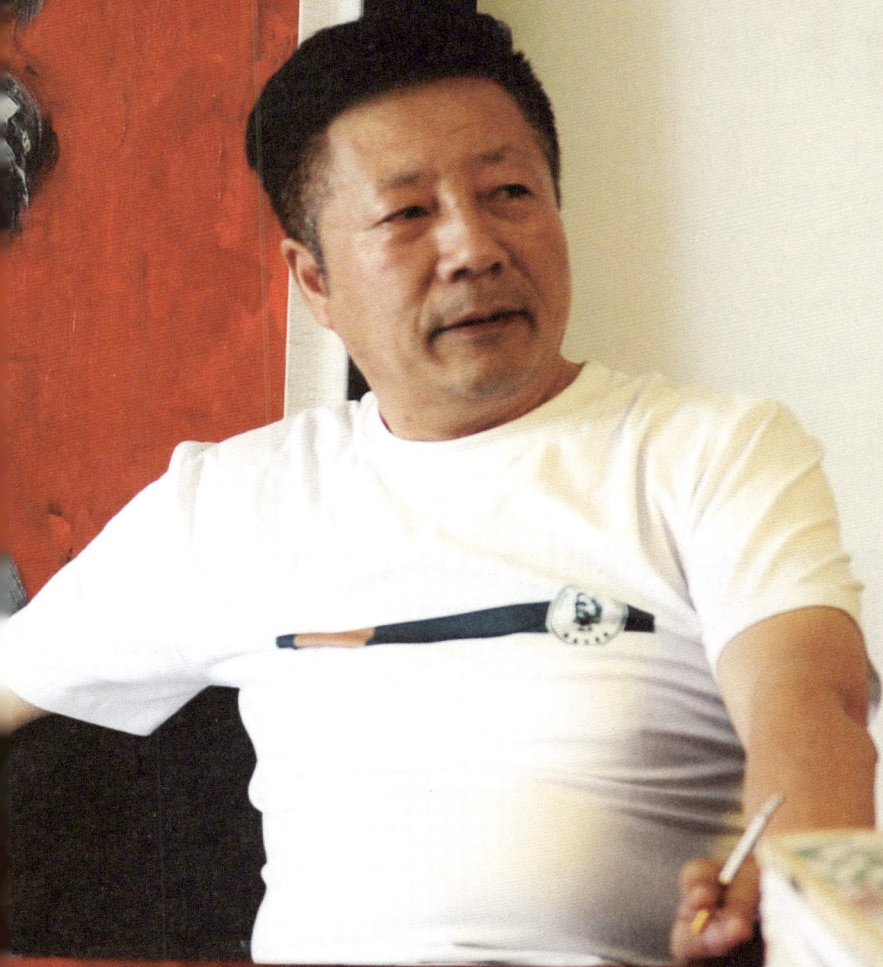

高玉涛，陕北靖边县人，企业家，策划人，"路遥文学奖"发起人，"路遥文学奖"研究中心主任，《收藏界》杂志社社长。

8月的一个周末，上午，当我们如约来到高玉涛先生办公室后，眼前已经全是路遥的世界。巨幅画像、宣传海报、路遥作品朗诵会签名墙以及各种关于路遥的资料等等。这间偌大的办公室似乎全部都和路遥有关。

听他讲述后，我觉得高玉涛的经历就是个传奇。

他二十多岁时在北京创办的饮料厂曾被中央和北京市的领导同时关注，他曾获得过第三届全国优秀企业家的称号；他在西安创办的企业名声大振，路遥曾亲自为他撰写厂歌《走向明天》，而且路遥还出面请赵季平作曲；他在榆林地区经济工作会议上，作为解放思想的代表作报告，全场掌声不断。正如路遥在见到高玉涛后所说的那样：你比我笔下的少安还"能行"么。

"路遥的精神，我当作个人的信仰，一世追求。从知道、认识路遥的那天起，他既是我平凡生活中必然想念的人，又成为对我人生紧要关头产业生要影响的人。"作为路遥文学奖的发起人，高玉涛如是说。

在见到高玉涛之前，我曾看到许多家媒体关于高玉涛的报道，主是有关于他创办"路遥文学奖"而引发的各种争议。而我所不知道的是，30年前，他作为敢闯大世界的人，被《中国青年报》等多家媒体进行过长篇报道。

但似乎从他立志要改变命运出发的那天起，高玉涛就已经和路遥紧紧地联系在了一起。每当创业遇到重大难关时，他都会用一首歌和一句题词告诫、鞭策自己："你是过河的卒子，前进则生，后退必死。"

1982年，正在靖边县青阳岔供销社工作的高玉涛从订阅的《收获》杂志上读到了《人生》，而且一口气阅读了两遍。从此以后，他的内心里就产生了要改变命运的深刻想法。殊不知，此时的高玉涛也的确与众不同，《陕西日报》和《榆林日报》曾有过这样的新闻报道："团员高玉涛一人订阅报刊18种。"他的与众不同被周围人讥笑为"有野心"，被大家调侃为"文化人"。这个靖边的"高加林"的内心此时的确颇不平静。

1984年，高玉涛被调到靖边团县委当干事，头脑灵活加上肯干，仅仅几件事就让县委大院上上下下的人知道了有这么个能干的小伙子。他先是创办了一份双月刊的《团讯》，为团县委建立起了一个舆论阵地。而后他利用节日的机会，在五四青年节的时候，按照中央电视台的流程和标准，主持、策划了一台文艺联欢会。然后他又在当年的中秋节组织了一次县委、县政府干部中秋赏月诗会，同时展出了一些干部的书法、绘画作品。

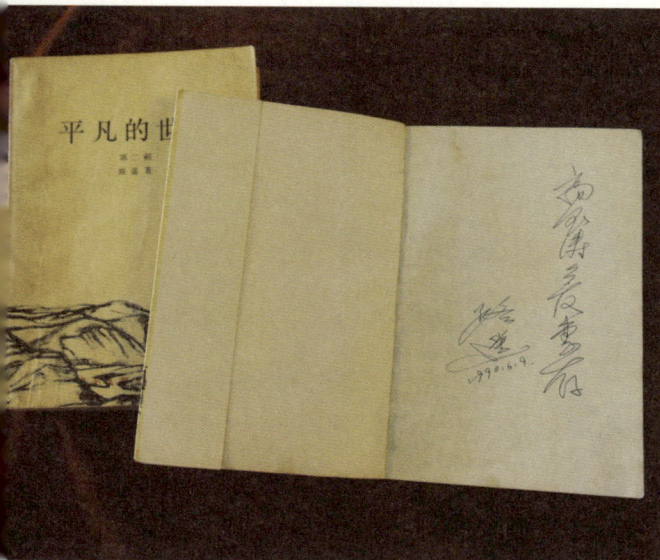

路遥签名书

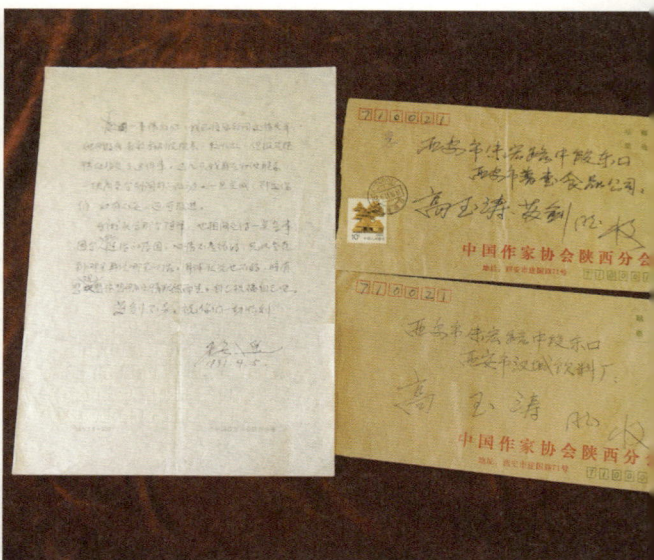

路遥亲笔信

这些活动在今天看来很简单，但在那个年代，已属于了不起的创举，在县城引起极大的轰动，一下子就让高玉涛出了名。

有些人注定要让自己轰轰烈烈。1985年，作为靖边城里第一个穿西服的人，高玉涛被靖边县派到北京参加技术成果交易会的时候，他却在回来时带着和北京东铁匠营街道办事处手工业联社签好的一份协议，要利用靖边县丰富的沙棘特产，与北京联办沙棘饮料厂，而且技术来源都已经找好了，他和北京食品研究所已经进行了接洽。

时任县长崔月德听完汇报后，拍着大腿叫好这个项目，骑着自行车带着高玉涛就去找县委书记。县委书记郭涛也双手赞成，并马上安排召开会议，研究这个项目。作为唯一穿西服的人，高玉涛向大家汇报了自己的设想，结果，没几个人支持，大家都担心你一个陕北人到北京去别说办企业，恐怕连东南西北都找不到。高玉涛耐心地解释，最终说服了持反对意见的大多数人，不仅让县里同意了在北京办饮料厂的想法，而且还破格任命他为副总经理。

谁也没想到的是，高玉涛在北京办的饮料厂能在短短六个月的时间就引起轰动，产品很快就打开了北京的市场，"酸溜溜"饮料畅销故宫、王府井、颐和园及北京站，一时传为佳话。

正如前面所说的那样，在《中国青年报》等媒体的报道下，高玉涛成为解放思想、改革开放、搞活经济的名人。时任总书记胡耀邦委托办公室的人作了调研，北京市政府的人也来了解情况。一个由《人生》影响下想要改变命运的年轻人此时似乎已经真正改变了命运。

1989年，在榆林地区经济工作会议上，高玉涛受邀作《横向经济联合先进经验交流报告》。本来大会给了高玉涛20分钟的时间，可主持会议的副专员赵兴国却说："再讲讲，大家都想听陕北后生在首都创业的故事！"让高玉涛讲了四十多分钟。《榆林日报》由此刊发了由总编辑胡广深撰写的长文《敢闯大世界的人》。

正是此次《榆林报》的报道，让高玉涛有缘与路遥相识。

原来，《榆林报》总编辑胡广深与路遥熟悉，

高玉涛便请胡总编辑写了封推荐信。他拿着推荐信，开着他的拉达小车，提着几箱饮料和两条软中华香烟去拜访自己心中的偶像路遥。

虽然过去很多年，但1990年初夏与路遥见面的场景高玉涛至今仍历历在目，他说那是一个难忘的日子。

在陕西作协大院的一排平房里，高玉涛终于拜访到了日思夜想的大作家路遥先生。路遥看了老朋友的推荐信很高兴，当得知他们都是来自陕北家乡的后生，有几百号人，先后在北京和省城创办了北斗饮料厂，产品畅销，生意红火后，路遥好奇地问："是乡企还是私企？"高玉涛说是县办国营厂，路遥眉头一皱有些不解。于是高玉涛就将创业的情况大概作了一番介绍。告诉路遥原料生产在陕北，开发野生资源沙棘，在北京和西安建分厂，直接面向城市消费者，"一点三线"战略布局等等。路遥听了连说："很有意思！"此时，高玉涛趁机邀请说，"您去厂里见见小老乡们吧！"路遥爽快地答应了。

其实，路遥在听完高玉涛的介绍后，非常惊讶地说，你可比孙少安还"能行"啊，敢把公司开到西安城来。

几天后，高玉涛就把路遥请到他的公司里，给他的员工、陕北的五百多个后生们做了一个充满乡音的报告。

如果说，之前高玉涛与路遥的相识是一种读者对作家的尊敬和崇拜的话，那么从这里开始，他们则算是以朋友开始了相交。

高玉涛说，路遥的英年早逝给他带来很大的悲伤，多少年来，他总希望能为路遥做点什么。

2012年12月2日，高玉涛在举办"路遥逝世20周年纪念活动"后，在送西北大学教授杨乐生去机场的路上与杨教授交谈时，突然就萌发了搞"路遥文学奖"的想法。

高玉涛是个执行力非常强的人，萌发这个想法后，马上就付诸行动。

后来的事情大概都已经知道，由于路遥女儿的反对，"路遥文学奖"被媒体不断报道，支持的、反对的，各种声音不断。但就是在这种争议声中，到2017年，路遥文学奖已举办了三届。

高玉涛说："'路遥文学奖'是社会公益性质，在这项庄重而神圣的文学事业当中，我愿做一粒小石子，不索取任何个人利益，公开、透明接受社会、媒体及相关机构的监督。'路遥文学奖'是路遥的、民族的、世界的，而非任何个人与组织的。永远坚守一种文化情怀和文学理想，就是我致力于'路遥文学奖'公益事业的全部初衷。与其他文学奖不同，'路遥文学奖'的宗旨有三点：第一，倡导文学关注民生和社会底层人群；第二，鼓励和促进现实主义文学创新与发展；第三，挖掘、发现并重奖在现实主义文学创作上的优秀作品和作者。作为一个纯民间的公益性奖项，奖金与筹办经费全部由民间募集和自愿捐助。"

情怀与信仰，总会令人想起印象里诗意的远方和浮云中高耸的山峰，高玉涛在谈起创办"路遥文学奖"时，真挚而虔诚。他说他把路遥的声誉看得比自己的都重。也许，情怀和信仰就是现实生活中黑夜里的灯塔和步履维艰时支撑的力量。所以，尽管艰难，但高玉涛还是坚持着"路遥文学奖"的推进。

"我并不是文学界的一员，只是一位普通的读者，但是我对中国文学的现状并不满意，大量涌现的作品属于粗制滥造、脱离生活、盲动浮躁、缺乏张力。影视作品也是同样的问题，要不是帝王将相、宫廷内斗，就是无休无止的翻拍，缺乏原创、缺乏经典。作为读者，我期待更多真正关注底层，反映和批判现实的作品问世。如果我们的文化领域充斥的是成王败寇的价值观，奉行的是金钱至上的逻辑，那么我们就会遭遇文化沙漠。如果一个国家缺乏精神，缺少了文化与文明，那么这样的国家绝不可能进步。中国现实主义文学需要希望，而我的努力就是希望提供这样一个可能性。"

我以为，高玉涛这些年始终关注文化，才有了对文学现状这样的认识，也才有了他坚持自己信仰的力量。

2016 年 6 月 12 日晚，"传诵经典·声声不息——'走近路遥'作品演诵会"在中国人民大学举行。

一千多人的"如论讲堂"座无虚席，有不少人是从外地专门赶来的，上有白发苍苍的老人，下到刚入小学的少年，人们怀着对路遥及作品的崇敬，前来接受一次文学的崇高洗礼。

高玉涛说，在当今传诵经典文化的热潮中，由名家演诵经典名著片段，以提升公众阅读趣味和审美水平，是一项有益的探索。今后还将继续推广这一公益读书活动，计划在全国高校和重点中小学巡回演出，创造"走近路遥作品演诵会"这个新经典，用路遥箴言真诚地告诫年轻人："只有初恋般的热情和宗教般的意志，人才有可能成就某种事业。"

"我虽是普通人，但一生在追求自由自在的工作和生活，自由其实也是一种顽强的永不放弃的个人意志。"

与高玉涛先生交谈的三四个小时里，我们的话题始终都围绕着路遥展开，看得出，高玉涛先生的生活已经与路遥紧紧地联系在了一起，他目前的许多事，都因为路遥。作为路遥的"粉丝"，我只能在这里向高玉涛先生表达深深的敬意，他所追求的自由正是当下可贵的品质。

在访谈即将结束的时候，高玉涛透露了一个信息，他说"路遥文学基金会"正在筹备。

他觉得京华陕北人藏龙卧虎，不乏有识之士，他希望能够和大家一同策划，共襄盛举。高玉涛觉得陕北人其实不缺才能、不缺资金、不缺人脉，但缺"陕北文化情怀"和"乡音乡亲向心力"及"国际文化大视野"。他坚信真正志同道合的陕北人凝聚在一起，可以成就大事业。

古往今来，凡成大业，必具备"天时、地利、人和"。习近平总书记曾说，"我跟路遥很熟，当年住过一个窑洞，曾深入交流过……"路遥精神是世界文化遗产，路遥是人民的选择、历史的选择。路遥小说近年来不断再版，为读者热捧，并且被改编成电视剧、各种新闻媒体经年反复报道——可以看得出，天时地利俱在。

"像牛一样劳动，像土地一样奉献。"路遥就这样用自己的生命创建了伟大的文化魅力，那么，陕北人注定有责任去传承、发扬光大，把路遥精神作为陕北文化重要的内容推向世界文化舞台。

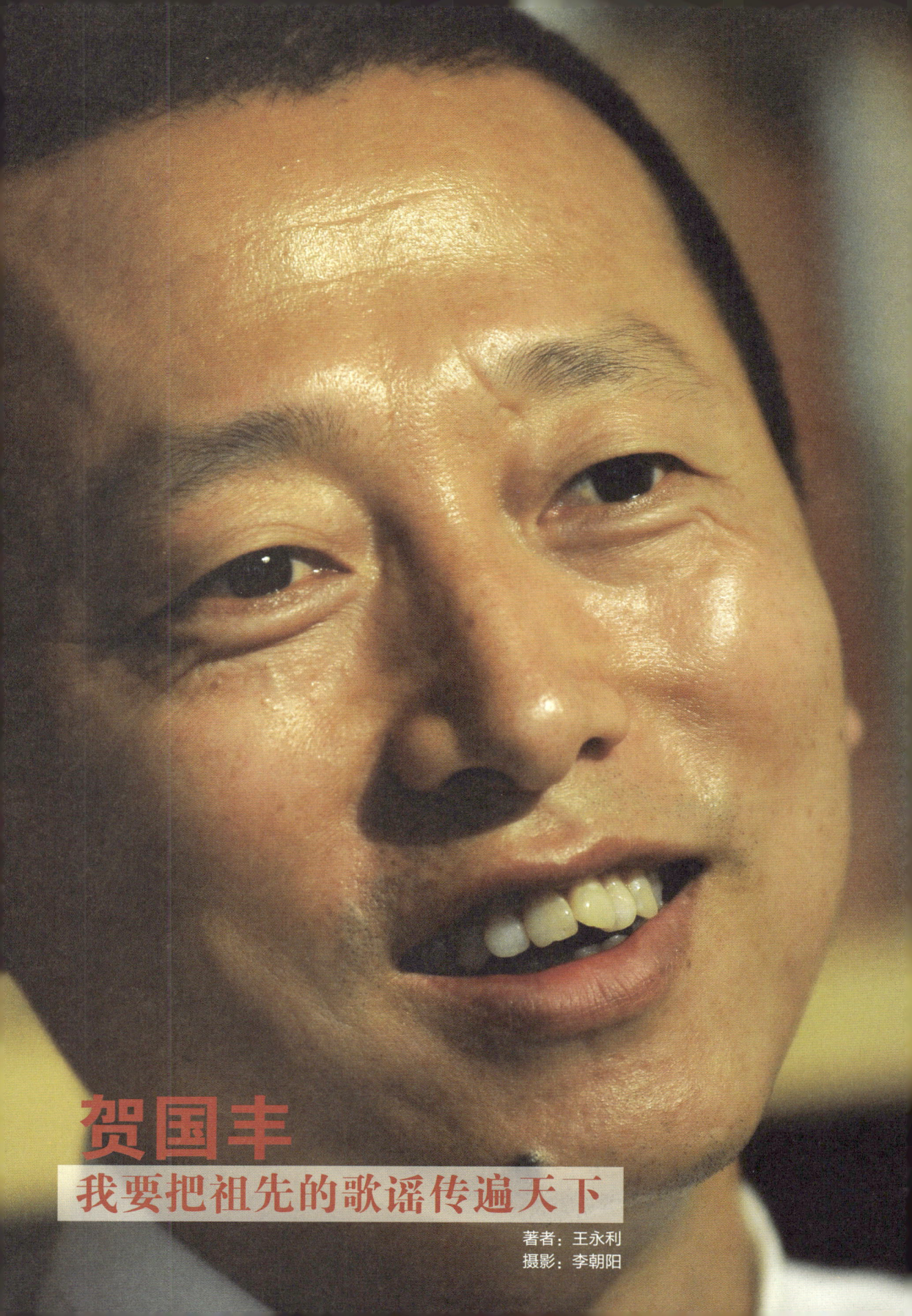

# 贺国丰

## 我要把祖先的歌谣传遍天下

著者：王永利

摄影：李朝阳

贺国丰，土谣歌手，"黄土民谣"概念的提出者。他是民歌的整理者和演唱者，近年来几乎走遍陕北的沟沟壑壑去寻访民歌，把那些散落在民间支离破碎的歌曲重新整理、修补、合成和演唱。他的演唱有强烈的生命意识，让那些凄凉哀婉的小曲充满血性和希望，既有黄土地的质感，又有现代音乐的细腻与张力。他被称为具有强烈使命感的黄河流域民歌诠释者。他的清唱歌曲曾在互联网上受到百万网友的追捧，被网友们亲切的称作"中国清唱王"。

真正的伤痛从来都是不轻易示人的，也无法让任何人与你分担内心的煎熬。

千百年来，伴随着艰辛的劳动和沉重的生活，陕北人用歌声表达着自己内心世界里的苦闷和忧伤，而这种自我的宣泄无疑又成了对美好生活的向往和追求的一种表达形式，成了与自然对话的途径，成了生活中欢乐的元素，也成了贺国丰灵魂深处无法抵挡的一种追求。可以说，民歌成了贺国丰手中的犁铧，他用这种方法耕耘着古老的陕北大地。

## 歌手和艺术家之间<br>只差了一个灵魂

"每一个兴趣和爱好就像一棵树。小的时候，每棵树都是独立的，当你长大后，它的根叶会连在一起。"

安静、温和而又谦逊的贺国丰用这样的比喻来表达他对音乐和美术的爱好。他觉得绘画和音乐在表达上是相同的。"绘画是我的休息，可以让我的音乐认知得到提高。"

这两年，随着电视剧《平凡的世界》的热播，贺国丰的名气也越来越大，许多人喜欢贺国丰那种如歌如泣般的诉说。名气的背后，我敢说，一定是他长期积累的结果，而绝不是像那些"偶像派"演员那样凭借一部电视剧走红，然后消失。我觉得，任何一个人的成功都不能完全依赖运气，机遇只能给那些有准备的人。

娱乐圈的浮躁和喧闹由来已久，但贺国丰似乎和这种现象并不沾边。他诚恳、谦逊的态度在伴随着我对他近三个小时的采访，低声慢语，周到而又亲切，言之有理而又给人以温暖。他没有把自己标榜成大腕和权威，他只讲自己的观点。

"音高对于音乐来说只是一个工具而已，音乐不是炫技，不是玩杂耍，而是完整的语言表达。"贺国丰认为严肃的艺术作品不能有太多的娱乐性。"音乐是包含歌唱者能量的声音，不能过多地解读，而要人们自己去感受。听者的履历、心境和状态不同，音乐的感知也一定就有了差异。"

有人说，国丰，你的歌让我振奋。

有人说，国丰，你的歌让我悲伤，听一次哭一次。

也有人说，国丰，你的歌让我释放了忧郁，给了我力量。

对于贺国丰来说，他日积月累长期勤奋所追求的却是作品中能够具有一种"神性"，他认为从歌手到艺术家的距离只差一个叫作"灵魂"的东西，而这个"灵魂"就是所谓的"神性"。

在贺国丰位于北京宋庄的工作室，我似乎看到了恬静生活背后的能量，他能在自己名声大振的时候，置身于清净之中，而不是趁大好时机去赚钱，去忙碌着商演，却让院子里的花花草草、屋子里的图书陪伴着自己，这大概就是他所追求的神性的一部分吧。

## 上帝给了一笔民歌基金

1992年，17岁的贺国丰到部队参军，第二年进入部队新组建的演出队，凭着从小对美术的热爱和功底，最先他在演出队搞舞美灯光。但随后不久，他就疯狂地喜欢上了乐器，"攒了几个月的津贴，家里又寄了点钱"，贺国丰买了一支单簧管，自学单簧管。后来，演出队吹萨克斯的战友复员了，贺国丰就一人承担了演出队两个乐器的演奏工作。

1995年复员后，贺国丰被安排到绥德县食品公司工作。但因不安于现状，他在食品公司办理了停薪留职手续，就到西安去做萨克斯手。

此后很长段时间，贺国丰开始了在新疆、西安等地的夜总会、舞厅跑场演奏，音乐此时完全成了他的一种生活方式，但这种方式更多的伴随着艰难。

在新疆昌吉，战友帮贺国丰租了一间每个月60元的小房间，室外零下几十摄氏度，室内却连个炉子也没有，墙上挂满了冰柱。可十多天的时间过去了，工作还没有着落，贺国丰每天都是白开水就馕度日，"心一下子就慌了，不知道如何应付这种生活"。

不会喝酒加上性格里的不好张扬，让贺国丰很难在舞厅、夜总会这样的场合得到大的发展。而"下去、下去"这样的狂言醉语也让他不得不面对更加艰难的内心煎熬。

2004 年，一次偶然的机会，贺国丰在台上演唱了一首陕北民歌《山丹丹开花红艳艳》，没想到台下有人递字条给他，上面写着："我是唱片公司的，希望合作……"同时还留了电话号码。从此，贺国丰开始从一个演奏者成为一名歌唱者。出第一张专辑《苍郎》的时候，大概他内心里也如同这歌名字所传递出的信息一样，包含着悲伤和苍凉。

但无论如何，从此以后，贺国丰找到了自己的道路，陕北民歌成了贺国丰全部的兴趣和意志，成了他抚慰灵魂的方式。

可是，从演奏者到演唱者，贺国丰依然还没能摆脱贫困，贫困也时时都在挤压着他的兴趣和意志。

2009年，当歌者贺国丰带着满腔的悲伤无法理解"这么好的民歌怎会没有人认可呢"的时候，转行成了眼下必须面对的现实。

借钱、开琴行、带学生已经成了定下来的事。可就在他慵慵懒懒地在西安大街上找房子的时候，绥德老家传来一个消息，他复员后找的单位因破产给他买断了工龄，分得14万多元的补偿款。妻子坚定地告诉他，这钱不能用来消费，而只能用来发展他的音乐事业。

贺国丰于是就和妻子商量："做歌手，北京的机会和平台更多一些。要不，咱们去北京闯一闯？"妻子回答："行，只要你决定了，你做什么，我都支持。"

"这是上帝给的一笔民歌基金"。有了这笔钱，贺国丰又满血复活，这一次，他决定到北京来为自己的民歌寻找出路。

可到北京后的贺国丰依然面对各种压力，没有工作，没有收入，高昂的房租和生活成本，迫使贺国丰不得不摆地摊、卖招财蛙，"为赚点买菜钱"。他说"为了继续战斗，不丢人"。

但他始终没有忘记自己来北京的目的，采风、学习、反复演唱、创作、录歌、发布，生活围绕着陕北民歌在转。

贺国丰坦言，妻子对他的支持让他很感动。最艰难的时候，贺国丰不得不将妻子送到四川的岳母家。他临走时，妻子说："你放宽心，唱好你的歌。终有一天会有出头之日的。"在那段穷困潦倒的日子，妻子从未埋怨过贺国丰，总是说："没事，我们一定能挺过去。"妻子的正能量，一直温暖着贺国丰。

2011年，贺国丰演唱的《一对对鸳鸯水上漂》被正在创作歌舞剧《延安保育院》的李悍忠导演听到，他想尽千方百计，最后从绥德县文化局局长那里打听到贺国丰，请贺国丰来剧中演唱并担任两个角色。此时，可以说贺国丰找到了自己所追求的严肃艺术的道路，而很少去参加各种选秀，他老老实实地创作、扎扎实实地演唱。

上帝给的这笔"民歌基金"让贺国丰走过了艰难，可上帝派给他的爱人却让他几度要放弃的时候又坚定了信心，坚持住自己的梦想，让他在民歌的道路上尽管曲折但越走越远，而且走出了一条独具特色的道路。

## 礼失而求诸野

贺国丰在出版第一张专辑时，网上有人说贺国丰是陕北文化的"白丁"，这个评价让他非常恐慌而又惭愧。"作为一个搞音乐的陕北人，连自己本土的音乐都一知半解，还有啥脸面？"从此以后，贺国丰便深入到民间去不断学习、采风，向老艺人请教，这也正是他从灵魂深处喜欢上陕北民歌的最原始的开端。

礼失而求诸野，善在黎民。"我一直在思考和反思陕北民歌，实际上这些民歌都是经过千锤百炼才流传下来的，是劳动人民在生活和实践中创造出来的歌谣。接下来，我会把民歌作为一种元素，继续挖掘、整理和修补，通过不断深入的采风，改变方法，尝试把民歌做到'世界音乐'的高度，让更多的人通过我的音乐来认识和了解这片黄土地上的歌谣。"

《榆林日报》的记者刘予涵在采访完贺国丰以后写下这样一段话：路遥在《平凡的世界》中曾经说过："人必须要用初恋般的热情与宗教般的信仰才能成就一番事业。"在很长一段时间里，贺国丰就是以一种近乎痴狂的热情，行走于广袤的黄土高原上的山山峁峁和沟沟岔岔，搜集那些几近遗失的陕北民歌，用他的歌声演绎着陕北人生生不息的故事。贺国丰演唱的陕北民歌有他独特的风格，并不是一味飙高音，反而更像是讲故事，情真意切、娓娓道来，看似绵软悠长，却句句切中人们心坎，突然爆发的一句高音又往往让人瞬间泪崩，从最初的《一对对鸳鸯水上漂》到如今被人熟知的《祈雨调》，无不体现出这种特色。

而就在笔者写作此文的时候，通过微信朋友圈里贺国丰发的图片知道，他又回到了陕北，回到了黄土高原，他和几位老乡蹲在一起，满脸的笑容就是他无法掩饰的内心愉悦，他给这几张图片配的词是："接地气的生活。"笔者知道，这正是贺国丰所谓"音乐是包含着歌唱者能量的声音"的源泉。

# 牛勇 帮助别人让我找到幸福

著者：王永利
摄影：李朝阳

牛勇，陕北子洲人，成长于横山县城。中科院心理所博士，美国团体治疗协会（AGPA）会员，中国心理学会会员、国家二级咨询师面试专家，国家注册心理师，全国高校心理委员研究协作组常务理事，中国心理卫生协会团体心理辅导与治疗专业委员会人际动力学组学术部成员，首届全国高校心理情景剧大赛评委专家委员会副主任，第十三届全国高校心理委员工作研讨会学术委员会副主任。长期从事高校心理健康教育和心理咨询工作，致力于推动高校心理委员制度的建设，曾获得 2016 年北京高校心理健康教育优秀工作者，2017 年北京高校心理健康工作十年奉献奖。现供职于北京交通大学。牛勇是国内较早的人本存在主义心理学者，接受了前美国心理学会主席、人本主义心理协会会长露易斯·霍夫曼在国内的首批人本存在主义的培训，著有《人本主义疗法》一书，参与编著《心理助人——八大经典学派的理论与技术》《团体心理训练》《心理学的帮助》一书，翻译有《多媒体学习》《当我遇见一个人——维吉尼亚·萨提亚 1963–1983 演讲集》等书。牛勇有着多年丰富的个体和团体咨询临床经验，曾经参与汶川灾后心理干预、海淀区骨干教师的心理培训、铁路局中高层干部的心理课程讲授、嘉氏基金会志愿者培训、全国注册心理师大会工作坊、团体咨询和治疗大会工作坊等，在国内外学术刊物及学术会议上发表多篇学术论文，主要研究方向是网络成瘾大学生的团体干预。

著名摄影师李朝阳先生的困惑在于上中学的时候就过早地阅读了弗洛伊德的著作，并沿着精神分析心理学的"暗示"将"困惑"带进不惑之年。但作为人本主义心理学博士，牛勇说，"你所经历的全部过程都会在后来成为你的财富，但是需要你把它整合进你的人生，心理咨询所做的就是帮助人们整合这些经历，让你成为一个完整的人。"

从广义的角度来看，现代人或多或少都存在心理问题，都需要像牛勇博士这样的专业人士来给予"帮助"。因为在当下，人们过度追求社会所崇尚的"成功"，在物质越来越丰富的同时，人与人的关系却日渐疏远。人们的安全感越来越低，表面上的个人强势掩盖着内心的孤独和精神的脆弱。技术的发展虽然带给我们很多便利，但同时也将我们碎片化。比如我们都在手机网络的世界里瞎逛，殊不知，我们的时间和生命就被无意中碎片化，而我们许多人浑然不知我们很多的心理问题恰恰是手机的便利所带来的。许多人手机成瘾，每隔一小段时间就会被手机"唤醒"，自然不自然地打开手机。也许，我们都真的需要救助。

但"救助"不是治疗，人本主义心理学的创始人罗杰斯早在1942年就在他的那本引起轰动的著作《咨询和心理治疗》一书中用"当事人"代替了"患者"，将治疗的焦点放在当事人自身上面，而不是所面临的问题上，同时注重当事人所表达的情感，而不是其认知和思维。

在采访牛勇博士的过程中，我和朝阳似乎成了"当事人"，我们也愿意将自己的内心与他分享。当然，我依然固执地把握着"采访者"的姿态，希望眼前的心理学博士能成为我"采访"的"当事人"，希望分享他的故事给读者。

## 倾听自我，放弃就是选择

牛勇在《人本主义疗法》一书中这样写道：真正的自我有时候很微弱，像一个怯怯的小孩，如果不去用心地倾听，可能会一闪而过。默恩斯认为，"对许多人而言，倾听自我是一个令人恐惧并被抑制的过程，而对于人本治疗师而言，

却是一个无法逃避的任务，在他们受培训的过程中，这是一项重要活动。"

作为国家心理学会注册心理师，牛勇今天在用专业知识帮助别人的同时，自己也曾历经这样的问题："我究竟需要什么？""对我来说什么是最重要的？""什么时候我会焦虑？""什么时候我最专注？""什么时候我会选择逃避？""什么情况下我最易发怒？"

也许，对许多人来说，即使上面这些问题存在，但也从来没有被自己重视，而更多的是以一种随波逐流的状态在世俗的洪流被挟裹着前行，穷其一生奋力追求被别人认可的"成功"。

1972年出生的牛勇在18岁那年考入沈阳工业大学。在那个年代，跨入大学的校门已然属于"成功"，但今天的牛勇却说他的大学几乎是在象棋和围棋的陪伴下度过的，他大概在内心里对"工业管理工程"专业没有太多的热情，而更多的是在思考自己究竟需要什么样的人生。

大学毕业后，牛勇曾在国企、私企有过工作经历，但每次工作时间都不长，他觉得他不喜欢这样的工作状态，甚至在1998年考入陕西省劳动厅的下属单位，依然没有让这样一块金字招牌使自己产生过多的热情。仅仅一年后，他就厌倦了自己内心里的"虚荣"，他决定彻底辞职去考心理学研究生。在许多人看来，他的这个放弃令人惋惜，但牛勇告诉自己，人的成长要做你自己，要听从自己的内心，让内心带给自己力量。

这一次，他似乎找到了自己的方向，在陕西师范大学取得硕士学位后，他进一步深造，考入中国最权威的心理学研究机构——中国科学院心理学研究所去攻读博士学位，从此，在人本主义这条道路上，他找到了属于自己的价值。

同样出自《人本主义疗法》一书中的一段话，也许更能让我们知道作为人本主义咨询师的牛勇的内心——如果你选择成为一名人本主义的治疗师或咨询师，那么祝贺你，你将踏上一条充满挑战同时也充满兴奋的道路，你将不能停止你成长的步伐。虽然一般人也会成长，但常常是无意识的，而治疗师的成长是有意识的，也更彻底。与其他疗法的治疗师相比，你既不能依靠所谓的专家或

权威的面具，也不能依靠某种诊断技巧和技术来保护自己，你所依赖的主要就是你自己，你要学会倾听你自己，开放自己，并珍视你自己这个生命的奇迹，不断地在人生的旅程中给自己加油，让你内在更有力量去做你自己，这样你才会在咨询中冒险与另外一个人建立起一种深度的关系，去帮助他面对自我，接纳自我并努力地做自己，你自己就是咨询中最大的资源。

# 做自己，成为真诚一致的人

有一句话说，"一个人不说谎最大的好处就是你每次都不需要记住你曾说了些什么。"

对于牛勇来说，"一致性"是对一个人本主义咨询师的要求，意味着咨询师是一个和谐、真实、整合的人，他能在关系中坦诚而深刻地体验自己，是一种对待自我的态度，是一种专业素养。而对于大多数普通人来说，我推崇牛勇博士的说法："大多数正常人会和别人比，但真正成功的那些人却一直在和自己的过去比，只要每天能进步一点，就应该值得祝贺。"

长期的研究实践过程中，牛勇无疑要去关注一些极端的事例。比如云南大学的马加爵，比如向狗熊泼硫酸的清华大学的学生。他觉得这些令人痛心的事件的背后，隐藏着家庭、社会对孩子深深的束缚。比如向狗熊泼硫酸的那位清华学子，他长这么大自己只做过两次选择，其中一次就是把硫酸泼向狗熊。

中国人因为重视家庭，因此，许多家长把孩子当成自己的"私人用品"，他们要求孩子这样，要求孩子那样，也希望孩子成为自己理想中的样子，殊不知，这正是对孩子的一种绑架。牛勇说，家长在教育孩子的时候要对孩子有信心，让孩子自己也有信心。"有些东西我们希望孩子有，但有些东西只能看运气，看上帝如何安排。"其实，一个人管理好情绪，专业的事情都不是问题。

人本心理学大师马斯洛将人的需求从高到低分为"生活需要、安全需要、归属需要、尊重需要和自我实现需要"要等几个层次。他认为人类所有的行为都扎根其需要，是受需要驱动的。

当我们认清自己，追求做一个真诚一致的人的时候，我们就给自己在内心里建立了一种和谐的关系，"即使迷路了不会害怕，能够走出自信的人生道路"。

## 心理学，让帮助别人有了"工具"

牛勇说自己从小的理想就是当一名老师，希望自己能够帮助别人。而今天，在北京交通大学从事心理学咨询的牛勇似乎找到了自己想要的快乐。

博士毕业的时候，在选择继续做研究还是去做心理健康辅导的时候，牛勇义无反顾地选择了后者。现在的他做得很开心，因为他用自己的专业知识帮助了许多迷茫的年轻人，让他们在情感、学习、就业等许多问题上选择了"做"自己，让他们知道自己的责任和需求，让他们知道"过去"相对于今天来说已成为"死亡"，而能够坦然地学会选择，去做有价值的事情，让他们知道人所经历的每一个过程都是有意义的，无论是挫折还是磨难。

采访牛勇的过程其实快成了牛勇倾听的过程，他似乎从我们的谈话中洞察出心底隐藏着的往事，以抚慰的形式、用成人的理性和心理学的专业知识告诉我，"人应该有精神使命，有人生目标，要知道自己能为世界带来什么"。

自助者天助。任何一个人，当你遭遇挫折的时候，应该相信自我的精神力量，要相信"每个人都是独特的存在"。

其实早在远古时期开始，人类一直没有停止对自我的探索，每个人的心理都是一个奇妙的世界，打开每个人的心灵之门，就会发现每个人创造的奇迹。

牛勇正是用他掌握的心理学钥匙不仅在校园内帮助大学生健康成长，而且也在社会上帮助着更多的人。他曾在汶川地震后去对灾区的人们进行灾后心理干预，他也曾将厌学的高中生重新拉回到教室并考入重点大学，他也曾为海淀区的骨干教师做心理培训，他现在正在采用团体的方式帮助有网络依赖的学生能够在大学顺利地完成学业，在他看来，处在现代焦虑的社会的人有太多成瘾的行为，手机成瘾、赌博成瘾，甚至工作也会成瘾；他也正在帮助婚姻危机的家庭去解决夫妻之间的关系，在他看来，夫妻的关系才是家庭教育的核心，现代市场经济的发展给传统的家庭带来太多的冲击。他正用他所信仰的人本主义理念帮助着别人，让人们在这个高节奏和高度物质化的世界中找回自己，找回真正的幸福。

# 张波

## 不想当将军的士兵不是好士兵

著者：王永利 张冬研

摄影：李朝阳

张波，1982 年出生于陕西横山县，中共党员，北京卓屹金融服务外包有限公司董事长兼总裁。军人出身，退伍后从事房地产销售、管理，后转型涉足金融服务行业，2016 年起自主创业。曾被评为"中国经济领航者人物""推动服务业经济发展——金融年度十大创新人物""中国经济新领军人物"，被朝阳区团委、中国日报网联合授予"爱心企业家"。

2000 年到 2016 年，从陕西到北京，十多年间，部队和创业，这两条密密交织的线，紧紧地镶嵌在张波的成长轨迹中，共同构成他生活的主调，书写了十年间社会种种剧变给他带来的转换。

## 初尝部队生活

2000 年，张波应征入伍，被分配到了同批最艰苦的一个连队，这个连队驻扎在北京房山区一个前不着村后不着店的地方。

连队条件艰苦，四月里只能用凉水冲澡，夜晚还会不时有蛇光顾宿舍。张波说，"刚来到连队，心里只有一个想法：跑！"当然，森严的部队纪律让他很快打消了这种不切实际的念头，张波开始被迫适应部队的生活。作为一个新兵，每天都要接受大量的体能训练，艰苦的条件加上高强度的训练让很多新兵叫苦连连。

"每个地方、每种环境都有它的生存法则，勤快、机灵就是我在部队的生存法则。在部队里不能懒，做事比领导的吩咐要早一步。"张波说道。凭借着勤快和机灵，他很快得到了领导的关注。连队文书考学，张波接替了文书的工作。

在部队的五年间，他不仅自己的文书工作做得得心应手，还和战友们一起勤奋劳作，共同把最初荒凉的营区变成了充满生机的第二个家。张波骄傲地说，"通过大家的努力，几年下来，我们的连队有了三十只羊，五头猪，四亩地，成为了北京唯一饲养牲畜的连队。"

## 一封家信，开启筑梦之门

高中毕业的张波进入部队后，给妹妹写了一封信。可是，出乎他的意料，收到信的妹妹把信又寄了回来。拆开信封，张波赫然看到，原本一封不到 150 个字的内容上面，足足被妹妹画了 17 个圈，这 17 个圈是 17 个错别字。这件事在张波的内心掀起了波澜，在深思自己不足的同时，他开始为自己的未来做规划。

"一个人没有目标是最恐怖的，人要知道自己想要的是什么。不想当将军的士兵不是好士兵，就这样我为自己做了人生的第一个规划——当军官。人在部队就要当军官，我要当军官，必须当军官！怎么才能当军官？就得努力学习，考军校。努力成为一个优秀的士兵，一个优秀的骨干，一个优秀的共产党员，之后所有的事情都要按照这个标准来努力。"因为想考军校，不服输的张波开始恶补文化课。由于基础差，他不得不从初中代数重新学起，初中课本到高中课本，张波完全是自学。连队司务长买的 A3 纸，基本都被他用来当作演算纸了。有时候一道题一整天都解不开，他就天天算天天解，每天晚上坚持学习到一点多。像政治、语文等科目，他会每天早上 5 点半准时起来背诵，把每一本都背得滚瓜烂熟。因为考军校的目标斩钉截铁，张波只要一有时间就会学习。在部队的五年，张波过得简直像与世隔绝了一样。五年里他没看过电视没听过收音机。张波说，"看电视听收音机都上瘾。晚上人家去俱乐部看电视我就去学习，人家听收音机我还是去学习。一门心思学习，就是为了考军校，当军官。"

然而，为了梦想拼尽全力的张波不会想到，一场军校考试的大变革正在等待着他。

就在张波参加考试的这一年，军队院校进行了体制改革，考试模式与高考无异，科目发生了了很大的变化。原有科目进行了删减并且增加了新的科目，仅保留的有所准备的科目分值也都大幅降低。埋头苦学多年，改革的消息一下子击碎了张波的军校梦。"一拍子就给我打晕了，想不通。那一个月左右的时间里非常非常低迷，站在楼上想往下跳。我能从那个困境中走出来，得益于一本书，可以推荐给大家——《拿破仑·希尔成功定律》，上下两册，看完让我的内心变强大。我明白了不能再这么消沉下去，还得活下去。"张波说。

虽然没能考取军校，但是这段不寻常的学习经历带给了张波一个非常珍贵的感悟：一个人要想做成一件事情，就没有可能是做不到的，成败只在于用心与否。

## 走出困境，勾勒人生大图景

继续考军校年龄太大了，学习文化课的起步又晚。权衡各种利弊都不适合继续考军校了，在部队的前途一下子变得可以丈量，将军梦也变得遥不可及。张波开始对自己第二个人生规划的思考。"要进入社会！"张波决定，"在部队的第四年底打报告要求退伍，领导不批。但下定决心的我就在那一年的时间里，开始做退役后进入社会的各种准备工作。"当时部队只有一种报纸，就是《北京晚报》。在一期的《北京晚报》上，罗列了当时全国最赚钱的13个行业，房地产排第三。张波有些动心了，他仔仔细细地研究了这13个行业，分析了自己的优劣势，做出了人生的第二个规划——这辈子就做房地产。

退伍之后，张波便开始找工作。"最初的想法很简单，来北京的目标跟别人比也没有那么宏伟。当时北京房价已经挺贵了，觉得自己根本不可能买得起。于是一心想着怎么才能在北京有套房住、有辆车开，再结婚生子，觉得那样的生活就挺好的。最初想要做房地产，就是盘算着混十年能混到一套房。"

由于不喜欢销售工作，他一心要在房地产行业找到一个不是销售岗位的工作。这一找，就是三个月。"期间被骗了三次，每次面试都要我交培训费、服装费。那段时间北京这类骗子很多，交完钱发现上当受骗了。找工作找到绝望了，很无奈的情况下选择了做销售。"

走上了销售岗位的张波，心里对于销售工作还是很排斥。张波说，一个人想要走出困境，就要找到目标。他开始寻找可以早日摆脱销售的方法，得出的结论是从业务员转为管理层。张波说，最终促使他努力走上管理岗位的原因就是不想做销售。

## 要成功，就得做最难的事

"别人问我哪里毕业的，我说'抗大'毕业的。"说起军旅生涯，张波一直引以为傲。张波说，部队的五年生活，给予了自己很多宝贵的品质：做人的光明磊落、做事的雷厉风行和严谨……这些宝贵的品质引领自己在工作中勇敢去拼搏。

"很多人梦想能在北京有套房成个家，但是每个人为了梦想做出的努力和付出程度是不一样的。我始终认为人和人的智商没有差多少，凭什么你可以比别人做得好，无非是你对自己的要求比别人高。"张波这样说，"我对自己要求非常高，高到苛刻的地步。做销售，对自己的业务量要求是必须成为每天的第一名，再后来就要求到比第二名高两倍。跟业主约看房经常要到业主晚上下班后才可以，看完房已经是十点、十一点了。做二手房销售又需要找房源信息，我会把所有各大网站房源信息全部看完并全部记录下来，经常看着记着就趴在电脑上睡着了。走向营销岗位之后，成绩一直不错，店里的房源信息百分之八十是我录的，带看房子也是别人的好几倍。业绩最好的时候全公司一万多销售人员，我排第六名。"销售工作让张波总结了一条至今坚信的道理：只要怀着必胜的决心去做事，没有任何事情可以难倒一个人。

张波说，连队教导员说过一句话，他会一辈子记住，"要想人前显贵，必须人后受罪。""这句话是实践检验出来的真理。其实每个人每种活法背后，都有不同程度的付出。要想成功，就要吃别人吃不了的苦，干别人干不了的事。"

## 创业，是延伸当年的"将军梦"

2010年，已经摸爬滚打几年的张波转行到一家从事房地产担保和金融服务行业的公司担任职业经理人，成为领导公司发展的"领头羊"。张波说，遇到这家公司，是自己人生的一个重要转折。"以前努力工作只为了赚钱，公司大、员工多，管理层根本看不到我。来到这家公司，和老领导一起打拼，开启创业路，这是一份责任。肩负着要把公司做大做强的责任，这不是我个人挣多少钱的问题。"张波说自己是个不愿意做败事的人，"我希望自己的人生是辉煌的人生，希望我做过的事情、走过的足迹，都能给人留下好的印象，能够为别人的幸福贡献一点力量。既然公司成立了，

就一定要把他做好。这份责任感驱动着我向前走。"张波说他慢慢地发现这份责任来源于公司成长的责任，来源于带着这个公司全体员工实现梦想的责任。"这么大的公司，这么多人跟着我吃饭，如果做不好跟着我的人就面临着重新找工作或者没饭吃，上千人的命运可比我一个人的命运要重要得多。"

树立强烈的责任意识，这是张波对公司中高层领导的嘱托。"这么多人跟着你，要对得起他们，一定要带着他们往强了走。公司做到这么大，就像爹妈抚养孩子一样，看着它一步一步成长。就是这种责任心，驱动着我必须前进。"这是张波创业以来的感悟。

通过几年的付出和努力，在张波的带领下，公司从几个人的小办公室到上千人大企业，一度做到全北京同业规模最大、业务量最大的金融服务机构之一。同时，张波也真正成为行业的领军人物，被誉为推动行业发展的标杆。

2016年，张波对自己的人生事业有了另外一个大胆的、更有魄力的规划——感恩辞别老东家，自主创业打江山。

钱是人的胆，但经历更能打造一个人的气质，改变一个人的思维。如今的张波对自己的公司有着宏大的规划和信心，说起创业，谈起投资，讲起行业发展和公司战略布局，能够明显感受到他满满的信心、激情和充满前景的规划。

采访张波的时候是国庆长假的最后一天，但公司里的员工都已经精神饱满提前上班。走进张波公司的写字楼，整个办公楼道的橱窗里，整洁又严肃地展示着张波及整个公司管理高层团队，对于企业愿景、经营理念、企业精神的定位和目标。透过这些宏大的愿景、明确的目标，我们可以很明显地感受到整个公司从布局、规划到每一步的实打实干，都做了充分的设计和构想并正在有条不紊地大步前行。张波说他们与那些高利贷公司最明显的不同就是他们"要把客户弄活，而不是把客户整死"，卓屹金服更强调于服务，强调于安全。

年轻就是资本，经历就是财富，雄心勃勃的张波胸中正谋划着几个更大的产业，他甚至注册好了金融、保险、地产、农业等独立的公司，要在发展互联网和金融服务的同时逐渐加强实体投资。

挥开臂膀拼命干，稳扎稳打谋发展。这大概就是张波这样新一代的创业家走向成功的道路和秘诀。

# 李樯 以诗人的方式摄影

著者：王永利

摄影：李朝阳

京华陕北人

李樯，1959 年出生于陕北定边，早年自习绘画。1985 年至 1987 年在鲁迅美术学院摄影系学习，2001 后任教于西安美术学院。30 年来，李樯以陕北乡村为主要拍摄对象，拍摄了《陕北的乡村生活》《北方风景》《远方》《流逝》等系列摄影作品，创作有《北方故园》系列油画和水墨作品。他还出版有作品集《家园》《风景的肖像》《李樯现代摄影作品集》《专题与实验摄影》（教学用书）及图文集《故乡为原点风景》《大地的背影》。由于他"以一种安静、纯粹、沉着的真情与本性"记录着故乡，因此，他被台湾著名摄影家张照堂喻为"拿着相机的沈从文"。

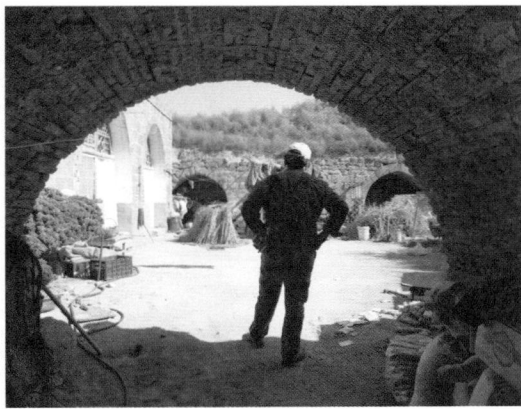

智利著名摄影家 Sergio Larrain 说："你可以花几年时间培养出一名摄影师，但不如把相机直接交给一位诗人。"我觉得这句话似乎就是针对李樯说的。

当初冬的雾霾笼罩着十三朝古都西安的时候，我第一次见到出生自陕北定边的摄影家李樯老师，正如我想象中的那样，他坦诚、直率而又平易近人。

酒入半酣的时候，我眼前的李樯已不是职业的摄影家，也不是西安美院的老师，而是一位心怀悲悯的诗人，这悲悯来自他对脚下这片土地深沉的热爱。

心有所牵、情有所系——正是因为对故乡家园长期以来深情的关注，才让李樯将深邃的目光投注到脚下这苍凉、浑黄的土地上，投注到一个个悲苦的灵魂身上，也让他多年来一直坚持着用他的镜头和画笔记录着一个村庄、一片土地和一群人这三十多年的变迁。

这变迁的背后不仅仅是对时光远去的感伤，还有更多的是对这片土地命运的思考。"诗人"李樯正是以这种方式"入世"，把镜头作为工具，以一个知识分子的姿态参与到对现实的批判之中。从他那些系列作品的名字中，我们就一定可以看得出李樯内心的凝重和负担。

法国摄影家、"荷赛"评委 Azad 在给李樯的信中说，"你是一位深具人文情怀的摄影家，通过你的作品使我对你的国家和人民有了更深入的了解。"

是的，从 1981 年开始，李樯持续不断地将镜头对准陕北定边县一个叫李崾岘的小山村，对准黄土高原上那些不屈、乐观、向上的人群，将生活的瞬间凝固在镜头前，用黑白的方式，以纪实的手法，一年又一年，一季又一季，将来自这片土地的气息准确而又直接地传达给世界。虽然镜头中的李崾岘都是以"土"为表达方式的，土墙、土院落、土窑洞等等，但我却看得出那些参与到画面中的主角是人，是那些生活在这里的人，他们主宰着这里，是李崾岘的主人。我觉得，李樯对土地的悲悯其实就是对人内心的关怀。

正如李樯所言，"只有站在自己的土地上才好面对世界"。大概是因为李崾岘给了李樯最初的人性启蒙，是生活在这里的祖母给了李樯最直接、最原始的人生教育，李樯才如此依恋这片土地。这是李樯的幸运——因为虽然他的父亲在县城里作为干部，作为领导，他本也可以在县城生活、长大，但正是从小在李崾岘度过的童年生活，让李樯有了一次成长和报答的机会；当然，这更多的是李崾岘的幸运——因为李樯，让这个从来不为外人所知的村庄，从此有了属于自己的历史，而且能够代表黄土高原走向世界。是李樯将土地上平凡、简单，甚至琐碎的生活编织成一部黄土高原的乡村"史诗"和大地记忆，传递给世界一种守真、本真的价值观，给李崾岘，也给陕北的农耕文化留下了一张遗照。

李樯说，"我的老家影像不是商业摄影，也不是报道一个事件，或为一个专题摄影，这是一个冗长的、连带着我的生命体验和影像叙述。"

在关于李崾岘的拍摄中，李樯说他能深入言说自己切身体验的点和面。在我看来，这是一种对故乡和土地的"懂得"，一种对故乡家园和黄土之上风土人情深刻"懂得"的表达，是他从祖母那里继承来的关于如何处世为人的一种情感表现。而只有"懂得"，才给李樯的关于故乡的摄影植入了灵魂，让他把这片土地上劳动的艰辛与无奈、收获的欢欣与热情、生活的麻木与坚韧、情绪的忍受与乐观全都记录下来，成为珍贵的史料。

笔者觉得，李樯之所以坚守如此之久，而且还要继续，也许就是李樯对祖母为他打开这个纯真而深厚的世界的回报。

其实，黄土地上的所有故事，从来都是为"懂得"的人准备的。在外人看来，落后、苍凉的土地总伴随着艰辛的劳动和苦涩的生活，但"懂得"的人却可以感悟出这片土地的厚重与纯真、坚韧与温馨、宽厚与包容、苦难与沧桑。李樯无疑就是那个"懂得"的人，他在作品《家园》中关于农民肖像的描写如此的充满了悲悯和无奈："他们的生活时空相对来说是永恒的，不太懂外面的世界，但更多的经受了山里的风雨。"这不正是一位诗人的吟唱吗？他用诗歌一般的文字把自己

对这片土地和这片土地上的人的感悟表达了出来，而他更是用镜头将那般苦难和坚韧变成永恒。

"无论受到什么进步思想和观念的影响，我觉得我的内心依然是传统的，就像我每个假期都要回老家拍照一样。脚踏在厚厚的黄土上，哪怕是撒一泡尿，都有一种透彻的舒心，睡在老家的土炕上，在黄土地的静夜，我想到了那些纷繁的多媒体艺术，与之相比，我的那些不新鲜的、没有明确价值取向的黑白照片很难挤进光怪陆离的影像前沿，但令我欣慰的是，这能长久地盛放我内心的真实。"

从上面这段独白中，我可以看得出军人出身的李樯之所以如此坚守，一定不是要以"另类"的方式追逐眼球的关注，更多的是他内心里承载的对社会的看法。

多年前，《新周刊》杂志在批判如日中天的电视节目时有这样一句话使我印象深刻："彩色电视把世界打扮得花花绿绿，而我的世界却是黑白分明。"从李樯的坚守中，我们已经感受到他对这个世界的看法，摄影家、摄影批评家、复旦大学教授顾铮先生在李樯的图像艺术展《大地的背影》研讨会上大段的发言让我找到了一种答案，我不得不原文摘抄在此——

非常难得可贵的是李樯对他生活的一个原点，他的故乡，坚持长期的拍摄，这样的一种挖一口深井的态度，确确实实在今天也是十分罕见，与日俱增地挖下去，他非但没有觉得枯竭，反而在那里找到了摄影表达的不同层面，他也找到了一种司空见惯地生活的新鲜感。他的这种创作态度让我想到了意大利有一个摄影家叫贾柯梅里，贾柯梅里也是拍摄自己的家乡，一辈子也没有离开过。李樯一定意义上说离开了，但离开了给他带来了一种新的视点，但他的关注自己生活原点态度没有改变，这一点在今天也是很稀有的。

胡武功在评价李樯作品时说过："他关注最熟悉的事物，能把自己最真实的体验注入到摄影作品中去。"今天我们看到李樯作品是对这一阐释的成功回应。

另外，李樯骨子里是一个古典主义者，画意在他的作品中有相当强烈的呈现，这个画意并非对现实生活的一种粉饰的画意。他的古典主义情怀通过对画面视觉要素的有机组合与组织，呈现

## 李樯摄影作品

炕台上的油灯和老人 陕西定边王盘山
2003 （120cm×90cm）

碾米 陕西定边李崾岘 1984（40cm×40cm）

了一种自己的美学品味和坚持。从这一点上说，李楷是一个很执着的人，他的骨子里有一些某种意义上说不会改变的东西，贯穿在他的作品之中。

今天，当代摄影因为市场和潮流的因素，许多摄影家都会面临一种困惑，有许多摄影家追赶时髦而在变，而李楷基本是咬定青山不放松，做自己该做的，他把自己的美学趣味和对生活的理解通过影像贯彻到底。

是的，李楷的美学趣味和生活理解本身就是他所谓的尊重自然和观照内心。

从李楷的作品《家园》《远方》《流逝》中，仅凭名字我就感受到一种伤感的气息。我必须真诚地声明，对于摄影，我是个外行，不像我的搭档李朝阳总会对着一幅摄影作品沉思，我甚至无法对李楷老师的任何一幅作品作任何的议论，但仅有的一次见面采访，让我坚定地认为，他是个执着、真诚而又坦率的人。我想，这一定就是艺术家的"纯粹"。

李楷从部队复员后曾在县委宣传部工作，并且在不到30岁就已成为县委宣传部的副部长，但他放弃了铁饭碗和仕途，毅然地选择做一名大地的"记录者"，把思想延伸到他童年成长过的那片土地上。或许，"改变"已不太可能，回归到李楷老师理想中的故乡也绝无可能，但让自己记住、帮助许多人记住一个时代似乎已成了李楷无法放下的选择。

李嵝岘很小，甚至陕北大地都很小，但这是李楷创作的世界；世界很大，可李楷内心里总惦记李嵝岘。

台湾著名摄影家张照堂先生在《拿着相机的沈从文》一文中这样写道：正如布罗诺斯所说，边缘地带不是世界的结束的地方，正是世界阐明自己的地方。

笔者不愿解读，也无法解读李楷老师的作品，我们只能将李楷老师的作品通过平台展示给大家，让每个人能从李楷先生的镜头和画笔中找到关于故乡的阐述。

此刻，在写作李楷老师的时候，笔者正在万里之外的南半球用脚步丈量旅程，追逐无为的生活，猛然间想起泰戈尔的那句诗，"我抛弃了所有的忧伤与疑虑，去追逐那无情的潮水，因为那永恒的异乡人在召唤我，他正沿着这条路走来。"

骡子和女娃　陕西定边王圈
1984（100cm×100cm）

李嵝岘　2014（50cm×40cm）

## 诗意家园
### ——再说李樯摄影

"李嶂岘是黄土高原白于山区腹地一个十分平常的小自然村。在冬季没有雪的日子里，远远看去，李嶂岘全部是黄土，土崖面、土窑、土院、土地、土墙、土羊圈、土灰圈（兼茅厕）、土的鸡窝狗窝，好似一处出土的古村落遗址。所有这些土的修筑与起伏的沟洼是那么的和谐，就连先人们栽种的零零星星的榆树和杏树，也是那么自然天成。"

那是我的老家，我童年的多数时光是在那里度过的。是祖母对李嶂岘的讲述和血缘关系延续着我对李嶂岘的情感，也是祖母让我懂得了山水风脉、人情世故乃至人的本来，更是祖母为我打开了这个纯真而浑厚的世界。

1981年，我开始拍照片，我最早的有意味的影像也拍自李嶂岘。今天我的影像和绘画又回到了这里，除了表达自己，力求保持世界的本真。

——摘自李樯《故乡为原点的风景》

读着李樯老师这样的文字，我总有要去李嶂岘看看的冲动，我想知道一个人用镜头记录了35年时间的这样一个山村究竟是个什么样子，她和我的家乡会有什么区别。

也许，李嶂岘和我的家乡唯一的区别就在于我的家乡没有一个记录她的人，而李嶂岘无疑是幸运的，她有一位值得骄傲的"儿子"李樯。

在"京华陕北人"推出摄影家李樯的报道后，和许多读者问到的一样，有一种遗憾总是不能释怀，那就是李樯的那些令人感动的作品没能刊发出来。于是，我们找李樯老师索要了他的部分摄影、绘画和书法作品，希望用他自己的作品表达他对故乡家园的关注和情感。

也许，每个人心中的故乡家园都会不同，而且随着时间的剥蚀，故乡家园也会在时代的变化中发生不可逆转的变化，甚至记忆也会褪色。幸运的是，李樯用他的镜头和画笔为我们记录下了一代人心中的故乡家园。

# 王玉珍 病榻书写美好人生

著者：王永利

摄影：李朝阳

一次巧遇，听"路遥文学奖"擎旗人高玉涛讲了王玉珍与疾病作斗争的一些故事，使我很受感动。

2016年11月23日，我和朝阳俩到王玉珍家去拜访。50平米的一间小屋，简单朴素，浓浓的书香味和幸福气息充满整个屋子。年逾古稀的王阿姨穿着洗得发白而且磨破了边角的衣服，因腿关节疼，她走得很慢，但看上去思维敏捷，和蔼可亲，根本让人无法想象她是一位患尿毒症20年的病人。刚开始，她一再说自己的事没意思，不值得专访。经我们再三解释，她才改变了态度，与老伴胡广深一起谈了起来。

## 新的生命

1942年农历6月18日，王玉珍出生在陕北子洲县一户贫苦的农民家庭。受重男轻女封建传统思想影响，她的母亲虽然不嫌穷不怕苦，可唯一的希望就是能有个传宗接代、当家立户的儿子。但不佳的命运专与她作对，前后生了两个孩子都是女儿，便把希望寄托在第三个孩子身上。但生下一看，又是个女儿，便生气地一把丢进尿盆里。就在孩子奄奄一息时，门口走进一位王玉珍的老妗子，看到这个场景便埋怨侄媳："你这是干啥哩！"赶忙将孩子从尿盆里抱出，逼着给孩子喂奶，救下了王玉珍的一条命。

如果在旧社会，王玉珍只能步中国千千万万农村妇女的后尘，成为一个目不识丁、围着锅台转一辈子的农村妇女。但王玉珍出生时，陕北早已成为穷人翻身做主、妇女解放、平等的解放区新天地。这使她不仅破天荒地走进了学校的大门，而且成为全村有史以来第一个走出家乡读书的女人，获得了一种全新的生命。

## 人活精神

出于对命运的珍惜和在贫苦家庭中养成的善良、勤劳、诚实的品格，王玉珍上学后学习十分用功。她热爱集体、关心他人，处处受到师生的好评。上小学时，被评为模范学生，选为学校少先队大队长；上中学后，获得模范学生的铜牌奖，还加入了共青团；后来考入榆林农校，也被评为模范学生，当了团支部书记，为她的人生前途展现出一片光明。但因为"文化大革命"，毕业后不安排工作，只给发了一套《毛泽东选集》和一把铁锨，让她回农村去"修理"地球。这时她已成了两个孩子的母亲，家里除了一孔破旧的窑洞外冰锅冷灶，生活十分艰难。更严重的是，本是榆林报年轻有为的记者的丈夫，被打成现行反革命，关进牛棚好多年，天各一方，杳无音信。

突然袭来的双重打击，使王玉珍难以承受。但她并没有被压倒和屈服，照常按她人活精神的作人理念坚强面对。每天上山劳动，一手拖着大儿子，一手抱着二儿子，肚子里还装着三儿子（这时她又怀孕），不仅不误一天劳动，还给社员记工分、分信、念信。

一天，王玉珍突然收到丈夫的一封信，提出要与她离婚，让她带着几个孩子去另过。王玉珍看完信后吓了一跳，她赶忙把几个孩子留给父母亲和公婆照看，只身奔波几百里见到丈夫，要问个清楚。原来，关在牛棚里的丈夫对前途已经绝望，他不愿连累妻子和孩子，便让报社一位好心人偷着给她寄来这封信。王玉珍知道内情后劝丈夫一定相信党、相信群众，更相信自己，她说总有一天能还他的清白，家里的生活有她负责，几个孩子很好，叫他不要牵心。几个小时的一次见面，使丈夫绝路逢生，鼓起了生活的勇气。

历史最公正。随着"文化大革命"后期形势的日益好转和"四人帮"的粉碎，王玉珍一家迎来了美好的春天。由于她在劳动中的突出表现，很快得到了社员的信任和好评，劳动几年后，生产队推荐她当了民办小学的老师。她马上给自己定了两条准则：一是读好"勤"字两本书——勤俭持家、勤奋工作；二是用父母心肠对待每一个学生。这两条也作为她的人生格言一直坚持。

一年后，王玉珍被转为代教，并加入了共产党，又一年后又被转为公办老师，由小学教到中学。直到1976年调入榆林地区体育中学，才使十几年天各一方的一家人得以团圆。

王玉珍的努力总能换来认可和回报——作为

王玉珍与丈夫胡广深在北京家中

教师，她工作过的每处学校都评她为先进教师，而且在 1983 年被国家体委评为全国体育系统先进教师，并赴北京出席了隆重的表彰大会；作为党员，1975 年被子洲县委评为全县的模范党员；作为女儿，她一直以儿子的身份敬孝父母，直到父亲 83 岁病故，母亲 90 岁无疾而终；作为妻子，她支持丈夫渡过"文化大革命"的难关，被平反后，丈夫当了榆林地区文联副主席，榆林报社长、总编，榆林地委宣传部常务副部长，被陕西省授予宣传战线先进工作者；作为母亲，她在极其困难的情况下，将四个孩子培养成有用之才，他们中一个是本科生、两个是研究生、一个是博士生，现在都在北京的国家机关从事很好的工作。

王玉珍的善良和勤劳曾得到很多人的赞扬，路遥当年为拍《人生》电影到榆林时曾在胡广深家吃饭，吃着吃着突然对胡广深说："我看你爱人就是我《人生》中的巧珍。"

## 第二次生命

1996 年春天，正面临退休的王玉珍有一天在上课时突然晕倒在讲台上。到医院一检查，竟是致命的尿毒症。家乡无法治疗，被迫来到北京。但这种病很难治又特费钱。王玉珍拖着病体和老伴胡广深先后跑了 13 所医院，中西医治疗了一年半，又透析了一年半，仍不见好转。中西医治疗时，每两天注射一支促红素，价格高达 320 多元；每天熬两锅中药，一锅灌肠一锅口服。而在透析治疗时每两天透析一次，一次 500 多元，两根铁钉似的针管在胳膊上每次一扎就五个小时。

当时家乡未实行医保，财政又很困难，她家

全部积蓄只有 28000 元，初来北京在北大医院住了十几天就花了 16000 多元，真是困难重重、举步维艰，但王玉珍总是忍痛克难、积极面对。依靠中药治疗的一年半时间里，她每天喝一大碗中药，她总是端起碗仰着头一饮而尽，喝完还笑着说："我就当吃饭哩。"

每次透析，两根针穿刺时剧痛难忍，好多病人呼天喊地，她则笑着对护士说："没事！没事！"两位护士都说她"这么好个病人"。她的坚强不仅保证了透析顺利进行，而且和护士建立起一种姐妹般的友情。

王玉珍在文章中这样写道："我已完全尝到了透析的滋味，铁钉似的针头，每次在我皮下旋转时，就像尖刀剜我的肉、抽我的筋，钻心的疼痛，我虽然尽量咬着牙硬撑着，但那难忍的剧痛使我浑身发抖，一身一身地出冷汗。"

没钱治疗，丈夫只好卖掉家中的所有房产，又向亲朋好友借一些债，终于在 1999 年 4 月 28 日晚上，请北京朝阳医院著名肾移植专家管德林教授做了肾移植手术，获得了第二次生命。和许多病人不同的是，王玉珍能够乐观地接受命运安排给她的这一切。她觉得移植来的肾源就是她的孩子，她从思想上先过了"排异"这一关。

相信命运吧，当你善待一切的时候，一切也都会善待你，即使在你生命的谷底。

## 病榻上书写美好人生

新的生命给王玉珍带来了新的希望，但王玉珍听说换了肾也只能维持三五年时间，她的生命似乎也已进入了新的倒计时。如何度过有限而珍贵的生命时光，便成为她面对的一个严峻问题。

其实就在肾移植手术出院后不久，王玉珍喜欢上了做梦，因为在梦中，她成了一个没病的人，

做梦成了她的享受。而且梦醒的时候，王玉珍便对老伴讲她梦中的情景。

听着老伴津津有味的讲述，胡广深感慨地说，"多有意思啊，又是一个好故事。你若能把做的梦写成一个个故事，我看挺有意思，将来可以出本书，就叫《梦的故事》。"

说者无心，听者有意。没过多久，王玉珍就给老伴胡广深拿出一张清单，列了她要写的文章的题目。她想把她自己的前半生用自己的笔记录下来，留给儿女，让儿女们知道自己的母亲曾经历了怎样的人生。

别的事情她已干不成了，她离世时没有财产给几个可爱的孩子，但她应给一份特殊的礼物——她的一生十分平凡，但也十分艰难，应该如实记录下来，留给几个孩子，让他们听听，或许对他们有些好处。

1999年7月1日，王玉珍特意选择了这样一个特殊的日子，在她入党28年的日子，她正式启动了这一项偌大的工程，而此时，距她手术后出院才两个月零两天。

她虽然从来也没写过文章，但她可以学习，因此她满怀信心。出院后回到那间终年照不进阳光，甚至连个桌子也没有的小屋，每天除了吃饭、吃药，就一个人半卧在床上，拿着那支破旧的圆珠笔，在她多年服中药积攒下的中药包装上写了起来。每篇初稿写下，又逐字逐句、反反复复地修改，改得别人无法辩认，直到她满意时才为止。王玉珍说，"顺利时每天写千八字，不顺时便看看书。"

就这样在写作的空余时间，王玉珍先后看了《简爱》《钢铁是怎样炼成的》《教育诗》《平凡的世界》《我叫新凤霞》《苦与乐——新凤霞的艺术生活》《盐丁儿》《红处方》等十多本书。应该说，这些书对她的写作帮助很大。

说起来容易做起来难。从来不写文章的王玉珍遇到了重重困难。"有时候，一个标题，一个开头就要想好几天。"身体虚弱正待恢复，随时都还在一步一步艰难地渡过手术后的危险期的王玉珍因为写作忘却了疾病，但写作在此时却成了另外一种折磨她的"疾病"，但这已成了一件非干不可的事。

## 写作的意义何在？

"写的过程让我忘掉了疾病。"这个理由已经完全回答了所有比这更崇高和有价值的回答。

此时的写作完全成了不爱说话的王玉珍对抗病魔的一剂良药。

我在想，纵使生命有一万种消磨时光的方式，写作无疑

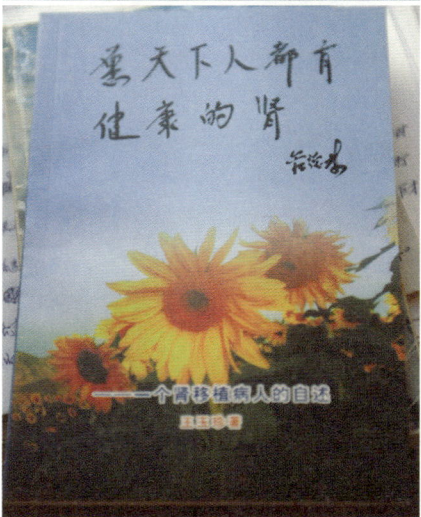

也是最有意义的一种。

其实，王玉珍开始写作的时候，老伴只是让她有个事做而已，并没有别的想法。但看了初稿后，发现虽不像名家写的大作，但全是真人真事情，用朴素的口语娓娓道来，情真意切，真实感人，更出自一个从来没写过文章重病缠身人之手，是一份难得的精神财富，便产生了一个新的想法，提出印成一本书留下来。但王玉珍说是瞎写哩，没有意思，还害怕被人笑话，坚决不让出书。幸好他们认识的一位朋友，甘肃武威市委书记、著名书法家王国文来北京开全国人代会得知此事，回去时便带了一份。从王国文处受到启示，她老伴又提出给他们认识的著名女作家贺抒玉寄了一份，听听她的意见。

半个多月后，便接到两人的电话，都说王玉珍在重病中干了这样一件大好事，非常有意义，一定要出版成书，提供给社会。他们还很快写来《一曲崇高生命的绝唱》（贺抒玉）、《一曲生命的凯歌》（王国文）两篇文章，王国文还寄来一幅题字："一幅流动的行书长卷，一曲飞扬的生命凯歌。"两位友人的意见，使王玉珍改变了态度，于是在2003年通过中国文联出版社出版第一本书——《人活精神》。

一天，王玉珍与老伴去给曾参与给她做手术、后来已调到北京海淀医院当了泌尿科主任的韩修武大夫送书时，韩大夫刚拿起书一看便惊呼道："啊，这书应给每个病人一本最好。"王玉珍走出医院大门，便对老伴说："听韩主任的话，病人间交流很重要，要是这样，我再将我治病经历写出来，送给病人。"老伴十分支持。从此，王玉珍又抓紧时间写了一年多，将她从患病到治疗的全过程写了十几万字的一本《愿天下人都有健康的肾》，初稿送给她做手术的管德林教授征求意见时，管教授十分惊喜，马上写了一篇文章，称她为全国尿毒症患者中的第一人，并题写了书名，又以一本书的形式问世。

本来，王玉珍以为手术后，三五年后她就离开人间。可五六年过去了，她在养病中写了四十多万字的两本书，不仅没有死去，而且活得好好的，并得到众多患者的赞赏，成了她做的一件好

事，使她更珍惜生命的价值，便当作一件正儿八经的任务和工作，又将她的所见所闻、所思所想，上自国家大事，下至一言一行、一草一木，只要她觉得有意思的，都用文字记录下来，2014年，又一部30多万字的《病榻心语》印制出版。

王玉珍的这三本书共印了35000册，起初她只作为一种感恩和交流，全部赠送给德医双馨的白衣天使、同病相怜的患者和家乡的父老乡亲，没想到却引起了意想不到的反响。好多人打电话、写信、写文章表示祝贺，北京电台特意还做了一次专题节目，《大众健康报》《北京法治报》等很多媒体作了报道，还有一些患者上门来交流。

有一次，全国十几个省市几百名器官移植患者在北京举行交流会，王玉珍带了二百多本《愿天下人都有健康的肾》到会场，人们争相传阅，大会让让王玉珍作经验介绍，成了会议的一项新内容。陕西一位半身不遂的患者在电话中痛哭流涕地说他自患病以来，已失去了生活的信心，看了《人活精神》后，很受感动，从此积极治疗，一定向王玉珍学习，现在身体都满好。

多年来，王玉珍从学习和教学中认识到，人才的培养对一个国家、民族、地区和家庭，都有决定性的作用。她的家乡贫穷落后，人才的培养成长更为重要。因此，她曾准备退休后到家乡偏僻的学校去支教，但因患病而失去了可能。家乡实行医保后，解除了她治病的负担，让她在恢复身体的过程中节省了十万元钱，于是她和老伴商量后决定捐出这笔钱，救助贫寒学子。经协商后，他们与热心公益事业的家乡三丰油脂公司总经理王峰一起设立了"子洲县祖尧育才基金"，长期资助家乡的一些贫困学生，为家乡多培养出一些人才做一份努力。

人生在世，如何对待生命和疾病是每个人都不可回避的两个重要课题。王玉珍面对死亡，却以崇高的理想和坚毅的精神，不仅战胜了疾病，获得了新生，而且以病榻为阵地，以纸笔为武器，继续书写人生，唱出了一曲飞扬的生命凯歌，其精神实在可贵而难得。我们介绍她的事迹，唯一的目的，就是希望有更多的人都能书写好自己的人生，让人生丰满而有价值。

# 才子何怀东

著者：王永利

摄影：李朝阳

何怀东，笔名社娃，男，生于 20 世纪 60 年代末，国家三级编剧、高级摄影师、书法家、诗人、企业文化师。中国摄影家协会会员、中国摄影著作权协会会员，中国书画家联合会理事，中国楹联协会会员，中国煤矿摄影家协会理事，陕西省摄影家协会、内蒙古自治区摄影家协会会员，内蒙古作家协会会员。现供职于某企业集团公司机关党委，兼任鄂尔多斯市、榆林市摄影家协会副主席，神东矿区摄影协会主席、《西部聚焦网》摄影总监等职，在国内外文学、书法、摄影大赛中获得上百项奖励。曾出版个人诗集《情感流向》，主编出版《神东矿区五人诗选》《中国西部散文诗选》等。

我常常在想 "文学究竟能给人带来什么"这样一个宏大而又严肃的问题，但总是没有答案。

在见到何怀东以后，这个问题似乎"因人而解"。

我觉得，许多人爱好文学并不见得都会成为作家，都会以写作为生，但文学却能够让每一个喜欢她，并且在文学这条路上有所追求的人不再孤独。她会给人以某种气质，她能打开一个人的视野，支持着你在其他方面取得成功。

我突然想起前几年看央视青歌赛的时候，阎肃先生在回答观众关于如何区别业余组和专业组选手的问题。阎肃先生举例说，"刘欢唱歌专业不专业？很专业，但他的职业是个大学的老师，是个'专门业余'的歌唱家，所以，专业和业余之间的区别主要来自职业背景，而不是水准高低。"

我眼前的何怀东正如这个问题所回答的那样——他的职业是大型国有企业的管理人员，而业余却在写诗、摄影、书法方面都取得了一些成绩，国内外各种奖项斩获不少。文学方面，他曾获得首届"冰心杯"全国文学作品大奖赛的二等奖；而摄影作品则大大小小、国际国内总共获得150多项奖。

一碟花生米，两条臭鳜鱼，半斤高度酒，我和何怀东老师第一次见面就这样在北京的一家小酒馆展开了关于文学、关于书法、关于摄影的对话。他的讲述很平静，但总能让我耳目一新。

20世纪80年代，小小的横山县城活跃着一群年轻人，他们以梦为马、诗酒趁年华，他们以文学的名义让自己活得如此与众不同而又潇洒。他们创办了油印刊物《柠条花》，把自己的作品刻印在粗陋的油印刊物上，相互鼓励、彼此欣赏。

何怀东说，那时候的每个成员，彼此眼里只有文学、只有艺术，大家也深知这条路并不平坦，但创作的热情时时都在鼓舞着每个人，让生活变得有滋有味。

那些年，何怀东的事诗长诗《羊肠小道》曾得到我们共同尊敬的李赤先生的高度赞扬，李赤先生曾写下这样的评语："此诗反映了新时代的旧悲剧，刻画细腻，回肠荡气。宜借鉴《兰花花》《孔雀东南飞》等，加强节奏韵律，便于上口吟咏。

循此方向，成功有望。"

先生的肯定和鼓励让何怀东更加坚定了文学的信仰，《羊肠小道》先是发表在榆林地区的《塞上柳》杂志上，然后又发表在《陕西日报》上，这对于一个县城的文学青年来说，无疑是开创先河的，那时候，没有谁的作品能够登上如此的大雅之堂。

紧接着，另一首诗歌《山峦》入选《陕西日报》和《文汇报》联合举办的全国征文大赛，让何怀东更加勤奋地以笔为犁，将目光投射向黄土高原广袤的大地上。

而其实此时，何怀东和他的兄弟们一起创办《柠条花》油印刊物、开文学创作笔会只能说是"不务正业"，因为他的真实身份是横山县剧团的业务团长。

1988年，22岁的何怀东俨然已成横山县剧团的"老人"，他从12岁那年进入剧团学戏，除了演戏之外，还承担了剧本创作和导演任务。他创作的戏剧小品《法律面前》《钦差大臣审古今》《乡村夜话》等6个小戏小品从不同角度反映社会现实，得到专业编辑和观众的高度好评。

今天，和我说起当年饰演的吕布、孙悟空等角色的时候，他的眉宇间依然透露着一股帅气和精神。

何怀东说他在学校学习的时间短，12岁考进剧团后，只是在剧团办的戏校学了两年文化课，其余都是靠自学得来。自学能力的获得，让他增长了见识、开阔了视野，自身的素养也在不断地丰富和提升。在此后的岁月中，这种习惯始终贯穿到他的生活当中。前些年，他还取得了本科文凭。这在他这个年龄段的人中间应该是不多见的。因为在我的印象中，现实里常常见到的许多人，自从谋得一碗"公家"的饭碗后，就再也没了主动学习的能力，从此与书绝缘的自然不在少数。

为啥何怀东却是个例外？我觉得，还是文学给了他学习的动力和追求梦想的力量。据他自己讲，在剧团工作的时候，每次到下乡演出的时候，他都要带上大把的蜡烛，满足自己夜晚阅读的习惯。大量阅读古今中外的各类图书，让他丰富了阅历，武装了自己。他说这个夜晚阅读的习惯直到现在还没有改变，每天不到 12 点不入睡。

时代在改变着人的命运。当 20 世纪 80 年代末期各种思潮被湮灭，各种社团也不得不解散的时候，文学的式微已成为无法改变的现实。此时的何怀东也不再留恋剧团每日下乡演出的生活，他也不再愿意过那种每次下乡时带着蜡烛在乡村的繁星下彻夜捧读的生活。尽管领导苦劝他留下，希望能编、能写、能导、能演的他能够带领剧团走出一条文艺机构改革的路子，他的老师看好他，劝他传承戏曲技艺，但何怀东还是义无反顾地加入到正在开发建设的神东矿区。

一个文化人到以煤炭生产为主的企业究竟能有多大的舞台，让很多人心中生疑。但何怀东觉得，才华在任何地方都不会被无端地淹没，何况在神华集团这样的大国企。

很快，何怀东就找准了定位，他以企业文化建设为抓手，以他擅长的文学、诗歌才华参与到企业发展、建设中来，将文学的素养与企业文化的精神理念有效地结合起来，并通过文学素养来探索挖掘企业文化的独特因子。

虽然在企业里的具体的工作会让他暂时放下纯文学的创作，但当文学价值与文化价值发生关联后，让他对文学的功能又增添新的认识。因为，以笔为枪为企业发展贡献自己的力量似乎也能让他找到另一种成就感，而且有一种实实在在的参与到企业发展壮大过程的感觉。"人尽其才，物尽其用。"这种转化与结合何尝不是这一理念的诠释？

如今，在网络上搜索何怀东，给出的头衔有国家三级编剧、高级摄影师、书法家、诗人、企业文化师等。

何怀东说，在神东矿区工作的这二十多年来，他不仅没有放下手中的笔，而且在这片充满希望和梦想的能源热土上，创作了大量的作品。在 2002 年与人合作主编出版了《中国西部散文诗选》，2004 年出版了《神东矿区五人诗选》（作家出版社），而且他还录制、编导了大量的电视栏目。在为企业文化建设和品牌宣传做了许多扎实工作的同时，也让他真正获得了充实感，自我存在的价值感。

肯付出的人总能在自己喜欢的事情上找到乐趣。也许是工作需要，也许是另一种情怀支撑，这些年何怀东的对外身份标签渐渐地由诗人转向摄影家，他把自己手中的镜头对准普通的劳动者，用自己的镜头反映劳动的美。由他创作的《矿建工人》不仅将普通工人的艰辛呈现给读者，而且能唤醒人们对普通劳动者的关注和思考。而正是这一组照片获得了 2009 年度内蒙古自治区摄影家协会和内蒙古煤炭厅联合举办的摄影美术书法大赛中的最佳作品奖。

这几年，我虽然未曾与何怀东老师谋面，但我总是能够在网络媒体、微信、博客等不同渠道看到有人在传播他的作品，尤其是他拍摄的各种照片。我不懂摄影，但他的照片总给我很深的印象，他把自己居住的城市鄂尔多斯，他把自己工作的环境神东矿区，他把自己身边的普通人都聚焦在他的镜头里——他把城市欣欣向荣的景象完美地表达，把矿区生活的火热场景真诚地捧出，把普通人的专注、热情和精气神敏锐地捕捉，他的镜头中，始终都是平静中给人以欣喜，简单中给人以思考。

而作为陕北人，何怀东还常常将镜头对准陕北这块土地，这里所有发生的故事都能引起他的兴趣，都能激发他的创作灵感。他拍的大量的民俗照片不断被转发转载。

白天工作，业余时间搞摄影，而夜里则成了何怀东写诗、临帖、练习书法的时间。经过几年的努力，何怀东的书法作品也逐渐得到许多人的喜爱，他的隶书尤其可见功力。他坦言，虽已年届五十，但仍坚持临帖，而且准备长期坚持。他说，"投入不到，灵感和悟性是救不了你的。"

是的，时间对每个人都很公平，但每个人却过得各不相同，这大概就是每个人在面对时间的时候所投入的用心不同。

才华这东西是上帝赐给每个人不同的礼物，但才华也往往会成为一些人的负担，让人深受其累，当然，如果你乐在其中，累也就成了一种快乐。何怀东大概正是这样，因为乐在其中，才让他无论干哪一行都能出类拔萃、样样精通。

其实，我还是想说文学在他内心的力量，我

觉得文学让何怀东内心建立了自己的信仰，有了自我的秩序，他的性格里融入了热情和善良的基因，让他走到哪里都能真诚对待每一个人，因而赢得许多人的信任。

有评论家这样写道：何怀东的诗是他自己人生历程中的寂寞与感伤，抑或人生的兴奋剂。他总是小心地安放自己的灵魂于每一处精神的方格里，填上他生命的欢歌与泪水。他有着独立的思考，与独特的感悟，把烂漫的文字汇聚成涓涓细流，漫漫斜斜地沿着生命的路径爬行……这些小溪流的奔腾不一定能达到广阔深邃的大海，可是，沿途经历的岸边，肯定会获得溪水的浸漫，这些小溪流一定能滋润溪边的小草与野花，自然能成一簇簇鲜艳的风景，摇曳着绚丽的烂漫，把爱与情装饰得自然而清新。

在本文行将结束的时候，我突然想到他的这几句诗：面对世俗的浑圆／眉头紧锁／目光选择避开。如果这样结尾，我以为非常符合他的精神气质。

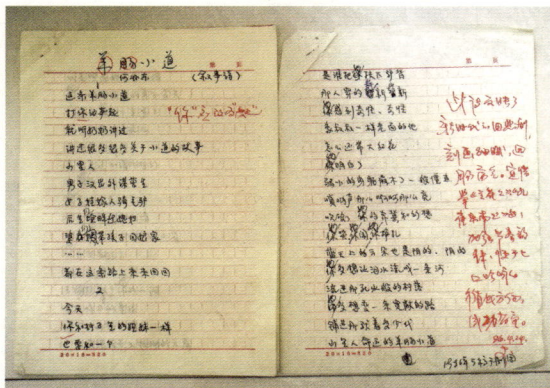

# 山 峦

何怀东

故乡的老人们常说："走十处不如守一处"。

——题记

我的
极力想洞穿一切的目光
却停滞在
故乡那起伏叠嶂的山峦间
父亲那瘦弱却又伟岸的身影
站立成儿子终生的驿站
古老的传说
被父亲咀嚼成清香的橄榄
余味飘飘
我们是最善于回味的孝女贤男
最惬意的
是奶奶的欣慰在皱褶间弥漫
是母亲忙碌中有人相帮的歇缓
是弟弟淘气时无休无止的贪玩
是父老乡亲眼中那钦羡的顾盼
……
山峦间
勾画出一幅息事宁人、相安和谐的
画卷
有一天
在风清月朗的夜晚
妹妹的情思
终于坚定成山那边
一个男子的渴盼
从此
驿站不在温馨
父亲的眉心凝结成阴暗
面对那远远近近的山峦
不住地摇头喟叹

# 师德垂范照千古
## ——悼念恩师李赤先生

著者：王永利　摄影：李朝阳

"有的人活着 / 他已经死了；有的人死了 / 他还活着。"

生命的价值究竟该如何衡量？人生的成功应该用什么标准来评价？这似乎是一个无比宏大而又缺乏标准的命题。但简单地想，其实这个问题最为简单，如果一个人在他离开人世后仍然有人惦念他，仍然有人能从内心深处感激他，那么，他生命的意义就一定无比恢宏而又充满价值。

今天我们要纪念的李赤老师就是这样一个人，他虽然离开我们已经有四年的时间了，但我们很多人从来也不曾忘却他，而且从内心深处对他表达着最诚挚的敬意，他的许多学生纷纷撰写文章，自发组织起来要为他出版一本纪念文集，甚至倡导建设纪念馆以表达对他的怀念。

作为一名老师，他能够在身后赢得如此"礼遇"，已经足够说明一切，也足够表达一个人的价值。而且，作为一名老师，难道还有比这更高的荣誉吗？这难道还不能回答一部分以成败、地位论英雄的人对李老师的怀疑吗？

李赤先生不仅给了我们知识，更多的是给了我们思考的习惯、批判的精神和前行的勇气，让我们从改变自己的命运开始去改变社会——正如有的学生所言，于先生而言，我们大多数学生是受益者——我们从他那里学会了如何在苦难中乐观向上，永不放弃；我们也从他那里知道了该如何在浮躁的时代沉下心思，潜心学问；我们也从他那里懂了该如何置身于历史的洪流中放宽眼界，不计得失；我们还学会了在独立思考的基础上敢于批判的精神，学会了看淡物质享受而用思想武装自己的力量，拥有了前行的勇气，让许多农家子弟从乡村走向都市，开启了人生的精彩。

2014 年 1 月 27 日，李赤先生在与病魔抗争 14 年后，离开了人世。先生虽已逝去，但其精神和学养还将长久地滋养我们。

今天，在他去世的三周年之际推出我两年前写的悼念文章，目的就是要向所有人表达我们对李赤老师的崇敬和怀念，让更多的人懂得李老师，也懂得作为一名老师的价值。

汉字研究资料

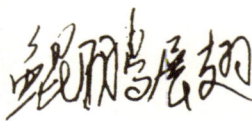

毛泽东诗词新解说

东学会/编著

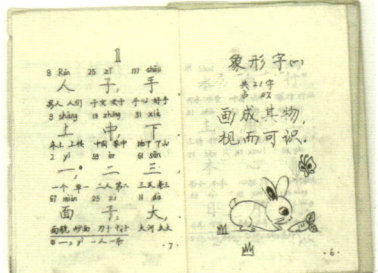

李赤先生作品《鲲鹏展翅》

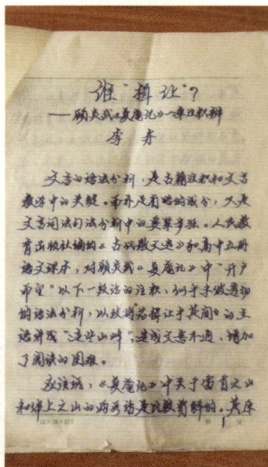

李赤手稿

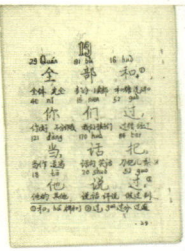

识字快资料

　　2013年临近年根的时候，我所任职的公司在北京郊区的一家宾馆开年会。那一天，一方面是一年紧张的工作终算放松了下来，睡得很踏实；另一方面是头天晚上喝了一点酒，有些燥热，所以一大早（腊月二十七），我就起床到宾馆外面的湖面上踩着冰散步，呼吸着郊区新鲜的空气。

　　就在此时，我接到朝阳打来的电话，说他的父亲李赤老师昨夜去世了。我愣了几秒后，脑子里出现两个字：解脱。当时我虽然尽量用平静的口气去安慰朝阳节哀，劝说他作为儿子，已经尽力了云云。但脑子里就是想着，对于李老师和家人来说，这都是一种解脱。

　　面对一位逝去的恩师，此刻出现"解脱"两个字似乎近于残酷，可我知道，对于与病魔斗争了整整14年的李老师来说，延长他的生命就是延长他的痛苦。

　　打完电话后，我坐在湖边的一块大石头上，透过泪光望着一轮红日从东方正慢慢升起，思绪断断续续地回想着先生这些年教诲于我的点点滴滴。

　　我认识李赤老师是在1994年。那时我正在读高中，满脑子做着文学的梦想。而就在此时李老师也因患轻度中风，不能到北京继续汉字研究工作，正好在横山中学的家中休养。

　　有一天下午，正在球场上打球的我看到一位身材魁梧的人从操场上慢慢走过，手里拿着一张卷起来的报纸。

　　先生的气质与众不同，他的目光中带着一丝对年轻人的关爱和宽容。而那时，我还不知道眼前这位长者就是已被我们当地传得神乎其神的李赤先生。

　　我不记得是谁告诉我眼前这位就是大名鼎鼎的李赤老师。但那一刻，对于一个文学青年来说，能接触到他一定是十分渴望的事情。

　　经过很长时间的酝酿，我和同班同学刘斌、刘青逸决定去登门拜访先生。

　　那天晚饭后，当我们三个人来到横山中学操场北门外的向阳幼儿园李老师家门口，正互相推让着谁先去敲门的时候，李老师的爱人梁老师首先发现了我们三个冒失鬼，热情地将我们请进了家。

　　李老师从满炕的书堆中坐了起来，他放下手

榆林地区毛泽东思想讨论会合影　1983.12.26

横山中学 1961 年合影

李赤和学生在一起

李赤和学生郊游

李赤和学生在一起

中的书，和蔼地询问着我们三个人的姓名和老家在哪里。不知是因为我们紧张而回答的声音不够洪亮还是窗户外总有汽车经过，李老师身体向前微微倾着，稍稍测着耳朵耐心地听我们介绍自己，脸上堆着微笑，目光中充满了鼓励和真诚。

从那一次开始以后，几乎每周我都会到先生家中去请教，把自己写的作文送去让老师点评，而下一周则取回来旧作，送上新作。我记得，他每次都会给我的作文写下很长的评语，并严肃地告诉我该去读些什么书。他似乎不会去谈什么技巧，倒是总说观点和立场。对于那时候的我们来说，阅读的渠道十分狭窄，但李老师推荐的阅读书目仿佛为我开启了一条通往知识海洋的通道。

从此，与李老师谈话、聆听他的教诲成了我高中读书生涯中的必修课。他不仅从知识上给予指导，更多的是从人生观、世界观给我指明了方向。从先生的身上，我受益许多，比如他刻苦治学的严谨精神和对生活淡定从容的豁达态度。他能够看淡生活中的得得失失，但他绝不放弃自己对真理的追求。

记忆深刻的是 1995 年那年暑假，他带领我和刘斌、刘青逸在横山县文化馆举办的那一次汉字展览。我们三个人各自有分工而且还要协作在一起完成任务，他每天给我们布置不同的工作，但总围绕着汉字起源解释、展览绘图、展板制作到展馆布置等等工作，足足忙了一个来月。

开展那天，小小的县城被轰动了，许多人来参观，都想看看生活在自己身边的这位饱学之士究竟对汉字造字法和演变规律提出了怎样的观点。李老师耐心地给参展观众讲解汉字起源学说以及汉字的魅力。他提出，从象形字开始，总共大概有 250 多个所谓的"字根"，在这个基础上人们根据生活的经验和需要，运用形声、会意、指事、转注等方式演变创造出 3000 多个常用字。而他研究的核心就是找出这些造字的规律，让我们在认识汉字的时候也知道为什么会出现这样的字，由"字根"可以扩展出一串一串的字，识得其"字"还知其本义和来源，所谓"知其然"还能知其"所以然"，而不是简单地仅仅认识某个字。

他提出必须重视少儿对汉字的认识和理解，要让孩子们在早期就一串一串地识字，从而激发

儿童形象思维。看看今天大大小小的电视台所举办的汉字读写节目就知道，李老师总是比我们早很多年就看清了事物的本质。

1995 年的时候，李赤先生就亲口对我说，要办一个汉字"九曲"游乐场，在土地上按照"九曲"线路图种上玉米或者其他作物，每一株作物旁都竖起一个汉字及其字义解释说明的卡片，让大人、孩子在转"九曲"的时候认识汉字、知道汉字的造字规律，从而激发创造灵感，游、学两不耽误。十多年后我在昌平的洼里乡居楼看到了类似创意的旅游项目，只不过洼里乡居楼办的是"五谷八卦阵"。

李老师的外甥、复旦大学高材生陈志强在祭文中这样写道：

三舅才华横溢，常以超前的眼光研判事物，天资聪敏的他也往往能领先他人一步。在 20 世纪 90 年代初，极右势力掀起反毛逆流，他挺身而出，断言毛泽东思想必然依然能够指导中国社会主义现代化建设。他奋笔疾书，以独特的政治斗争的视角，重新解读了毛泽东诗词，解答战争时期和建设时期的重要历史关头毛泽东为党和人民指出的正确方向。他的很多点评令人拍案称奇，如雷电般闪亮在当时混乱迷惘的思想战线。而今我们回顾历史，重温他的作品，不能不佩服他惊人的超前判断。

90 年代，我们相聚在北京，我们一起探讨计算机技术的影响，他已能从人工智能的角度探索汉语研究与计算机的应用关联。当时有一些技术流派认为汉字不易被计算机处理，汉字拖了中国计算机发展的后腿，主张文字改革向西方文字拼写方式发展。三舅明确指出汉字象形化明显的技术优势，如经发掘，必将打开文字研究的新方向，其成果也会被计算机技术所吸收。他决定投入汉字象形技术的研究和开发，历经多年寒暑，成果卓然，比起当今广泛应用汉字学习软件整整提前十年，可惜因身体原因，这部分成果没能完全成功投入市场。他还预言汉语必然会对世界文化产生重要影响。看看当今遍布全球的孔子学院和世界范围的汉语热，我们就不能不佩服他的远见。他从人工智能角度让电脑理解文章，至今业界尚无突破性进展。或许某一天，我们会看到类似于

他四分解析法的成果。

1997年，李老师身体恢复后，他又来到北京潜心自己的学术研究。而彼时，我也正好在北京上大学，经常在他租住的小屋里吃着一碗白米饭，就着一盆凉拌圆白菜，谈论着历史和当下。

李老师是个无神论者，但命运却每在关键时刻都会捉弄他，可令人敬佩的是，先生从不言败，总是用乐观的心态面对一切。他从不讲究吃穿，总是笑着说"饭不好，要吃饱"，要我们分掉盆底的米饭和凉拌圆白菜。

我工作以后，觉得自己手中还算宽裕，有一次请他去吃烤肉。进门的时候，我就见他脸上不高兴，点菜时我便不敢大手大脚。吃完烤肉，他批评我两个字：浪费。从此，我再也不敢提请他吃饭的事，和他见面总是白米饭就咸菜吃饱为止。先生在其他物质方面也极其简单，从不看重。我认为，他是一位真正的马克思主义者，他一生所学，全部都用在他所钟爱的学术研究过程中。李老师能看淡名利，可以说，先生一生所从事的所有工作，都是为大局而忘小我，他的格局和高度让我们无法企及。

记得多年前的一天半夜，他打我电话问我手头上有没有《毛选》，我说有，他问哪年版的，我看了版权页后告诉他，他随口就说，那你翻到××页，有一句话我记不准了，是不是这样的。他在说，我在对，竟然一字不差。真是令我惊叹。后来他告诉我，他在写毛泽东诗词研究专著的一篇文章，要引用主席的一句话，怕弄错了。

1999年，李老师的汉字研究正进入一个新的高度，然而此时，病魔再一次将先生击倒，命运就这样再一次捉弄了他。

此后的十多年来，我和朝阳在北京住得很近，所以我经常去拜访李老师。由于病情严重，恢复起来很难，行动非常不便。每次见到李老师，他都在轮椅上坐着，手中还总是拿着书，也总是问我最近在读什么书。在先生面前，我诚惶诚恐，因为我知道，先生的高度只能用那个词来形容——高山仰止——我辈在他面前总是世俗和肤浅了许多。那时的我经常会在他的要求下推着他去报摊、书店买书、看书。

我接触到李老师的时候，他已经从横山中学教学一线退了下来，专门从事汉字研究和毛泽东诗词研究。所以，对于李老师的过往我也从来没敢问起，只是从不同的渠道知道李老师的一些往事。

这半年来我一直想写一篇关于李老师的文字，可总觉得怕自己认识不到先生的高度而不敢下笔。但无论如何，我需要写下些东西来祭奠先生，以表达我心中满满堆积的情感。

李老师1941年生于横山县高镇李家洼村一个普通家庭。6周岁时随家人到延安富县逃荒，直到1950年才返回老家；1952年到1953年，先生读了两年冬学，算是开启了他一生追求文化的大门；1962年，只读了一年高中的先生就被横山中学推荐参加当年的高考，并以优异的成绩考入西北大学中文系。可以说，这是李老师人生命运发生巨大转变的开始。

大学期间的1962年到1966年，李老师由于对鲁迅作品和毛泽东思想的深入研究，一直担任学校文科写作组组长；1967年，李老师接受组织安排，在人民出版社挂职去山东济南见习一年；1968年，李老师回到人民出版社担任编辑工作，直到1971年，李老师响应毛主席号召，作为知识青年回到地方工作，先后在榆林报社、横山县委宣传部等单位工作；从1982年开始，李老师来到自己的母校横山中学担任老师，开始为期十年的一线教学工作。在教学过程中，李老师提倡并执行学生自治，运用启发式教学方法，注重学生素质的全面培养。1992年，李老师离开一线教学岗位，到北京专门从事汉字起源研究和毛主席诗词等学术研究，期间有大量成果问世，出版有《鲲鹏展翅——毛泽东诗词新解说》等著作。

李老师的一生不能简单地用成功或者失败来概括。在我心中，李老师是一位伟大的人，尽管他不善言辞，但他用自己严谨治学的精神和勤奋上进的行为影响了他的许多学生，他用行动告诉我们，人的一生应该永不停止学习和思考。

2014年农历正月初四，先生的追悼会在老家举行，他的很多学生和同事、同学从四面八方赶来送先生最后一程。很多无法到达现场的人纷纷

发来唁电，表达对先生的哀悼。北京大学法学院教授强世功和妻子孙俪馨的唁电这样写道："缅怀李赤老师——扎根塞北三尺讲台锐意改革培育桃李满天下，博古通今潜心学问诠释毛诗寄望赤旗遍世界。"

而《中国新闻报》国内新闻部部长张伦发来的唁电则说："惊悉李赤先生不幸仙逝噩耗，十分悲痛。李赤先生是陕西名人，他一生三大成就：第一，李赤先生是时政评论家，他心怀坦荡，仗义执言，敢于对时局发表评论，提出意见。第二，李赤先生是文学家。第三，李赤先生是优秀教师。"

在追悼会的现场，许多不同身份的人和单位、团体赠送的挽联挂满了整个院子，纷纷表达着敬意和惋惜，我静静地看着这些缟素上泣血的文字，有万千种无法言说的痛楚弥漫在内心。

追悼会后，横山中学时任校长雷子义老师请我们几个在北京的学生小聚，话题自然围绕着先生，大家不断说起对先生的佩服和敬仰。县教研室一位领导激动地说，"今天搞什么素质教育，我给你说，20年前李赤搞的就是素质教育，你今天搞的素质教育还没有脱离开李赤当年的框框。"

对他的这个说法，在场的几位老师一致表示赞同。

早在1982年，李老师就开始在横山中学实行教改。李老师曾经的学生、现任宁夏大学教授杨开飞（横山中学84届毕业生）在回忆文章《独立苍茫自咏诗》一文中写道："李老师把课堂变成学生的大讲堂。李老师的语文课是对传统教学的革新，改革创新是他教学思想的灵魂。他真正做到教学以教师为主导，学生为主体。他是导演，学生是演员，他是总设计师，学生是践行者。他把每节课要完成的教学任务，提前一天分成四部分内容，布置给四个小组做好准备，第二天上课时由各小组指定的课题负责人进行汇报。他是组织者，学生是参与者，他是改革者，学生是受益者。当时的中学几乎全部走应试教育的模式，绝大多数教师满堂灌，实行填鸭式教学。教师唯教材和教学参考书是举，不敢越雷池一步。学生的头脑被标准答案囚禁，不敢有丝毫自己的想法，遑论发表独立见解。但李老师把学生推上讲台，鼓励学生独立思考，做到'如切如磋，如琢如磨'。学生和老师平等交流，提倡质疑问难。"

而同样为1984年毕业于横山中学的李老师的

求和超越自我的精神。

我认识的一位目前很成功的企业家当年就是李老师的学生，他提起当年李老师给他们当班主任时候的往事仍赞叹不已。他说，当年他们班在全校是有名的乱班、差班，班上很多同学不仅不爱学习，甚至有的学生天天不上课，窝在宿舍里打牌、"盟湖"（陕北的一种纸牌游戏）。但作为班主任，李老师对所有学生一视同仁，他从不觉得学习差的学生就会没出息，他重视因材施教，尊重每位学生的自我人格。

李老师在班级里大力推行民主选举制度，所有班干部都采用选举方式产生，而且干得不好会被随时"弹劾"。李老师当时就认为，未来的社会将是团体作战、小组作战的时代，所以，他把学生分成多个小组，形成竞争格局，让每位学生都参与到竞争中来，人人都是不同领域的领导者，人人都有机会出彩，一下子就调动了所有学生的积极性。而班级需要决定的所有的事务都必须经过班级讨论、辩论后决定。这就给许多人脑子里种下了民主的种子，让他们看待问题、处理问题的方法和思路有了不同，学会了辩证思考，让学生一生受益。

我常常想，一个老师的伟大不仅仅在于你把多少优秀的学生培养成国家的栋梁，更在于能够把多少差等生内心的自卑去除、理想激活，让他们勇敢地走向社会，成就自己的人生。

上文提到的那位企业家曾亲口对我说，当年，他们是学校里面最差的那个班，而现在来看，他们班的同学所创造的社会价值要远远高于其他班级。当然，有时候，社会的变化和人生的选择会让每个人的道路发生很大的差别，我们从来不会用世俗的眼光去评价作为个体的人成功与否，但这位企业家不无担心地说，如果没有李老师，他们班的许多人的命运将会发生无法逆转的沉沦，他们很多人甚至会没有勇气迈出人生的第一步，更无法谈论今天的成就。

那时候，李老师把自己的班主任津贴全部拿出来搞班级第二课堂，每周五下午都开展演讲辩论，话题涉及连现在都觉得前卫的"安乐死"等内容，对学生思维调动、口才锻炼起到了非常重要的作用。

学生、现任靖边县副县长的折小利在他的文章中对李老师的教改这样写道："先生的这些做法，当时一些学校领导、老师以及部分学生家长都心存疑虑、颇有微辞，有的甚至放言，先生的做法会彻底毁掉一个班级、一批孩子，毕竟高考是一个硬门槛，再活跃的思想、再好的组织协调管理能力在高考分数面前都会显得苍白无力。但事实证明，先生是对的，1984年的高考，我们没有给老师丢脸。而后来走进大学，步入社会，先生当时教会我们的那些能力，使我们受益终身，我们一直以先生为荣，生命中遇到先生这样的良师益友，这是我们最大的幸事。"

桃李无言，下自成蹊。

李老师曾有十年时间在一线教学，这十年也让先生获得了巨大的财富。他深深懂得教学相长的道理并实践在具体教学中，他运用启发式教学方式，尊重每一位学生的自我人格。

曾有李老师教过的学生对我说，李老师给他们的不仅仅是知识，而更多的是思想，是不懈追而李老师教授的语文课则更是打破大纲，勇于创新。他曾月一个月的时间在课堂上详细讲解恩格斯写的《在马克思墓前的讲话》。一篇不到1300字的文章，他运用自己渊博的知识从哲学、逻辑学、共产国际运动史等不同的方面为学生打开知识的视野和高度。

很难想象，一个高中语文老师会把黑格尔、尼采这样的大家"请"到教室里来，与同学们一起分享大师的精神世界。而教材里他认为不重要的课文则实行自学和学生主讲、老师点评的方式，一方面锻炼学生的口才和胆量，同时培养学生自学的能力。他不是在教书，更多的是在塑造学生的思想和灵魂。他不像高中的语文老师，倒像是大学里的导师。

他绝不让学生盲从，他倡导让学生树立独立思考的精神和大胆批判的精神，甚至鼓励学生给教材"找茬"，发动学生给《语文报》写信，提出对教材的意见。他不是在教书，更多的是在塑造学生的思想和灵魂。

作家王兴桭（李老师的90届学生）曾说李老师对他影响最大的就是先生不盲目迷信的批判精神，他说先生曾在讲《张衡传》时认为教材中的"衡下车，治威严，整法度"一句断句有问题，应该是"衡下车治威，严整法度"。

北方民族大学历史学教授、李老师的学生杨蕤在他写的长文《铮铮风骨 师恩难忘》文章如此断言："我曾经想，如果李赤老师在大学里工作，一定能够成为一名非常出色的学问家，也少不了教授、硕导、博导甚至更高档次的桂冠和花环，因为他所提出的问题都是具有原创性、颠覆性的大问题，如另立炉灶，对毛泽东诗词和文言文语法体系理论重新认识和解释，就是对这两个领域中主流学术的一些根本性问题的探讨，更准确地讲是根本性的否定，而他面对的则是王力、王宁、吕叔湘、臧克家、郭沫若这样的名满天下的学术大家。作为一名身处经济落后地区的县城中学老师，能够不断思考这些主流学术问题，敢于质疑名家的学问，不唯上、不唯书，只唯实，何止'不容易'几字所能概括。因此，没有能在更高的平台上发挥他的个人才智也许是李赤老师自己的人

生缺憾，但他能回到故乡这片热土，走向讲台，手执教鞭，教书育人，这何尝不是横山教育和文化的一件幸事！"

李老师是个很有天赋的人，他能够同时进行几项学术研究，而且很快就达到一定的高度。

按照许多人回忆的说法来看，先生当年的学

术研究可以概括为"四菜一汤","四菜"是指毛泽东诗词研究、古语摘要说、文章全息四分法和转注造字法，而"一汤"则是对李自成故里等横山地方文化的整理和探讨。

杨蕤回忆说，李老师当年曾给他们出这样的作文——《假如我是横山县长》，让同学们纷纷发表看法，假如自己当了县长的话会如何治理这片土地。李老师对每位同学的作品都进行了点评，鼓励大家要有开阔的视野和长远的眼光。

我确实无法得知，身处偏远山区中学当老师的先生的头脑中究竟都在思考着什么，但他胸怀世界、放眼全球的思考有目共睹。王兴根在他的文章中说，"先生总是教导我们，要以民族大义为重，要有远大的理想，有放眼世界的胸怀。我记得戈尔巴乔夫当选的第二天，先生就对苏联的未来有过断言，认为戈尔巴乔夫执政，苏联不会有光明的前途。当时我不相信，甚至觉得可笑，但后来的事实证明，先生是对的，让我不仅是佩服，更多的是不可思议，真有一种高山仰止的感觉。"

作为学术研究的先生是严谨的，甚至是苛刻的人；作为一名为真理终生奋斗的人，先生总是十分乐观，他从不言败，他能藐视一切困难，具有非凡的气度和胸襟，敢把所有的困难踩在脚下。

后来担任榆林地委宣传部常务副部长、榆林报社社长、总编辑的胡广深先生曾对我说，李赤刚直不阿，坚持真理。

李老师在榆林报社工作的时候，当时的地委领导写文章说榆林要"把三田（水田、梯田、坝田）建设为战备田"。李老师作为当时榆林报社的编辑认为这种提法不妥，如果把农业和战争直接挂钩有极左的倾向，为此他就给地委领导写信表达了自己的观点。没想到，他因此而备受打击，受到批判，被停了工作。但他仍然坚持自己的观点，他甚至给兰州军区司令员和政委写了一份材料，表达自己对这个提法的意见。可想而知的结果就是，在那个疯狂的年代，先生的人生一步一步滑入更深的谷底。

"文化大革命"中，胡广深先生和李老师一起作为"牛鬼蛇神"被安排到农场"改造"，但放下手中的笔、拿起老镢头的李老师从来不对命运抱怨，他在任何时候都充满了力量，即使种地也要种到最好，担粪、翻地，这些从来不干的农活他干起来让人觉得他根本不像是个知识分子，倒像个好的庄稼把式，他干任何工作都能够舍出自己的身子，他们俩人管理的农场的庄稼长势明显好于周围农民种的庄稼。

王兴根说，他清楚地记得李老师曾经对他说，"即使我拉着大粪车从街上走过，也应该昂首挺胸，因为我没有错。"

李老师可以说是历经风雨沧桑，一生并不顺利，甚至充满了挫折和磨难，但他总是敢于面对一切困难，敢于直视人生，从不逃避，乐观对待每一次挫折和磨难，像他所崇拜的毛主席那样，不畏惧任何困难和挫折，能把困难举重若轻，也从不会因为别人的评价而动摇自己内心所追求的真理。他的内心总是充满了无穷的力量和理想，他用行动告诉我们，他是一个敢于为真理奉献自己全部乃至生命的人，可以说，他是一位勇敢的人，他是一位精神上伟大、人格上纯粹的人。

他从未向任何人提及过去生活的艰难困苦，从未表达出颓废消沉的言论。他总是在前进的道路上努力拼搏，他的眼光永远在盯着前方。

也许他奋斗的目标需要人们更长久的等待，他的人生确实给人感觉不那么顺畅，甚至令人扼腕叹息，但他从未退缩，从未后退。

即使在他卧床不能独立行走时，他依然以顽强的意志与病魔抗争。他坚持身体康复运动，甚至站在树下以击打树干的方式坚持自我训练，以常人难以想象的力量支撑着虚弱的身体，他顽强的生命力和坚强的意志感染着每一个人，给所有的人"正能量"，教会我们乐观处世、严谨治学、正直做人。

命运有时候会开很大的玩笑，没有被挫折击败的李老师，最后却让病魔终止了他追求真理的脚步，让他一生心血在即将形成巨大成果的时候戛然而止，这是他的不幸，也是我们的不幸，更是这个时代的不幸。

巍巍乎横山见证，汤汤乎芦河呜咽。

今天，李老师已经远去，但他曾给予我们的还将继续给予我们力量，陪伴着我们继续前行。

# 曹闰茗

## 鼓舞天下

著者：王永利

摄影：李朝阳

曹闰茗，1980 年出生于陕西省榆林县横山区，现为横山青年艺术团团长，从小热爱表演艺术，曾多次在省市及全国各类舞台上获奖。2007 年，在武汉参加第十四届全国"群星奖"，他的舞蹈《吉祥腰鼓》荣获群星金奖；2008 年，代表陕西省参加北京奥运会文化广场演出，受到奥组委的赞誉，得到陕西省政府办公厅的通报嘉奖；2014 年 10 月，自筹资金 100 多万元创作编排了大型陕北地方戏《书匠》，荣获"陕西省第七届艺术节剧目奖"；2015 年 9 月，闰茗和他的团队受文化部邀请参加"纪念中国人民抗日战争暨世界反法西斯战争胜利 70 周年文艺晚会"的横山老腰鼓演出，得到中宣部、文化部的高度赞扬和嘉奖；2016 年 10 月，再次赴京参加"纪念红军长征胜利 80 周年文艺晚会"，作为腰鼓表演者和导演，在人民大会堂为党和国家领导人奉献了表达着胜利和喜庆的横山腰鼓。

我似乎一直在等待着某一种机缘的到来，才肯动笔去写已采访了几个月的青年艺术家曹闰茗。今天，这个时刻仿佛已经到来，因为今天榆林的镇北台、世纪广场、滨河公园、火车站广场、榆林老街等地方被横山老、中、青三代上千人的老腰鼓团队闹翻了天，为陕北浓浓的年味添上壮丽的一笔。这一笔，由闰茗和一帮热爱陕北文化的人共同写就。

去年冬天，我在老家和闰茗见面的时候，他正和新上任的横山区文化局长等人一起研究千人腰鼓过大年的事情。而第二天我回到北京后，榆林市旅游局局长崔渊也正好出差到北京落实"陕北榆林过大年"系列民俗旅游活动的事情。趁着下午的空闲，崔局长详细地向何怀东先生和我介绍了这次"陕北榆林过大年"活动的策划方案。那时我才知道，闰茗他们的千人腰鼓演出与此有关。

今天是2017年大年正月十二，天气预报显示，榆林的白天气温都在零下十一摄氏度，但榆林城过大年的腰鼓演出却热火朝天，我在北京的家中用手机看完了横山老腰鼓在镇北台表演的全部直播。直播的过程中，我听到现场导演不时在"闰茗、闰茗"地叫着。是的，这样盛大的横山老腰鼓演出怎能少得了闰茗呢！

1980年出生的曹闰茗十来岁的时候就跟着大人学习腰鼓，也表现出了这方面的天赋，很快就学会了横山老腰鼓的基本动作。于是，14岁那年，父亲便送他到横山职业中学学习戏曲，这应该是闰茗正式走上职业生涯的开端。那时候的闰茗被人称为"横山起得最早的老公鸡"。每天早上，当所有人都还在梦乡里的时候，县城对面西沙的山上便传来闰茗吊嗓子练功的声音。闰茗后来回忆说，"入学后半年学习下来，我只认识了邻桌的几位同学，我整天都把时间用在了学习上，和别人很少交流。"

学戏曲练功，很多人有受伤的经历，但闰茗却从来没有受伤，"因为我特别认真，特别用心，从不马虎应付。"用心，不是一句空话，它可以保护自己。

许多人觉得闰茗后来在2009年当了横山青年艺术团的团长是因为他业务能力强，但我觉得更重要的是闰茗骨子里有一种对艺术的热爱，让他有一种担当的意识。

我有机会结识闰茗是因为吴静心先生的介绍，吴静心建议我采访一下闰茗，他说闰茗是一位真男人。也许正是"真男人"这几个字让我对这样一位扎根基层的文艺工作者产生了兴趣，因为我近年来一直都希望写一写家乡的事情。

当时，闰茗正受邀在北京参加"纪念红军长征胜利80周年文艺晚会"的排演工作。因为晚会需要用表达胜利和喜庆的横山老腰鼓来添彩，需要这方面的专业人才，而闰茗无疑是最合适的人选。在这次党和国家领导人出席的晚会上，闰茗不仅担任领舞，而且还承担着为国家级演出团队导演、编排腰鼓的任务。果然不负众望，横山老腰鼓把整台晚会推向高潮，雄浑有力、气势飞扬的欢庆胜利的场景让掌声经久不息。有人说，如果说信天游是黄土高原忧郁的情怀，那么"横山老腰鼓"就是这片土地上最雄性的呐喊和狂飙。

那天中午，在位于牛街北口的陕北人家饭馆坐定后，闰茗给我最强烈的感觉就是两个字：执着。他似乎对别的事情并不关心，甚至看上去有些蔫，但一提到腰鼓，一提到陕北文化，马上就坐直了身子，来了精神，眼睛里都流露出一种希望完整表达的欲望。

而在他的办公室，闰茗再一次详细地向我解释着横山老腰鼓的由来和魅力所在，说着说着就起身动作表演一番，热爱之情溢于言表。

横山在历史上长期以来地处边塞，是多民族杂居的地区，也是游牧民族和农耕民族杂糅、过渡的地带，因此就形成了独特的文化遗产，产生了许多文化艺术瑰宝，比如横山老腰鼓和横山说书等都被列入国家级、省级非物质文化遗产。

"打横山老腰鼓，一定要有架势，要豪放，要打出精气神。"闰茗眼里的横山老腰鼓技艺俨然是一个"宝贝"，他说横山老腰鼓区别于其他地方的腰鼓的意义在于横山老腰鼓的起源和后来发展过程中的作用不同。

"横山老腰鼓"最早为戍守长城的军士的报警工具，发现敌情击鼓为号，以此传递消息。边

民久居塞上，习而为之，腰鼓的应用由战事逐渐扩展到民间娱乐之中。经长久演变，形成了今天豪放激昂、刚劲有力，并带有军旅战阵色彩的腰鼓艺术。

既然横山老腰鼓的气势来源于古时候部队将士得胜后庆贺胜利而打腰鼓留下的影子，因此，对"雄浑有力"这四个字就会提出要求。尽管后来有"文""武"腰鼓之分，但还是非常注重脚底的功力，把腿上的功夫蹬、踹、踢发挥得淋漓尽致，表演形式也按照军队的摆阵模式，在阵内进行表演。

后来，横山老腰鼓逐渐走向民间，成为敬神祭祀和逢年过节娱乐的一种表演形式。闰茗解释说腰鼓表演中的"跪步"动作一定就和祭祀有关。我想，闰茗之所以如此虔诚，也一定和他内心比我们多了一层对信仰的理解有关。

横山腰鼓初露头脸是在 1946 年。这一年，横山县南塔乡张存有地村的腰鼓艺人李应海在延安川口区六乡与劳动英雄杨步浩组织秧歌队在延安演出，曾轰动一时，后来边区政府组织他们给毛主席、朱总司令拜年，受到毛主席的高度赞扬。随着革命的胜利，腰鼓很快普及各个解放区乃至全国，一时间，"横山老腰鼓"被称为"胜利腰鼓""翻身腰鼓"，并成为当时最富有时代气息的群众性歌舞活动。

有研究资料显示，横山老腰鼓是现存唯一的老腰鼓。它的服装、道具、扮相、舞蹈动律等都极具特点，是古代文化与现代文化综合的活化石，且始终保持着原生态腰鼓技法，为人们了解、研究其形式提供大量极为丰富的材料。它流传于民间，根植于民间，紧紧依附在汉族民俗祭祀活动中，有其独特的艺术个性。横山老腰鼓是劳动人民特有的调剂精神生活表达精神情感的舞蹈之一，充分显示出陕北人既剽悍威武又憨厚朴实的性格。

北京舞蹈学院硕士王瑶在论文中这样写道："横山老腰鼓不仅仅单纯是一种民间艺术样式，它还是一个集信仰、宗教、文化、历史等多种因素复合杂糅的集合体，我们去探寻其中舞蹈的价值意义，很难不去碰这些因素，但是这些相关因素的不确定性又让我们很难去对这些东西做一个价值判断。"

是的，近年来随着社会、经济形态的变化以及外来文化形式的冲击，祖先留下来的一些宝贵的文化遗产日渐式微，面临着被淹没的危险。令人欣喜的是，还有像曹闰茗这样的人在，让我们看到了传承和发展的希望。当然，光有热情是不够的，必须要让更多的人参与进来，要让资本参与进来，在继承的同时能够不断创新。就拿老腰

鼓来说，必须以传统为根和魂，形成与现代社会的融合与互动，走政府引导、产业发展的文化艺术道路。

我是个坚定的传统主义者，我坚信那些经过祖先代代相传并且不断校正而流传下来的东西，必定会有无限的价值隐含其中，只是，我们未必都能够在今天全部理解和懂得。有时候，我会因为陕北这片土地上长期以来教育的落后和文化人的短缺而感到惋惜，正是因为知识的不普及，才让一些精美绝伦的艺术形式没有被解读和记录下来，以致使得后人无法全面悉知、深刻懂得。但一个国家、一个民族在往前走的时候，创新的源泉和灵感往往会从浩瀚的历史烟海中得到馈赠。现在，许多人懂得了传统技艺的魅力和价值，让一些民间的艺术形式渐渐开始登上大雅之堂。

2015年9月3日，在纪念反法西斯胜利70周年的晚会上，陕北篇章里的腰鼓表演颇让横山人骄傲，这正是曹闰茗带领他的横山青年艺术团对全国、全世界的一次献礼，他们用铿锵有力、特点鲜明的腰鼓打法向全世界展示陕北人坚强不屈、耿直率真的抗战精神和淳朴憨厚、热情奔放的精神风貌。

站在人民大会堂的舞台上，曹闰茗激动地说，"我们能见到习主席，能登上国家级的舞台表演，真的很荣幸，可以说是横山老腰鼓给了我们这次机会。以后，我想让更多的人了解我们横山老腰鼓文化，让它走得更远更好。"

我觉得，只有真心热爱才能说出这样的话，闰茗不说他把横山老腰鼓带进了国家级舞台，而却说是横山老腰鼓给了他登上这样的舞台的机会。

其实，很多人大概并不了解，为了艺术，闰茗牺牲了很多，虽然他的艺术团近年来编排了五十多本传统剧目和现代剧目，演出也走遍了大半个中国，不仅得到观众的好评，而且获得了许多大奖，但他们仍然在经济上捉襟见肘。有人说主要是《陕北，我的家》《三弦人生》和《书匠》这三部舞台剧把闰茗拖累了，但闰茗说："在艺术上我丝毫都不马虎，再赔钱也要搞出满意的作品。"摄影家李万能用"震撼"两个字形容他对闰茗这些作品的感受，万能说，"这几部戏太走

心了。"

艺术容不得半点虚假，这正如做人一样。闰茗说榆林著名艺术家孟海平先生给他编排的《吉祥腰鼓》不仅让他获得了第十四届全国群星奖的金奖，也给他传授了戏曲导演方面的才能，让他对戏曲艺术有了更深的理解。同时，更重要的是让他在做人、做事方面有了真诚的态度，让他更加热衷于对陕北文化的研究，对陕北题材的艺术作品有了挖掘和整理的兴趣。闰茗目前的大多剧目是以陕北文化、陕北生活为创作源泉的，比如他花费了100多万创作、排演的《书匠》就是把陕北艺术和生活融合到一起的典型代表，这部陕北地方戏也获得了"陕西省第七届艺术节剧目奖"。

就在我写作此文的时候，吴静心先生和我在微信上说，闰茗对待老师的真诚也是很少有人能够比得了的。前一阵子，闰茗到西安办事，他去看望他的老师王俊鹏（国家一级导演、著名京剧表演艺术家）的时候，把横山的炖羊肉和其他菜都做好了一起带过去，他怕给老师增加麻烦，想得周到而又细致，令人感动。而我们要呼吁的是，许多老艺术家就好像一部自己行当里的百科全书，如果我们不去保护他们、挖掘他们、继承他们，必将成为一个民族的损失。

一个地方，一个时代，需要一批像闰茗这样甘愿清贫、不计得失的人来支撑起古老文化的传承，给更多的人以自信。

横山千人老腰鼓在榆林镇北台演出结束后，微信朋友圈里很多人在转发演出照片，惊呼过瘾，让许多横山人因为自己的土地上拥有这样一种代代相传的文化遗产而无比骄傲。我在看直播时就听到这样一句唱词："唱上个正月正，打起腰鼓耍威风，黄尘踢在半空中，我们都是横山人。"

似乎，因为横山，因为拥有了这样一种文化遗产，便有一种自豪感油然而生，自然流淌。当然，我们更需要有一大批像闰茗这样的人来坚守祖先留下的文化阵地，让那些植根在土地里的艺术瑰宝一代一代地传下去，在一次一次的表演、展示中教化人心、激励人心，把陕北人内心的坚强、乐观的精神激发，勇敢地面对世界、走向世界。

# 李青山 赤子之心 书生情怀

著者：王永利
摄影：李朝阳

李青山，1974 年出生于陕北子洲县，法学博士，资深律师，现为北京市中关律师事务所主任、北京中同有机农业股份有限公司董事长、北京榆林商会常务副会长、北京子洲商会会长。其博士论文为《主义与方法——论国家所有制的实现形式》，同时在法律核心期刊上发表过大量的学术论文。近年来，李青山博士本着"让农村更美丽，让城市更安全，让人民更健康"的理念，致力于发展有机农业产业。

今天的微信朋友圈常常会比一个人的名片更能准确地反映出这个人的情况。一个人在朋友圈中所发表的内容往往就是他的性格、观点、情怀与品味的折射。

采访完法学博士、资深律师李青山后，我认真地翻看了他微信"朋友圈"的内容，我的脑子里便闪现出文章的标题内容：赤子之心，书生情怀。

因为我从他的微信中对国内外发生的各种热点事件的点评中可以看出他的率真与深刻，他的语言客观而又充满思辨，理性而又不失幽默，辛辣而又饱含温情——一名知识分子的形象跃然纸上，忧伤与怀旧同在，希望与理想并存。

作为一名职业律师，李青山比一般人更能直面社会的残酷，更谙熟国家机器的运行规律，但

他似乎不愿做熟悉规则的既得利益者，他总是胸怀天下，从制度与规则的层面思考社会的进步与改良。近年来，当他将目光转向有机农业这个产业后，他的身上便又多了一种以实业报效社会的理想，以技术推动社会进步的方法，而黄土地赋予他的情怀又让他将目光关注到他的家乡子洲，致力于家乡的建设和发展。作为北京子洲商会会长，他引导、鼓励在外创业成功的企业家投资家乡，兴办实业，用技术和资本为子洲的山区农业现代化的发展理念提供具体的注脚。

与李青山交谈的过程中，他总是谈着对食品安全、农业面源污染、三农问题的担忧，我笑称他是有机农业公司的总经理，却操着总理的心，他笑着回答说这是不是有点"越位"。其实，作为投资人，李青山在他的公司里从不"越位"，他完全依照现代企业管理的规范推动着公司的发展，他要给自己腾出更多的时间去从事他的本行——律师业务，他说每个人都应去干自己擅长的事，而不是做全能的"老板"。

1974年出生的李青山在他18岁的那年考上了大学，在延安大学学习政治经济学。从小喜欢思辨的他在邓小平南巡讲话的鼓舞下选修了法律，还没到毕业就考取了律师资格证，毕业后就到西安从事起了律师职业。

自助者天助。我觉得李青山是那种在任何时候都能看到自己不足的人，而且又绝不放弃对自我的追求。工作一年后，李青山就通过自己的努力考取了西北政法大学的研究生。

2001年，硕士毕业的李青山本来已经在北京创业，从事律师职业，可他在看到北京这样的人才高地的竞争格局后又考取了中国人民大学的法学博士，继续用知识武装自己。

有的人天分很高，但他自己不承认，他会说自己用的是笨办法。李青山就是这样的人，他说他在读研究生的时候为了学习英语，先是把牛津英语词典翻看了三遍，然后又拿来外国的英文原版文学名著，强迫自己读下去。毫无疑问，这样坚持下去的结果不仅仅提高了他的英文水平和他的文学修养，同时为他打开了了解西方世界的窗口，开阔了眼界。

作为一名经济法学博士，作为一名律师，他常常都会为社会现实中的某些困境担忧，而作为一名黄土地上成长的知识分子，让他将目光关注到"三农"这个宏大的命题中，于是，他在2013年一手创办了北京中同有机农业股份公司，致力于解决老百姓最为关心的食品安全问题。如今，他的公司不仅在北京建成了2000亩的有机农业庄园，而且在他的家乡子洲投资4000多万元按照国际标准建立了可持续发展的、封闭的、循环式的有机农业示范园。他的想法是利用家乡没有被污染的土地、空气、水源作为基础，从事种植、养殖业，生产出高档的有机食品，满足市场的需求，同时带动家乡父老一起致富。

对当下的有机农产品市场来说，劣币驱逐良币已成为不争的事实。为使自己一心喜爱的有机农业产业得到可持续的发展，李青山通过深入调研后，在北京的中关村软件园成立了有机自助餐厅，他就是要从"土地到餐桌"实现全有机生态产业链，而且赋予了餐厅"有机食品体验、售卖和配送及推动有机农业示范园旅游休闲"这三大功能。

李青山认为，只要模式对路，有机农业必将迎来巨大的市场。他如今的任务就是要快速地将有机自助餐厅按照会员制的模式在北京城复制开来，推动中国有机农业的发展，为农民致富创造机会。

一名在京城高档写字楼办公的律师，心里却总是惦记着农业和土地，这并不是不务正业，而是他从小在与土地打交道的过程中培养的那颗赤子之心让他无法忘记土地和农民，无法忘记他的故乡家园。

许多成功人士在谈及理想的时候总是会带着豪情和使命，但李青山不同，他说他希望自己到50岁的时候能够"到一所学校去做一名老师，读点书，写写文章，做一介书生，教书育人"。因为他觉得自己并不喜欢做一名"商人"，尽管中同公司已经在农业产业上投入了几个亿，但他依然保持着赤子之心，书生情怀，他只是用关注农业的方式关注天下。

# 王二妮
## 歌者的重任

著者：王永利
摄影：李朝阳

王二妮，青年民族歌唱家，北京歌剧舞剧院国家一级演员，中国音乐家协会理事，中国文联文艺志愿者协会理事，陕西省政协委员，全国第十届文代会代表，陕北民歌领军人物，作为中国民族音乐领域的翘楚，被誉为"黄土地上的百灵鸟"。她以甜美、清脆的歌声、质朴自然的演唱风格和淳朴的陕北妹子形象打动了亿万观众的心，她通过不懈的努力，捧回了无数个奖杯和众多的荣誉称号，不仅奠定了她在陕北民歌领域的地位，更逐渐地完成了她作为一名青年歌唱家的蜕变。

王二妮从人民中来，质朴是她的人格底色，她的音乐与人民同在，为人民歌唱，用来源于人民的音乐回馈人民。王二妮扎根于中华文化沃土，民族性是她音乐的灵魂，她个性鲜明地演唱"中国风"的音乐，彰显民族特色和民族风格。

## 主要艺术经历：

2010 年推出个人专辑《爱陕北》；

2012 年，王二妮首度主演影视作品，在电影《哭恋》中扮演王小花；

2013 年在新加坡成功举办了个人独唱音乐会；

2014 年、2016 年两次登上了中央电视台"春节联欢晚会"的舞台；

2015 年推出个人专辑《我从西边来》；

2015 年 9 月 3 日，中国人民抗日战争暨世界反法西斯战争胜利 70 周年纪念活动，参加《胜利与和平》人民大会堂大阅兵晚会，为党和国家领导人和各国元首演出；

2015 年 10 月 31 日，在澳门参演第二十九届澳门国际音乐节《黄土谣》专场音乐会；

2015 年 11 月 3 日，在香港举办"黄土地的诉说"王二妮民歌音乐会；

2015 年 11 月 29 日，王二妮受邀参演中央电视台《共筑中国梦》歌曲演唱会；

2015 年 12 月 5 日，王二妮在人民大会堂举办"黄土地的诉说"个人内地首场音乐会；

2016 年，作为代表出席全国第十次文代会，并受到了习近平总书记的接见。

陕北这块土地总是让外界充满了好奇，而陕北民歌无疑是这块土地最靓丽的一张名片。

这些年来，我自己因为是陕北人而在许多地方的酒桌上都被人怂恿着唱几句陕北民歌，继而，就会有人向我打听王二妮，一脸兴奋地说二妮的歌唱得如何如何好。看得出，他们是因为喜欢陕北民歌而喜欢二妮，而同时，又因为喜欢二妮，就更加喜欢陕北民歌。

在二妮的办公室，两块白板上密密麻麻地写满了二妮的行程安排。"忙碌"成了二妮生活的主题。看到这些后我才相信，很长的一段时间都没能约到对二妮的采访，真的是因为二妮太忙。二妮说，她长这么大，唯一喜爱做的就是与陕北民歌有关的事情，对其他的东西兴趣不大。似乎，她的这些忙碌，实际上就是对陕北民歌、陕北文化不断的传播。

二妮的歌之所以能打动许多人，首先是因为二妮骨子里的质朴，她浑身上下都散发着一股子"真"劲，笑得那么自然，说得那么朴实，唱得那么真挚，而且在演唱过程中不炫技、不卖弄，将来自黄土地上的故事深情地诉说给观众。

## 唯有梦想照亮前程

成功，必然有其道理。对于二妮来说，她的成功除了天赋之外，更多的是她对梦想的坚守和执着。

从小到大，她坚持着一件事——唱歌。王二妮的成功首先靠的是她打小深入骨子里的对民歌的热爱，同时又依靠着这么些年她孜孜不倦地追求的结果。唱歌让她快乐，也最能让她自信。二妮说，她遗传了母亲的一副好嗓子，是"老天爷给这碗饭吃"。而更加幸运的是，她的父亲成了她的第一位伯乐，是父亲从小时候参加村里秧歌队的二妮身上发现了她在文艺方面的天赋，于是就在二妮13岁那年，送她去了榆林市百花艺术学校学艺。

相较于其他孩子，父亲对二妮的这一步安排算是很大胆的，因为艺术这条路从来都很不平坦。现在，二妮回忆起当年一起学艺的那些伙伴，仍对有些人深感惋惜，因为各种原因，他们中的许多人在中途选择放弃对梦想的追求。

无论你多执着，家庭的贫困也往往会成为你人生道路上的"拦路虎"。20世纪90年代，和众多农村家庭的孩子一样，因为无法按时缴纳学费，二妮曾不得不在一段时间内辍学。

辍学在家的一个来月，二妮的心里像长了草。直到那一天，二妮接到了校长陈玉龙写来的信才让她又重新回到校园。陈校长在信中说，学校看她是好苗子，希望二妮珍惜自己的艺术天赋，能够重新回到学校继续刻苦练功学艺。让二妮感动的是校长在信的最后写到的那句话："二妮，贫穷不是你的错误，幼年的苦难也许会成为你一生的财富，我相信你会唱得最好。"

当然，很多年以后，二妮才知道，这封信也是父亲去学校找校长写的。父爱如山，正是父亲对女儿梦想的坚守，才让二妮没有放弃，一步一步走向成功。

现在回想起来那时候经历的一切，二妮说她并不觉得那时候有多苦，困难虽然存在，她觉得更多的苦是让父母们承担了。当年的那些艰难，就真的成了二妮今天巨大的财富，让她更能懂得人间冷暖，让她始终知道底层生活的不易，这对于艺术家来说是何等的重要。

但是，没有谁希望自己在苦难中成长，只是我们必须要清醒——既然无法选择的贫困已成为事实，那就只能勇敢地接受现实，乐观地面对生活的挑战。生活中所有遇到的挫折和磨难对于人生而言，挺过去了就是财富，挺不过去就会成为灾难。我希望所有人都能如同二妮一样，坚持梦想，永不放弃，在骨子里能有一种倔强、有一种勇敢和坚强。

当然，我们深知，一个人在他自己无法做主的年龄段里，对人生方向的把控往往是被动的、随波逐流的。而二妮这样自小就如此执着正是许多人应该学习的地方，我们应该对自己有起码的判断，坚定地走好人生的每一步。

二妮说她感谢艺校的校长和老师，是校长、老师们的严格要求才让她得到系统的训练，打下扎实的功底，让她更加充满自信地走向更大的舞

台。

我觉得，二妮身上有黄土地给予的厚重和坚韧，但似乎和许多陕北人一样，因为多了些大山的厚重和朴实，却少了些如水般的柔滑。二妮很聪明，但不"精明"，使她看上去"憨憨的，但不傻"。

正是凭着这一股子"憨憨的憨劲"，让二妮一步一步走出了自己人生的精彩。

1999年，二妮从榆林艺校毕业后，凭借出色的表现，成为安塞民间艺术团的独唱演员，有了正式工作。此时的二妮大概只干两件事：完成团里既定的演出任务和参加各类演唱大赛，然后获奖。

2001年，二妮代表陕西安塞县在北京参加了"首届农民歌手大赛"，获得了民族组第一名的好成绩。当时主持人采访二妮的时候问她最大的

梦想是什么时，二妮说，"我最大的梦想就是希望能够到北京为全国人民唱歌。"

那些年，二妮在大大小小的演出比赛中获得了许许多多的奖项，让她的演唱更加自信和成熟。但二妮不甘心于此，就像她所说的那样，她渴望更大的舞台。当然，二妮说她自己对安塞充满了感情，她觉得安塞就是自己的第二故乡，她在安塞得到了许多锻炼，也从安塞真正出发，走向更广阔的舞台，她感谢安塞。我相信，懂得感恩的人才懂得珍惜，才能走得更远。

2006年，二妮只身一人来到北京报名参加"星光大道"的海选，可结果是等二妮找到海选的地点后，选拔已经结束了。于是二妮就对导演说自己来一趟北京不容易，能不能给个机会，让她展现一下自己。导演被她的诚恳所打动，就让二妮唱了自己的作品，但除此之外，二妮没有任何其他的准备，才艺展示连道具都没有，就这样，二妮没有等到任何消息。

2007年，不甘心的二妮再次报名参加星光大道。可这一次又让她失望——二妮在观众的一片掌声中被淘汰出局。本已没有机会参加月赛，但由于很多观众在网上留言表达对二妮演唱的陕北民歌的喜欢，导演组便安排二妮参加月度挑战赛，可不曾想到，二妮又被淘汰。

还是观众的热情推选，让二妮又参加了年度大赛，可到年赛的时候，二妮又没能获奖。这一次，网上依旧好评如潮，人气更加旺盛，被说成是"星光大道无冕之王"。

所有的成功都必须来自对梦想的坚守，是成年累月不断超越自我的结果。二妮走过的路就是最好的证明——做自己喜爱的事，坚持下去，一定会感动天地，得到自己想要的结果。

## 唯有真诚赢得掌声

我在采访二妮后，专门从网上找到了她2013年在新加坡举办的个人音乐独唱会的录像，这是二妮人生中的第一次个人音乐独唱会，二妮在现场说她压力很大，头一天晚上直到凌晨四点才睡，但她还是发挥得那么出色。我完全被二妮的真诚

所折服，她落落大方、不卑不亢的形象赢得观众无数次的掌声。返场的二妮用一口陕北普通话在与观众交流时，我仍然能感受到她话语里的真诚，正如著名音乐人冯晓泉对二妮所评价的那样："她给你最真的，你就无法给她假的。"我想，许多时候，你的行为不仅仅是你自己，你还会被人们理解成为一个地区、一个时代的象征。二妮无疑早已经成为陕北人的一种形象代言。

说实话，采访二妮的时候，因为她的坦诚和真实，让我内心里对这位小老乡更多了几分亲切，更加为她感到骄傲。

在接受中央电视台"艺术人生"栏目的主持人朱军采访的时候，二妮说她曾一个人到新疆去参加特招文艺兵的选拔，后来考虑到离父母太远，也不舍得刚刚开启的情感，就主动放弃了。可以看得出，小小的二妮总是那么的细致周到且重情重义，她的选择总是要考虑到方方面面的感受。

二妮说，作为陕北人，她身上有质朴的一面，但同时也有陕北人性格中的倔强和内向的一面，甚至"保守"这个词也伴随着她。当然，我们都知道，陕北民歌里的那些直白和热辣的语言并不是陕北人日常行为的真实反映，只是祖先留给我们的一种用歌唱表达情感的方式。

应该说，虽然二妮一直就没离开过舞台，但真正让二妮走进全国观众心中的却是屡次淘汰二妮的中央电视台"星光大道"栏目。

此后的二妮随着年龄的成熟和眼界的打开，逐渐踏上了一条事业的快车道。2010年，著名音乐人冯晓泉为二妮制作了个人专辑《爱陕北》。高水平、高标准的制作能力，让二妮天籁般的声音给了更多的人真切的感受。而老艺术家王昆在收二妮为徒后，在2011年推荐二妮为东方演艺集团排演的民族歌剧《白毛女》中"喜儿"的扮演者，成为王昆老师经典角色"喜儿"的接班人。王昆老师为了让二妮摆脱陕北口音的影响，在演出中符合歌剧的要求，可以说真是煞费苦心，仅一个"爹"字的发音，就让二妮练习上千遍，让朴实、接地气的二妮不仅在形象上符合"喜儿"在观众心中的要求，而且从演唱、形体动作都成一个全新的、完美的"喜儿"。

2011年7月3日，国家大剧院上演的新版《白毛女》正是由二妮出演"喜儿"，观众的掌声最能说明一切。用著名导演胡玫的话来说，"二妮的表演犹如一股来自大西北的自然、淳朴之风，给观众带来非常清新的感觉"。

来自一份权威的调查报告显示，王二妮是80后最喜爱的青年歌唱家，无论是优美抒情的山歌、深厚宽广的信天游、节奏强烈的劳动歌、流畅舒缓的小调、生动幽默的风俗歌曲，她都能很好地演绎。这大概也正是为什么王二妮会在2015年6月当选为中国音乐家协会最年轻的理事的原因了吧。

这些年，二妮始终都是待人诚恳，为艺谦虚，还是一口陕北话不改，还是一颗朴实心不变，让她在舞台上赢得无数掌声，让她在生活中得到无数赞许。

## 唯有爱心堪当大任

今天的二妮除了以歌唱家的身份在演出过程中积极推广、传播陕北民歌、陕北文化的同时，还利用各种机会整理、挖掘陕北民歌流散在民间的宝贵的资料和素材，而且在不同场合呼吁社会各界对民歌艺术的保护和传承，她说，"千万不要让老艺人的'真货'烂在肚子里，希望更多的人能参与到继承、整理陕北民歌中来，让这一优秀的艺术形式得以发扬广大，像当年革命年代一样，让艺术为生活服务。"

作为陕西省政协委员，二妮还积极参与到社会事务中去，关心着家乡，关心着民生。2015年9月，二妮与共青团榆林市委发起成立了"王二妮助学基金"，她自己带头捐资20万元，首批资助了35名贫困大学生和20名中小学生，让他们不会因为家庭的困难而止步求学的道路，圆他们的大学梦。二妮说，因为自己走过一条并不顺畅的求学道路，因此她懂得贫困对一个孩子会带来什么样的压力，她希望自己能够做雪中送炭的人。

尽管出名了，但二妮说自己并不像许多人想象的那样富有，她在生活中依然保持着朴素和节俭，她说自己要像自己的恩师、我国民族唱法的

开拓者和奠基人、著名歌唱家王昆老师那样，把所有的时间和精力全部用在音乐上，用实际行动践行全心全意为人民歌唱的信念。

这几年，二妮的身影常常会出现在一些公益演出的现场，只要是公益演出，二妮总是不推辞，让她在圈内赢得很好的口碑。

2015年12月5日，二妮在北京人民大会堂成功举办个人音乐会——"黄土地的诉说"。她说，"我希望以陕北民歌为引线，拉开向世界展现中国民族文化的序幕，未来，我将继续努力，在更广阔的音乐海洋驰骋，实现自己的音乐梦想，用母语向世界唱响美丽的中国！"多么自信，多么豪迈，这不正是当前中华民族伟大复兴的文艺号角吗？

演唱会的当晚，由于购票观众太多，排队进场的人都排到了国家大剧院那头，致使演出不得不延迟了十分钟。而据我所知，在这6000多名的观众中间，有许多喜爱二妮歌声的人都是从外地特意赶来，下了飞机直奔人民大会堂，第二天一早又赶最早的飞机回去。这一趟千里迢迢来北京，只为听一听二妮的现场演唱。这一次，二妮创造了近年来在人民大会堂开演唱会票房的纪录。

应该说，这次在人民大会堂成功举办个人音乐会，已经超越了二妮个人本身，正如音乐会的名字"黄土地的诉说"那样，这是由二妮所代表的陕北人对黄土文化在国家级舞台的一次展示，是民歌巨大的魅力和生命力的一次完美展现，其影响力远远超越了票房和市场本身，各大主流媒体的集中报道，已经说明这场音乐会的文化意义。如这次晚会名字的提出者、著名作曲家赵季平所说的那样，"陕北民歌是流淌在生活中的音乐瑰宝，音乐家一定要深入生活、深入人民，民族音乐的发展也要靠一代代人的努力和奉献。"

就在写作本文的前几天，2017年3月4日，全国"两会"开幕之际，中央电视台再次应观众强烈要求，第四次重播"黄土地的诉说"，让更多观众能够再次感受二妮对陕北名歌的精湛演绎。

其实，大概有一件事情许多人并不知道，那就是二妮把《黄土地的诉说》演出收入的5%捐给了榆林市青基会，她总是希望能给家乡做些什么。

二妮说，"树高千尺也忘不了根"，作为陕北这块土地养育的儿女，她始终在内心里对陕北怀着深深的感情。近期，由于要专心于创作新作品，她推掉了许多演出和采访，但唯独接受"京华陕北人"的专访，她说首先是因为她看了我们往期的报道，觉得有一种情怀，而同时也是"陕北"两个字让她无比亲切，就连她的专辑名称也总是离不开对那块土地的关注，第一张叫《爱陕北》，而2015年发行全球发行的新专辑则叫《我从西边来》，歌声中依然关注着陕北。

在一次中央电视台的节目录制现场，主持人朱迅问二妮说："有一个粉丝问你，当年你是站在陕北望北京，现在你已经站在北京了，又会望向哪里呢？"二妮直率地回答："我站在陕北望北京，站在北京应该望世界。"朱迅又问道："那当有一天你站在世界的舞台上的时候，你又该望向哪里呢？"二妮不假思索地回答道："当我站在世界的舞台上的时候，我会望陕北，因为我的根在陕北。"

是的，二妮从来就没有忘记陕北，她说无论自己走得多远，她都渴望回到家乡，回到那片让她心灵感到温暖的土地。

2016年9月，二妮回到他的家乡榆阳区大河塔乡的村里，带着几万块钱的礼品和满腔的爱心，看望了村里的老人和孩子们，并在小广场上把自己最动情的歌声献给了家乡的亲人。

而在这之前，她还专门到延安去看望了"八一"敬老院的老红军，给这些为革命做出过贡献的人带去了礼物，也带去了她的歌声和祝福。

在采访二妮结束的当天，我在微信朋友圈中发布了现场采访的照片，短时间之内，几百人点赞、关注，大家纷纷留言，写下祝福，对二妮充满了期待，充满了深深的关心。我和很多人一样，希望二妮作为当下陕北民歌女声演唱部分的代表性人物，能够引领陕北民歌走向更美好的未来。

似乎，作为歌者，年轻的二妮需要担当起更多的重任。眼下的二妮正忙着新作品的创作，同时今后要更多地深入到家乡，深入到基层，去挖掘、整理祖先留下的文化遗产，担当起其传承和推动的重任，让黄土地上的这种文化形式源远流长。

# 李建增

## 创作的舞台只有陕北

著者：王永利

摄影：李朗阳

李建增，1969 年生于陕西绥德，曾就读于北京电影学院图片摄影专业。中华民族文化促进会会员、中国摄影家协会会员。有数百幅作品在《文明》《科学探索》《南方周末》《中国文化画报》《中国摄影报》以及中国国际广播电台、北京《生活》、《国家地理》中文网、《华夏人文》、《中国妇女》外文版、《光明日报》、《旅游》等媒体发表。

2007 年、2008 年参加博联社组织的平遥国际摄影展；2008 年专题"陕北人"参加北京首届国际摄影季展和第四届连州摄影节当代中国摄影学术展；2011 年参加"民间·陕西纪实摄影展"；2018 年参加百年陕西影像展。2016 年由人民邮电出版社出版发行"陕西省非物质文化遗产保护名录《牛王会》"；历时 17 年拍摄的专题"千年古城的最后留守者"获得图虫网纪实摄影一等奖，2017 年《千年古城的最后留守者》由北京出版集团出版发行，同年获 2017 第十七届平遥国际摄影节凤凰卫视优秀摄影画册奖；"翠翠的婚礼"获中央电视台聚焦西部全国摄影大赛纪录奖。"黄土高原上的孩子"获得 2017 年华为全国人像摄影大师奖。

在数码技术不断更新换代的今天，李建增依然固执地用胶片从事着摄影创作，他说，"我不会改变的，除非这个世界不再生产胶卷。"这固执如同他只把镜头对准陕北一样，他说陕北或许就是自己创作的唯一舞台。他拍摄的基本都是以关注陕北人生存状态为主的纪实人文影像，这些年来拍了陕北民间传统婚礼、陕北道情、住在长城里的人、吴堡老县城、陕北的牛王会、放赦、清醮会等各种陕北人文主题的作品，引起外界的极大关注。

一个不大的帆布摄影包，两台莱卡，一台禄来，一台玛米亚，几卷胶卷，这就是陕北摄影人李建增的随身家当。当朝阳的快门声对准李老师响个不停的时候，李建增对我说，他很害怕这连拍的声音，他之所以坚持用胶片拍摄是让自己能够慢下来，让自己在拍摄过程中有一个思考的状态，而不会在数码相机的快门声中让自己放纵。

## 坚守

与建增老师见面的这个春天，我正因为花粉过敏喷嚏不断，眼睛肿得像"烂桃"一般，可我分明从他的脸上看出一种坚毅，看出一种干脆利索的个性，看出他对镜头中逐渐消失的陕北风物的担忧——从2000年开始，李建增连续拍摄吴堡石城17年，拍摄横山马坊的牛王会12年，拍摄清涧道情10年，拍摄清醮会14年——"一个人在高原上行走，我在寻找心灵上的风景，这是属于我自己的特殊的陕北风景"。正如著名摄影家石宝琇先生在李建增的《千年古城的最后留守者》一书的序言中写道的那样，"建增做的，就是将所有欢活的当下，变成安静的永远的事业。"

1969年出生的李建增在他27岁那年因为参加了"榆林之春"的摄影比赛，从此便一发不可收拾，一头扎进了摄影这个他自己最大的爱好中，一步一步在陕北的农村中用镜头记录着他所看到的一切，用他的话说就是，"看见了、拍下来"。但我觉得，坚守才是李建增的可贵之处，正是坚守二字，让他成为与众不同的摄影家，让他用胶片固执地对准陕北这个固定的场景，让他成就了

自我。

2000年，李建增第一次去吴堡石头城拍摄的时候，这座千年的古城中住着13户、32个人，渐渐地李建增与这里建立了深厚的感情，这里的建筑、这里的街道、这里的人都成了他内心的牵挂。

2006年农历2月24日，住在石城里的辛大娘去世了。正在定边拍摄的李建增听到这个消息后，开了一天的车赶到了石城，这一次，他不仅仅是去拍摄石城人的葬礼，更多的是要去为他牵挂的人送最后一程。因为他感觉到随着石城中老人一个一个的离世，"空城"之日已日益逼近。他在思考，以后的石城该怎么办？

到2011年，石城里的人走的走，去的去，就剩下王像贤夫妇两个人住在这里，王像贤说，"听说这里要搞开发，搞影视城，我们能住多久也说不准，住了一辈子的地方，感情深了，不舍得离开……"这何尝又不是李建增内心的担忧。

李建增说，"我出生在陕北无定河畔的窑洞里，对养育我的这片土地有着特殊深厚的情感。为了表达我对这片土地的热爱、对黄土地上纯朴厚道的子民们的理解，从我拿起相机的头一天起，我便把镜头对准了他们。"

这二十多年来，李建增用摄影的方式注视着家乡的变化，关注着传统文化的传承。

"很多艺术家有舍近求远的习惯，但我却无尽地迷恋着浓郁的黄土文化，无论是一个村庄的发展，还是一种传统戏剧的生存，我总是希望通过自己的相机把它记录下来，传播出去，让更多的读者了解黄土地的文化精髓。"坚守的李建增如是说。

## 入世

严格意义上来说，摄影者只是一个旁观者，他只需要忠实地记录即可，但李建增却常常与拍摄对象融为一体。在拍摄清涧道情的时候，李建增和剧团吃住在一起。他说之所以热衷拍摄道情，一来道情是陕北民间文化里的一个不可替代的剧种，二来面对日益式微的民间文化，他不忍心就这样看着它默默地消失。

"我知道我的拍摄不能从根本上解决道情生存土壤衰减的问题，也无法帮助道情在陕北民间生存发展，更不能阻止道情的逐渐消亡。但作为一个热爱陕北、关注陕北文化的摄影人，我预感到它很快就会消失了，我觉得我有义务把它记录下来，传播出去，哪怕只是多一个人知道了道情，多一个人了解道情，也就够了。"摄影家李建增有时候更像是个讲故事的人，他把自己也融入到故事中，成为现实的参与者。

在清涧县黄河边有个一个小村庄——寡妇坪，十多年前的一次拍摄，让他不再是一个单纯的拍摄者，他用最初的照片引来了更多的摄影人。从那一刻起，每年的农历三月三他们都会来到黄河边的这个小山村拍摄。2009 年，他们在这个山间乡野里举办起了寡妇坪专题展览，老乡当评委、石头做计数器——老乡们在自己喜欢的照片下面丢下一块石头，作为评选的办法。庙会结束，老乡把有自己的照片拿回家。这种接地气、亲民的展览不仅得到许多人的认可，就连中央电视台新闻联播也曾在现场采访并做了详细的报道。从此，这个名不见经传的小村落和它身边的这个转了近 360 度的黄河太极湾渐渐进入人们的视野。如今，这里已经成为清涧县境内目前唯一的一个国家 AAA 级景区，当地人的交通、生活条件也得到极大的改善。

作为摄影家的李建增用摄影的方式入世，用摄影改变了许多地方、许多人的生活，但他却遗憾而又抱歉地说，农历三月三是父亲和妻子的生日，可他却总是在黄河边拍摄，从没给自己的亲人过一次生日，他深感愧疚。

就在我写这篇文章的时候，"黄河两岸是故乡"作为今年三月三的摄影展的主题，又一次在寡妇坪开展。李建增老师用微信给我发来现场的照片，老乡们站在自己的照片面前，津津有味地欣赏着自己的生活。李建增说，再一次到这里办摄影展，目的只有一个，就是"不忘初心"，就是一种"回报"，就是要让老乡们喜欢，让老乡们高兴。他说自己不做拍完后收起照相机就走人的过客型的创作者，他要在用相机记录的同时，尽可能多地为被拍摄的对象办一些具体的实事。

# 自信

拿着相机的李建增是如此自信。这自信不仅仅来自他对相机的了解和把控能力，而更多的是他能够利用相机这种工具，把自己需要表达的思想通过镜头传达出来，以作品的形式呈现世界的繁杂与寂寞。

今天依然用胶片拍摄陕北大地的李建增大概正是因为自信才会在面对拍摄对象的时候，不像数码相机一样，快门声连续不断，他很"节俭"，当画图在脑海中闪过之后，他才会按下快门，完成创作。"有时候也会有遗憾"，但这种方式会迫使自己思考，让自己和相机融为一体，相机只是自己表达思想的工具，是让流动的时光凝固成永恒的方式，也是摄影人自己内心对世界认识的方式。

在陕北大地上行走，李建增有了更多的自信，因为他熟悉这里。许多人认为"熟悉的地方没有风景"，但李建增却与众不同，他说自己就是一个陕北的农民，陕北的土地只有和农民结合起来才让他觉得是真正意义上的陕北。他甚至说自己是个视角狭隘的人，他的镜头对准的方向只有陕北，"我从拿起相机那一刻起，我的镜头就没有离开过养育我的陕北，我对它太熟悉了。我只有漫步于陕北高原之上才觉得自己的每一刻都充满了快乐，我用相机和陕北互动、交谈，它们说的话语我用图片呈现出来，随着时间的流逝，当我把以前的照片重新拿出来看时，会发现那些过去的语言是完全不可复制、不可重复表达的。如果说视野扩展开来对我的摄影有什么促进的话，我想扩展也一定是思想上的扩展，是对陕北更进一步深层次的理解，对我的摄影会注入浓浓的民族文化内涵。"

李建增说，他和身边的老乡都是朋友，和他们住一孔窑洞，同他们睡一个土炕，吃一碗饭，喝一种老酒，他的拍摄是建立在对他们充分理解的基础上，并努力使自己成为他们中的一员。"我是以一个画中人的身份来记录画面的，如果说我拍摄的画面是精彩的瞬间的话，我更愿意说我的图像是一种真实的呈现。"

看完李老师过往与媒体的对话，我觉得，李建增的自信更多的是来自他深入下去以后所获得的对自己内心的认同。著名摄影家罗伯特·卡帕说："拍得不够好，那是因为你离得不够近。"李建增认为，这个"近"不单纯地指物理距离上的远近，而更多的是说你与被拍摄对象心灵上的距离。李建增无疑走进了自己的拍摄对象中，自己也参与到现实中，成为被拍摄的对象，然后自信地表达着他眼中的世界。

## 李建增摄影作品赏析

## 陕北高原上流动的候鸟——道情

作为陕北民间戏曲之一的"道情"戏在陕北最底层的农村有着极为广泛的群众基础。每逢庙会，无论是人口密集的乡镇村头还是烈日当头的山顶土坡，都能传来那被誉之为九腔十八调的丝丝腔（道情在当地又称为丝丝腔）。

陕北道情是我最近几年接触较多的一个群体，他们多游走于陕北的民间庙会。

对于陕北道情的起源一般有两种说法。一种是有学者追溯研究，道情一词最早出现于北宋时期，是由最初的道教音乐逐渐演变成现在的这种有说有唱的民间戏剧形式，这种说唱形式，说部为散文、唱部为音乐伴奏的韵文，其唱调被称为道情或道调，这种说法的道情在陕北被成为老道情。另一种说法是陕北道情最早出现于榆林市清涧县东解家沟的玄武村。据该村道情艺人王儒伦口述，清道光年间（1821—1850），有山西忻州的道情艺人前来玄武村一带演出，从那个时候开始山西道情传入清涧。后来山西道情与当地的民歌相互融合，并吸收了眉户、秧歌的表演形式，演变成了清涧道情也称东路道情。

作为源于唐宋时期的陕北地方戏种，道情有过一段盛行的日子，尤其是1942年毛泽东《在延安文艺座谈会上的讲话》发表之后，陕北边区的广大文艺工作者用道情的曲调这一形式在米脂编演了反映当时减租斗争的秧歌剧《减租会》，其中一段就是红遍全国大江南北的《翻身道情》。

然而，道情的现状却着实令人担忧。

道情是陕北民间文化里的一个不可缺失的剧种。只是随着社会的发展变化，城镇化建设的不断推进，道情这种文化生存的土壤越打越少，道情的现状是举步维艰。

近些年来，我在子洲、绥德、清涧、延川一带跟踪拍摄过很多的道情班子，拍摄过的演员有明明、焕焕、吴梅、李艳等。

一个道情班子一般由十几个人组成，少的仅有几个人，他们的组成或是家族亲戚，或是一些喜好丝丝腔的周边村民，所唱的也不仅仅局限道情，他们会依照雇主们的喜好，混杂着唱几句秦腔、晋剧甚至现代歌舞甚至是搞笑段子。

总之，道情的现状是爱看的人越来越少，喜唱的人参差不齐，流动频繁，青黄不接。

## 苦人儿吴梅领道情

吴梅的父亲给我讲：吴梅是个苦人儿，从小生活在农村，大概是吴梅十八九岁的时候，别人向他提亲，他听了说合人的一面之词就同意了。就这样，吴梅和这个不怎么认识的邻村人组成了家庭。谁知，结婚后，这个人是打牌赌钱、喝酒浪荡，根本不顾家。吴梅一个人带两个孩子，种地、放羊。28岁那年，吴梅实在是无法忍受男人给她带来的痛苦，便一个人带着孩子出来闯荡。吴梅的父亲会拉胡琴，经常跟道情班四处演出。无计可施的吴梅也就开始跟着父亲跑道情。说来也怪，没什么文化的吴梅记性却特别好，不管什么"平调""高调""十字调"，只要她听过一次，就能会个八九不离十，那些演绎了数十年的《鞭打芦花》《张良卖布》《老少换妻》等传统剧目，她只要看一遍就能上台演。但凡遇到演员有事不能上台，她毫不犹豫，上去就唱；搬家、搭台，她像个男的一样爬上爬下。渐渐地，吴梅竟然成了团里一个重要的人。一个偶然机会，吴梅从别人手中接手了现在的团，从一个跑堂打杂、替身演员，最后成了一个戏班班主。

搭起的几根木棍组成简陋的舞台，演员和观众近在咫尺
（2007 年延川柏叶沟）

对喜欢看道情的人来说，剧团的大小并不重要，能不能看
见也没什么，关键要能听见那九腔十八调的丝丝腔，大戏
大看，小戏小听（2005 年延川柏叶沟）

俗话说，不当家不知柴米油盐贵。吴梅说，带团可不是个容易的事，一方面要和写戏人处好关系，另一方面要和团员能合得来。现在唱道情的人少了，要找到一个会唱而且唱得好的道情演员很难，而且还要能留得住人。和写戏的人关系处好了，明年人家还会写你的戏。和唱家的关系处好了，戏班才能稳定，才能提高戏班知名度，才能赚到钱。

2016 年年末的一次拍摄中，我问吴梅，今年的收入情况怎么样。她无奈地说："我是实在人，硬损自己不亏演员，演员都是死工资，有的还是按天算。道情戏主要是在农村演出，现在很多地方连人都没有了，我们演出的场次自然就少了，收入也就不行了。去年，演出的场次倒还可以，只是收益上不如以前了，抛开杂沓（开支）、演员工资、购置设备，不仅没有赚钱，算下来还亏了两万多了。"

"道情"是陕北民间文化的一个重要的组成部分，它的存在，曾给山里无数的百姓带来了欢乐。面对"道情"日益衰退的生存现状，我不忍心看到它就这样默默地消失。

我知道我的拍摄不能解决"道情"生存土壤衰减的问题，也无法帮助"道情"在陕北民间生存发展，更不能阻止"道情"的逐渐消亡。但作为一个热爱陕北、关注陕北文化的摄影者，我预感到"道情"消失的时间不会太久，我觉得我有义务把它记录下来，传播出去，哪怕只是多一个人知道了"道情"，多一个人了解了"道情"，也就够了。

# 尹成明

## "接地气" 者 "不忘本"

著者：王永利
摄影：李朝阳

中国油气资源基础设施分布图

尹成明，1973年出生于陕西省横山县，博士，教授级高级工程师，硕士生导师，现为中国地质调查局油气资源调查中心综合研究与数据信息室主任，负责国家油气资源地质调查规划部署和战略研究，先后承担各类科研项目近四十项，出版专著3项，获得部级以上奖励8项，公开发表论文四十余篇。

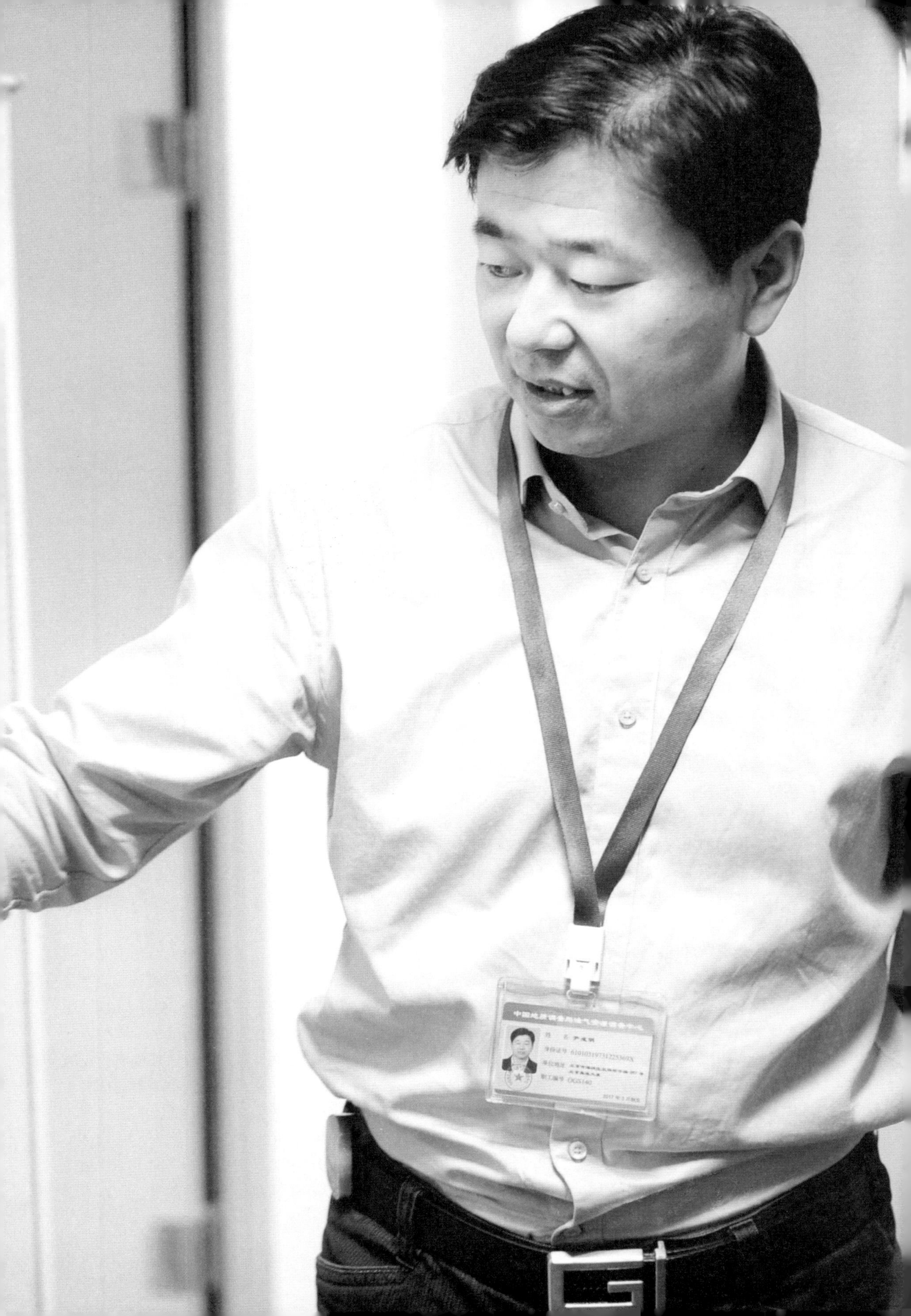

虽然已成为教授级高工，硕士生导师，而且又担任着具体的行政职务，在国家油气资源调查方面成为知名的专家，但尹成明博士始终保持着一颗"接地气"的心，从不忘本，始终认为自己就是一名从山里走出的陕北人，无论在什么场合都热情主动，没有一点架子，成为一些年轻的老乡心中的"好大哥"。

在和成明博士的多次交往中，给我印象最深的就是他总能从别人的身上发现闪光点，用一颗朴实的心面对他人，从他人身上学习长处，以弥补和提高自己。他说，"三人行必有我师"。其实成明不是现在这样，他早在上中学时就已懂得要善于学习他人的长处，并且多少年来一直保持着。很多人大概并不知道，直到今天，成明还坚持着每天学习英语的习惯，与那些大学毕业后再不读书的人相比，成明博士才真正的是我们的榜样。正是这样的坚持让成明从陕北的大山里考到西北大学，又从柴达木盆地考上博士，完成博士后研究，最后进入我国地质油气资源调查、规划的核心中枢，成为国家在此领域战略规划的智囊。可以说，他的路走得艰辛但无比踏实。

## 从山里来，心中有家乡

由于是老乡，因此和成明每次见面的话题总是会围绕老家，围绕着家乡的历史、风俗，围绕着家乡的发展。看得出，成明内心里对家乡的关切之心如此之深。

去年春天，横山县文联在筹办"书香横山"活动的时候找到我，希望我能把在京有成就的横山籍学者、专家的著作收集一下，能在活动中展出。我给成明打电话请他支持这件事。工作十分繁忙的成明满口答应，并且很快就将自己的专著寄了回去。

"书香横山"活动举办的当天，我正好在横山办事，在现场，许多人在认真翻阅着这些"写横山"或"横山人写"的图书。我听见有人说："这个人是赵石畔的，据说在北京的国土资源部当官呢。"我寻声望过去，见一老者捧着成明教授的专著《柴达木盆地石炭系油气资源潜力评价》，饶有兴致地向旁边的人介绍着，脸上有着一种为家乡所出人才的骄傲。

正如这老者所说的那样，在"国土资源部当官"的成明从小生活在赵石畔乡的刘新窑村。作为兄弟三人中的老二，成明虽然能够幸运地一直在学校读书，但上大学之前，他已经饱尝了陕北农民的艰辛，农村所有的农活他都干过，因此，直到现在，他仍然十分理解老家人的艰辛和不易，让他在内心里总有一种为家人、为家乡人办点什么事的想法。

从农村里来，根一直就会在农村。每年过年回家的时候，尹或明已不再是处长、教授和博士，而成为刘新窑村农民的儿子。我从他发在空间里的照片中可以看得出，他完全和村里的人融在了一起，举杯投箸，没有一点架子。可以说，他曾是刘新窑的骄傲，因为他是刘新窑的第一个中学生、第一个大学生和第一个博士生。而今，刘新窑更应以他为荣，因为他从没有把自己置身于刘新窑之外，依然保持着大山的儿子的形象，接地气、不忘本，用泥土般的质朴，映照着金子般的心。农村人的可贵在他身上表现的真真切切——能吃苦、肯上进、不忘本。

## 到远方去，使命在他乡

成明说他从来都不是那种下死功、读死书的人，他总是在玩中学，学中玩，而且喜欢琢磨一些技术性的东西，甚至在农村放羊的时候，他都在想着如何能用一种方法让羊既能多吃到草而且听话；种地的时候也在琢磨着怎样改进工具，提高效率。

正是这种喜欢琢磨、爱思考的习惯让他在学习中也不会死钻牛角尖，别人见他平时也不怎么下功夫学习，但总能在考试的时候得高分，他总结说自己在中学阶段首先是不偏科，其次是善于抓住重点，因此就会提高学习的效率，也就会节约出大量的时间。而在那些节约出来的时间里，他则常常向城里的同学请教音乐、美术、体育等方面的技能，以弥补自己的不足。正因为如此，他和班里所有的同学都能搞好了关系。

"我始终自信我一定能考上大学。"在升学率并不高的年代，这样的自信可不能是凭空想象，必须有相当的实力。与今天的孩子相比，那时候的学生全靠自觉。从上初中起就已住校，家长对孩子的管理和影响几乎是零，一方面是家长本身知识结构不足，另一方面是每周或每学期才能见面，家校之间的沟通又几乎不存在，所以，所有的学生全凭自控。成明在这方面无疑是好的，他有自己的目标，也有明确的方向。

和许多考上大学即"马放南山、刀枪入库"的学生不同，成明在1992年考上西北大学地质系石油天然气地质学专业后，依然没有放松过学习。大学期间的47门主修课，成明的平均分是84.7分，而且在一次高等数学考试中更是得了全级唯一的满分。

上大学后的成明为了节约路费，给家庭减轻负担，四年中只回了两次家，其余的假期一直都在外面打工，做家教、挖土壤、洗盘子，各种能干的事他都干过。和其他人不同的是，成明用打工挣来的钱去报各种课外班，计算机、音乐欣赏、艺术殿堂，甚至舞蹈班他都去参加，目的就是要提高自己，让自己丰富起来。

1996年夏天毕业后，成明自愿到青海油田研究院工作。

高原、戈壁、黄沙、烈日。"大漠孤烟直，长河落日圆"，古诗中的浪漫与壮观不见踪影，倒是"关头落月横西岭，塞下凝云断北荒"的苍凉与孤独油然而生。

条件艰苦，工作繁重，满怀技术报国思想的成明毫不在意，他好像找到了人生的战场和事业的舞台，踏着前辈石油人在西部奋战的敬业之路，在青海油田的主战场——柴达木盆地，一干就是13年。

工作后，成明经常在海拔4000多米的野外奔波，仅仅用了三年时间，成明就跑遍了青海油田的每一口探井和每一个剖面。陕北人身上"肯吃苦、敢担当"的性格特征让成明在高原戈壁上不知疲倦地探索着、前行着，让他在一线得到锻炼的同时，也收获了宝贵的人生。

1999年12月，刚刚工作三年多的成明就以助理工程师的身份担任了一口重点探井的地质监督，这在全国都是绝无仅有的一例。首先肯定是成明的技术功底扎实，其次才能谈得上领导的信任，因为地质监督这个岗位责任非常重大，要全面负责现场生产管理，对石油地质探井的安全、质量、进度、资料等负责。就这样，成明在现场一待就是一年多，上井固定时女儿不到半岁，结束野外回到家时，女儿根本不认识自己的父亲，每到晚上睡觉时都要赶他出屋。回忆起那时的艰辛，成明说他内心对家人有深深的愧疚，但他从不后悔，因为工作需要，他没有任何理由不去野外，不去现场。

成明说，他把理想和青春抛洒在壮阔的戈壁高原上，他的事业从这里起步，也从这里攀升，他先后在青海油田研究院担任过勘探室主任、综合规划室主任。到2004年的时候，成明不仅取得了高级工程师的职称，而且考上了中科院广州地球化学研究所的博士。

付出就会有收获。自工作以来，成明始终没有停止专业知识和英语的学习，实践和理论在交叉中前行，他的工作和生活忙碌而又充实。年轻的成明逐渐走向行业的前列，跻身到国家层面课题的研究和规划，在2009年之前，他已经先后承担了油气项目20多次，获得省部级奖励6项，在核心期刊发表文章30多篇。

## 居"庙堂"中，牵挂在野外

今天的成明教授作为中国地质调查局油气资源调查中心综合室主任，工作早已不再是当年在柴达木盆地工作时的状态，需要负责具体的项目和课题，而是要为国家的油气资源地调查规划和战略研究服务，支撑国家油气体制改革，要从宏观着眼，要为大局考虑，但长年从事研究工作的习惯还是让他保持着从一线实际出发进而推及全局的工作思路，见微知著。

2009年，成明博士毕业后到中国地质科学院做博士后研究，但他依然关注着柴达木，始终坚持从一个盆地的研究来放眼全国。

39岁就获得教授职称的成明在对柴达木盆地断裂与油气成藏关系的研究中，认为柴达木曾经作为一个独立板块，存在早古生代褶皱基底与元古代结晶基底的双重基底，盆地由于受祁连山、昆仑山和阿尔金山的共同作用和影响，断裂十分发育。这些断裂带成排成带展布，控制着褶皱带的走向和发育，剖面上，这些断裂表现为上、下"两层楼"式结构，分别控制着侏罗系、古近系、新近系的沉积与演化。盆内主要断裂对盆地结构、沉积格局、有利储集相带和生烃凹陷具有宏观控制作用，指出控盆断裂是柴西地区古近系——新近系油气系统基本要素的主控因素，盆内控油断裂对油气宏观分布和局部富集具有控制机制，并提出了"断裂找油"的勘探新思路，即以控油断裂为主线，沿着断裂两侧实施精细勘探和岩性勘探。控油断裂带控制的构造带、岩性带、断层－裂缝和基岩潜山带是油气勘探突破的有利方向，近几年在昆北、油砂山断裂带两侧发现了昆北和英西两个亿吨级油田。

而由成明主持完成的国家油气战略选区项目和中国地质大调查项目中，他对柴达木盆地新区、新层系进行了多年的调查研究，建立了柴达木盆地石炭系烃源岩评价标准，认为灰岩和泥岩均有较好的生烃潜力，处于成熟到高成熟阶段，普遍没有变质，是盆地的第四套含油气系统，首次通过地震等地球物理资料解释预测了盆地石炭系分布范围和残留厚度，发现盆地中新生界之下普遍发育石炭系，也首次发现石炭系普遍发育厚层油砂，油源对比表明油砂显示来源于石炭系烃源岩，提出了战略选区目标。

如今，在成明教授的办公室里，各类全国性图件、规划报告、调查研究材料随处可见，墙上的地图中不仅仅用各种图形显示着中国的油气资源储量和分布情况，国外的油气资源情况也全部囊括在内，普通人并不怎么关心的油气资源情况成明却了然于胸，他的嘴里随时都可以说出一大串我记不住的数据，向我讲解那些公开的数据和资料。

在和成明交谈的过程中，我觉得他虽然目前处在国家油气资源调查研究的中枢机构，但他的心似乎总牵挂着一线，牵挂着野外，这大概和他曾经的工作经历有关，这也正是他扎实做学问的习惯，是他不搞纸上谈兵的作风，我觉得，他真是"居庙堂之高，心忧其民"，是他接地气、不忘本的真实体现。

# 韩亨林

## 铁肩担道义　浓墨写柔情

著者：王永利
摄影：李朝阳

韩亨林，笔名山人，号聚雅堂主，1953年出生于陕西靖边县，十八届中央纪委委员，原中央纪委驻司法部纪检组组长、司法部党组成员，中国书法家协会第五、六届理事，中国书法家协会维权鉴定工作委员会主任，中国硬笔书法协会名誉主席，中央国家机关书法家协会副主席，中国书画院名誉院长，北京林业大学经济管理学院名誉院长、兼职教授、国学教育中心名誉主任，延安大学、榆林学院兼职教授，北京书法院、书法导报社顾问。

作品多次赴日本、韩国等地和我国台湾、香港地区交流展出，《人民日报》、《光明日报》、《经济日报》、《中国纪检监察报》、《法制日报》、《中国文化报》、《中国艺术报》、央视《书画频道》、《中国书法》、《美术报》等多家媒体作过专题报道。编著出版《韩亨林书法选》《韩亨林楷书、隶、魏碑、行草书〈白云山记〉等系列书法集》《韩亨林隶书〈道德经〉》等十多部著作。

由韩亨林创作的行草书长卷《奥运赋》在2008年中央电视台等单位举办的"10.17国际消除贫困日主题晚会"上拍得232万元，资金全部用于贫困地区小学操场建设。书法导报社社长王荣生编撰了《韩亨林书法艺术研究》一书，从不同角度研究韩亨林书法艺术。

春风云路人家，绯桃白李黄花。小院修竹新瓦，荷塘月下，陶公也想听蛙。

马凯词 壬辰夏亨林书

我思索良久，仍然不能写下一个很好的开头，甚至写不出一个令我满意的标题。这一切都因为我今天要写的主人公韩亨林先生的独特。当然，这独特不仅仅因为他官居部级，位高权重，也不仅仅是因为韩先生在书法上诸体皆能、名扬天下，得到沈鹏、张海等书坛大家的赞誉和肯定，而更多的是因为我从他身上感受到一种强烈的平民情怀，是他能够身居要位，恪守职责，把履行工作和坚持爱好严格分开，并且做到极致。"书法是我钟爱的艺术，但那只是业余时间的事，永远要放在工作的后面，绝不能为此耽误和影响工作"，因此，他的办公室从不置放笔墨纸砚，他说再大的爱好也要为工作让路。

也许是长期从事纪检监察工作的缘故，所以，我们每次在一些聚会场合见到韩先生时，他都从不轻易发表观点，一副倾听者的姿态。但如若说到陕北、说到童年、说到书法，他立马来了精神，滔滔不绝，毫无保留，像诗人一样满怀激情，又像智者一般举止间尽是儒雅和洒脱，话语间满是对故乡的热爱和对书法的痴迷。

其实许多人大概只知道韩亨林先生官做得大、书法水平高，但很少有人知道韩先生在日常生活里做得一手好菜，他还会织毛衣、袜子，甚至会修水泵、柴油机，而且歌唱得好，二胡拉得专业……这些大概都是韩亨林先生的独特，而这独特也一定和他与众不同的生活经历有关，与他自身的追求和悟性有关，与他一直以来对生活的热爱有关。

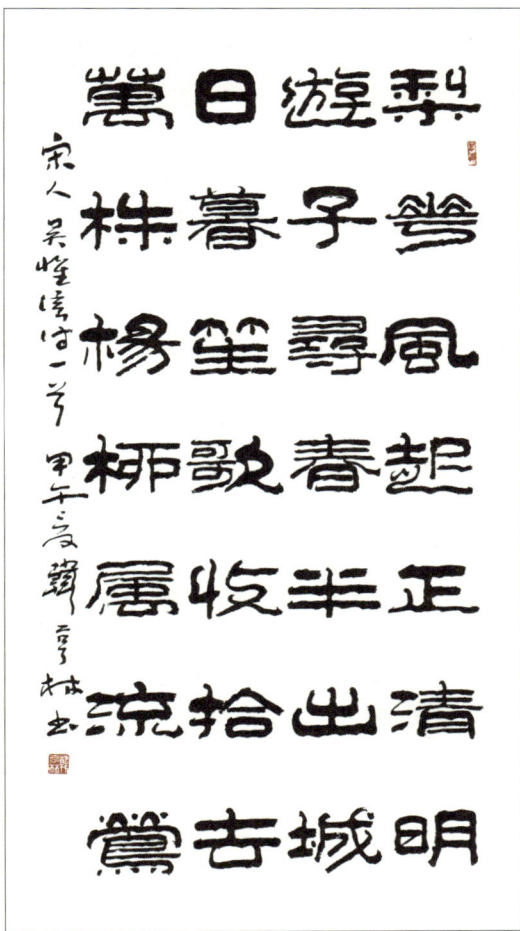

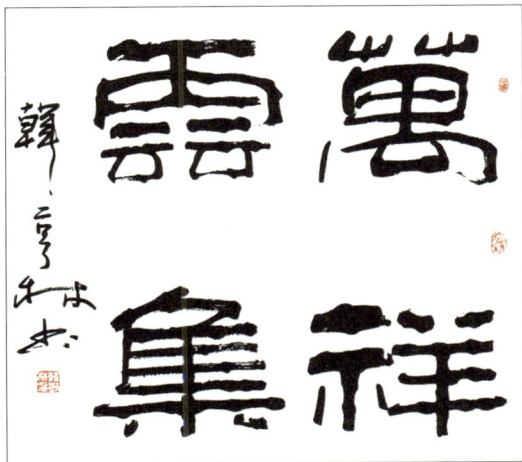

## 少年磨难 意志如钢

1953年，作为母亲的第一个孩子，韩亨林出生在陕西省靖边县一个叫作马昌沟的小村庄。尽管山大沟深、土地贫瘠，一个穷字世世代代连接着这块土地，但一家人依然凭借着勤劳尚能维持生计，尤其韩父心灵手巧，远近闻名。

从小，韩亨林就表现出与众不同的聪慧，到了入学的年龄以后，尽管营养不良、身体单薄矮小，但他从未落下一天的学习任务。

天还没有完全大亮，只要村里年龄大一点的孩子喊叫一声，韩亨林就马上一骨碌翻身起床，背上书包往学校奔。有了大孩子的庇护，让他不再担心路过别的村庄时恶狗的扑咬，而每天上学、放学十多里的路程倒也不算什么。

"一孔窑洞当作教室，两个年级同在一间教室里，每个孩子都从家里拿来各式各样的小箱子当书桌，我们坐在炕上同样也起立向老师致敬，黑板立在炕上，老师蹲着教完一个年级再教另一个年级。"条件如此简陋，设施如此简单，但今天，六十多岁的副部长级领导韩亨林在讲起这段童年读书生涯时似乎不会觉得这是一种苦难，倒觉得出生在陕北，这样的苦难就是人生的第一课，大家都一样，彼此间没什么差距。

然而，就是这种艰苦的上学生涯，也因为在七岁那年父亲的因病去世，还是让韩亨林在读到小学六年级时实在难以为继，不得不含着泪辍学回到家里，帮母亲捡柴火、打猪草。

我们无法想象，如果那时候的韩亨林真的从此辍学，无法得到更多的教育，那结果又会是怎样的呢？

要相信，一切都是最好的安排，幸亏有当地第一个初中毕业生许福有老师觉得韩亨林成绩如此优异而退学实在可惜，于是就帮他补习课程，并一直在上中学后还资助着他；也幸亏有公社的教干和学校的领导专门到村子里来动员学习尖子韩亨林不要辍学，并答应为他减免学费，才让韩亨林的母亲萌发了即使"讨吃"也要供孩子读书的决定。"我母亲那时候不是借，而就像一个乞丐一样，从亲戚们的手里接过了帮助。"今天说起这段往事，韩亨林仍然唏嘘不已，让他更加动容的是一名叫潘桂茹的老师偷偷地替他交了两个月4元钱的伙食费。韩亨林永远记得潘老师的馈赠，以至于在他工作以后的三十多年里一直没有忘记对潘老师的寻找。直到有一天，当他终于打听到潘老师的下落的时候，他马上不远千里前去看望。老师已不记得自己当年的善举，而且并不知道自己让一位在苦难中的人得到前行的力量并时刻铭记在心。当然，"自助者天助"，就像最近微信上流行的那句话说的那样，"你今天的气质里，藏着你曾经走过的路，读过的书和爱过的人"。也许正是韩亨林的优秀，才让许多人萌发了对他关爱的想法。

考初中的时候，韩亨林尽管第一个交了试卷，提前半个小时就离开了考场，但他在回到村里后还是十分低调，不敢说自己有多大的把握考上，直到揭榜后，人们才知道，这个谦虚、不张扬的孩子已经成为生产大队几千人里第四个中学生。

上中学的韩亨林每月有6块钱的补助，但为了补贴学费，减少家里的负担，弱小的韩亨林夏天暑假里去沟里打草，卖给客栈喂牲口，冬天则在放假时跟着堂兄的唢呐队做鼓手，走村串户，帮办红白喜事。

生活给了韩亨林巨大的考验，让他在幼小时的每一段人生都历经磨难，但他总是乐观地接受，并在这样的磨难中学会了许多技艺。

母亲再婚后，全家加起来有8口人，作为家中的老大，韩亨林便承受了比常人更多的压力。"文革"开始后，初中读了一年的韩亨林就回到农村参加劳动，14岁的韩亨林白天要忙着干活，晚上则一边开会，一边为弟弟妹妹们织毛袜子。"我织的毛袜子穿烂了都不会倒踏。"今天，仍然陕北口音浓重的韩亨林部长在接受我的采访时无比自信地向我说道。

听着韩亨林先生对少年往事的讲述，我便不由自主地想起孟子的那句名言："天将降大任于斯人也，必先苦其心志，劳其筋骨，饿其体肤，空乏其身，行拂乱其所为也，所以动心忍性，曾益其所不能。"

## 坚定信仰　大任堪当

韩亨林的延安大学校友路遥当年曾对他们的同学说："韩亨林是我们中文系的才子，他可以做一个艺术家，又能做一个政治家。"路遥得出这样的结论一定不是毫无根据的，是他们一起学习、生活的过程中在经历过许多事之后的判断。

让我们把时间向前推几年，去了解一下上大学之前的韩亨林的状态，回到韩亨林走向成熟人生之前所经历的岁月。

初中读了一年回到农村的韩亨林因为打得一手好算盘、写的一手好字，很快就当上了生产队的会计。半年后，被安排去做了民办老师。又经过大半年，韩亨林被选调到县文化馆，经短期培训后便做了电影放映员。由于悟性很高，一学就会，韩亨林在这期间得到很多人的赞扬，他甚至在农村劳动时学会了修理水泵、柴油机，而放电影时的韩亨林则更是技高一筹，换片时速度很快，从不断片，而且他又能写又能画，还能自制幻灯片，不仅宣传科学技术和革命思想，还能给群众带去美的享受。

放了一年多电影后，韩亨林又被抽调到县里的整顿农村基层组织工作队，算是正式参加了工作。

1974年，经过推荐、考试后，韩亨林进入延安大学中文系学习。这个时候，本想着报考天文、机电专业的韩亨林却在延安大学中文系和高他一级的路遥因为彼此欣赏成了莫逆之交，经常在一起谈人生、谈艺术。

韩亨林的同学王志强曾在文章中回忆说，路遥在谈到个人前途时总是神采飞扬的，他曾明确地预言说，"（延大）中文系七三级要出一个大作家，七四级要出一个大领导，韩亨林在政治上敏感，有前途，能做大领导。"

果然被路遥言中，从延安大学毕业后，韩亨林先是在靖边县革委会工作，1979年又调到榆林地区行署办公室任秘书，1983年便被提拔为榆林地区纪检委副县级专职委员。1991年，已近不惑之年的韩亨林被调入中央纪委，一步一步，凭着认真和扎实，他在中纪委由干部室副主任到第五纪检监察室主任，仕途不断进步。多年的纪检监察工作过程中，韩亨林组织查办了一大批大案要案，在惩治腐败、严肃纪律、教育干部、完善制度的同时，起到了服务大局、维护稳定、促进发展的多重作用，取得了法纪效果、社会效果和政治效果。

2008年，韩亨林被组织提拔担任中纪委驻司法部纪检组长、部党组成员，成为副部长级领导。一向谦虚的韩亨林上任伊始就明确表态，说自己在纪检战线上干了26个年头，但对司法行政工作

还不是很了解，首要任务就是要学习再学习，向书本学、向实践学、向同事学、向广大司法行政干警学。

在中纪委驻司法部纪检组长的位置上，韩亨林一干就是 8 年，他始终都以政治家的敏锐和实干家的姿态推动着司法改革和发展。正如路遥当年所言，一路勤勉的韩亨林凭着自身的努力在仕途上不断进步，担负着重要的职责。

多才多艺的韩亨林在工作岗位上不断思索，锐意改革，严格履行着纪检监察职责，表达着他对国家的忠诚。在中央纪委工作的时候，他撰写的《领导干部考察工作中的唯物辩证法》一文，得到各级领导的充分肯定。他把自己的工作实践，经系统性思考后总结上升到哲学的范畴，对领导干部选拔工作进行普遍的理论探讨。

2010 年，韩亨林在岗位变换后，再次根据自己的工作实践，在认真总结经验、深入理性思考的基础上，撰写了《派驻机构工作中要把握和处理好的十个关系》一文，得到中央领导和中央纪委领导的充分肯定，"亨林同志到司法部后深入调查研究，认真思考问题，创造性开展工作，总结的处理好十个关系是下了功夫的。"文章"写得好，既有总结也有创新，既有理论也有实践，对于派驻机构进一步总结经验、理顺关系、创新工作，很有借鉴。"后来，这一文章在《中国纪检监察报》和《统一管理情况》发表后，在全国纪检监察系统引起极大的反响。

作为高级领导干部，韩亨林通过自身的思考和追求，用自己的思想和文化来影响着时代，推动着社会的进步和发展，担负起改革者、思考者的重担。

## 法古师今　书坛名扬

我总认为，一个人在社会层面所处的高度会决定自己视野的高度，会影响自己的胸怀，因此，我断言韩亨林职位的提升与书法技艺的精进一定会是相得益彰的，正是这样的相互促进，让韩亨林声誉日隆。

多年前，我在读美国人彼得·海勒斯（《纽约客》驻北京记者）所写的《寻路中国——从乡村到工厂的自驾之旅》一书时曾读到这样一个片段，大意是作者驾车旅行在经过靖边时顺路捎了两位搭车的人，其中一位老者在得知彼得·海勒斯是从北京来的时候，"高声大气"地问了他一个问题："你认不认识韩河流？"

"谁？"

"韩河流！你认不认识他嘛？"

大概是这位牛津大学毕业的高材生、知名旅游文学作家听不懂陕北话的缘故吧，因此他就会把"韩亨林"听成"韩河流"，也会把"在北京当官着了"听成"在北京打工着了"。而我，在 2011 年读到这个情节后，马上就知道，老者这样骄傲地说出的人是韩亨林部长。

但我想，韩先生的知名度不仅仅在于他是一位从寒门走出的高级领导干部，为许多寒门学子树立了榜样，更重要的是他在书法上所取得的成就。

采访韩先生的时候，我一直在思考一个问题，有些人的成功注定是"老天"给的，因为我相信除了勤奋之外，他们一定具有某种能"开悟"的"慧根"，总比别人早一些看清事情的真相，掌握住事物的核心、懂得事物的本质。

但我更相信爱迪生说过的那句话，"天才就是百分之一的灵感加上百分之九十九的汗水。"

是的，从韩亨林从小习书到成为著名书法家的过程完全可以印证这句话。

早在童年读小学时，韩亨林得益于启蒙老师朱文堂先生对欧体字的教学，后来又得到擅长写柳体的孙世文老师的指导，逐渐迈入了研习书法的道路。韩先生说，他是"先知朱文堂而后知欧阳询，先知孙世文而后知柳公权"。天资加上正确的引导，对韩亨林来说无疑是最幸运的。

喜欢上书法的韩亨林从此后便临帖不断，甚至在上学时晚上睡觉都在肚皮上模仿板书好的老师的字体。

20 世纪 70 年代初期，一次偶然的机会，让韩亨林在一户农民家里的破瓦罐发现了一本蒙着厚厚的尘土和油腻的《柳公权玄秘塔》字帖，他如获至宝，日夜揣摩，临摹不止，让他的书法水平大有长进。而就在那个时候，"文革"的需要，韩亨林经常会出墙报、搞宣传，而他临摹的"毛体"草书几近逼真，当地许多领导求他写一幅毛主席的诗词挂在家中，既表达了对毛主席的忠诚，又美化了居家环境。

走入仕途的韩亨林虽然公务繁忙，但从未停止过对书法艺术的追求。正如《书法导报》副总编辑孟会祥所言："自幼养成的奇气，准备锻造一位文学家、音乐家或书法家。而履历渐渐消磨了各种可能，在他逐渐成为高级领导干部的过程中，'他好'渐渐退居次要，而书法则突显了出来。"

而已故著名书法家刘艺先生则说，"治学攻艺，贵在自信，贵在坚持。韩亨林是一个耐得住寂寞、勤奋刻苦的人。""韩亨林喜好文学、哲学、历史、音乐和体育，这些都与书法有着紧密的连带关系，加之他天资聪慧，悟性好，作风正，这就造就了他的书法格调趋于高雅，字里行间孕含着清爽之气，特别是他的有章法笔意的草书，更有一种古朴的格调。"

欣赏韩先生的书法诚然是一种享受。在采访他的那天，我仔细翻阅了韩亨林先生已经出版的《韩亨林楷书、隶属、魏碑、行草书〈白云山记〉系列书法集》，令人陶醉，似乎能从他的笔底感受到故乡陕北丰厚的历史文化积淀和他对故乡深深的热爱。

书者，抒也。但如若胸中没有千山万壑、腹中不藏惊涛骇浪，笔底自然就少了人生的格局和气度。韩先生的书法因着人生阅历的丰富和眼界、地位的高度，如他做人一般自信而不狂妄，优美而不匠气。他法古师今，但不落窠臼，他临帖不辍，先学汉隶，继而习欧、褚、柳、颜，又追"二王"及苏、黄、米、蔡，之后再攻读张旭、怀素，尽管跨度很大，但他进得去也能出得来，汲各家之长而有我，不落入模仿的俗套，因此他的作品便雍容自然而无造作之气，呈现出文人的高雅与气韵，修养与品味尽在笔端。

著名书法家沈鹏先生对韩先生的作品评价是："韩亨林君，八法专工。笔力遒劲，清隽流通。静如处子，动若游龙。深情故土，缅怀幼童。把卷玩赏，其乐无穷。传之后世，六合同功。"

2008年10月17日，在中央电视台、中国扶贫基金会等单位联合举办的"10.17国防消除贫困日主题公益晚会"上，由韩亨林利用业余时间精心创作的长40米、宽60厘米的书法长卷《奥运赋》在现场拍卖得232万元，首创现代书法奇迹。而这笔巨款全部捐给了贫困山区的孩子们，为贫困山区的学校建设了58个操场。

回顾半生的人生风雨，韩亨林说他自六岁半起第一次拿起毛笔，从此再没有放下过。"在紧张的工作之余，在繁杂喧嚣的大都市中，寻求这么一片净土，闹中取静，又寻求这么一种乐趣，是完完全全地对精神的一种调整和一种高雅的精神享受。"他以书抒怀，以书明志，自作诗曰："自是清高为才多，从来后浪逐前波。文山墨海游无尽，我书半生不见我。"

韩亨林自言他有四大爱好，先是打乒乓球，他说这是在对抗中寻找规律；次之是文学，谓之读万卷书；再是书法；还有音乐。而他对于书法的思考尤其深刻，他提出了书法艺术的最高境界为"五法"，即"道法""心法""声法""情法"和"和法"。

所谓"道法"说的是规矩，书法之道在于传承先贤；而"心法"则是对悟性和天赋的表达，人应该认识自己，有针对性地研习；"声法"则要求书法创作要像优美的交响音乐那样，章法布局如音乐之起伏变化，给人美的享受；"情法"是对创作者主观情绪的要求，在创作过程中把好的情绪传达，把正能量弘扬；而"和法"又被称为"辩证法"，是指行笔用墨、章法布局需要讲究浓与淡、收与放、徐与疾、粗与细、密与疏等诸多辩证关系，最终达到"中和之美"。

与韩先生交谈是件令人愉悦的事，他没有一点架子，平易近人而又体贴周到，如他对陕北人形象总结的那样："正直善良，憨厚淳朴，自信倔强，用勤劳和智慧执着地创造奇迹，实现理想。"这大概既是韩亨林先生对陕北人的写照，又是他对自我的要求。我想，他之所以把自己的笔名称为"山人"，也许就是因为他从来都没有忘记自己就是黄土地的儿子，必须恪守大山的形象，无言但保持高度。

# 姜良铎

## 杏林圣手 悬壶济世

著者：王永利

摄影：李朝阳

姜良铎，陕西米脂人，现为北京中医药大学附属东直门医院教授、主任医师、博士研究生导师，享受国务院津贴专家。全国首届中医学博士，担任教育部 211 工程重点学科——中医内科学学术带头人、国家中医药管理局重点学科——呼吸热病学科带头人、卫生部卫生技术职称评审委员、中央保健委员会会诊专家、国家自然科学基金委评审专家、全国热病专业学术会议副主任委员，第九届、第十届国家药典委员。

姜良铎教授在多年的临床实践当中，形成了独特的学术理论体系，主要包括"外感病的内伤基础""管道和排毒理论""状态医学理论""中医急症的三法辨治""中医微生态理论思想""从毒论理，从通论治，以调求平"及"角药治疗理论"。迄今，姜良铎在国内外刊物上发表学术论文 100 余篇，其中《论外感病的内伤基础》《从毒论治》《论环境毒》等在学术界引起较大反响，主编学术著作 5 部，作为编委出版大型学术著作 5 部。曾获得"全国医药卫生系统先进个人"等众多荣誉称号，2016 年被国家人力资源与社会保障部、教育部、卫计委等五部委确定为"全国老中医专家学术经验继承指导老师"。

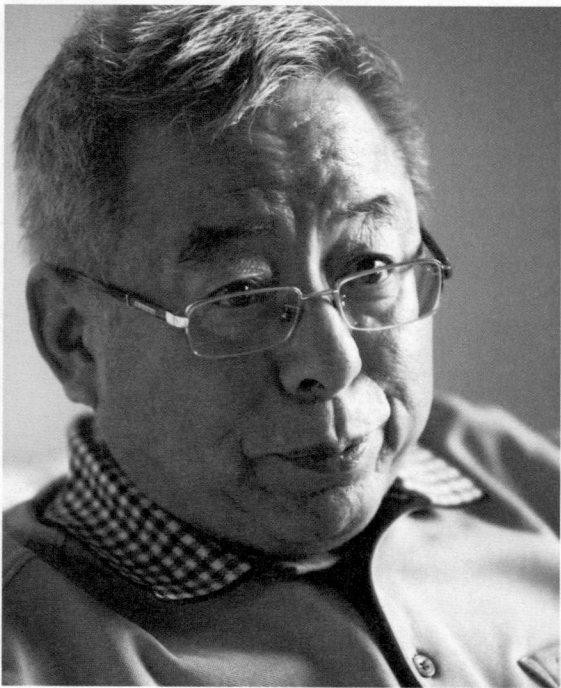

与我一起去采访姜良铎教授的表弟在看到姜先生捧出的一大堆荣誉证书后感慨地说，"我要是能获得这里面的任何一个证书，就足以骄傲。"我和表弟的看法基本一致。可姜教授却呵呵地笑着说，"红本本是不少，这些只是一部分，还有一些在书房。"

看着这些摊满半张床的"红本本"，似乎就看到了作为"首届中医学硕士""首届中医学博士"的姜良铎教授，自1968年在米脂老家开始学习中医以来近50年悬壶救世、治病救人的历程；看到了一名乡村"赤脚医生"一步一步成长为全国知名中医大家孜孜不倦追求的治学历程；看到了一位少年时期的"航天迷"在成长为中医学教授的过程中为国家培养了70多名硕士、博士的艰辛；看到了2003年"非典"期间提出用中药预防SARS的方案，得到北京市的肯定，向社会提供800多万副"姜八味"中药方的大夫不顾个人安危，在一线与病魔抗争的身影。

这些"红本本"正是社会对姜良铎教授行医济世、造福苍生、弘扬中医的肯定，是对他人生、事业的褒奖。

## "航天迷"成为"管道工"

1948年8月出生于陕西米脂姜兴庄村的姜良铎，少年时期就是有名的"学霸"。1864年初中毕业时，姜良铎以全县第二名的成绩考入陕北地区最著名的学府——榆林中学。

"我当时数学考了98分，全县第一，有一道题没看清，绝对值中的等号没划对，本来是可以考100分的。"半个世纪前的那场考试今天依然记忆清晰，并且似乎让他"耿耿于怀"的那2分正是他和总成绩全县第一名的差距，要不然他俩就是全县的并列第一。

有的人永远追求完美，姜教授就是这样的人。

初入榆中后，让姜良铎欣喜的是他可以拿到五块钱的助学金，比老师们希望他留在米脂中学读书要高出两块钱。作为五个兄弟姐妹中的老大，这五块钱不仅完全可以解决他在学校的吃饭问题，还为家里减轻不小的负担。而那个时候的姜良铎正一心痴迷着航空航天，做着"飞机梦"，还参加了学校的航模小组，自己亲手做的木头飞机在沙漠里常常被放飞。

然而命运的安排却让他最后走上了学习中医的道路，这一切都是因为时代变革使然。"文革"开始后，大学停止招生，姜良铎和所有的学子一样，多读了一年高中后，于1968年回到了姜兴庄村。

而此时，他的同宗伯父、北京师范大学毕业的姜纯禄先生在村里的学校担任老师，姜纯禄还从他曾为秀才的父亲那里学得一些中医知识，为乡亲们免费看病。这对姜良铎来说绝对是个"福音"，他中医的启蒙就从伯父那里开启了第一课。

姜良铎跟伯父学中医的方法很特别。每天下工后，他就来到伯父那里念医书。姜良铎如古人读书一样，大声地念。同时，除了大声念书之外，伯父还要求他抄书、背书。在姜良铎念书的时候，伯父自己也抄药方，几乎每一个夜晚，都可以看到一对乡村里的读书人在昏暗的油灯下钻研着医学古籍。

姜良铎清楚地记得伯父用毛笔抄写药方的情景，有的是古籍上的药方，有的则是从民间流传的药方整理出来的。那些抄写在巴掌大纸上的药方用绳子订起来，足足有十多本。这些药方，伯父后来给了姜良铎。直到现在，已成为全国知名中医学家的姜良铎有时在为患者治病时，还会用到其中的药方。

姜教授说，每次翻开当年伯父抄写的这些小本子，他就仿佛看到了引领他走进中医大门的、在昏暗的油灯底下教他知识的伯父的身影，每次想到这些，他都不由得红了眼圈，鼻子酸酸的。

在农村劳动的那两年里，姜良铎一边跟伯父学，一边到山梁上采药，给乡亲们治病。他还记得，他从伯父那里学来的第一个药方是治头疼的"都梁丸"。三钱荆芥，三钱白芷，他竟然用这个药方为妈妈治好了头疼病。现在回过头看，当时二十出头的毛小伙子姜良铎，其实并不懂多少病理知识，他就敢为妈妈看病，胆子着实不小。

1998年5月，已成为东直门医院大夫的姜良铎完成了自己多年以来的一个心愿，在家乡为自己的启蒙老师姜纯禄老先生立了一块"德教碑"。

在碑上，他这样写道："先生才学渊博，道高德重，育才树人，因材施教，启蒙山乡顽童，造就社会栋梁，而今国内海外，桃李芬芳。先生鸿儒知医，慈悲济世，施医送药，泽被乡邻，清贫乐苦，淡泊名利，品格风范，人人称颂。愿先生之德，昭我后代，奋成才之志，而有益于社会。"

这真情流淌的碑文是姜良铎一气呵成而写就的，因为他对恩师的感激一直就如滔滔江海溢于胸间。而他表达的，也绝不仅仅是对伯父、对他的第一位中医启蒙老师的感激，似乎更多的是对所有教导和指引他的老前辈的感激。这文字中一定包含着他对初中时的特级教师郑如海的感激，包含着他对大学时期、研究生时期的张学文、郭谦亨老师的感激，也包含着他对在北京读博士期间的董建华院士的感激，正是胸中有恩师，内心存感激才让他激情澎拜，写出如此感人肺腑的文字。

如今，自伯父姜纯禄的父亲那里开始，姜家已传承中医四代，因为姜良铎教授的侄儿姜尚目前也已从北京中医药大学毕业后留校在东直门医院担任医生，而学校之所以同意姜尚留校，很大一部分原因正是因为姜家有四代传承中医的背景。

多年的行医经历后，在一次全国中医内科高级研讨会上，姜良铎说，"我是六级管工，八级还不够。"大家一听都乐了，哪有这样的把医生比作管道工的呢？

姜教授说，人体很复杂，但"通则不痛，痛则不通"是国医学中最基本原理之一。主要是指经络和血脉的"通"与"不通"。而事实上，对人体全部生理和病理而言，通是生理的，不通是病理的。所以，姜良铎教授据此提出了"通则不病，病则不通"的学术观点，认为在养生保健上，"通则寿，畅则康，通畅寿而康，不通不畅欠健康。"

在很多次接受媒体采访的时候，姜教授都说，"生物管道"这个名词是他提出来的，因为人体的管道确实存在。比如西医的气管、血管、神经及中医的经络、血脉，这些都是人体内的管道，他将这些管道总结归纳为"生物管道"，并逐步演变发展成了生物管道学说。

他经过多年的临床研究逐渐认识到，"痛"

代表血脉淤滞，血脉淤滞自然会导致生病。他举例说，人体存在消化管、气管、血管、淋巴管，甚至脊髓中都有血脉运行的管道，如果管道不通畅，消化管堵塞、气管堵塞、血管堵塞，淋巴或者脊髓中发生堵塞，后果自然严重。所以他将原来的"痛"改成了"病"，称为"通则不病"。因为"痛"只是一个点，"病"则是包含所有疾病。大部分疾病都与血管和管道不通畅有关系，而中医一贯坚持"经络通畅，气血安和，脏腑平衡"，"生物管道学说"及"通则不病"想法的提出，可以说是一个传统中医理论基础上的新思考，并不是突发异想出来的。

姜教授打比方说，如果将人体比作一座大楼，但出现水电不通，排污管道堵塞，那么很多功能就丧失了，就成为一座死楼，无法生活下去。而西医所说的气管、血管、神经以及中医的经络、血脉，这些都是人体内的管道，如果这些管道不通畅，消化管堵塞、气管堵塞、血管堵塞，淋巴或者脊髓中发生堵塞，将产生严重的后果。经过科学的统计，大部分疾病都与管道不通畅有关系。

姜良铎进一步解释说，人体在新陈代谢和与外界交换物质时都会产生有害的废物，即中医所谓的"毒"。正常情况下，人体保持着动态、立体、完善的排毒功能，如果排毒系统出现异常，不能正常排出废物，人就会生病，所谓"通则不病，病则不通。"由此，姜良铎逐步演变发展建立了"生物管道"学说，真的是当年的"航天迷"成了中医大家"管道工"，因为他就是秉持着这个理念在临床一线为病人去疾疗伤、送去健康。

## "赤脚医生"成了"博导"

1970年，米脂县药材公司招收工人，姜良铎是高中毕业生，有文化底子，又在村里看过病，所以很顺利地进了药材公司。在药材公司工作的三年对他后来事业的帮助很大，因为在此期间，他不仅种药、卖药，还炮制加工药，保管药，还要闭上眼睛尝药来鉴定是什么品种。当时一起在药材公司的十多位青年职工，都佩服姜良铎的这个能耐。这些经历为他日后的行医起到了很大的帮助，让他"医""药"兼通，很好地为患者服务。

1973 年，陕西中医学院到米脂来招生，已经过多年医药历练的姜良铎也希望自己能被录取，但由于名额有限，竞争也很激烈。

当时的药材公司经理窦子明是个很开明的领导，他极力推荐表现优异的姜良铎，在找到招考的老师后说："我这是为国家推荐人才，我们最大的优势就是没有后台。"他的话令招考老师十分感动。这位胡宗南进攻延安时就作为游击队长的"老革命"虽然没有什么文化，但却很有眼光，他认定姜良铎在医学上会有所建树，所以才有了"为国家推荐人才"的说法。但他总担心已经离开校门六七年的姜良铎在考试的时候会不会出什么问题，于是他就跑到米脂中学向姜良铎当年的老师打听情况，询问后得到"只要让姜良铎考试，肯定能得第一名"的答复后，他才算踏实了下来。

就这样，姜良铎顺利地考上了陕西中医学院，开启了他涉入中医学领域系统学习的大门。求学路上的姜良铎无疑是幸运的，因为他总师从名家，受益良多，自己也逐渐成为国内知名的中医大家。当然，这与他一直以来的艰辛付出和自身的悟性也有很大的关系。在陕西中医学院读本科的时候，姜良铎曾有过一个星期用完两根圆珠笔芯来做笔记的纪录。

到毕业的时候，从陕北来的姜良铎本来是要回到陕北的，但后来成为国医大师的张学文教授向学院极力要求姜良铎留校，并且直接说他有意栽培姜良铎为自己学术的传承人。当时的陕西中医学院院长李经伦也很开明，便同意姜良铎留校任教。后来，姜良铎考入北京中医学院博士以后，已担任陕西省卫生厅厅长的李经伦骄傲地说，"我当年留下的学生已经考进北京成博士了。"

1978 年，已经留校的姜良铎在全国第一届中医硕士的招生考试中再次脱颖而出，以优异的成绩考上了母校的研究生，师从著名中医学家张学文教授和郭谦亨教授，而且两位中医大家同时作为他的导师。

"苦心人，天不负。"1983 年，我国中医学界泰斗董建华院士在全国范围内招收博士生。对于这一次招生选材，董建华院士非常重视，因为

这是我国第一届中医学博士生的招生，他不仅亲自出题，而且亲自考核。就这样，操着一口陕北话的姜良铎在经过七门课程的考试后，最终成为操着一口上海话的董建华院士的谪传弟子，成为我国第一届中医学专业博士。

读博士期间，姜良铎依然保持着刻苦学习的习惯，他没有躺在"象牙塔"的温床中沾沾自喜，而是更加勤奋、刻苦，跟着导师学理论精髓的同时却做着最简单的工作——抄药方，那段时期，姜良铎积攒了 3000 多页的药方手稿。董建华院士为他的努力深感欣慰，为他题写了"梅花香自苦寒来"的条幅，鼓励姜良铎继续努力，学有所成。

博士毕业后的姜良铎没有辜负老师的栽培和期望，他治病救人、研发新药、培养学生，为我国的中医传承做出了巨大的贡献。

## "我始终是个医生"

前去采访姜良铎教授的时候，他正在东直门医院的教学楼为研究生上课。年近古稀的姜教授站在讲台上，操着一口陕北话幽默、生动地讲述着中医理论，在对医案、医方的故事讲述中将中医治疗的精髓和方法向年轻的学子们传递。他说要"谨熟阴阳，无与从谋，既要防止刚愎自用，又要防止毫无主见"，他引用《三国演义》中司马懿的话说："汝等不知兵法，只凭血气之勇，强欲出战，致有此败。今后切不许妄动，再有不遵，决正军法！"

姜教授把治病看作打仗，是医生和病魔的打仗。

他强调案例教学，要求研究生们每周至少在门诊侍诊抄方两次，其间或询问病史、察色按脉，或积极思索、立法处方，总之要经常在临床实践中接触病人，才能实实在在地不断提高医疗水平。如果遇到典型病例，他还会指出其要点并要求学生事后进行总结。他诲人不倦，总是以自己严谨的治学态度和倾心倾力的精神来影响、教育学生。

2003 年春夏之交，发生在我国的"非典"疫情至今回忆起来依然触目惊心。许多感染者高烧、昏迷，而且死亡率很高，令人谈 SARS 色变。

因为有学生在广州工作，姜教授很早就关注到了这场突然而来的疫情。北京发现感染者后，姜良铎不顾个人安危，亲自前往病房查看、诊断，对SARS的发病特点、症状和病情演变等进行深入分析。在他看来，非典这种急性传染病即中医意义上的"瘟疫"，特点是发病广泛、发病快。而中医在以往对于瘟疫防治的经验完全可以借鉴，他很快就理出了头绪，提出了中医预防的治法和用药，制定了防治SARS的中医预案。要知道，"非典"病例输入北京后，很多人也没经验，东直门医院最早接触"非典病人"的22个医护人员中，有18人被传染，但幸运的是姜教授没被传染。于是，姜良铎带着这套方案作为中医的唯一代表参加了由时任北京市委书记刘淇主持召开的SARS防治会议。这个被称为"姜八味"的预防方案在会上得到了各位专家、院士和刘淇书记的一致认可，刘书记当机立断，拍板在姜良铎所在的东直门医院召开新闻发布会向社会公布这个药方，并且动员所有媒体向市民宣传可以用中医预防非典。

姜教授回忆说，当时的北京市委书记刘淇还向他问道，这个"姜八味"有没有知识产权？他说，国难当头，作为科研工作者、作为大夫，哪里还想什么知识产权。就这样，800多万副预防"非典"的中药"姜八味"走进寻常百姓家，创造了一个史无前例的方剂数量，作为国家中医管理局和北京市预防"非典"的方案，在那场灾难中，起到了力挽狂澜的作用。

自从"非典"之后，人们认识到中医在应对传染病方面的价值。中药对瘟疫的效果甚至得到了联合国卫生组织的认可。国家建立起了公共卫生应急突发事件管理体系，建立一整套的预防机制，中医能第一时间参与、防治而且能够发挥很好的作用，姜良铎作为呼吸热病及传染病学方面的专家，总是义无反顾地奔赴疫情的第一线。

2009年3月，甲型H1N1流感全球肆虐，姜良铎再次积极投身于甲流的预防及治疗，亲临一线，参加危重甲流病例的会诊及抢救工作，提出预防甲流的中药预防处方。他参与研制的抗甲流的有效中药"金花清感方"，再次向世界证明了中医治疗急性传染病的优势，被北京市授予"首都中医药防治甲型H1N1流感科技攻关贡献奖"。

其实除了在临床一线救人，除了在重大传染性疾病爆发的现场都能看到姜良铎教授的身影之外，姜教授还一直注重新药的开发。许多人也许都知道是姜良铎教授发明了"排毒养颜胶囊"这款热卖了二十来年的药品。可许多人大概并不知道，作为这款新药的发明人，姜良铎教授并没有多少经济上的回报。但时至今日姜教授仍然说，"当医生就不能想钱，想着钱就当不了好医生。"他说，"我帮别人开发东西，就是要他们挣钱，然后反过来发展中医药事业。"

姜教授始终记得他的导师、国医大师张学文教授在给弟子们抄录清代名医吴鞠通的《治病杂辨》序言中汪延珍对吴鞠通的评价："怀救世之心，秉超悟之哲，嗜学不厌，研理务精，抗志以希古人，虚心而师百氏。"

正是在"怀救世之心，秉超悟之哲"理念的践行下，姜良铎教授在长期的临床实践中对热病、呼吸病、脾胃病、肝病、老年病及多种疑难杂症积累了丰富的经验，逐渐形成了自己的学术观点。

如今，年近古稀的姜教授依然坚持出诊，在临床和教学的一线服务患者，培养学生。他服务的患者下至普通黎民百姓，上至国家领导人。患者来自全国各地甚至国外，包括外伤后昏迷的刘海若、台湾的"珊瑚儿"等危重病、疑难病患者，病人无论贫富贵贱，均一视同仁，察舌诊脉，一丝不苟，一视同仁，以医生的良知和操守面对患者，力求治病救人，给生命以健康，给苍生以大爱。

每当患者风尘仆仆赶来加号时，他总是不忍拒绝，加号一加再加，门诊经常延长到晚上七八点，学生不忍，时常劝姜老师多保重身体。可他总说，与病人的痛苦和无助相比，我这点问题又算得了什么。姜良铎就是这样永远也停不下来，一直保持着对事业炽热的追求！

# 郭冠英

## 追梦医学五十余载
## 耕耘中西传承创新

著者：王永利

摄影：李朝阳

郭冠英，1941 年出生于榆阳一个中医家庭，为榆林郭氏中医世家第五代传人，主任医师，著名中西医结合医药学家，陕西省有突出贡献专家。曾任榆林市医学科学研究所所长、农工党榆林主委、榆林市人大常委会副主任等职。

　　郭冠英从事医疗、科研、教学 50 多年，桃李逾千，专长于心血管病、肝胆病及老年病的临床诊治和医药研究。曾研制新药多种，其中胆石利通片获得国家级发明新药证书，创造了巨大的经济和社会价值；发表医学论文 30 多篇，编写医学专著 15 部，约 660 余万字；先后获得省、市级科技奖项 10 多项。退休后仍然接诊治病，并创办榆林市生物医药研究中心，专门从事生物医药研究和新药的开发。

在老板遍地的榆林见到中医世家第五代传人郭冠英先生后，我更加相信那句英国谚语的正确——一夜可以产生暴发户，但培养贵族至少需要三代。

虽然已年届七十五岁高龄，但郭冠英老先生依然坚持每天上午接诊，而且他婉拒任何医疗机构邀聘，就在祖上留下的那座四合院中免费为慕名而来的患者服务，秉承祖上“事病家如事亲”的传统，“精、谨、慎、勤，一丝不苟”，用医者仁心谱写着对苍生的大爱。

两次拜访郭老，都约在下午，交谈中才知道这是因为受郭老目前工作状态的约束，他“上午接诊，下午会客，晚上写作”。

郭老给我的印象是如此谦和，如此儒雅，没有丝毫的架子，就连采访结束时的合影他也一定要让我站在他的左侧，极尽长者的关怀。

1968 年，郭冠英先生从西安医学院毕业两年之后回到榆林工作的时候，他写下一首诗，作为自己的座右铭：“许心岐黄欲何求？身如逆水泛轻舟。宜将全力付双桨，不可松劲堕下游。”而此刻，我愿将此诗引为文内的标题，以此回顾郭老半生“勤谨敬业、刻苦创新”的从医、治学经历。

## 许心岐黄欲何求

在榆林，郭家是名门望族。自清朝道光、咸丰年间郭春林先生开创郭氏中医世家以来，经一百多年的传承，已历经六代仍悬壶济世，服务苍生。

2002 年，《当代中医世家系列丛书》决意在全国范围内遴选出祖传三辈以上的国家级名老中医五十余位，逐一进行专项整理，各自汇为一册，统一命名为《中医世家经验辑要》。而排在首位的就是以郭冠英的父亲、著名温病学家郭谦亨教授（祖传六代）命名的《郭谦亨中医世家经验辑要》，从郭家的家传史略、学术特点、临床经验、祖传验方等方面进行了全面总结。

郭冠英从小就在一个充满书香味、充满大爱的家庭中成长。郭冠英出生的时候，他的曾祖父瑞西公已 71 岁，在家著书立说。因为喜得第一个重孙，所以瑞西公十分欣慰。幼小的郭冠英在曾祖父自制的教具和亲笔书写的“朱范”中开启了国学的第一课。到瑞西公去世时，六岁的郭冠英已经能识得五千多字，可以读书。也许正是曾祖父为他种下的这颗读书的种子，让郭冠英先生将读书的嗜好一直保持至今。

尽管从七岁开始，郭冠英便从父亲那里得到系统的中医知识讲授：父亲在家中设有一块小黑板，为他和姐姐培英系统地讲解中医理论，从脏腑、经络到药性、汤头逐一教授，并要求他们做笔记，但幼小的郭冠英似乎并没有真正理解那些玄奥的中医理论，而且他那时候更喜欢美术。

由于得到了曾留学日本的美术教育家郭榭清先生的指导，初中毕业时，学校便推荐郭冠英报考西安美术学院附中，但却被父亲郭谦亨教授阻止，父亲要求他继承郭家行医济世的传统。

高中毕业后，郭冠英如愿考上了西安医学院，走上了学医的道路，满足了郭氏中医家族几代人让他继承家学的心愿。

西安医学院是当时西北地区著名的高等医药学府，名家云集，人才济济，郭冠英就是在这样的环境中完成了自己五年的学业，4800 多个学时，一年半的临床实习。郭冠英从他崇敬的师长侯宗濂、叶瑞禾、郭佐国、陈向志、刘绍诰、戈治理、杨鼎颐等教授身上不仅获得了系统的现代医学知识，而且学会了如何面对科研，如何服务民众，如何做人。

从此，郭冠英便开始了他以医药济世的人生道路。郭冠英与别人不同的是他不仅系统地接受了西医教育，而且又从家学那里继承了中医理论和经验。正是因为他兼融中西的缘故，便可以运用中、西两种医学体系的知识，比较选择、参考验证，准确而周到地为患者提供有效的服务，走上了医学服务社会的道路。

## 身如逆水泛轻舟

榆林素有“中医之乡”的美誉，中医药历史源远流长，名医辈出，郭家便是其中优秀的代表。

在历经晚清、民国的世事动荡、时局艰危的

过程中，郭氏中医世家几代人一直坚持行医济世，治病救人，屡起沉疴，造福民众。尤其是在1932年秋天榆林发弐"虎烈拉"（霍乱）大流行时，郭冠英的曾祖父瑞西公详察病状，研制出"伏虎神效散"，作为针对"虎烈拉"的专治之剂，免费向全城发放，而且还向神木、府谷、横山等县赠送，救人无数。

其实郭家除了治病救人之外，还积极参与到各项社会事务中。1909年，瑞西公耗家资创办榆林府中等农业学堂，并亲自任堂长，培养农技专门人才，以兴农的方式期冀实现一方平安。

1950年，抗美援朝战争爆发，郭家将一院房产和部分现金捐赠国家购买飞机大炮，支持抗美援朝，为国尽忠。

1956年，国家实行"一化三改"，动员私营企业公私合营，郭家立即响应，将药房全部药品、资产，甚至连同家中老人的养老资产也全部投入合营。

然而到了1966年时，"文化大革命"的爆发却将厄运降临到郭家。郭冠英的父亲，时任陕西中医学院教授的郭谦亨先生两次被抄家，大量医学古籍、文物字画、衣物用品及祖上遗著、遗墨悉数被抄走，而且被迁送到榆林西北的沙漠村庄里务农长达7年之久。

而此时，正待从西安医学院毕业的郭冠英也面临无处可去的困境，不能走上工作岗位。他只好和妻子到西安铁路医院，先后担任起内科、中医科、针灸和妇产科的医疗任务，各自每天要处理四五十个病人。

家庭在时局面前的突然变故，让一直以来受家风家教熏陶的郭冠英无所适从，祖母、父母及家中兄弟姊妹的处境时时牵动着他的心。

1968年，郭冠英回到榆林的刘千河乡医院，开始了他为乡民们看病的历程。

当时的刘千河医院，充其量只能算是一个小小的诊所，全院仅有两名初级卫生人员。他和妻子必须做全科医生，还要兼管调剂、护理、供应等方面的事务。农村的病人很多，而此刻全身心地投入医疗工作反而使他们把沉重的精神压力和生活都置之度外。他们倾其所学，为众多的农民

治病，一方面设立病房、开展手术，同时跋山涉水四处出诊；另一方面则办班讲课，培养乡村赤脚医生和备战医疗救护队，提高医疗、急救水平。

经过两年的努力工作，医院规模大了，声誉也高了，邻近公社及外县的病人都远道赶来求治，刘千河医院变得兴旺、热闹起来，被评为全县的模范公社医院。郭冠英夫妻俩用自己的智慧、辛劳赢得了人民群众及领导的信任和尊重。

1970年，镇川机场发生严重烧伤事件，6名民工生命垂危，郭冠英被抽调去参加了4个多月时间的抢救。他不仅从烧伤治疗、清创植皮到术后管理等医疗工作全程参与，而且还为榆林地区现场举办的"烧伤培训班"主笔编写了约15万字的《烧伤的诊断与治疗》讲义。其间，他也有幸结识了地区中心医院（原陕西第二康复医院）的杨兴善、杨志学、张定中等良师益友。

## 宜将全力付双桨

对于郭冠英来说，从事医疗行业既是他传承祖业的方式，又是他入世体现人生价值的所在。我总觉得，他当年这首诗中所谓的"双桨"为他以后的人生和事业道路作了最好的注解。

我理解的"双桨"就是他既从事临床医疗工作，又积极研发药品；他既治病救人，又兴办教育，培养医学工作者；他既整理传统中医秘方服务大众，又不断创新，从事医学研究；他既用医技直接服务患者，又担任农工党榆林主委，积极献言献策，参与社会事务；他既是中医，又是西医——这"双桨"正是他人生最好的写照。

而这些，从他日后的工作和学习过程中都可以得到印证。

1972年到1974年，郭冠英重新回到西安医学院师从李景崎、王世臣、黄宗心等著名教授学习心血管病的理论和临床技能，更进一步提高了他的学术水平。

但他始终认为，榆林人民信赖中医，需要中医，因此，他一直就没有放下过对中医的学习，他认为掌握了中、西医两种方法，必然会使临床医疗手段更加丰富、全面，效果更好。

在西安铁路医院工作的时候，医院的内科专家王应庚先生是西医的权威，对中医一直存在偏见，但当他目睹了郭冠英运用中药、针灸治疗疑难杂症的良好效果后，大为惊异，不仅改变了对中医的看法，还亲自上街买回一个针灸人模型，向郭冠英请教针灸知识，而郭冠英则向王应庚学习丰富的内科经验，因为互相学习，他们成了忘年之交。

1974 年，作为榆林地区中心医院的原二康医院准备调郭冠英夫妇去工作，郭也有去的意愿。但时任榆林县委书记的郝延寿却因为惜才，亲自找郭冠英谈话，希望他留在榆林，能挑起重担，要么去县医院（今天的榆林二院）工作，要么去创办卫生学校。

有过基层医院工作经历的郭冠英懂得榆林广大农村医护人员短缺的现状，于是他选择创办卫生学校。1975 年，他提出"自力更生、白手起家，艰苦奋斗、创建校园"的口号，团结动员师生，亲自动手，用了不到两年的时间，建成了占地 50 亩、建筑面积 1500 平方米的新校园。

而几乎就在同时，榆林地区卫生局和榆林县政府又任命郭冠英为榆林南郊职工医院（榆林市中医院前身）的筹建处副主任，负责一座 300 张病床的综合医院建设。郭老今天在讲起这段往事时，仿佛回到了自己当年艰苦创业的过程中，满是激情，满是收获的心情。

从 1974 年以后的 10 年中，郭冠英倾其所学、尽其所能，全身心投入到教学、临床和管理工作之中，培养了 2000 多名医疗、护理、检验等专门人才，为榆林的卫生行业输送新鲜血液做出了巨大的贡献。

1982 年，全国科技大会之后，榆林县委将 1983 年确定为榆林科技年。他清醒地意识到科学春天的东风吹到了榆林，给医药科研带来了希望，给榆林的医学进步带来了新的机遇。他向县委提出成立医药科研机构的想法，在县委书记石海源、县长赵秉正的重视和支持下，成立了榆林医学科学研究所，他被任命为该所所长兼卫校校长。

因为郭冠英自己的身世和家学影响，因为榆林悠久的中医文化，都酝酿和编织起郭冠英难以排解的"中医情结"。他不但尊重祖国医学，而且更崇敬历代先贤。

1983 年，在国家提出"振兴中医"计划的背景下，在榆林县委石海源书记和县科委的支持下，郭冠英组织了一班人，着手整理榆林县近代名医的学术经验，他们用了一年时间，于 1984 年撰成 38 万字的《榆林中医 · 医方选粹》。书中收集了榆林县 174 位名老中医的秘方、名方 741 首，并探方寻源，列述功效主治、用法禁忌，还对临床应用考证分析，据典评议。这本书的印行在榆林乃至省内外引起很大反响，受到国家中医管理局及许多专家的好评。

1984 年底，在榆林地委、行署的重视下，在地区卫生局李守飞局长的直接领导下，成立了《榆林中医》编辑领导小组和编辑委员会，委托郭冠英担任主编，负责挖掘整理、研究编著全面反映榆林地区中医药文化的一套大型丛书。自此，他用十多年的时间，开展了对榆林中医中药的研究。

榆林中医历史悠久，根基雄厚，名医代出，经验丰富，不仅在学术上达到了很高的水平，而且在临床上也形成了独特的风格。要对榆林地域上千年的医药文化进行研究和总结，难度很大，责任也很大。郭冠英领导近 30 人的工作班子，精心组织，周密计划，踏遍全区 12 个县的山山水水，深入调查，搜集资料；奔赴毗邻的内蒙古、宁夏、山西、延安等地考察访问；遍阅榆林医家的遗著、手稿及州府县志和各种书籍资料；在考古学家戴应新教授的陪同下，逐县调研有关医药卫生的历代出土文物；邀请国内、省内十几名各方面专家在榆林召开"陕北医史讨论会"——日日夜夜，寒来暑往，伏身书案与同志们一道致力于这一项繁重的研究工作。最终编撰成的一套《榆林中医》（150 万字）由"医史医传""医方选粹""医案选集""地方中药"四个分册组成，分别记述榆林地区中医药的起源与发展及沿革历史，介绍本地历代名医及其贡献；荟萃名家名方秘方；选评已故及现代著名中医的精华医论、医案；勘定并载录本地中草药资源以及创制的中成药品类，采集整理了民间的用药经验与习惯等，最大限度地挖掘和搜集了历代有关榆林地区中医药的珍贵资料。经过认真考证核实，加工整理，力求从不同角度、不同层次、不同方面翔实地反映榆林中医的面貌、特色和贡献。《榆林中医》纵贯历史，横及全区，资料浩瀚，内容丰富，是对榆林地区中医药文化前所未有的一次总结。原卫生部副部长、国家中医药管理局局长胡熙明对此书的评价是：这件工作做得非常有意义，在全国开创了先河，是区域性全方位整理中医药文化的一次成功尝试。

此后，郭冠英还主编了《榆林市卫生志》，参与了《孙思邈〈千金方〉研究》等文献撰著。他仿佛置身于历史之中，极尽负责与虔诚，回顾古人，面对来者。他在研究，也在孜孜不倦地学习。在从事医学文献研究和著述的十几年里，郭冠英又与医界前辈和老师李经纬教授、赵石麟教授、张文教授等著名学者多次合作，受到他们教诲，增长了学识，开阔了医学思维。

在整理传统中医药宝贵资料的同时，郭冠英的目光始终关注着时代前沿，他认为医学是最需要与各类前沿技术结合的一门综合性科学技术，所以，他不仅坚守传统，同时又能够开拓创新，用中医的辩证哲学思维和西医的前沿革新技术系统地看待医疗卫生健康事业。

中国有句老话："书山有路勤为径，学海无涯苦作舟。"郭老说，"当医生、做学问、搞科研，不勤奋、不刻苦是不行的。医学是知识、技术更新信息量最大、速度最快的学科，你停步就是倒退。"

郭冠英为自己确定了"围绕专科搞学术，开展科研图创新"的奋斗目标。医疗和科研都是系统工程，需要群体合作努力。他培养和率领一个集体，创造条件、开展科研、艰难跋涉。20世纪80年代，他创建了拥有400多种中外医学期刊和上万册医学图书的医学情报资料室，保证了医学信息的畅通和及时；同时聘请60多名国内医药专家成立了"榆林医药科技顾问委员会"，通过请进来，走出去，保持与高层专家的联系，以充分获取他们的支持和指导，培养、提高科研队伍。

医学遗传学是一门前沿科学，是许多医学难题研究中都离不开的基础学科。1987年，郭冠英在榆林医学科学研究所内指导成立了陕西省西安以北第一个医学遗传研究室，并成功地开展了人体外周血淋巴细胞培养和染色体制备、核型分析鉴定，为出生缺陷监测和染色体疾病诊断提供了重要的手段。这个遗传研究室被陕西省确定为"全

国优生监测网"的成员。

改革开放以来，中医中药也在市场经济的促动下显示出新的生机和活力。自20世纪80年代后期，郭冠英逐渐把精力和重点转向中药新药的研究开发。因为他全面继承家学，又长期致力于榆林历代名医经验的研究，有着比较丰厚的中医中药理论和知识积累，也因为他接受过扎实的现代医学高等教育，掌握现代药理知识和分析实验手段，所以，为他利用现代制剂科学和技术研究开发中药新药奠定了基础，创造了条件。

当时的郭冠英所长及时收集国内外中药研究的信息，认真钻研国家有关新药研究的规定和标准，在长期临床研究的基础上筛选有效制剂，分析理法，选择剂型，拟定工艺，考究质量，反复试验验证，亲自下厂操作，严格把关，确保安全有效。经过十多年的努力，他先后研制了治疗胆石症的中药新药——胆石利通片，防治冠心病的新药——卡脉利通胶囊，治疗三高血症的新药——血迪颗粒，治疗颈、腰椎病的新药——力舒冲剂及治疗阻塞性肺疾病及肺心病的新药——肺安欣宁胶囊等多种新药。其中胆石利通片获国家颁发的新药证书和生产批件，列为国家级新药，并成功转让，产品行销全国各地，取得了极大的经济效益和社会效益，被列为陕西省重大科技产业化项目。

郭老认为，医药科研始终是医学发展进步的动力，不论中医、西医，能有今天的成就，都是前人一代一代研究创新的成果，是他们实践技术的积累和理论的总结。必须重视医药科研，不能总是引进、重复或仿制别人的东西。没有科研就没有突破和自主创新，也就不可能有医学上的"弯道超车"。

这真是"宜将全力付双桨"，郭冠英先生中西相辅、医药并举，既继承传统又努力创新，立足榆林本地，放眼全球前沿，不断超越，为人类的健康事业做出了巨大的贡献。在郭冠英担任所长的那些年，榆林市医学科学研究所共承担了国家级、省级、市级各类课题27项，取得了良好的成果和效应。

## 不可松劲堕下游

如今已75岁高龄的郭老依然每日接待求诊患者，也注重总结医药研究经验，同时思考着医学的发展和未来，思考着如何能让各种新的技术应用于医学，为更多的人服务。

2006年退休后，恰逢榆林市政府提出"21611"工程，要求建设6个科研中心，带动榆林经济发展。而由郭冠英担任主任的榆林市生物医药研究中心是唯一的民营科技机构。

这些年来，研究中心紧紧围绕榆林的实际，充分挖掘榆林的中草药资源，与美国犹他州立大学展开对百蕊草素Ⅱ的提取，研究其在肺癌等8类肿瘤体外细胞的治疗效果。这也正是郭老一贯的主张，利用一切可能的先进技术手段，研发中药新药，为人类的健康服务。将国内的传统中草药资源、应用经验与国际上先进的仪器设备、实验技术进行合作，开发治疗肿瘤的新药，用现代医学技术验证中药的药性药效、治疗效果，也是中西医的一种完美结合。

中西医并存的二元格局，是中国医药体制的一大优势！这两个不同的学术体系各有所长，从事西医和从事中医的都要客观、理性的审视彼此，互相借鉴，虚心学习，取长补短。

中医药学是地球上唯一传衍两千多年，理论完整、经验丰富、效果显著的传统医学体系；中医药为这个世界上人口最多的国家的繁衍昌盛做出了不可磨灭的贡献！对中医药的轻贱、贬损，是狂妄无知。

郭冠英不仅是医药专家，同时也是社会活动家，非常关注国家事务，关心榆林的经济建设和社会进步，十分注重政治理论学习和思想修养。他是陕西省第七、八、九、十届人大代表，1987年任县级榆林市人大副主任，2000年又任榆林市人大副主任。他平时注重调查研究，了解社情民意，在省、市人代会谈意见讲看法。他曾先后为定边引黄工程、榆林甲醇厂二期工程等骨干项目的上马或续建提出议案。

郭冠英担任人大代表期间，共提出议案和建议案30多件，大部分得到采纳，收到了较好的社会效果。他在担任榆林市人大副主任期间的日常工作中重视执法监督，维护依法行政，并规范自身工作，强化检查，在分管的工作方面取得了明显成效。

郭冠英先生是中国农工民主党榆林地方组织的创始人、榆林市委主任委员，农工民主党陕西省委委员，农工民主党全国第十一大、十三大代表。在他领导下，近二十年来，农工榆林市委曾通过多种渠道提出各种提案、建议、意见、调查报告等共四十余件，其中重要的如"关于建立卫生银行的建议""榆林地区三级卫生网状况调查报告""关于增加榆林地区能源资源税的提案""关于榆林定为全国生态环境建设试验示范区的提案""关于榆林地区林牧业矛盾及解决方案的调查报告"等，大多呈送市（地）委领导，有的转呈省委和中央，受到重视并得到采纳。

在郭冠英的提议下，通过农工陕西省委和陕西省政府、榆林地委、行署的共同努力，1992年6月，全国政协副主席、农工党中央主席、中国科学院名誉院长卢嘉锡率6名中国科学院院士及其他专家教授一行15人到榆林考察。考察期间，卢嘉锡主席就榆林的氟骨病问题请郭冠英展开研究。一年后，郭冠英去北京参加农工党全国会议的期间，卢主席专门向郭冠英了解氟骨病的控制情况。

退休后，郭冠英一直没有忘记卢嘉锡院士的嘱托，他曾先后四次深入定边县氟病区调查，向省九届三次人代会并通过全国人大代表向全国人代会提交了"关于重视定边氟病区防氟改水工程"的议案，并研制出专门治疗氟骨病的新药，为患者减轻病痛做出了贡献。

1998年11月，全国人大副委员长、全国农工民主党中央主席蒋正华率11名专家再次到榆林考察咨询，并促成农工党中央与榆林地区建立了长期的合作与咨询服务关系。两届农工党中央主席先后到榆林视察，曾就榆林的铁路建设、煤田开发、能源重化工基地建设、生态环境示范基地建设、科技人才培养、农村医疗卫生等重大问题向党中央、国务院领导进言，得到中央领导重视，为榆林提供了巨大的帮助。

"不为良相，便为良医。"古代士人学习儒家经典，讲求的是"修、齐、治、平"，从修身养性做起，实现治国平天下的理想。郭老正是秉持着这样的医者仁心和士人作风，不计名利，把自己的所学奉献给社会，为这个浮躁的时代树立起榜样和楷模。采访的时候，郭老对我说，"我既然选择以医疗为职业，治病救人就是我毕生的信仰。做一个医生也许不难，但做一位好医生确实不易，医德、医术缺一不可。我信奉，'德不近佛，不可为医；术不近仙，不可为医'这也是我一生的追求。"

# 李和生 字如其人

著者：王永利

摄影：李朝阳

李和生，陕西省书法家协会外联宣传委员会副主任、西安中国书画篆刻研究院副院长、西安文史馆研究员。著有《历代名碑技法》《少儿书法》《心航墨痕》《李和生书法集》等书法专著。

其书法初习唐楷，后研汉魏，对北魏书法有着自己独到的领悟。他的书作于大气中见儒雅，灵动中见端庄，灵活多变又不失传统。三十多年来，李和生的书作遍及大江南北，数十次参加国内外大型书画展，并多次获奖。有数百幅作品被选入各类书法作品集中。近年来，李和生为楼观台、赵公明财神庙等名胜古迹题写的匾额、楹联受到名家的好评与游人的喜爱，书作还被人民大会堂、北京谷泉会议中心、陕西图书馆、杨虎城纪念馆、法门寺、翠华山、紫竹林等多处名胜古迹所收藏。李和生的书法作品曾被作为礼品馈赠给四十多个国家和地区的领导人。2010年，李和生代表西安市出访日本奈良，进行书法艺术的交流，是"三秦书风"的代表书家之一。

其为优秀的散文作家与书画评论家，其作品散见于各类报刊，并出版有散文集《小声》等。他的散文作品，语言风格独特，于平淡中见智慧。选材多是生活中的小事，却能以小见大，娓娓道来，让读者有赏心悦目之感。书法有文学的支撑，文学又有着书法的妙趣，二者结合让李和生的艺术之路越走越宽。鉴于他在艺术领域内的突出成就，被授予西安市"德艺双馨"艺术家。

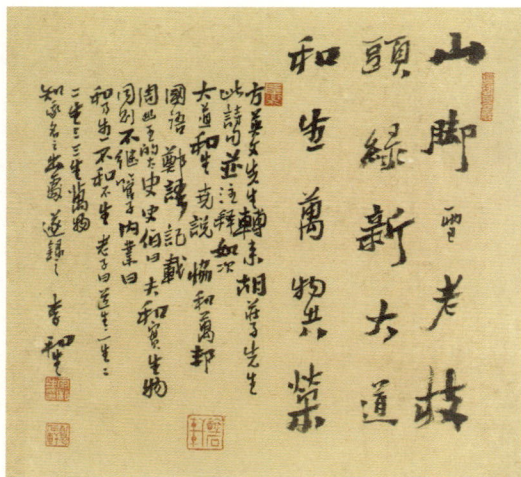

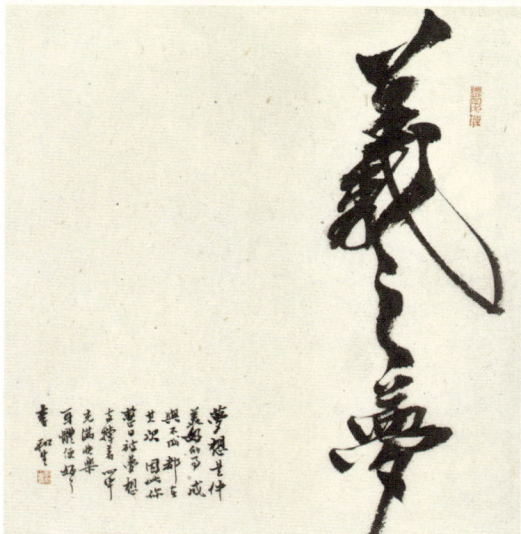

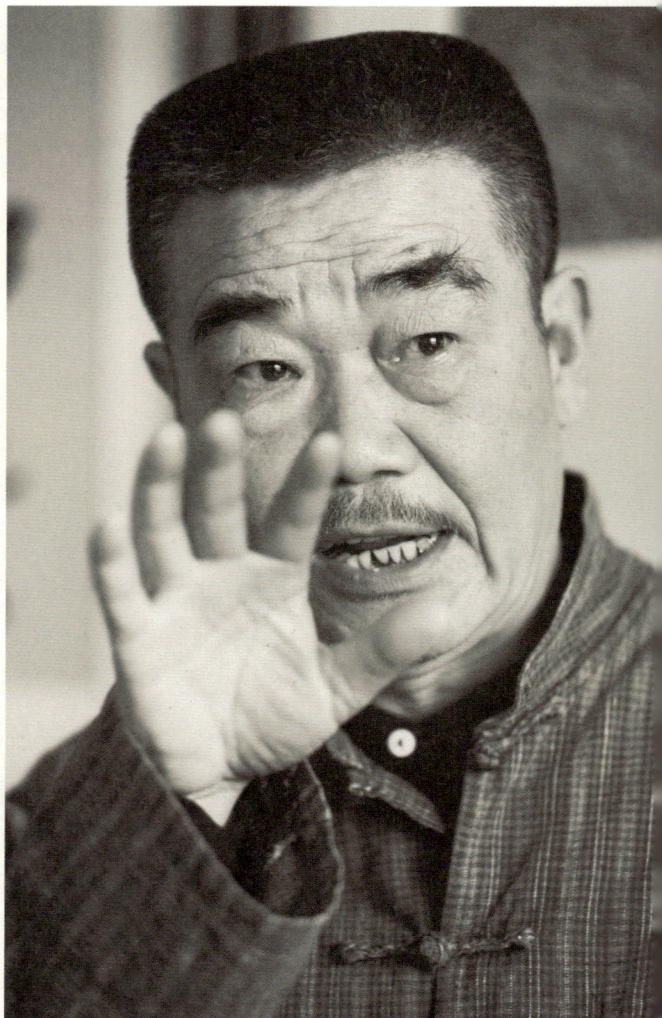

觀自在菩薩行深般若波羅蜜多時照見五蘊皆空度一切苦厄舍利子色不異空空不異色色即是空空即是色受想行識亦復如是舍利子是諸法空相不生不滅不垢不淨不增不減是故空中無色無受想行識無眼耳鼻舌身意無色聲香味觸法無眼界乃至無意識界無無明亦無無明盡乃至無老死亦無老死盡無苦集滅道無智亦無得以無所得故菩提薩埵依般若波羅蜜多故心無罣礙無罣礙故無有恐怖遠離顛倒夢想究竟涅槃三世諸佛依般若波羅蜜多故得阿耨多羅三藐三菩提故知般若波羅蜜多是大神咒是大明咒是無上咒是無等等咒能除一切苦真實不虛故說般若波羅蜜多咒即說咒曰揭諦揭諦波羅揭諦波羅僧揭諦菩提薩婆訶般若波羅蜜多心經

大唐三藏法師玄奘奉詔譯

歲在甲午之季月於古都長安城南大慈恩寺東醉石軒之書和尚沐手鈔經

境由心生

歲在丙申之春月於古都長安 醉石軒文書和生

人常说，字是人的第二张脸，我深以为是。欣赏李和生先生的书法一定会让人联想到他的脸——严肃、刚毅。

去年（2016 年）冬天，我采访完著名书法家李和生老师后，将与他的合影发在朋友圈，许多人惊呼李老师与鲁迅如此神似。时隔一年后的前几日再去拜访李老师，似乎又多了一些对李老师的崇拜，他总是那样的通透，能把生活中细小的琐事给予合理恰当的解释，蕴含着人生酸甜苦辣背后的智慧，令人茅塞顿开。

著名作家方英文先生在一篇文章中说李和生先生的字，"猛看上去像是从危崖绝壁上凿下来的，浑厚率真，宛若憨斧砍成；细观又像雷雨积潭、万蛙过江，有一番浩然阵势——与书家性格比照，颇为蹊跷。书论中常出现一个词，法度森严，我始终不明白何意。后见李和生的书法，恍然也"。

方英文先生的这一番评论肯定是极为精准的。作为文化名人、作为朋友，李、方二人惺惺相惜。而作为此二人的"粉丝"，我常在他们的博客中看他们相互调侃、斗嘴，每次都让我想起东坡与佛印的故事。

李老师是我极为敬重的同乡前辈，早在少年读书时，我便在学长们的"啧啧"声中知悉了长安城中的书法家李和生先生。

后来，有了博客以后，我总是第一时间去阅读李老师的文章，查看他新创作的书法作品。虽然我的留言一定会被淹没在众多"粉丝"的留言中，但我还是经常为李老师的文章和书法作品中饱含的真性情而不由自主地发表感慨。

再以后，李老师的散文集《小声》出版后，我彻夜捧读，从他的文字中细细品味浓浓的生活情趣和人生的智慧。

曾经因为对李老师的崇拜，我曾和耀文说有机会介绍我认识一下李老师，可大概是受了钱钟书先生所谓"鸡蛋好吃不一定要认识老母鸡"的说法的影响，又或许是机缘不到，因此，直到十多年以后才得以拜访到李老师。

正如方英文先生所"蹊跷"的那样，在李老师的书法作品中，你可以感受到"法度森严"四个字的真实存在，而在他的文章中你却可以感受到一种"性灵之通脱"。见面以后才明白，李老师原来真的是"性情温和，舒缓幽默"的人，与照片中"鲁迅的形象"的严肃截然不相符。

少年时的李和生生活在小县城横山。由于受邻居王兴昌和二哥李天生两位当地书法家的影响，他从小便喜欢上了书法，让他觉得把字写漂亮是能受人尊重的。

从许多艺术家成功的路径来看，勤奋只是一

方面，天赋才是最重要的。把字写得漂亮点也许勤奋是能有所帮助的，但要成为书法家，光靠勤奋一定是不够的。当然，天赋也必须靠勤奋作支撑，不然李老师此后几十年的坚持便失去了意义。

1977年，20岁的李和生在经历过上山下乡之后被招工到了西安，成为全国标杆式的测绘单位——西勘院106测绘队的职工。数学最差的李和生却偏偏在工作中需要大量的数学知识。

由于长期在野外作业，条件十分艰苦，李和生一边工作，一边学习，用了一年多的时间才掌握了专业的测绘知识。

许多时候，我们可以通过一件小事就能知道一个人的品性。在野外做测绘工作的时候，李和生和他的同事常常会错过饭点，但纪律要求他们不能踩踏、偷食老百姓的庄稼、瓜果。可有一次，饥渴难耐的李和生和工友不得不拔了老百姓地里的一棵萝卜充饥。由于是在山里，他们也不知道自己所吃的萝卜的主人，只好在萝卜坑里放了一毛钱，算是对老百姓的补偿。时间已经过去很久了，但这件事让李老师至今依然感慨万千。在我看来，做人、写字的基本道理就是要正、要真，要从内心问自己。

几年后，西勘院需要一名有文学特长并字写得好的人到机关工作，参与编辑内部刊物，而由于档案表中字迹漂亮，李和生便成了不二的人选。

"在野外工作艰苦倒还罢了，主要是能够从事自己喜欢的工作"。在调入西勘院宣传部做《西勘通讯》编辑后，李和生如鱼得水，工作干得十分出色。

但李和生老师说，这之前虽然自己也常在单位"露两手"，出出墙报，写个通知，但严格地说，那只是写字，而书法则是一种美化中国汉字的艺术。已成为著名书法家的李和生老师今天用他几十年对汉字的研磨总结出的理论深入浅出地说明了书法与写字的关系。当然，他更强调传承与创新，他说之所以在众多的艺术门类中书法用"法"字，强调的就是对其内在规律的掌握。

今天，当各路"大师"在江湖上不断涌现的时候，李老师宁静地坚守传统，精研传统，从古人那里吸取营养就更加令人尊敬。正如他的恩师

杜中信先生所要求的那样，"用笔墨浸润灵魂，做一名中华传统文化的合格继承者和弘扬者。"他不夸张、不造作，撇捺之间一丝不苟，即使是现在偶有败笔，都会反复说"失常失常，还得好好学习"。可你仔细端详李老师的每一幅书法作品，无论是布局章法，还是笔墨浓淡，都给人一种通透和愉悦的美感，以至于当我在微信中发出李老师的作品后，求字的留言不断。

是的，李老师对于中国传统文化是认真的，从他对明清家具的喜爱就可以看得出来，从他对石臼的收藏也可以感受得到。

李老师讲话也是那样的幽默，而且用词极为精准，即使是在平常的谈话中，他也会对一个词、一个字的使用上颇为讲究，细细品味，你会发现，他对字、词的讲究往往会让你茅塞顿开，使你对事情的理解有一种酣畅淋漓的通透。

长安城从来都是藏龙卧虎之地，作为西安市书法家协会的副主席，李老师用他的作品证明自己——人民大会堂、陕西图书馆、杨虎城纪念馆、法门寺、西安鼓楼、周至楼观台、翠华山等众多地方都收藏着李老师的墨宝，而且作为礼品曾被赠送给四十多个国家和地区的领导人。

我不懂书法，所以也就不敢妄加评论。但我从李老师的散文中却常常悟出"真性情"，他能够把生活中细小的往事用诙谐的文字写出人生的哲理和智慧。他是一个能守得住自己内心的人，他信奉"多读几本书，少说一句话"，能够在喧嚣的尘世中明白了自己。

其实他对年轻人的劝慰，他在四篇散文《示儿书》有殷殷的交代。他说连续四年写的《示儿书》不仅仅是给儿子李默海写信，而更多的是希望给年轻人一些忠告，"你们没过过，可我年轻过啊。人应该干自己喜欢干的事，而且不是自己的强项千万不要干。"当然，他对后学者拳拳之心不仅仅表现在这些书信中，更多是他以自己的行为影响着身边的人，正如他的儿子李默海，从西安美院毕业后，成为职业画家，并在画坛上崭露头角，承继起先生的家学。

"庾信文章老更成，凌云健笔意纵横。"如今，李老师已经正式从原来的单位退休，书法也自然成了他的专业工作，相信他的创作将会更上层楼。

# 崔志强 "干事的人"

著者：王永利

影：李朝阳

崔志强，1951 年出生于陕西定边，祖籍绥德县。1968 年在靖边读中学时参军到兰州军区部队，历任战士、班长、排长、队长、股长、团党委团委、后勤处处长等职，戍守边疆 18 年，多次获得部队奖励。1984 年被评为兰州军区营房翻建先进个人。1986 年转业回到榆林地区行署财政局工作，1989 调任榆林行署迎宾公司副经理，1991 年调任榆林地区行署驻京办主任、榆林行署副秘书长等职，为榆林地区的对外联络、招商引资等工作做出了重要的奉献。

1999 年调任陕西省投资集团公司驻京办主任，2003 年，调任陕西省天然气股份有限公司党委书记、副总经理，2011 年退休。

有一段话说，一个人的气质里包含着他走过的路，读过的书和经历过的所有往事。

今年夏天，酷暑中在西安与崔志强先生的交谈让我深深理解了这句话的含义。已年届66岁的崔志强先生为人热情，声音洪亮，笑起来有军人那样的豪爽大气。从他的话语间和娴熟的泡茶动作里，我既能感受到那种军人的干练、豪情和对生活的热爱，又能觉察到他曾经做财政经济工作时养成的细致与沉稳。有条有理、博古通今是他与我谈话时给我最直接的感受。

似乎，崔志强先生的性格中也有茶的清淡平和的一面。说起他人生中十分重要的一段经历——驻京办主任时，他给自己的这段工作用了三个词来概括："店小二、矿工、联络员。"

20世纪90年代初期的榆林还远远不是今天被称为"中国的科威特"的模样，一切都还很落后。尽管知道脚下的土地蕴藏丰富，但经济体条件还很差，没有铁路，没有机场，甚至显得有些闭塞。于是，当时的领导审时度势，与北京宣武区结合为友好地市，决定成立榆林地区驻北京办事处，为榆林的发展打开一扇对外交流的窗口。在部队上"见过世面"、当过后勤处长的崔志强就被安排到榆林地区驻京办事处工作。

崔志强对自己作为"店小二"的定位是服务好所有要去榆林投资的商家。其实，他们当时很重要的任务是在北京甄别这些商家的虚实，以防在"信息不对称"的骗子混水摸鱼，减少领导与政府部门的工作量。而他这个"店小二"一面要笑脸相迎自称有大把钱要投资榆林的人，一面则不动声色地去摸清这些人的真实底细，为"后方"的决策提供可靠的"情报"，以防上当。

这些事说起来容易，但做起事来不轻松。热情、豪爽的崔志强一方面用军人的作风很快能与这些商人打成一片，而另一方面却又能用自己做财政工作时养成的细致做着严谨的调查和分析，这一张一弛间就将工作做得恰到好处。

而崔志强所谓的自己是"矿工"，则要用他的慧眼在偌大的京城里寻找和挖掘能为榆林的发展贡献力量的各种人才，增强在京工作的榆林籍人士的凝聚力。这些"人才"能为榆林提供技术、

思路。崔志强正是用这种"店小二"的态度和"矿工"的精神奔走在京城各大高校和科研院所，挖掘各种能为榆林所用的人才。逢年过节他会亲自登门拜访这些人才，听取别人对榆林发展的建议。

在榆林撤地改市审批，在榆林的能源重化工基地建设过程中的许多项目申报，在榆林的新建机场、铁路建设审批过程中，不仅有崔志强亲力亲为的奔忙，还有他智慧的参与，他用心尽责地为家乡的建设奉献着自己的热情。据说，正是由于榆林驻京办一帮人平时的奔走，让榆林撤地改市进展十分顺利，而且很快就得到审批。

榆林是革命老区，但长期处于相对落后的状态，因此，许多榆林籍及在此工作过的的老干部、

老革命、老红军都十分关心和惦记榆林的发展，陕北人又大多具有很深厚的故乡情节，作为榆林驻京办主任的崔志强这时候则成了地地道道的"联络员"，他随时都拿着相关资料，不断地向榆林籍专业人才介绍家乡发展变化的情况，充分利用这些人关心榆林的热情，为榆林的发展出谋划策，让年长的、年轻的陕北人聚在一起，使得这些人身在北京，但心系榆林。

在担任办事处主任的那几年，崔志强通过举办各种大型的聚会活动，将在北京的榆林人聚集在一起，面对面地交流，一方面服务榆林，另一方面则为远离故乡的人搭建起了一个联谊的平台，将原来生活、工作并不密切熟悉的小圈子、小范

围扩大到全榆林地区，让游子们在信息尚不发达的当时找到一个温暖的家。而且，由此建立起不同年龄层次的老乡间的交流平台，不仅携起手来用自己的资源服务家乡发展，同时促进了相互间的了解、沟通和提携。

作为一名干部，作为一名领导，你也许可以选择按部就班、四平八稳搞好本职工作，但崔志强选择的却是"干就要干好，做就要出色"的原则，让榆林驻京办成为榆林打开眼界和思路的窗口，拉近榆林与北京的距离，拉近与世界的距离，由他主持创办的《北京信息》更是直截了当地用简报的方式收集各类信息素材，为榆林的领导干部提供最新、最权威的决策信息，为榆林的思想解放提供了充实的理论、政策依据。

2003年，崔志强从驻京办主任的岗位上调任到陕西省天然气股份公司担任党委书记、副总经理，分管公司物资供应，角色发生了很大的转化，当时已经年届五十多岁的他需要尽快地熟悉公司的业务流程。善于学习的崔志强很快就进入了状态，每年上亿的物资采购供应保证了"气化陕西"工程建设的需要，并能够始终干干净净做事，受到公司上下的好评。与此同时，天然气公司的企业党建工作毫不松懈，让党的宗旨和信仰在企业内部有了良好的传承，直至崔志强退休离职，公司未有一名工作人员受到党纪、政纪处分。

2009年陕投集团系统在天然气公司召开党建工作现场经验交流表彰会，天然气公司党委受到表彰。

如今，从陕西省天然气股份有限公司党委书记位置上退休下来的崔志强依然不改初衷，还是酷爱读书学习，仍然用一颗赤子之心关心着家乡的建设与发展，思考着榆林经济的转型与提升。他喜欢以旅游、登山、读书、品茶的方式身体力行地寻找着文化自信的根源，他在自己撰写的《重德修身、发展人生》一文中说："心是纠缠人一生的痛，心也是成就一切的根。每个人的心有三大块。一个是心魂的力量，一个是心态的力量，一个是心智的力量。一个人能不能成大事，最关键的不是能力、不是知识、不是环境，而是看你有没有雄心，有没有战无不胜的斗志，有没有坚持到底的意志，有没有百折不挠的韧劲，有没有威武不屈的气概。"

与崔志强先生几次交谈的过程中，总觉得他能够把一些普通的社会现象与艰深的理论联系在一起，把前沿的技术用最直白的语言阐述清楚，让人觉得茅塞顿开。比如他在写陕北羊、羊肉烹饪这样简单的事物的时候就引经据典、条理分明，用《道德经》和《本草纲目》里的内容，将羊与人的关系，羊肉与健康养生的关系讲得清楚透彻，为陕北羊肉的推广找到了很好的理论根据。

崔志强经常觉得自己因为戎马生涯，并没有经过系统正规的院校学习，是他终身遗憾之事。但我相信，一个人只要持之以恒地坚持做一件事，他就一定能够把自己活得很通透，也能够达到理想的彼岸。崔志强也许是从他经营驼队的父辈那里得到启示，做任何事情都有坚持、有担当、有勇气、有魄力，把自己喜欢的事情做好。

对茶道颇有心得的崔志强先生目前是我国著名普洱茶生产企业——云南双江戎氏集团在陕西聘任的品鉴专家。他常常用茶之"静"来解读自己内心对传统文化的景仰。他在文章《品茗说道》一文中这样写道："茶是一种随时入口的饮料，是与人们的身心健康密切相关的，有人说喝茶是对茶人良心的检验，千真万确。茶与酒都是上天赐予人类的礼物，各有特色：酒暴烈、热情、充满了阳刚之气；茶温润，娇艳，风流儒雅，二者像男人与女人，更像一个人的两面。"

不是用心之人，不是悟性极高之人，如何能从"一片树叶"中得到如此深刻的体味，将人生、将社会的许多道理浓缩在一盏清汤中。

我想，人与人的区别往往来自内心，肯付出就一定会得到回报。崔志强先生在每一个岗位上都留下了令人深刻记忆的往事，至今，有些在北京的老乡回忆起当年的"崔主任"，仍然竖起大拇指，说到："那是个干事的人。"这一句简单的评价，足矣。

读谷溪

著者：祁玉江
摄影：李朝阳

曹谷溪，作家、诗人、教授，陕西作协主席团顾问。1941年2月1日出生于陕西省清涧县郭家嘴村，曾任延川县革委会通讯组组长、《山花》文学报和《延安文学》主编、路遥文学院院长。著有诗集《延安山花》（合作）、《第一万零一次希望》、《我的陕北》，文论集《与文学朋友谈创作》，主编《新延安文艺丛书·诗歌卷》、《西北作家文丛》两辑（21本）、《绥德文库》（18卷20册，与人合作）、纪实文学集《追思集》、《高天厚土》、《大山之子》、《奉献树》和《人民记者冯森龄》等。1999年获陕西省人民政府"1949—1999首届炎黄优秀文学编辑奖"和陕西省作家协会"双五文学奖"等。

1975年他曾采访当时在延安梁家河插队的知青习近平，写成延川县大办沼气的通讯《取火记》，与习近平等北京知青们结下了深厚友谊。2013年，他自费开办谷溪书馆，对社会免费开放，累计接受逾万人到访。2016年，撰写长篇访谈文章《陕北七年是近平一生最宝贵的财富》，后被收录入《习近平的七年知青岁月》一书中。2017年11月15日，曹谷溪先生撰写的文章《从"取火记"的思想理念到"人类命运共同体的博大情怀"——学习习近平的七年知青岁月随想》一文被《学习时报》全文刊登。2017年，曹谷溪被陕西省文明办评选为"陕西好人"。

曹谷溪是一部很厚重的大书，愈读愈耐读，越品越有味，似乎永远读不完，一直品不够！

正如我先前在《感恩谷溪》一文中所说，其实早在20世纪70年代末，我就知道曹谷溪这个人，知道谷溪这个称谓，知道他是一个典型的从黄土地上走出来的作家，被文学界称为"老镢头"派诗人，并且还有幸读过他的一些诗作。他赫赫有名、如雷贯耳的名字和他的那些字里行间处处充满着火一般热情、且对陕北这块黄土地及其父老乡亲的大爱，对于我这个嗜好文学的热血青年来说，真是佩服得五体投地，仰慕和敬佩之情难以言表！但是，当时由于年龄的原因、水平的差异和工作条件的限制，特别是自卑和胆怯，使我与这位可亲可敬的老师、兄长、长辈（曹老师比我整整年长18岁）失之交臂，擦肩而过，没有更多地走近他，更没有过多地与他交往。因而对他的认知感、认同感，特别是对他的身世，他的经历，他的为文为人，他的人品与文品，是一知半解的，甚至仅仅停留在一些支离破碎的表象上。

然而真正认识他、走近他、熟知他，以至志同道合，成了文学挚友，成为忘年之交，是在我渐渐步入政坛、叩开文学大门、进入新世纪以来的事。再确切点说，是在2006年7月以来我担任中共志丹县委书记、中共宝塔区委书记的八九年间的接触、交流、合作和交往。

关于这段情缘，我曾在《感恩谷溪》一文中详细地叙述过，这里就不再赘述了。

近一段时间以来，曹谷溪的影子不停地在我的脑海中萦来绕去，使我欲罢不能，挥之不去！谷溪究竟是一个什么样的人？为什么让我这样痴迷、这样尊敬？我认真思索，反复揣摩，最后得出的结论是：谷溪不仅仅是一位优秀的作家、学者和老师，更重要的是一个男人，一个地地道道、名副其实、代表陕北这方高天厚土、且具有英雄气概、出生入死的真正男子汉。在他的身上集中体现了"五气"。

# 骨气

谷溪于1941年农历二月一日出生在陕北清涧县郝家墕乡郭家嘴村一个贫苦的农民家庭里。父母是地地道道、老实憨厚的庄稼人，可以说斗大的字不识半升，一辈子坚守农道，与世无争，煎熬着艰难困苦的生活。在陕北一带，清涧县算是最荒凉最苦的地方之一，而谷溪的家乡又地处黄河沿岸土石山区，更是不毛之地、入不敷出。在家兄妹7人中，他既是老大，又是唯一的一个男孩。长子和长兄的双重身份，使幼小的谷溪过早地担负起了家庭生活的重担。父母对他格外器重，在生活极度困难的情况下，还将他早早送进学堂，盼望他多识几个字，日后有个大的出展，彻底改写家庭乃至祖宗的苦难命运。地位的卑微、出身的贫寒，并没有使小小的谷溪屈服、沦丧。他硬是憋着一口气，鼓着一把劲，在同学、在老师、在世人面前没有自卑更没有低头，而是一方面刻苦学习，听从老师的教导；另一方面利用放学空闲时间，帮助父母砍柴、割草、拦牛、放羊，干一些力所能及的农活，尽可能地帮助家里减轻负担。在困难的年代里，吃糠咽菜、遭人白眼便是家常便饭，谷溪就是在这样的环境中、这样的背景下渐渐长大，坚持读完了小学、初中和高中，而且，学习成绩一直在班上名列前茅。1962年，谷溪高中毕业。由于家庭生活的困难，使他失去了上大学深造的机会，这成了他终生的一大憾事。那阵儿，国家还处于"三年困难时期"，组织上大量精减干部，动员城里的市民和家属到乡下参加农业劳动。那年4月，他就领到了毕业证，在其他同学正复习功课，准备参加高考的时候，他已经有了延川县医院住院部炊事员的差事。其实当这个炊事员，也不容易。谷溪最早的爱好是绘画，1959年他已考入西安美院附中，但由于家庭贫困而放弃，不得已才上了高中。曾经一度，他想以画像、油漆为生，养家糊口。也就是因为这个爱好，他结识了县医院的领导，并感动了对方。听说县医院需要一个炊事员，谷溪喜出望外，在县医院领导的帮助下，经县长办公会议研究批准，谷溪才当上了这个炊事员。半年后，县民政局将他调到本县贺家湾公社当了炊事员兼管理员。由于当时他文化程度高，公社干部奇缺，他又被公社党委书记器重，兼职了文书。那时他还不是党员，却保管着党委和行政两枚"大印"，全机关的吃喝拉撒、写材料、刻蜡板、送信等差事全落在了他一个人身上，一时间他成了公社的"红人"。用著名作家陈忠实的话说，曹谷溪是一名抓着炒菜铲子起家的作家。事实正是如此。年轻气盛的曹谷溪晚上躺在土炕上，热血沸腾，思绪万千，夜不能寐，从心底里忍不住地迸发出一句陕北男人常有的豪言壮语："难道老子一辈子就做这么个营生？"他觉得他的文采还不错，又有写作的天赋，何不在文学的道路上走一遭、闯一闯？说不定还能够真的杀出一条血路来，出人头地，光宗耀祖。于是，在繁忙的工作之余，他又拿起另一把"铲子"，不，是一支沉重如椽之笔，开始了写作生涯，走上了一条漫漫文学创作的不归之路。功夫不负有心人。1962年的冬天，身为"伙夫"的他创作的秧歌小戏《脚印》和百十首秧歌词，出人意料地被《延安报》选载；他写的歌剧在乡上和县里演出受到好评；他的秧歌词，由县委宣传部油印发放各乡镇演唱。谷溪的作品终于第一次变成了铅字。这一小小的成绩极大地鼓舞和鞭策了曹谷溪。他的写作热情更高了，作品更多了。1963年的春天，谷溪调到延川县委办公室当了"通讯员"。《延安报》又以来信的方式刊登了他的一篇表扬稿《一只手表》。之后，他利用下乡送信期间，又采写了关庄公社《贺家庄组织群众常年读报的经验》、长篇通讯《一支活跃在黄河畔上的红色放映队》等，分别发表在《延安报人》和《延安报》上。由于擅长写作、成绩突出，他被《延安报》聘为特邀通讯员。1965年后，他担任了延川县贾家坪公社的团委书记，他的创作热情逐渐高涨，各类作品常常见诸省、市报刊杂志，也引起了地区和省里文艺界的注意。当年他又光荣地出席了"全国青年业余文学创作积极分子大会"，受到了周恩来、朱德等国家领导人的亲切接见。1972年5月，陕西人民出版社出版了由他主编的诗集《延安山花》，国内外发行28.8万册，同年9月又创办了《山花文学报》。1979年春，曹谷溪调到县革委会通讯组，不久被提拔为通讯组长。从此，他和写作、文学事业结下了不解之缘。虽然谷溪兰了"干部"当了"官"，但是由于家里人多，生活依然非常困难。1977年，谷溪的父亲在山洪暴发中身亡。他一个人顶着一家四辈10口人的压力维持生计。当时，市民的供应粗粮比例很大，全家每月只能买一袋面粉，他全部送回清涧老家，让年迈的祖母、母亲和小女儿享用。他和在延安的姊妹、儿子全部吃粗粮。有人劝他，找个关系走"后门"买点面粉。他说："这比战后的1948年好多了。那一年的春天，我们几乎吃不到一粒粮食！"当时，延安正刮一股"獭兔风"。市财政局一位文友说，送你两只獭兔是赚钱。他一笑谢绝……1978年3月，一位朋友要举荐他到省委办公厅当秘书。好一个升迁的机遇。可他说："我自由惯了，一开会就瞌睡。我还是专心去经营那一茬叫'文学'的庄稼！"这就是我们的谷溪老师。用他自己的话说："我这辈子就没有顺当过，但也从来没有被什么困难所吓倒，我把艰难和坎坷当作一种动力，永远不畏难、不服输，我做成了我想要的事！"写到这里，我忽然想起了著名艺术大师徐悲鸿先生曾经说过的一句话："人不可有傲气，但不可无傲骨！"这句话用在作家曹谷溪身上是最恰当不过的了，他今天的功成名就与他的铮铮傲骨是分不开的。

## 豪气

谷溪身材高大，敦实魁梧，虎背熊腰，气宇轩昂。他的脸膛宽阔，满面红光，浓眉大眼，目光深邃，留着大背头，戴着宽边大眼镜。站似一堵墙，坐若一盘钟，走起路来昂首挺胸，铿锵有力，说起话来不紧不慢，声音浑厚。他的相貌，他的性格，他的一言一行无不显露出陕北人那种行侠仗义、战无不胜的豪迈气概。20世纪60年代末、七十年代初，延安来了不少北京知青，这对从没有吃过苦、农村劳动和生活很是陌生的这些热血青年来讲，遇到的困难和问题、乃至人生历练，无疑是一个重大的考验。这期间，谷溪由团委书记变成了知青专干。他马不停蹄跑到知青点上去

看望他们。所有的知青厨房，没一个灶口是好的。灶火口一烂，吸劲小，必然满窑冒烟，不仅浪费柴炭，而且常常会使饭菜夹生。谷溪是炊事员出身，套灶火是一把好手。他每到知青点上，第一件事就是看厨房，帮助知青套灶火。然后便动员他们洗衣服、打扫卫生、整理内务。北京知青都戏称谷溪是"曹阿姨"！谷溪对这些知青始终很心疼，在工作、生活和为人处事，乃至解决具体困难和问题上，出了不少力，帮了不少忙，解了不少难，使许多知青非常感激，成了他的终生朋友。陶正曾是北京清华大学附中的学生，在校就是活跃分子，由于风华正茂、血气方刚，下到延川插队还自带一台油印机，在延川县关庄公社鸭巷村创办了一份油印的《中国红卫兵报》，刊发了一些不便扩散的"内参"消息被上面追查。县革委会指派谷溪去调查此事，如果上纲上线，陶正很可能就要出事，受到严肃处理。但是，谷溪见到陶正后，感到他并没有什么政治目的，而且很有才气。视才如命的谷溪说明了利害关系，教育引导陶正一定注意自己的言行，以防引来横祸，从暗地里保护了陶正。谷溪对陶正说："咱停了油印的小报，到县上去办铅印的《山花》文学报！"在当时中国文坛"万马齐喑"的局面下，曹谷溪集聚了路遥、荆竹、陶正、白军民等一大批文学青年，他们的作品引起了文学界的不小轰动，延川县的群众文化创作开始引人注目，《陕西日报》《光明日报》《人民日报》等都用较大篇幅高度报道评价了延川县的文化艺术现象。1975年夏天，谷溪由延川县调到延安工作，先在延安地委通讯组工作，后又调到延安文艺创作研究室工作，担任副主任。1984年冬，谷溪又担任了延安首届文联党组成员、常务副主席，并兼任了《延安文学》副主编。1992年春至2002年10月，正式担任了《延安文学》主编，一干就是整整十年。此时，他虽然年过半百，但依然意气奋发、宝刀不老，和同事们一道，把《延安文学》由内部发行的刊物办成了发行全国的纯文学杂志；由80页扩充到240页。跻身于全国十大纯文学杂志行列，荣获陕西省一级社科期刊和全国精品期刊的殊荣。

## 大气

谷溪虚怀若谷，胸襟开阔，不计前嫌，落落大方。他对朋友、对同事、对家人无不充满着真情，体现出诚意。与他交往，使人诚心放心舒心，敢于敞开心扉，无所拘束，没有后顾之忧。众所周知，路遥和谷溪是亲密无间的朋友，在人生态度和文学创作的共同志向中，彼此结下了深厚的友情。可以说，路遥闯入文学大门，以及后来的成长进步、家庭生活，以至《平凡的世界》这部巨著的诞生，包括路遥创作遇到的困惑、体况下降和生病住院，谷溪都帮过不少的忙。前不久，我在著名作家梁向阳先生一篇文章中披露的路遥生前写给谷溪的 6 封书信中不难看出一些端倪。在深夜我静静地倚在床头上，认真拜读了向阳先生的这篇文章和路遥给谷溪的 6 封信，每封信都流露出路遥对谷溪的信任、感激和希望。看来路遥虽然天赋过人，是一个名副其实的文学巨匠，但人际关系处理得并不怎样，办一些具体事情就显得力不从心，捉襟见肘，甚至有些木讷。尤其是他弟弟王天乐的工作安排问题，让他十分迫切和纠结。于是他就接二连三地给谷溪写信，央告谷溪利用延安的人际关系，将王天乐的工作安排了。从信中看，大半年了，王天乐的工作还没有着落，以致好胜心极强的路遥到最后的信中竟然言过其辞，埋怨起谷溪来，言下之意是谷溪竟连这么一件事都办不成。而谷溪究竟是否上心，是否真正跑过，从路遥给谷溪的这 6 封信中没有看出，也没有发现谷溪给路遥回信解释详情，更没有听谷溪给我讲过。我甚至不知道谷溪最终给王天乐办成此事没有，三天乐后来是怎么参加工作的，怎么成为一名陕报的著名记者，但凭我对谷溪的理解和对他助人为乐的真诚态度，以及对朋友的满腔热忱，我断定他一定将此事放在心上，而且一定跑过，甚至跑过无数次，也游说了无数次，动用了不少人脉资源。可是路遥兄呀，岂知我们的谷溪同志由县里调到地区工作时间也并不很长，作为贫困潦倒的一介书生，毕竟人脉资源有限，能耐有限，加之那时的人很是正统，政策原则性很强，不符合条件的绝对不会轻易开"后门"的。相信谷溪也实属无奈，跑了不少的路，

磨了不少的嘴，吃了不少的闭门羹，遭了不少白眼。但是为了朋友托付的事情，他还能说什么呢？只能保持沉默。正因为如此，我们只能品读到路遥写给谷溪的 6 封信，却看不到谷溪给路遥的半封信。后来，我听谷溪老师讲，他为了落实路遥的"指示"，把王天乐的事情办好，竟然忍痛割爱，把一领质地非常好的羊羔皮筒子（即挂了蓝咔叽布料面子的羊羔皮大氅）送了人。一句话说得我热泪涟涟。再看谷溪，他的脸颊涨得通红，一双智慧的眼睛喷着火光。更使人感动的是，路遥去世，谷溪不是"人走茶凉"，而是对路遥更一往深情。他曾跑到乡下看望过路遥的生母，张罗着成立"路遥研究会"和创建"路遥文学馆"，亲自主编了《路遥研究》杂志，继续传播着路遥的思想、路遥的精神。在路遥的墓前，他曾无数次痛哭流涕，深深地表达对路遥的怀念之情。他说，路遥是一头名副其实的老黄牛，倒毙在辛勤耕耘的文学创作的道路上，他的精神不朽！亲爱的读者朋友们，当我叙述到上面这些故事的时候，您可曾知道，谷溪与路遥在那个失去理智的年代里，曾经是"对头"和"仇人"。路遥是造反派"红四野"的司令，后又是新组建的县革委会副主任；而谷溪则是彭真、周扬等伸到延川的"黑爪牙""小爬虫"，曾被以路遥为"司令"的造反派抓去殴打、审讯，坐过牢，几乎送了性命。当时，两人的世界观、价值观大相径庭。"文革"动乱结束后，路遥一落千丈，既丢"官"又失恋，精彩的人生跌到了谷底。有一次，路遥在谷溪面前痛哭流涕。谷溪对他说："一个男人不可能不受伤。受伤之后，不是痛哭，而是躲在一个没有人的地方，用舌头舔干自己伤口上的血，然后立在人前，依然是一条汉子！"在路遥沉沦的紧要关头，谷溪对自己这个"对手"并没有落井下石，而是用宽厚的臂膀和温暖的胸膛接纳了他，安抚了他，给了年轻的路遥无比的温情和慰藉，使他最终没有丧志，没有沉沦，重新点燃起了昂扬向上的思想火花，校正了人生的坐标，并且为之奋斗……可见谷溪"有容乃大"的博大胸襟。同时，他光明磊落，心底无私，与人为善，宽以待人。有一次，一位编辑和曹谷溪套近乎，他说："老曹，有人告了你的状。"曹谷溪说："不会有人

告我。""我也见了状子,八个问题。"谷溪坦然地说:"没事,组织上不会查的。""为什么?"谷溪说:"一查就把我查成了先进人物了。"谷溪的大气还体现在他不计名利和个人得失,把荣誉让给别人,自己甘当幕后英雄。对于这一点,我深有体会。志丹文化积淀厚重,各种版本的县志、文史资料,在一些年代、称谓和提法上,口径不一,而且四处散落,很不完整。所以,组织人力搜集、校正、整理、编辑、出版一套大型《志丹书库》系列丛书,意义重大,势在必行。可是,当我的提议得到县委常委会议通过后,由谁来牵头承担这一艰巨而光荣的历史重任呢?于是我想起了我的老乡、朋友、同事、才子及偶像,时任绥德县委书记的曹世玉。他在绥德主政期间,政绩辉煌,民心所向,曾搞了一套传世大书——《绥

德文库》。这对我启发很大。于是我迫不及待地在电话上征询了曹世玉的意见，得到了世玉的赞同。世玉直言不讳地向我举荐让曾执掌编纂过《绥德文库》的曹谷溪老师担任此任。并一再向我保证，相信老汉一定能够胜任此项工作，要我在待遇报酬上不要亏待老汉。放下电话后，紧接着我便联系上了谷溪老师。那时，他已是年近七旬的老人了，身体又不怎么好，几次住院治疗，我惟恐他力不从心、推托不干。可是，当我把我的想法和世玉的意见向这个"陕北老汉"说明之后，没有想到谷溪很爽快地一口答应了。说起条件和报酬，他在电话那头笑呵呵地说，只要有桌子、有饭吃、有床睡，再有几个助手，就够了，其余一切都好办。说干就干，按照编委会和我的要求，县上很快组建起了具体编纂班子和人员。谷溪老师老当益壮，赤膊上阵，从编纂大纲的制定、各卷编写的内容和分工、每卷每篇字斟句酌的校核与审定、封面的设计、出版社的联系、装帧和印刷等，每个环节、每道工序他都严格把关，毫不马虎。用呕心沥血、废寝忘食、一丝不苟、精益求精评价，一点也不夸张！在他和所有编纂人员的共同努力下，经过一年多的紧张工作，终成大卷。可是最后在主编的冠名上，却迟迟定不下来。我认为，由曹老师来挂名，天经地义，顺理成章，他是实际负责人，的确付出了辛勤的劳动，耗费了很大心血，立了大功，理应冠名于他。而仅仅是"高高在上"的县委书记，没有参与具体工作，只是个决策者、组织者和支持者的我，并没有出力流汗，决不能抢这个头功！可曹老师说什么也不肯，硬是将主编冠名于我，让自己只挂了个执行主编。曹老师的这一大气举动，又一次感染和教育了我，使我这个徒有虚名的主编，自愧不如，羞愧难当！2011 年 7 月，我"二返长安"，重回宝塔区工作，担任了区委书记，倡导和决定编纂《宝塔文典》。已成忘年之交、合作伙伴、文学挚友的曹谷溪老师，临危受命，又担当起了组织编纂《宝塔文典》的大任。一年多后，20 卷 21 册 1200 多万字的系列大书业已成稿，正在付梓出版，而冠名的主编又是我这个只挂名、不出征的"空头司令"，曹谷溪老师又一次当了配角。这叫我如何是好呢？

## 勇气

有胆有识、志存高远、百折不挠、勇往直前，不达目的誓不罢休，是曹谷溪老师的又一特点。通过这些年来与谷溪老师的接触，我深切地感受到，他想要做的事情，而且认准的事情，必将身体力行，认真去做。不，是用心去做，谁都管不了、拦不住，并且发誓一定要做的更好。此时此刻，我又想起了清代知县、著名画家、文学家，也是"扬州八怪"的郑板桥的一首《竹石》诗："咬定青山不放松，立根原在破岩中，千磨万击还坚劲，任尔东西南北风。"这是赞美生长在岩石上的竹笋的一首诗，在这里用到谷溪身上是最恰当不过了。是的，谷溪是一棵竹笋，而且是生长在悬崖峭壁上的一棵劲竹，虽然土质稀缺，少雨干涸，风吹霜打，历经磨难，但它不屑一顾，无所畏惧，吸吮着瞬间些许雨水，借着山崖巨石间的缝隙，伤紧痛骨，将生命之根、文学之根悄然而坚定地深深扎入广袤而肥沃的土地里，尽情而贪婪地吮吸着大地母亲的乳汁营养，进而滋润着自己蓬蓬勃勃地生长。正因为如此，他决定从文、投笔创作的那一天起，就立志献身神圣的文学事业，历经坎坷，而且痴心不改，矢志不移，生命不息，"战斗"不止……几十年来，谷溪先生创作颇丰，成果显著，先后结集出版了诗歌集《延安山花》《第一万零一次希望》《我的陕北》，文论集《与文学朋友谈创作》；主编出版了《新延安文艺丛书·诗歌卷》《西北作家文丛》，大型系列文化丛书《绥德文库》《志丹书库》《延川文典》《宝塔文典》，纪实文学集《追思集》《高天厚土》《大山之子》《奉献树》和《人民记者冯森龄》等。1999 年荣获陕西省人民政府"1949 年—1999 年首届炎黄优秀文学编辑奖"和陕西省作家协会"双五文学奖"等。2002 年 10 月退休。现为中国作家协会会员，任陕西省作协主席团顾问、延安市作家协会顾问、路遥文学研究会副会长、华西大学路遥文学院院长等职。眼下，他虽然已是 74 岁高龄的老人了，但是他依然永不止步，匆匆忙忙笔耕不辍，正在抓紧整理自己的文稿，准备编辑出版自己的诗集、纪实文学集和民歌民俗研究方面的六七本专著。

与此同时，他还不忘培养文学新人，壮大延安乃至陕西文学队伍，繁荣文学事业，讲学授课，指导年轻人写作，帮助和协调解决当地文学组织工作中的疑难问题。在一次交谈中，谷溪不无感慨的对我说："如果阎王爷手下留情，再给我10年时间，我就把我手头的事情做完了，进而也达到了最终目标。届时我将死而无憾，含笑九泉！"写到这里，我想将他的诗作《高原的儿子》其中的一段话摘录送给大家："我老了／也许明天就告别了这个世界／我不希望／但，绝不悲伤！／请把我埋葬在养育过我的／万山丛中吧！／活着，要做您忠诚的儿子／死了，也要肥一片／您贫瘠的土壤！"看，这是多么从容、多么淡定的人生态度呀，又是多么勇敢、多么坚强、多么雄壮的人生乐章！细品品读，慢慢咀嚼，不禁发人深省，肃然起敬！

# 义气

谷溪是一个重情重义之人。也许是与他的出身、经历有关，或是因为他的为人处事之道。他扶贫济困，同情弱者，对同志对朋友一往情深，真诚相待，而且表里如一，心心相印，光明磊落。他一生做过的善事、好事不计其数，那些感人肺腑的事例举不胜举。当年在延川插队的北京知青、下身瘫痪、体弱多病、《我的遥远的清平湾》《我与地坛》《病隙碎笔》的作者、著名作家史铁生，是谷溪的朋友，也是文学挚友。1984年夏天，史铁生随北京作家代表团访问延安。谷溪陪着他看望了延川县关庄公社关家庄大队的父老乡亲，那里正是他的获奖小说《我的遥远的清平湾》的创作基地；当他陪同代表团参观壶口瀑布时，汽车到不了观看瀑布的最佳位置，史铁生正在为难，谷溪一把把他从轮椅上拉了起来，背着史铁生飞快地到了黄河岸边。在史铁生去世前夕，谷溪专程跑到北京，来到铁生的病榻前，去看望他，慰藉他，久久地握着他的手，万语千言，却说不出一句话来。史铁生去世后，他又专程前往吊唁。之后，还为其写了一首《留给世界的礼物》，以此来表达他对史铁生的悼念和怀念之情。2009年冬，我85岁高龄的老母在子长偏远乡下老家病逝。曹谷溪老师冒着严寒，专程前来吊唁。最使我感动的是，他也是一位老人，且年逾七旬，在我的母亲灵前，我说鞠个躬就行了，可谷溪老师深切地说："先走的为大！"他拖着臃肿的身子硬是跪倒在地，烧纸、叩首、作揖……一切按陕北的乡俗行了大礼，感动得我和家人热泪盈眶，不知说什么好。曹谷溪老师经常对人讲起他的人生格言："出凡入俗通三界，来风去雨兼自然。"他从事文学艺术活动长达五十多年，培养和扶持了许多文学后起之秀，比如阎安、成路，比如高安侠、倪泓，比如李玉胜、孙闻芳……这些同志在他身上汲取了丰富的营养智慧，茁壮成长。孙闻芳对谷溪老师的评价是"曹老师扶持文学新人不仅像老师，更像父亲一样，像老农一样，只要他发现你是一棵苗苗，就恨不得一手把你扶成一棵参天大树！抛开曹老师个人文学创作的成就不谈，单就扶持陕北文学新人这一点，曹老师就应该被载入史册！"为了帮助前来求教的文学青年，谷溪不仅帮他们改稿，管他们吃饭，还把自己的办

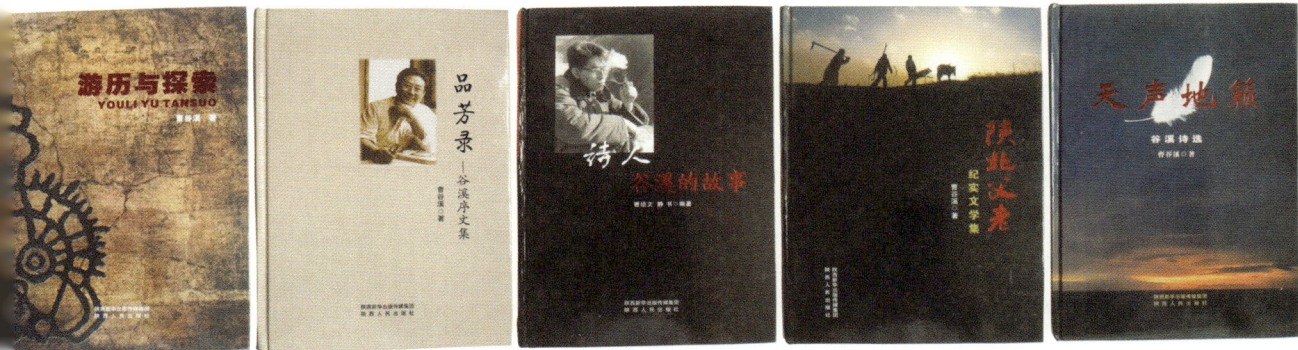

公室腾出来给基层的同志住。曹谷溪曾把自己比作老枣树。他说："陕北有一句农谚'栽枣树不如砍枣树'，砍倒一棵老枣树，就在倒下的地方，会茂盛生长出一大片嫩枣林！"是的，他是一个真正具有枣树精神的人。多少年来，他扎根在陕北贫瘠的土地上，播撒着文学的种子，甜美的果实丰盈着人们的精神。就连曹谷溪老师本人也讲："自己只要有点本事，恨不得把自己的肚子剖开给他。"2006年10月1日晚上，谷溪突然口腔和鼻腔出血，独自用凉水洗了洗，然后塞上药棉入睡。第二天早晨，他没有吃早饭，就叫了外甥刘嫒嫒去医院检查。化验结果诊断是肺部出血，需要立即住院，便住进了延大附属医院呼吸科。从礼拜一住院到礼拜五，医生只给他消炎和止血的药，却忽略了他的血小板严重减少的问题。正常人的血小板是10万到30万之间，3万为"警戒线"，礼拜一入院时他的血小板为1.6万，到礼拜五血小板完全消失了。医生忽然惊觉误诊。中午12点，连输液瓶都没有拔下，便直接推到了血液科的急诊室抢救。那天下午，一位狂热诗人前来医院找他，要求曹老师看他的诗稿，谷溪的三儿子拦在门口："你看我大病成啥样子了，你还找他看诗！"没有想到这位执着的诗人说："昨天我和他联系过。"谷溪听到后对儿子说："让他进来吧，他家住得远，又从呼吸科跑到急诊科，不容易啊！"谷溪接过来诗稿看了，就给改了几个字，让他找宝塔区文联主席李玉胜，在《宝塔山》杂志发表。儿子冲他说："你不要命了？人家医生抢救呢，你还给他看诗！"可曹谷溪不以为然。2005年12月中旬，"陕西省重点中学校长现场会"在延安中学召开。20天前，延安市文化局局长和市政府主管市长商定，由曹谷溪老师给这个会议做演讲，并确定了演讲的内容。当月17日，老伴病故。21日下午1点钟，延中派人来接谷溪，来人得知谷溪的老伴几天前去世，三天后下葬；亲友送的花圈，从文联大门到灵堂，密密地摆了三层。烧纸的、哭泣的乱成一团……一见这阵势，来人不好意思地说："曹老师，你就别去了。"可他说："我不去，几百人坐在大礼堂等我，还会说'这个作报告的人死了老伴，这个会开不了了'。一个人，

一旦成了公众人物，他就失去了自由；在某些时候，一个共产党员的生命也不完全属于他自己。既然答应了的事情就要说到做到。"于是，对接人的说："走！"他硬是将悲痛压在心底，来到学校做起了精彩的演讲，台下一次次响起热烈的掌声。可几百个听众，有谁能知道台上这个作报告的人，病逝的老伴的尸体还停在家中，此时此刻他正沉浸在巨大的悲痛之中。这是何等高大、坚强和义气的人啊！

谷溪，一个多么亲切而又多么富有诗情画意的名字！谷溪，山谷里的小溪，纯洁、清澈、甘冽，自由自在地在千沟万壑间涓涓流淌，叮咚作响。它貌似渺小，低调不张扬，往往引不起人们的注意，可细细观察、欣赏、研究、品味，它是那么正直、那么勇敢、那么高大，不管前进的道路上遇到多大的困难，多大的阻力，它总是千回百转，千方百计冲破万难险阻，坚定不移地向着既定的目标——大海奔去。是的，"水流千里归大海"，"为有源头活水来"。

曹谷溪将谷溪既作为自己的本名，又作为笔名，而且一用就是一辈子，这充分说明他对"谷溪"二字的深切理解和感悟。难怪，他一生那么骨气、豪气、大气、勇气和义气！我对他的认识又有了新的升华。

是啊，谷溪就是我国文学队伍、我们亿万中华民族这个汪洋大海中的一条涓涓细流，昼夜不息地奔流在祖国的山河大地上，辛勤浇灌滋润着文学这个神圣的事业，浇灌滋润着祖国的各项建设大业，浇灌滋润着昨天、今天和明天，浇灌滋润着中华民族伟大复兴的中国梦！

（作者简介：祁玉江，1958年生，陕西省子长县人。因长期在基层任职，具有丰富的人生阅历和大众情怀。中国作家协会会员、中国散文学会会员、陕西散文学会副会长、陕西省文学院签约作家。中国延安干部学院、延安市委党校等院校客座教授。冰心散文奖、柳青文学奖获得者，公开出版个人作品集16部，发表作品三百余万字。）

# 刘骏

## "社金互联" 弄潮儿

著者：张冬研 曹宏涛

摄影：李朝阳

刘骏，1980 年出生于陕西省榆林县横山区，现为巨坝互联网金融信息服务（上海）有限公司执行总裁，主要负责公司战略决策、运营及技术把控。

若是谈当今时代的发展趋势，就不得不提互联网。若是讲每个人生活中不得不接触的内容，就一定要提金融。刘骏，就是这样一位穿梭在互联网金融浪潮里的陕北人，他用自己的实际行动响应国家政策，助力实体经济发展的陕北人。

如果你是第一次见他，一定会觉得他身上扑面而来的就是纯朴厚道，但又不乏成熟稳健。他那"呵呵"的一笑里面包含着他对人对事的态度，其中既有热情与憨厚，也有理性与不争。他说，互联网金融并不是互联网与金融的简单相加，而是经过一系列的复杂流程让其产生"化学反应"。

# 坚韧执着，厚积薄发

刘骏出生在陕西横山县，相对艰苦的地域环境让他从小就养成对于任何事情都要坚持的习惯。

从偏远的山村来到大都市北京，刘骏并没有迷茫和怯懦，反而倒是在内心里升腾起一种奋争的力量。认定一行，爱上一行。在互联网行业，他一干就是十四年，可以说，他见证了中国互联网行业蓬勃发展的十四年。在此期间，一个个耳熟能详的互联网公司拔地而起，从小到大，从弱到强，最终都成长为各自领域的领航者。

刘骏所在的公司正是瞄准时机，乘着这股互联网浪潮在行业内取得了骄人的成绩，而刘骏也自然而然地成为这场革命的见证者与参与者。频繁与央企、地产商、银行和保险公司等机构的对接，为他们提供 IT 技术解决方案，帮助他们实现传统业务的互联网化，如此一系列的工作让刘骏对金融行业有了深刻而全面的认识，也促成了他随后创业的机遇。

理论源于实践，实践是为了更好地提升理论。刘骏经历的所有，都帮助他提升了对这个世界的认识，而他的工作经历更重建了他对金融机构未来使命的认识。在长达十几年的工作中，他不仅深刻感受到金融机构对于互联网技术的迫切需求，更密切觉察到传统金融机构在发展过程中容易忽视的一系列问题，比如小微企业贷款难、贷款贵等问题。冥冥之中，必有定数。也许刘骏自己都没有意识到，这个时候，上帝已经为他埋下了一

颗种子，一颗未来从事互联网金融行业，运营"社金互联"金融服务平台的种子。

# 成熟稳健，紧追时代

2017 年，对刘骏而言，非常重要。这年春天，思维成熟、经历丰富的刘骏放弃了从事十四年的互联网工作，转而同金融行业的知名企业家一起，创办了一家互联网金融服务平台——"社金互联"，共同探讨"互联网 + 金融"的奥秘。

"外人看待互联网金融，是危机。而我们看待互联网金融，是机遇。这个机遇，不是投机。"刘骏如是说。

无论是政策形势的分析，市场需求的研究，还是消费趋势的研判，刘骏都进行了认真审视，进而做出了这样一个谨慎又果断的抉择。

作为新兴的互联网金融平台"社金互联"的联合创始人兼 CEO，刘骏所带领的巨坝互联网金融信息服务（上海）有限公司，在短短的半年之内，实现了平台的搭建、上线、运营，并实现了初步完善的现金流。如此精进的步伐，不禁让笔者疑问：在外界评论和媒体一致唱衰互联网金融的背景下，刘骏和他的"社金互联"何以逆流而上、投身其中呢？

2007 年，中国第一家网贷平台上线，但直到 2013 年前后，才逐步引起人们的注意，快速成为了创新产业的风口，网贷平台步入了一个爆发性增长时期。但由于初期准入门槛较低，金融崛起的速度太快，以至于行业内出现了鱼龙混杂的情况，在国家还没能形成完整全面的管理制度和监控条款的情况下，诸多平台便违规操作，给自己挖坑埋葬了自己。高额年化收益像块香甜的蛋糕吸引了众多投资者的青睐，可计划赶不上变化，没等换来高额收益和巨额分红，却是平台跑路的消息频传。一时间整个行业陷入低谷，人们对网贷平台的热衷瞬间被浇熄，投资者们如同一只只惊弓的鸟儿，人们在投资的时候，最先考虑的不再是收益。相反，平台的背景、资金托管、安全保障体系这些板块，才是投资者最关心的问题。短短两年内，互联网金融从人人争抢的香饽饽变

成了人人避之不及的洪水猛兽。

　　刘骏告诉笔者，"巨坝互联网金融公司2015年就注册成立，有了市场的准入证。但我们一直在做市场的观望，因为那个时候的网贷平台已经属于非理性，平台的监管不力，给很多人钻了空子，给很多投资人造成了难以挽回的损失，这与巨坝公司的投资理念是相悖的。尽管那时候的市场环境非常好，很多公司的发展与跨越都超出了一般人的想象，就好像神话一般，必将伴随着泡沫，所以，我们把入市的时间一拖再拖。我相信监管层一定不会坐视不理，放任一个新兴的金融行业野蛮生长，就像共享单车一样，大浪退去，

98%的跟风者，都被拍死在了沙滩上。"

既然国家对于金融产业的管理出台了诸多政策与限制，而不是禁止，就说明金融产业的存在和进程是合法的，那些不合规的地方只是行走的轨迹偏了方向。监管层正在以越来越明晰的管理条例，让这一头"猛兽"回到它应有的轨道，要服务大众，而不是制造恐慌。

## 选准方向，稳扎稳打

2017年10月28日，《中国互联网金融年报（2017）》发布，年报认为，随着互联网金融风险专项整治工作深入开展，监管政策陆续出台，监管与行业自律有机结合的行业管理体制逐步构建，互联网金融风险整体水平在下降，风险案件高发频发势头得到初步遏制，从业机构优胜劣汰加速，行业发展环境逐步净化。专项整治工作取得显著成效，行业规范发展态势明显，但实现建立互联网金融行业风险防范和治理长效机制的目标依然任重道远。

"我们开了一个礼拜的闭门会议。"刘骏说道。讨论很激烈，合作伙伴认为政策的风险依然存在，不应该在这样一个市场环境中介入。而刘骏认为互联网金融市场的低谷已经过去，政策管理越严格，说明市场越透明，只有国家的监管到位，投资人的信心才会越足。

"国家的监管，不是制约我们发展，而是让互联网金融市场不断良性发展的原动力！"

2017年3月，刘骏说服合作伙伴组建技术团队启动"社金互联"金融服务平台建设。7月18日平台正式上线，短短4个月，平台实现了2万的投资注册用户。"比起前两年的疯狂时代，这个数字并不多，但我们很满意。首先是客户的优质情况，属于比较认可目前的产品与品牌，认可我们的风险管控和预期收益能力的。其次，社金互联与其他平台不同，不会盲目追求大量的用户和超巨的资金。我们希望把产品与投资结构细细的打磨，做到万无一失，做到匠心服务。稳妥，是我们与其他平台最大的不同。"

"社金互联"是成立于《网络借贷信息中介机构业务活动管理暂行办法》等"一政策三监管"之后，所有的操作流程都是按照国家的监管政策执行的，没有任何历史包袱，能够真心实意地为有需求的企业带来资金上的扶持。这个平台运用了国际先进的金融服务理念，结合人工智能、大数据技术，为客户提供快捷、高效、安全的投融资服务，以成为中国最佳的线上投融资平台为己任，帮助每个人实现资产稳健增值和个人财务自由。

在今年11月份召开的2017（第五届）中国商业创新大会上，刘骏代表"社金互联"领取了"2017互联网金融行业十佳卓越企业奖"的奖杯，这是行业内给予社金互联和刘骏的一次鼓励与认可。

短短一个月之后，"社金互联"又作为特邀品牌出席第四届世界互联网大会。在接受媒体采访时，社金互联CEO刘骏表示，过去的几年，中国互联网技术飞速发展，中国快速发展成为数字经济强国，这就为互联网金融的发展提供了强有力的技术支持。与此同时，我们还应该把自己的成功经验和先进模式分享出去，帮助落后的国家和地区，共享社会发展红利，共同构建人类命运共同体。

中国互联网金融协会秘书长陆书春曾表示，在国家的各项政策出台后，互联网金融呈现了如下的现状：正常运营个体网络借贷平台数量显著减少，成交规模近万亿，收益率持续下降。互联网金融风险整体水平在下降，风险案件高发频发势头得到初步遏制，从业机构优胜劣汰加速，行业发展环境逐步净化。

数据显示，2017年10月，国内网贷平台数量为5949家，正常运营平台数量为1975家，累计成交量为57812.89亿元，累计投资人数达到10872万人，未来3～5年将会是网贷平台发展的黄金时期。

经历了互联网飞速发展的巅峰时刻，迎面赶上中国经济转型升级的关键时期。用超前的思维和创新力推动行业向前行进，是每一位企业经营者必备的能量。刘骏的卓识与远见，将是他在这个行业中远行的最佳导航。

# 刘春晓

## 诚信待天下 厚道赢未来

著者：王永利
摄影：李朝阳

刘春晓，1970 年出生于陕西省榆林县横山区县武镇乡刘渠村，现为陕西标远环保集团有限公司董事长、深圳市中迅实业有限公司董事长，同时担任深圳陕北商会会长、西安横山商会副会长。

　　1988 年，刘春晓以优异成绩（县文科状元）考入西北政法大学经济法系经济法专业读书，在大学期间发起并创立了西北政法大学英语学社并担任第一届社长，多次被评为三好学生。

　　1992 年 9 月就职于陕西省榆林地区第二律师事务所，担任律师助理并获得律师资格；1993 年 3 月辞职下海，在山东工作，1994 年底南下深圳，在外贸公司先后担任翻译、业务员、业务主管、经理助理、副总经理。2001 年辞职与朋友合伙成立深圳市中迅实业有限公司担任董事长至今；2006 年响应国家号召北上西安成立陕西标远环境工程有限公司专注于环保事业，主营污水处理、垃圾焚烧发电、大气污染治理、流域治理等环保项目；2007 年发起并联合旅居粤港澳的陕北籍同乡成立了深圳市振兴陕西促进会陕北同乡会，2008 年正式成立深圳陕北商会，当选为深圳陕北商会常务副会长、深圳榆林商会会长；2015 年 11 月当选为深圳陕北商会会长。作为走出家乡的创业者，刘春晓始终关心家乡的建设发展，积极参与公益事业，先后为横山、吴起、延川的扶贫、赈灾捐款。

一个人之所以能有勇气走向远方，往往并不是他的脚步多有力量，更多的是因为他内心里有着炽热的梦想，有着坚定的信仰，有着非凡的勇气，而这一切的动力源泉莫不来自脚下这片宽厚无垠的黄土地。

出生于陕西省榆林县横山区农村的刘春晓之所以在今天能把脚步迈向远方——在深圳打拼、在西安创业、在美国自由女神像下高歌信天游、在香港合唱"横山里下来些游击队"，他说，这都是那个位于横山区武镇刘渠村的小山村给他的力量。"生在这里，长在这里，吃着这里的小米饭，喝着这里的水长大，陕北的一山一水对我的影响都很大，家乡给了少年的我无边无际的幻想。"虽然已走过万千名山大川，在世界上的许多名胜古迹都留下身影，但刘春晓今天依然把摄自陕北家乡一座默默无闻的小山头作为自己微信的头像。

人，只有懂得感恩，才能走得更远；人，也只有不断地回望，才能认清向前的方向。刘春晓似乎就是这样的人，他总是要在内心迷茫时回到故乡，寻回自己初心的力量。

## 自信，
## 源自脚下黄土地给予的力量

和大多数成长在陕北孩子一样，刘春晓的童年也是在这山连着山、山套着山的黄土地里与邻里同伴追逐嬉戏，在黄土里摸爬，在黄土里滚打，乐在虫鸟蚁雀童趣，汲取着黄土地独有的营养。在追逐落日的余晖中他常常幻想，那一座座绵延连着的丘陵山峁之后又是什么样的神奇世界呢？那套着的大山之外的世界究竟是个什么样子呢？童年的好奇幻想，或许决定了他后来走出去走向远方。同时，从事教育工作父亲的熏陶沐染又让他懂得，学习，只有通过读书学习，才能让自己走向梦想中的远方。

读完小学后，刘春晓来到父亲执教的党岔中学开启了三年的初中生涯。"初中对我的影响很大"，进入初中后，刘春晓不仅开始了"专职"的学习生活，更重要的是从初中才开始的英语学习让他打开了通往另外一个世界的大门，为他日后的工作、创业带来许多机遇，甚至可以说，直到今天，"英语"仍是助推他成功的"武器"。

1988年，在横山中学读完三年高中的刘春晓以本县文科状元的成绩考入现在的西北政法大学。四年经济法学系的积淀，刘春晓的视野被真正打开。大学生活丰富多彩，各种社团活动给了刘春晓提升和锻炼的机会。在大学里，刘春晓积极参加学校的社团活动，被推选为西北政法大学青年经济法学社社会实践部部长，和同学一起创建西北政法大学英语学社并当选为第一届英语学社社长。

如果说深厚的黄土地给了刘春晓为人朴实厚道的陕北基因，让他在骨子里面存留了一份筑梦初心的话，那么，古都西安雄浑的历史和大学里前卫的视野则给了他另外一种自信——那就是让知识和技能内化为智慧的积淀再一次融入那流淌不息黄土地血液，清明了他脚下的路，他知道自己的人生究竟需要什么。他已经不再幻想山外的世界是个什么模样，他用知识为自己架起一座与这个世界对话的桥梁。

高尔基说，"没有任何力量比知识更强大，用知识武装起来的人是不可战胜的。"知识武装了青年时代的刘春晓，走出黄土地，他坚定地走向远方。

## 蜕变，
## 是法律的坚守给予了保障

大学毕业后的刘春晓本也希望到外面的世界施展自己的才华。但父母坚决反对他去"闯世界"，希望他在大学生还稀缺的年代回老家谋个一官半职，为家族光宗耀祖，过相对安逸的生活。毕业前，父亲甚至打电报给刘春晓催他回老家，电报上只有两个字：速归。

"倒不是说不喜欢家乡，更多的还是希望能实现自己的梦想。"如今把企业做得风生水起的刘春晓说，"直到今天我依然满怀着激情和梦想。"

在当时的榆林地区第二律师事务所工作了不到半年后，"不安分"的刘春晓再一次想到了要到外面去实现人生价值这件事。

拿着在陕西省二五普法知识竞赛中获得二等奖的 200 元奖金，当陕北大地还沉浸在过年的气氛中的时候，刘春晓在 1993 年正月十三这一天瞒着家人说去榆林上班，但实际上他孤身一人踏上了东去山东日照的列车。

对于刘春晓来说，这是初次见到大海，那无边无际、波涛奔涌的大海正如当时刘春晓内心的豪情和对未来的憧憬——从黄土地成长，在关中平原的大学校园里成熟，再到黄海之滨搏击风浪，刘春晓内心的激情随着脚步的延伸一次次被点燃。"80 年代走广东，90 年代走山东。"远方，似乎有一种力量在召唤，让他欣喜而又充满力量。

"法律专业、英语优秀"成了刘春晓的利器，他在外贸业务繁荣的山东日照很快就找到了发挥自己特长的舞台，从日照进出口公司的业务员到综合部经理，刘春晓只用了几个月时间就完成了过渡。

当时在和港澳、台湾客户打交道的过程中，操着一口鼻音很重的陕北普通话，客户有时听不懂，刘春晓就用英语和别人交流，他戏称自己说的英语为横山英语，"横格利是（Henglish）"。

短短时间，尽管收入猛增、待遇优厚，山东已让刘春晓小试牛刀。但"东方风来满眼春"，邓小平南方谈话之后，深圳这个昔日的海滨渔村所掀起的建设高潮，吸引着这位已貌似安居乐业的陕北小伙——1994 年 12 月 12 日，刘春晓惜别赏识他的老领导，从日照启程，踏上南下的列车，来到深圳这片热土，开始了自己更加具有挑战的人生之旅，他渴望在更大的舞台去实现自己的抱负。

在国有外贸公司——深圳市宝安外贸实业股份有限公司，从打字员、翻译到主管再到副总经理，年轻的刘春晓再一次用实力证明了自己。"担任副总经理的时候，待遇已经非常好了，有车、有司机，但我总觉得还是与自己的理想有些差距。"

2002 年，刘春晓拿出自己的 30 万元积蓄加上向好友借的钱，和朋友一起创立了"深圳市中迅实业有限公司"，这一次，真正开启了刘春晓的创业之旅。

此后，刘春晓又根据业务发展的需要，先后成立了"深圳市信诺德科技有限公司"和"深圳市联合利达物流有限公司"。

创业初期的艰难可以想象，刘春晓和他的合伙人既是老板又是业务员，既是司机又是搬运工。好在，公司业务稳健增长，让他在内心里有了更大的"野心"。

一个人在走向成功以后，他更多地会思索自身的价值和对社会的奉献，刘春晓也在不断思考自己的定位和价值取向，最终，他把目光投向了环境保护这样一个行业。

2006 年，完成了资本原始积累的刘春晓瞄准时机和外国朋友在香港合伙成立了通用环保工程（香港）有限公司，在西安注册成立了"陕西标远环境工程有限公司"，专门从事污水处理、固废处理和流域治理等环境保护业务的规划、设计、投资、建设、运营等等。

现在回头仔细想想，刘春晓当年选择的行业这十多年正是国家环保快速发展的阶段——崛起的中国需要一大批有志于环境保护事业的人为改变"有河皆枯、有水皆污"现状付出自己的努力和热情，中国，需要绿水青山；人民，需要更加美好的环境。

今天，刘春晓除了污水处理、固废处理的环保公司快速增长之外，旗下的其他公司也还在正常运营，而他则要在香港、深圳、北京、西安、延安、榆林等多地穿梭，把握着公司发展的方向，业务领域涉及环保、工控自动化、进出口物流、股权投资等各个行业。

谈起这些过往，刘春晓无不感慨地说，是曾经法律人的身份让他这么多年来在商海中能够不断提醒自己要坚守底线，保证公司在任何时期的运转都不触礁。

而刘春晓往往还得面对另外一种尴尬，那就是在当下中国社会，总有一些人、一些机构会不兑现承诺，不按照约定办事。学法律出身的刘春晓面对这样的情况，内心尽管充满许多无奈，但依然坚守契约精神，把规则植根心底。我想，这不仅仅是宽容和厚道，更多的是他内心里对人对事的境界，是他对规则的遵守、对法律的敬畏。

如果说是陕北人的基因让他在打工、创业、

拓展的每一个阶段用辛劳和付出给了自己一次次发展的机遇的话，那么，法律才是让他的公司在发展、壮大的过程中面对复杂的政商环境得以健康成长、良性发展的保障。

## 抉择，
## 是方向的正确给予了未来

回顾刘春晓走过的路和取得的业绩，你会发现，他总是能在恰当的时候做出正确的选择，为自己开启一道又一道的大门。

20世纪80年代，邓小平针对改革开放后中国的现状提出战略性的思考，"中国缺少100万法律人才"，刘春晓正好去学了法律；邓小平南方谈话后，刘春晓再一次悟到了机会，他毅然决然地放下铁饭碗，义无反顾地投入到商海中；2006年，在国家进一步强调环境保护这一关系国计民生的头等大事时，刘春晓瞄准商机，创办了通用环保工程（香港）有限公司、陕西标远环境工程有限公司。"一开始我们就高起点，高标准，强调技术与质量"。公司依托清华大学环境系和环境工程设计研究院的强大技术背景，专业从事污水处理和垃圾资源化利用项目，为客户实现价值，目前已在国内形成相当的影响力。

刘春晓坦言，作为一名从事环境保护工作的企业家，社会良心须臾不可或缺。标远人，不仅仅要阐述"目标远大"的含义，更要在细节上把握未来，在标远公司位于西安高新自贸区的办公室的走廊里，挂着中国道教协会原会长任法融的书法作品："以诚待人，以质胜人，以信感人。"如果说道德良心、质量意识是刘春晓在选准方向后从业底线的话，那么，在刘春晓的办公室挂的另外一幅由台湾书法家创作的"厚道"两字则是刘春晓从小到大为人处事的真实写照，"厚道"二字是他与朋友、与客户交往坚守的原则，让他赢得了大家的信任。正如他的高中同桌现任某银行行长的王海平每次向朋友介绍他得意的同桌时总是自豪地说：春晓不是最精明的生意人，但春晓是最有良心、最厚道的企业家。

在公司发展的过程中，刘春晓以"厚"和"诚"

作为管理的精髓，但一个公司最主要的是要有正确的方向和保证方向正确的人才。因此，对人才、对技术的看重是刘春晓对未来的又一次选择。他与清华大学合作的同时，又与哈尔滨工程大学、西安建筑科技大学、同济大学等知名高校、科研院所展开了更加广泛的合作，将环境工程项目的规划、设计、施工、运营等业务逐步扩大，与地方政府、企业展开多方面的合作，坚定地将"人民对美好环境的向往成为自己终生奋斗的目标"。

"未来的竞争主要在人才。"刘春晓说他的公司不断引进优秀的人才，充实公司的力量，为标远的远大目标提供源源不断的新动力，让他们公司承建的所有项目在验收时都能一次性通过，一次性达标，这正是因为有优秀人才在一线保障。

毛主席曾说："正确的路线确定之后，干部就是决定的因素。"对于今天的刘春晓来说，毛主席所说的"干部"就是他公司的"人才"，人是决定一切的根本，他已经确定了自己后半生的奋斗目标，那就是在环保领域深耕，从污水处理到垃圾分类资源化利用，再到土壤重金属污染治理和危险固废处理以及流域治理和生物化学菌剂等，每一个领域都需要专业的技术人才去完成。刘春晓坦言，未来的竞争已经不单单是对企业资本的要求，对诚信的要求，对质量的要求，这都是最基本的，未来真正让每个公司产生差异的是人才，是优秀的人才。企业家不仅仅要把握方向，还要思考如何用好人才，让人才发挥作用。

刘春晓说，公司的品牌有内外之分，对外要让客户满意，对内要让员工满意。对于品牌来说，最基本的就是要兑现承诺，那些能够兑现承诺的品牌是顶级品牌，画一个饼却不去兑现承诺的，叫泡沫品牌。大浪淘沙，企业家选择正确的路线、用正确的人、实施正确的制度才是保障企业良性发展的保障，才能有美好的未来。

## 担当，
## 是企业家的责任给予了要求

如今的刘春晓同时担任着多个社会职务，他既是几个公司的董事长，又是深圳陕北商会的会

长。诸多的社会事务要占据他大量的时间，但他还是义不容辞地选择了担当。"既然干了就要干好"，2015 年，刘春晓担任会长后提出了对商会的定位——"增强影响力，共同谋发展"。

刘春晓认为，一个人在社会上行事，应该创造更多的价值，也希望他能够团结商会里的成员，扩大视野、谋求发展，因此，他经常带着商会的

同仁们走出去考察、访问、学习，邀请著名专家、学者举办各种讲座、沙龙，和兄弟商会互相交流学习，参加各种大型研讨会等等，搭建平台让会员企业寻找机遇发展自己。

商会会长不像政府官员，没职没衔没级别，刘春晓之所以能够被推选为深圳陕北商会会长，主要是他的热情、他的担当和他的奉献精神被大

家认可。他深谙"舍得"二字的精髓，为了商会的利益、商会成员的利益，他总是舍得时间、舍得金钱、舍得脸面，为了增加陕北商会的影响力，他经常奔走在各种会议和活动中，在会长的位置上做着"店小二"的工作，常常为商会会员的大事小事忙碌着，为大家服务着。在和刘春晓会长的交谈中，总有两个字在我脑海中萦绕——"情怀"。

似乎，这"情怀"二字伴随着刘春晓走出黄土地，向外面的世界发起"挑战"；这"情怀"二字又让刘春晓回归到乡情中，让他奉献、担当；而这"情怀"二字也让刘春晓看得更远，想得更深，让他知道自己为商会付出的意义在于给黄土地上出来打拼的人提供一个团结合作、做大做强的样本。

我们看待一个人、一个企业家的成功，除了看他自身的成就，同时还要看他帮助了多少人，做了多少有益于社会的事，这是刘春晓最朴素的想法。这些年来，他默默地践行着一个企业家的社会责任与担当。

——2007年，刘春晓拿出近30万元资金为吴起县的黄岔村每户农民都装上了太阳能热水器，帮助当地群众改变了生活方式；

——2014年，延川境内发大洪水，正在国外考察的刘春晓在新闻上看到灾情的报道后，马上打电话回公司，让人送去10万元救灾款；

——2015年，老家村委会举办文化活动需要硬件建设，刘春晓捐助了10万元；

——2017年，横山区举办"大爱横山、梦圆小康"脱贫攻坚爱心募捐活动，刘春晓又捐了10万元。

这样的例子还有很多，刘春晓说，施善是要从内心里惦记别人。每年他都要带领员工到他公司运营的污水厂为当地五保户、贫困户开展慰问活动。

他的员工或是员工老家有什么困难，只要他知道，便马上施以爱心。因此，他的员工便经常能收到同事们老家的土特产，这既是老板给员工的福利，也是老板的爱心。

有人说，刘春晓看上去笑眯眯的，有佛缘。

而刘春晓却说"心中有佛便是善"。刘春晓说他有时候看到新闻上说农民生产的农产品有滞销，他会马上安排员工去帮助农民，把那些农产品买回来，发给西安、榆林、深圳的员工和朋友，为农民解决一些实际问题。虽然这样的事情看上去很小，但对于某一个具体的个体来说已是一件大事。善事在于去不断地做，而不在于想着要做多大。

学法律出身的刘春晓似乎一直在强调着规则，这既是他内心对秩序的遵守，也是他对社会的敬畏。

刘春晓从心中常常思考着一个问题，那就是对自己的拷问——现代企业规则大，还是陕北给自己的"基因"大？而思考的结果是，二者其实并不冲突，在深圳打拼多年的刘春晓知道，正是自己陕北人直爽、诚信的"基因"和法律理性的结合，才让他更多地能够按照现代企业的规则在追求经济效益、创造社会财富的同时，能够同时兼顾企业的社会责任。仔细想想，刘春晓的经历就是黄土文明与海洋文明的有机结合，让他既有海洋的宽广，又有黄土的厚重，让古老与现代实现完美的结合。

海洋文明代表开放和博大，而黄土文明则是厚重与诚朴，刘春晓似乎就是让黄土文明与海洋文明的相遇载体，他既有开拓的思维、进取的雄心，又有忠厚的品德、诚信的行为。刘春晓给自己取的网名叫"神州游击队"，这一定是他对横山这块土地眷恋的结果，战争年代，"横山里下来些游击队"成为正义的号角，而他则在和平年代以横山人的标签走向"神州大地"，带着黄土儿女勇敢、忠直，走向蓝色的海洋，在深圳这样的现代化大都市成就壮丽的人生，为黄土地赢得一份成功。

刘春晓说，这些年，陕北经济发展建设很快，产生了一大批富人，但我们细细思考，我们还要学习粤商、徽商、浙商、外商等各地企业家的精细，学会在现代企业制度的框架内强壮自己，而标远正是按照这个思路，在细分的环保市场上专业、专业再专业，努力、努力再努力。

心中有梦想，脚下不荒凉。有梦想的刘春晓今天依然激情四射，正走向更远的远方。

李万春，横山高镇人，1957 年出生。中共党员，大学学历。1976 年 12 月应征入伍到中国人民武装民警部队陕西省公安厅武装民警中队，历任战士、副班长、班长、排长；1982 年 1 月任陕西省公安厅武装民警直属大队参谋，1985 年 1 月任该大队二中队中队长；1987 年 10 月任陕西省公安厅武装民警直属第一大队副大队长；1990 年 1 月任中国人民武装警察部队陕西省总队第五支队第一大队大队长，1992 年 5 月任第五支队参谋长；1997 年 1 月任中国人民武装警察部队陕西省总队第三支队长；2005 年 5 月任武警陕西总队西安旅级支队支队长；2008 年 8 月任中国人民武装警察部队陕西省总队副参谋长，2009 年起任中国人民武装警察部队陕西省总队副总司令；2012 年 7 月退休。

在我这里，对军营生活的向往一直是个挥之不去的存在。少年时期的我曾经是那么的向往部队，向往那种烈火炼青春的军营人生。

2017年初冬，在见到陕西省武警总队原副司令员李万春后，似乎这个潜藏已久，甚至有些淡忘的梦再一次从内心深处被唤醒，因为我从他的身上看到了一种军人特有的刚毅、干练和豪气，这一定是半生戎马生涯留给他独特的印记。

# 好男儿去当兵

1957年出生的李万春和我是同乡，因为都曾经在少年时代生活在那片值得记忆的土地上，因此第一次见面的时候，彼此间就有许多共同的话题。虽然在我出生的那年他就已经参军到了部队，但家乡的山山水水一下子就把彼此间的陌生感消除得一干二净，说起那些熟悉的人、熟悉的村庄和熟悉的乡俗，情感是那样的真挚，是那样的亲切。

1976年12月，19岁的李万春高中毕业后积极响应党的号召、应征入伍来到西安，成为共和国的一名战士。

新兵训练结束后，作为陕西省公安厅下辖部队的一名士兵，李万春被安排去看管国民党战犯和政治犯。这一岗位看起来很简单，但其实对战士的政治素质、军事技能要求非常高，不能出现半点马虎。在"抓纲治国、抓纲治军"的年代，部队的管理和训练都十分严格，而不甘于落后的李万春始终都秉持着农家孩子肯吃苦、能奉献的本分，对自己的要求更是十分严格，他一心要求超越自我。

部队规定，刺杀训练如果完成3000下并且保持动作不变，就可以立三等功，信心满满的李万春一个动作一个动作地完成，到了2728下的时候，被考官喊停，因为他的姿势有了变化。此后的李万春更加刻苦，在严格的训练过程中让自己成为一名优秀的战士，他把汗水洒在训练场上，让自己的各项技能样样达标，从一名农村孩子，成长为一名合格的战士。

不到两年时间，李万春不仅入了党，而且从一名普通的战士成长为副班长，也成为一名带领着18名战士的加强班的班长。

1978年，在部队开展训练比赛时，李万春班长带的班获得八面军事训练红旗中的七面，从队列、擒拿、射击、公安业务、战术等多方面表现优秀，有领导开玩笑说，"五班长，第八面红旗让一下"。回忆起这段往事，李万春感慨地说："成绩都是干出来的，是一滴一滴汗水浇灌出来的。"

功夫不负有心人。那时候的部队风清气正，只要肯干，只要能出成绩，组织上一定就能看得见。1979年1月，当部队通知李万春去医院体检的时候，他也没想到，这是为他"提干"走程序。从士兵到干部，李万春用自己的汗水和努力，更多的是李万春用他的担当和能力完成了一次质的飞跃，没有"后门"，没有"跑要"，直到组织安排他去宝鸡凤县担任接兵代理排长的时候他才知道，自己已从一名战士成长为一名军队干部。这一次转变，李万春用了不到三年时间。

一名农村青年，从最初向往军营生活到成为共和国的第一批武装警察部队的成员，他懂得，好男儿去当兵。李万春从此就把自己的命运与部队紧紧地联系在了一起，他把自己的一生都交给部队。

# 从士兵到司令

有人说，成功要需要机遇；也有人说，成功要靠奋斗。其实，任何一个人的成功都是个人奋斗加机遇的结果。要不然，李万春怎么能从一名普通的士兵一步一步走到陕西省武警总队副司令员的岗位呢。

李万春是那种一眼看上去就有气场的人，他不怒自威，鼻梁上的那副金边眼镜为他增加了几分儒雅的气息，让他的每一个动作里都包含着举重若轻的力量。但李万春说，从当"兵"到当"官"，"我从不窝囊，窝囊还不如不干"。但这不窝囊就要求他必须自身要十分过硬。我常想，有些人天生就是领导，在少年、青年时代就表现出色，那是因为他们在任何时候都比别人肯付出、敢担当。

"一切都是干出来的。"回想当年的军营生

活，李万春深切地感受到"不苦干、实干，就不会有任何结果"。就是这个"拼命三郎"般的肯干的人从排长到副连，从副连到连长，再到副营、营长，李万春几乎每两年一个台阶在进步。

1990年初，武警陕西省总队成立机动支队，一直以来作为军事主官的李万春被安排去担任支队参谋长，32岁的他成为全省最年轻的副团级干部。

陕北人讲话常常喜欢用"哎呀"两字作为前缀，几十年在外面工作的李万春现在还是这样，他总说："哎呀，那时候的部队，管理真是严格，领导都要以身作则。"

这一个"以身作则"真是不简单，无论在什么样的岗位上，李万春都"以身作则"，对自己高标准、严要求。

担任领导干部以后，各种公务忙得不可开交，可李万春不管头一天忙到多晚，第二天一定会准时出现在训练场上，随战士、干部一起出操，这一习惯一直保持到李万春成为正师级干部、担任省武警总队的副司令，甚至到退休。

1997年1月，组织上调李万春去陕西省武警三支队担任支队长。到任前李万春就知道这个三支队存在很多问题，一直以来是领导的心头病。到任后，李万春作为一把手，作为主官，他依然用他惯常的行为——雷厉风行、刀下见菜，不到一年的时间，三支队的班子问题、作风问题、管理问题等都迎刃而解，第二年便成为全省先进支队，到2003年的时候被评为"全国武警部队十大标兵支队"。

一个团队的成败，往往在于主官，主官的作风就是团队的作风。担任领导干部这么多年，李万春从没有把自己的配车让家人享用，他说只有自己行得端、坐得正，才对干部有说服力，才能管理好部队。这么多年来，部队搞各种工程建设，李万春说他从不插手，他作为一把手应该说有很大的话语权，但他要求属下按规矩办事，不得出现一点点的违规现象。如今，退休了，他说自己是个"穷官"，但穷得坦然，穷得心安理得。

2005年，为适应部队作战要求，武警陕西省总队第三支队和西安支队合并为旅级西安支队，

李万春被组织任命为西安支队支队长，到任后，李万春面对西安支队自1982年武警总队组建以来从未当过先进支队的现状，他带一班人理思路、定目标、真抓实干，仅用了两年时间就把一个后进支队带为先进支队。

2008年，李万春调任武警陕西省总队任副参谋长，此后又担任副总队长（副司令员）。无论在什么岗位上，李万春说他一直都坚持学习，让自己强大起来才能更好地为部队服务。

从士兵到司令，李万春的脚步扎扎实实，他说，自己之所以被组织重用，和他自己长期不懈地坚持学习有关，当然也和他的一身正气敢担当有关。孔子说："君子不重则不威，学则不固。主忠信，无友不如己者，过，则勿惮改。"意思就是说君子的态度不庄重就没有威仪，所学便不会稳固，做人处事要以忠信为本，不会和那些不讲究忠信的人做朋友，自己有了过错一定会勇于改过。工作中的李万春正是这样，自己庄重而威严，对下属严而爱，自己带头做正直的人，做合格的军人。

20世纪80年代中期，已经走上领导岗位的李万春报考了解放军西安政治学院，他利用周末时间去弥补自己的短处，以适应部队发展的需要。

武警部队虽然不像其他兵种要掌握许多新的设备和技术，但也要适应时代发展的要求，要满足国家战略建设的需要。四个寒暑，李万春风雨无阻。有时候骑着自行车去上课被大雨浇得浑身湿透，他依然坚持，坐在教室里认真听4个小时的课程后，衣服也就被自己的身体烘干了。终于，他用四年的时间取得了本科文凭，让自己的理论水平得到很大的提升。

在担任团级支队主官和旅级支队主官及总队副参谋长、副司令员以来，李万春每年都会亲自带队参加黄帝陵公祭和杨凌农高会等这样大型的安保任务，而其他的如国内外元首和重要领导到访西安等重大警卫任务更是不计其数，李万春凭着过硬的素质、精心的组织，在完成2000多次大大小小的任务中从没有出过一次差错。他说，"别人睡了，我还放不下心，一遍一遍地考虑工作安排，充分考虑方案是不是周密，预案是不是到位，地

形勘察是不是详实，组织安排是不是合理。"总之，用心是他对工作的态度。

2011年，已担任武警陕西省总队副司令员的李万春带队驻守西安世界园艺博览会，为"世园会"的建设、开园担负安保任务，这一驻守就是10个月，他随战士一起睡帐篷、守现场，平时很少回家，接待了无数游客和领导的参观，又一次圆满完成了任务，没有出现任何一起意外事故。李万春说：

"这必须要求你的预案做得严谨、详细。"

其实，每一次执行省内外的重大安保任务，都需要主官有足够的细致和耐心，也必须有强大的领导能力，这正是所谓要主官做到"胆大心细"。

对于李万春来说，任务就是命令，有时候，一个任务刚完成，回到家还没喝一口水，新的任务又来了，他又要匆匆告别妻儿，奔赴到第一线参加安保工作。

从士兵到司令的路其实也并非一帆风顺，李万春时时都要面对各种各样的问题需要处理。他对自己带兵经验总结是："主官带，中层传，群体干。"而他带兵的"法宝"是爱兵，虽然平时严厉，但对于下属的成长和进步他时时都要放在心上。战士家里有个什么困难，李万春总是想尽一切办法帮助解决；干部的提拔和进步他第一个想到，而且采用公平合理的方式，为部队选拔、推荐优秀的人才。他说自己从不谋私利，只有自身过硬才能奖罚分明，才会有人服。担任领导干部这么多年来，从没有任何人对他有过举报，上级也总是满意他的工作，因此，在他2008年副师转正师时，组织考察的结论是没有任何瑕疵，在部队规定的年龄到限期前顺利晋级。

2012年，李万春结束了自己38年的军旅生涯，在武警陕西省总队副司令员的位置上退了下来，他说自己无愧于党、无愧于组织、无愧于部队。在外人看来，可以用"战功辉煌"四个字来形容李万春的军旅生涯，他先后8次荣立三等功，其他荣誉不计其数。

一名农家子弟，凭着"踏石留印、抓铁有痕"的工作作风，一步一步走到了军队高级干部的岗位，李万春说他要感谢军队给了他施展才华的舞台，感谢家人对他的支持让他安心工作，让他能为国家奉献自己的青春、汗水和岁月。

## 做人以孝为本

如今退休在家的李万春只安心做一件事，那就是尽孝。

李万春说以前忙工作，愧对于家人。如今老母亲八十多岁，正是他尽孝的时候。

有人说，"如果你受惠于某个人，那么你一定要当面表达谢意。"对于李万春来说，他所受惠的人便是父母、家人，以及他念念不忘的横山高镇李家洼村，这几年的他正用对待母亲的孝表达他要感谢的一切。

几十年军旅生涯的李万春这几年学会了做各种老家饭，他要让年迈的母亲在人生的晚年吃到顺口的饭，过得舒心。

其实，表达孝的方式有很多种，李万春用前半生的成功为父母带来了骄傲，这本已是大孝，而他更不忘在退休之后亲历亲为，用自己的爱表达对母亲的敬重。

一个家族之所以能繁荣兴旺，往往就在于对孝道的传承。李万春坦言，自己之所以在工作岗位上工作出色，在面对父母时亲历亲为，是家族的优良家教、家风、家训对他的影响。当年去参军的时候，李家洼村的长辈们不仅组织了秧歌队为他送行，而且还千叮咛万嘱咐他到部队一定要好好干。

多年前，父亲给李万春的信里总是要他"学习学习再学习、吃苦吃苦再吃苦、努力努力再努力"，他总是记得这些教诲，让"守规矩、肯吃苦、勤学习"成为融入他血液中的基因，也是他干干净净做事、坦坦荡荡为人的根本力量。因此，他对家族、家乡也是一直充满了深深的感情。采访他的时候，他正全力忙着为家族编修家谱的事忙前忙后。

在部队工作的时候，无论是李家洼村的族人还是家乡来的老乡、同学到西安看个病、办个事，只要找到他，他就是再忙也总想办法抽时间去给予帮助。李万春深知，自己内心里对人、对事的态度都源于自己对黄土地的爱，也是他对黄土地养育自己的回报。

一个人的素质可以从许多小细节得到验证。在西安和李万春副司令的几次聚餐的时候，他总是在约好的时间提前到达地点，而且没有一点架子，谈吐间表现得温和而理性。我想，这不仅仅是部队给他的习惯，更是他为人处事的原则。

# 王向荣 以土地为歌

著者：王永利
摄影：李朝阳

王向荣，1952 年出生于陕西省榆林市府谷县。1969 年至 1975 年任民办教师，1980 年到榆林市民间艺术研究院工作至今。著名陕北民歌歌唱家，国家一级演员，文化部命名王向荣为国家非物质文化遗产项目陕北民歌代表性传承人，中国音乐家协会会员，陕西省音乐家协会副主席，陕西省有突出贡献专家，被誉为西部歌王。

1980 年两次走进中南海怀仁堂汇报演出，受到邓小平、谷牧、万里、姚依林等老一辈革命家的接见与宴请。30 多年来曾多次获奖，多次应邀参加中央台"心连心""同一首歌""春节歌舞晚会""春晚"及全国各省市自治区举办的各类大型歌舞晚会。曾出访法国、瑞士、苏联、日本、美国等国家和中国台北、香港地区，受到中外广大观众的高度赞誉。曾在我国台北、香港、人民大会堂、北京音乐厅、青岛举办过陕北民歌音乐会和个人独唱音乐会。

1996 年演唱的《黄河船夫曲》获"96 中国音乐电视大奖赛银奖"（广播电视部颁发）；2007 年，被中国文联授予中国民间文化杰出传承人；2008 年，中国唱片总公司出版发行个人演唱专辑"陕北歌王王向荣"，获第六届中国金唱片奖——民族类男演员奖；2008 年担任北京奥林匹克火炬接力火炬手；2009 年，被文化部命名王向荣为国家非物质文化遗产项目陕北民歌代表性传承人。

曾在央视"艺术人生""人物""魅力 12""正大综艺""实话实说""东方时空""凤凰卫视""鲁豫有约"等知名栏目做嘉宾。被解放军政治学院、中央音乐学院、上海音乐学院、中国音乐学院研究生处开设的西安音乐学院、西安交大、西安石油大学、西北大学现代学院等十多所大学特聘为客座教授，进行音乐讲座、畅谈陕北民歌艺术。

2014 年参加央视春节联欢晚会演唱曲目：《天下黄河九十九道弯》。2016 年参加央视春节联欢晚会演唱曲目：《山丹丹开花红艳艳》。

代表作有《天下黄河九十九道弯》《东方红》《白马调》《五月散花》《拜年》《走西口》《三天的路程两天到》《泪蛋蛋抛在沙蒿蒿林》《满天星星一颗明》《这么好的妹妹见不上个面》《哪哒哒也不如咱山沟沟好》等。

我一直不愿将陕北民歌手简单地归类到娱乐圈，因为我总觉得陕北民歌的唱词中饱含了太多关于生活与命运的诉说，饱含了太多关于人生与土地的庄严，而这生活、命运、人生、土地中又有太多悲苦与艰辛、苍凉与无奈。

在见到被称为陕北歌王、陕北民歌国家级非物质文化遗产项目传承人王向荣以后，我更坚定了这种想法。从王向荣满脸的皱纹中，我似乎能读到他生活阅历中深藏着的艰辛。似乎，这每一道皱纹的背后都藏着无数首的陕北民歌，就像这陕北大地上那无数的沟沟壑壑里流传下来的所有故事一样，总是以艰辛为蓝本，总是以苦难为根基。然而，生活在这块土地上的人却又是如此热爱这苍凉的土地，如此忠诚地对待这片土地给予的一切力量。王向荣正是以这块土地为歌，吟唱着这块土地，走向世界。

这几年，我常常在车里播放中央人民广播电台录制的路遥的小说《平凡的世界》，而每在片尾总能听到王向荣那直入灵魂的歌声："黄河水呀黄土地……"

## 命运跌宕起伏

王向荣的好嗓子来自父母的遗传。"母亲就是我的启蒙老师。"

出生在陕北府谷县马茹疙瘩村的王向荣从小便在父母歌声的耳濡目染下成长。而正是这种来自生活最质朴、底色的歌声，让王向荣走上了一条用音乐征服世界乐坛的道路。

作为陕北民歌的代表性人物，王向荣被冠以"歌王"的美誉，无论是山歌、小调，还是神曲、酒歌，他充满激情的演唱风格都能将陕北民歌的苍凉厚重、高亢激昂表达得淋漓尽致，让听者顿生浸透肺腑、刻骨铭心之感，同时还有令陕北人备觉亲近的乡土气息。那地地道道的原汁原味，演绎着陕北人民对土地的情感与心灵的呐喊。正如著名作家陈忠实先生所说的那样："只有王向荣的歌声，让人有一种惊心动魄、心肠沉痛的感觉。"而著名音乐家赵季平则说王向荣的歌声："就像一坛尘封了多年的老酒，后味非常重，而且那种韵味，应该说是当今陕北民歌很难得的。"

在接受记者采访的时候，王向荣曾说："马茹疙瘩村从我记事起从来就没有上过100人，我的小时候的生活因为村庄的封闭，常常会感到十分寂寞。而越是寂寞，就越发想发泄内心的孤独，唱小调、唱山曲便成了最好的方法。"

在度过了童年无忧无虑的生活后，13岁的王向荣陷入到巨大的生活灾难中——放了一辈子羊的父亲突然去世，让一家人的天都塌了下来。13岁的少年似乎在一夜之间长大，王向荣成了家里的主要劳动力，上山耕地、抓粪成了王向荣成长过程中的主要任务。

为了给家里人过冬取暖，年少的王向荣不得不到村口的小煤窑去掏炭——从小煤窑爬着进去，又爬着出来，身后拖着百十斤重的煤块。这样艰辛的生活带给母亲的不仅仅是对王向荣艰辛劳动的心疼，更多的是对王向荣生命安全的担心。因为村里曾有人掏炭时出了意外，导致瘫痪了半辈子。

面对艰辛生活而毫无办法的母亲只能在王向荣下煤窑掏炭时在院子里堆个小土堆，烧上香、磕着头，求神灵保佑年少的王向荣平安。

"哎呀，我觉得天底下就没有比我再苦的人了。"繁重的体力劳动给了王向荣人生最深刻的一课，也让他在这苦难的生活中蓄积了人生最原始的能量，大概正是这些经历过的苦难与艰辛，让王向荣日后的演唱行腔优美、气势豪放，酣畅淋漓，情感真实。

## 生活是最好的老师

1968年，16岁的王向荣经人介绍成了村里的一名民办教师。

在脱离了艰辛的劳动后，王向荣终于有时间去收集自己热爱的民歌素材，甚至他的教案上也写满了密密麻麻的民歌词曲。但也正是因为对民歌的过分热爱，在王向荣担任民办教师的第六个年头，他的这种"不务正业"成了全县教师会议上批判的对象，家家户户门口的广播里传来严肃的通知："公社通知，公社通知，免去王向荣小

学教师的职务"。

被解除教师职务，重新回家当农民的王向荣依然没有放弃他对音乐的热爱。他在修梯田、挖土、烧砖、放羊、掏炭、打石头等各种各样的营生中积攒着他对陕北民歌的独特体验。

王向荣说，令他难以忘怀的是被称为"歌神"的孙宾——这位出生于19世纪末期一个地主家庭的公子哥儿，自幼喜好民歌山曲，被村人视为异类，但他无论从演唱技法到理论渊源都能娓娓道来。王向荣从这位民歌大师身上不仅学到了集各个品种的民歌、山曲，而且首次从理论上感受到了民歌所反映的民俗、民风和古老文化。

之后，王向荣又拜师于刘二罗和山西的李有狮，走访了近百位民间歌手，把长城内外几个省份流行的山曲、小调、晋剧、秦腔、爬山调、信天游、二人台、漫瀚调都学到了手，做到了信手拈来、随口就唱。

1977年，府谷县组织了22个乡举办文艺汇演，王向荣一嗓子唱得礼堂挤满了人；1978年王向荣代表府谷县参加榆林地区的文艺调演，他用自己曾放羊的切身体验和对生活的真实表达演唱了陕北民歌《五哥放羊》，获得了一等奖；1979年王向荣参加陕西省文艺汇演，再获两个一等奖；1980年，全国部分省区农村业余演出在北京举行，王向荣又获得了第一名。而正是在这次演出后，王向荣被安排到中南海怀仁堂为邓小平等党和国家领导人演出了两场。

这一路获奖下来，让王向荣的生活发生了翻天覆地的变化。王向荣也由一名在土地上操劳的农民成了榆林地区艺术团的台柱子。在后来接受采访的时候，王向荣诚恳地说，最初根本不是为了民歌和理想去追求什么，没那么高尚，只想的是用唱歌的方法把自己从马茹疙瘩村解放出来，只是，这一路他走得异常艰辛。

## 对陕北民歌的担忧

采访王向荣的时候，他总是谈起自己对陕北民歌当前看似繁荣的景象下的担忧。作为目前在世的唯一的陕北民歌国家级非物质文化遗产传承人，作为民歌艺术家，王向荣始终坚信民歌要有自己的灵魂，而这个灵魂其实就是民歌的个性。在当下很多学院派民歌手大行其道之际，王向荣却断言，这样的民歌并不能走得太远。因为它失去了赖以生存的土壤，失去了民歌乡野的原生状态。

王向荣觉得当前的陕北民歌处于一种有高原没高峰的现状，改革开放这几十年来，陕北民歌很少出现精品。

其实，我们常常会看到一种情况，各种改编的陕北民歌大行其道，在王向荣看来这是扼杀民歌生命力的无形杀手。王向荣说他不需要"粉丝"，他只希望把老先人给留下来的最好的东西想办法唱到尽善尽美，把民歌事业传承下去，让更多人了解民歌、热爱民歌。

王向荣说，信天游其实是人们在比较悠闲的生活中产生的一种传递思想情感的音乐形式，在不断的传唱过程中又产生了新的碰撞，触动了更多人的情感神经，一代一代积累、传播，形成了陕北人独特的民歌艺术形式，这些民间的艺术形式在多次的交融后给了民歌更加独特的文化魅力。"陕北文化中既有汉民族传统的底色，又加入了多民族交融的元素，形成了雄浑、博大的特色。"王向荣说起各个民族的文化、音乐特点如数家珍。

而现在，王向荣更加强调民歌艺术家要从土地里去寻找灵魂，"多少年我都能梦到母亲的出生地，今天早上我还念叨起当年在外婆家的大炕上睡下时候的情景。这就是说要不忘初心、不忘土地、不忘记这里的人。不仅仅是作为歌手，各行各业的人都应该有土地情结。"

如今，外婆家的院落已经荒芜，虽然没有了小时候的感觉，但王向荣说他每次回到这里还能找回曾经熟悉的生活，每一次都能让他沉下心来，知道自己的使命和责任。

从2008年开始，王向荣到现在共收了10个徒弟，他对弟子的要求不仅仅是有音乐天赋，更多是要求他们爱陕北、爱这块土地，做个好人，弘扬正能量。"不是你把音飙得多高，也不是你获得了几次奖，重要的是要在生活中寻找根源，要心入、深入、身入。"因此，王向荣对弟子们的要求只有"唱好歌、把歌唱好；做好人，把人做好"这么简单的几个字。

# 施润芝 半生耕耘黄土地

著者：王永利

摄影：李朝阳

施润芝，1945 年 9 月出生于北京，1963 年在北京读完中学后考入西北工业大学。1969 年到陕西省军区大荔农场参加劳动锻炼。1970 年 5 月分配到榆林地区大修厂担任技术员，1973 年至 1980 年在榆林地区工业局、农业局担任干事、副科长；1980 年 9 月至 1983 年担任榆林地区经济委员会生产技术科科长；1983 年 9 月至 1989 年 8 月担任榆林地区计委主任；1989 年 9 月至 1992 年 12 月担任中共榆林地委副书记；1993 年 3 月到 1995 年 8 月担任榆林地区行政公署专员；1995 年 9 月至 2005 年 10 月担任陕西省政府副秘书长兼陕西省政府驻北京办事处主任。其中，1985 年 9 月至 1986 年 8 月在中央党校进修一年。

本来，出生于北京的施润芝与陕北毫无关系，可命运却将他人生中最灿烂的年华与陕北紧紧地联系在一起，让他在陕北成长、成熟，并成就自己的事业。

2017年隆冬时分，在位于北京南三环施老温暖的家中，施老向我和朝阳翻开他人生的记忆，在他的叙述中我们一起回到陕北，回到历史的尘烟中。

从施老的叙说中，我有一种感受，那就是本不是陕北人的施老却比一般的陕北人更懂陕北，那是因为他长期在陕北工作，并在后来担任重要的领导职务——从榆林地区大修厂的技术员到地区经济委员会的生产科长，从榆林地区计划委员会的主任到地委副书记、行署专员——正是这样的工作经历让他能够深入基层又高屋建瓴，对陕北有着透彻的理解和认识。大概正是因为懂得，因为理解，也让他爱上了陕北，让他把自己的才华、智慧和热情以及大半生的精力都奉献给了陕北，奉献给了黄土地。

## 经历"文革"岁月

1963年，17岁的施润芝高中毕业参加高考。因为成绩优异，所以让他自信满满。尽管当年的高考招生录取率只有1%，但他报考的第一志愿就是清华大学。他心仪这所著名的学府，他的成绩也超过了当年清华大学的录取线。然而，学校却希望他将来投身于祖国的国防事业，动员他报考远在西安的西北工业大学，就在这一年的八月，施润芝收到了西北工业大学航空自动控制系的录取通知书。从此，施润芝的命运就与陕西、与陕北紧紧地联系在一起，也开始了大半生耕耘黄土地的岁月。

进入大学后，学习紧张而又忙碌。在国家人才短缺，尤其是军工人才奇缺的年代，施润芝夜以继日地沉浸在知识的海洋中，他希望自己能学有所成，用知识报国，实现自己的人生价值。然而，上大学三年后开始的"文化大革命"却让校园不再平静，"象牙塔"也成了"革命"的"战场"。

1968年，五年的大学生涯结束后，施润芝被安排到陕西省大荔县两宜公社的农场参加劳动锻炼，向黄河要地，筑坝围田，接受工农群众再教育。艰苦的劳动留下很多深刻的记忆，如火的青春在泥浆与汗水中得到淬炼。

## 扎根黄土，服务榆林建设

在等待分配工作的日子里，大学毕业生施润芝也想过回北京，但命运总不由自己安排。1970年初，施润芝被分配到榆林地区大修厂，成为一名技术人员。当时的榆林大修厂虽然规模不大，装备水平不高，但却是榆林地区最大的机械工业企业，因此聚集了一批来自清华大学、北京航空航天大学、西北工业大学、西安交通大学等全国知名学府的十余位大学生。时任大修厂党委书记的郑宏科是一位十分开明的党委书记，重视知识分子工作，放手让这些来自大学的年轻人干。施润芝在厂里拜工人师傅为师，努力掌握各种机械加工技术，和工人师傅们打成一片，开展了多项技术革新，得到了领导和工人群众的认可。

20世纪70年代的榆林经济社会发展比较落后，生活条件艰苦。初来乍到语言也不通，和同事的沟通常常闹笑话，他甚至会把吴堡籍工人师傅说的"大烩菜"听成"大坏菜"。面对这样的环境，当时的施润芝也想过调走，但因组织不同意而作罢。施老说还是既来之则安之吧，从小就肯吃苦的施润芝还是兢兢业业地在本职岗位上把各项工作完成得很好。1973年，榆林地区工业局长点名要施润芝到局机关去工作，学技术出身的施润芝本来不愿去，他还是喜欢与技术打交道，他不愿意自己从事行政工作，但个人必须服从组织的安排，施润芝从此在具体负责机械工业管理的同时对煤炭、电力、机械、化肥、纺织等不同的行业也有了一定的了解。局领导的放手和言传身教，同事们的榜样，使他的行政工作能力得到了历练和提高。

20世纪70年代中期，陕西省准备在全省普及推广手扶拖拉机，贯彻落实毛主席早在1959年就提出的"农业的根本出路在机械化"的方针，提升陕西农业的生产水平。省上组织了十个地市工业局的同志到河南、湖南、广西等地考察农业机械行业，尔后又在全省开展以地市为单位的手扶拖拉机会战。经过一年多的努力，榆林地区十四个机械工业企业按照地区工业局制定的会战规划和各项计划，分工协作，凭着"蚂蚁啃骨头"的精神，在全省率先生产出手扶拖拉机，并在全省机械工业会议上介绍经验。施润芝作为会战的具体负责人，和同事们一道做了大量的组织、规划、计划、协调、落实工作，使机械工业基础薄弱的榆林还真的把这个手扶拖拉机给搞了出来了。事业是干出来的，只要肯钻研、肯付出，一定会有收获的。1977年，施润芝被调往地区农机局生产技术科工作。在榆林这片土地上有了自己事业的施润芝逐渐爱上了这个地方，而且他在榆林娶妻安家，落地生根，成为陕北女婿，成为真正的陕北人。

1980年，由于工作出色，经经委负责同志建议、行署领导协调，施润芝调到地区经济委员会的生产技术科担任科长。这一年，施润芝仅34岁。"那时候风气正，只要工作出色，领导就会重用，没有人会跑官要官。"回想在榆林工作的年代，施老说，总体上看，干部的使用是看人品、看能力、看业绩，施老十分感慨当年社会风气的清正。

## 高屋建瓴，谋划榆林蓝图

1983年，国家实行机构改革，要求领导干部"革命化、知识化、年轻化、专业化"。学历高，而且既在政府部门从事过管理协调工作，又在基层一线有过实践经验的施润芝被组织上任命为榆林地区计划委员会主任。从科级干部一下子跨越到处级，对他也提出了新的挑战。"当时很多干部都是这样被提拔上来的，组织主要在'四化'

的前提下看能力、看水平，唯贤是举，用人大刀阔斧。"计委是全区经济和社会发展的参谋、规划实施的重要部门，作为一把手的施润芝既搞宏观又搞微观，宏观抓规划，微观跑项目。就在施润芝担任计委主任伊始，国家就开始了对神府煤田的考察、勘查、规划和开发。在地委、行署的领导下，计委的主要任务要紧紧围绕榆林的发展思路和社会经济发展的现实问题展开工作。他和计委的干部既要为煤田的开发争取地方利益，又要搞宏观规划，还要推动具体项目的报批、建设，忙得不可开交。我相信，这一时期的工作经历必定成为他日后担任掌管全局的行署专员打下了良好的基础，培养了着眼宏观的能力。

在榆林地区计委主任的岗位上，施润芝一干就是 8 年，这期间也是榆林的开发开始逐渐起步的阶段。作为计委主任，施润芝亲历并见证了榆林煤气油资源开发从开始起步到发展的重要历程。当时的榆林没有铁路，没有民用机场，也没有高速公路，基础设施落后，至今，施润芝依然记得他和时任常务副专员的刘壮民到国家民航总局跑机场项目的情节，没指标、没计划，他们在中央有关部委汇报，为榆林的发展争取机会，终于，国家民航总局拨款 1400 万专项用于榆林机场的建设。这一机场的建设、航线的开通为榆林的发展，尤其是为神府煤田的开发打开了对外交往的高速通道，随着各项基础设施的展开，奠定了榆林后来起步、腾飞的基础。

1985 年上半年，国家计委成立精煤公司筹备处，要榆林和内蒙的伊克昭盟（今鄂尔多斯市）派员参加筹备工作。榆林地区行署便委派熟悉情况的施润芝到北京参与筹建工作，期间根据国家计委黄毅诚主任的指示，代国家计委给国务院起草了"关于成立中国精煤公司的报告"，代国家计委给国家工商总局起草了"关于注册成立精煤公司的报告"。"中国精煤公司"的成立对被称为"中国的科威特"的榆林来说是一件具有里程碑意义的大事，从此，榆林的发展走上了一条全新的道路。

1989 年，从陕西省计委挂职 8 个月回来的施润芝被任命为榆林地委副书记，他要在更高层面

上发挥自己的智慧服务于榆林的建设和发展。

1992 年，按照中组部的安排，陕西和山东的干部实行互派干部交流挂职，促进西部落后地区解放思想，转变观念，加快发展。施润芝被委派到济宁市担任副市长，他深知责任重大，带领挂职团队深入济宁"市县厂矿企"，以及广大农村，进行调研学习，同时寻找对接项目，并时刻关注着山东全省改革开放的新理念、新思路、新办法，带领挂职干部到胶东发达地市考察学习，取得了丰硕成果。施老说，近一年的挂职，感觉自己的思想观念发生了巨大的变化，"收获真大啊。"在此期间，他对山东全省改革开放的新观念、新经验、新做法作了较为全面的总结，并专门返回榆林，在全区"三干会"上作了全面介绍，对推动全区上下思想解放、观念转变起到了很大的作用。同时他还写了《一个挂职副市长的体会》的文章，被发表在《老区建设》杂志上，为老区的改革开放发展添砖加瓦。

为了彻底改变榆林北部风沙草滩区农村贫穷落后的面貌，也为了适应正在兴起的榆林能源大开发的局面，配套建设农副产品生产基地，已迫在眉睫，为此，榆林地委、行署实施了风沙草滩地区 60 万亩井灌工程重大农业项目，施润芝作为项目主抓领导之一，在做好开发规划的基础上，多次进京向国家计委、国务院农业开发办的领导汇报，与具体司局协商，争取更大更多的支持。在此期间，施润芝还经常深入沙区检查开发进度和规划落实情况。经过地、县共同努力，在短短的三五年内，榆林贫穷落后的北部风沙区发生了巨大的变化，沙区农民生活有了根本性的改善。

1993 年，施润芝出任榆林地区行署专员。施老说："组织上、领导和同志们的信任，全区上下改变贫穷落后面貌的迫切愿望，以及历任领导班子一任一任接力式的不懈努力，始终激励着自己。"面对全地区 12 个县全是国家级贫困县的现状，施润芝每天思考的主要问题都是如何解决农民的温饱问题；如何让财政尽快盈实起来，不再拖欠干部工资；如何加强农村经济建设，而且每年还都要操心闹灾荒的县、乡安排好救济粮、救济款、救济物资的发放。更重要的是，在国家主

导开发神府煤田的背景下，如何最终解决榆林的发展与出路问题。

在榆林工作了整整 25 年的施润芝把自己的青春和汗水挥洒在黄土高原上，他把自己的青春和智慧奉献给了榆林人民，至今，许多人都还记得这位儒雅厚道、沉稳大气的行署专员，也记得他为榆林人民所做的一切。

## 身居京城，心系榆林发展

1995 年 8 月，施润芝调离榆林，出任陕西省政府副秘书长兼陕西省驻京办主任，他告别了榆林，告别了陕北，回到阔别已久的自己的家乡北京。但他始终都在关注着榆林、关心着榆林。他说是榆林这块土地滋养了他，让他收获了爱情，并且一步一步走上了领导干部的岗位，榆林是他的第二故乡。

采访施老的时候，他说："榆林是个好地方，榆林民风淳朴，人民善良，资源丰富，发展无可限量。"今天，他依然对榆林、对陕北饱含深情，他说自己在榆林遇到了一批好领导，一批好同事，陕北人的大气、豪情给了他最难忘的回忆。

退休后的施老还一直关注着榆林，关心着榆林，退休后还经常回到榆林，看到榆林日新月异的变化，感到非常高兴。施老说希望榆林能够着眼于长远，抓好长期规划，实践上要不断优化产业结构，提升经济发展素质，坚持走可持续发展的道路。他相信，榆林的明天一定会更加美好。

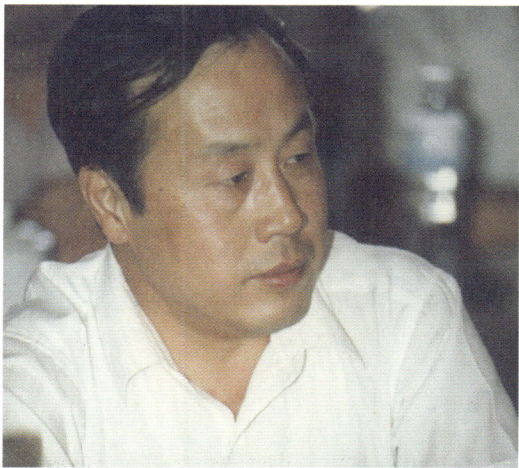

龙云，笔名垄耘，教授、作家、著名文化学者，陕西横山人；现为中国作家协会会员、陕西省作家协会副主席、榆林市作协主席、陕北文化研究会会长；曾担任榆林学院中文系主任、教务处长、榆林学院副院长和榆林职业技术学院院长以及榆林市文联主席、《陕北》主编、《陕北文化研究》主编等职务。先后在《人民日报》《人民文学》《中国作家》《文学评论家》《当代文坛》《小说评论》《延河》等发表学术论文、文学作品 300 多万字。出版有《点击文学》《信天而游——陕北民歌考察笔记》《说陕北民歌》《老榆林》《文外余序》《女人红》等作品。早在 20 世纪 90 年代初期，他第一次提出"陕北文化"概念后，坚持并实践，让这一文化现象逐步得到了海内外学术界的认同。

# 龙云 陕北文化擎旗人

著者：王永利
摄影：李朝阳

当怀东哥帮我们约好龙云老师，说龙云老师同意接受我们的采访后，我立即驱车从延安赶往榆林。一路上我都在计算着时间，我担心龙云老师和怀东哥他们等得太久，我也在一遍一遍地想象着即将要见到的这位著名的文化学者、作家是个什么样子。医为我经常拜读他关于陕北文化的各种著作，但始终无缘得以一见。

终于，午后一点多，我们赶到约好的地点见到了龙云教授，他的温和以及从内到外透露出的儒雅之气一下子就让我释然很多，我心中的愧疚也稍稍减轻了一些。我相信，龙云教授的儒雅与温和是长期在文化领域的研究所浸染给他的一种修养，是孔子所追求的"仁"与"礼"在他身上的具体体现。

我敢说，对龙云老师的采访是我这些年最独特的一次采访经历，整个采访过程中我只问了一个问题——"您的身份定位究竟是教授还是作家呢？"

"腹有诗书气自华。"龙云老师没有直接回答我的问题，而是从他这些年所研究、写作的领域谈起。因为胸中有"货"，一个下午，他对陕北、对陕北文化的讲述令我入迷。龙教授引经据典，信手拈来，他对陕北文化的热爱，不仅让他成为一名知名的文化学者，成果累累；还让他产生了创作的激情，成为一名著名的作家，著作颇丰；也让他官居厅级，为一隅谋全面发展；而且让他学成教授，培育万千桃李芬芳。

这时候，我就明白，"身份"已经并不重要，重要的是龙云老师的作为——他把自己的才华和智慧全都奉献给陕北这块土地，成为"陕北文化"的擎旗人，用他的文字和思想点燃陕北文化的火把，给这块土地上的人找寻到文化自信的依据，让这块贫瘠的土地拥有了无比富饶的精神土壤。

## 敏而好学，不耻下问，是以谓之"文"也

1957年出生于陕西省榆林县横山区的龙云在成长的过程中正赶上了"文化大革命"，学校的教育基本处于瘫痪的状态。但因从小受父亲的影响，龙云十分喜欢读书，家里人也支持他上学。15岁那年，他曾一个人背着铺盖卷走几十里山路到高镇中学去上学。

饥饿是那个年代的主题，正长身体的龙云也曾和一些同学半夜里不睡觉，在学校周围收割后的田地里搜寻着一点可怜的吃食。然而就是在这样的环境中，龙云仍然坚持着读书，他从书中找到自己人生的乐趣。

1974年，高中毕业后的龙云曾担任了三年的民办教师。那时的他就养成了一个习惯——只要看书就记笔记，少则几十字，多则几百字、上千字，三年下来，龙云的读书笔记写满了十几个笔记本，这正是所谓的"不动笔墨不读书"。

我经常会遇到一些年龄稍大的人说起自己上学时正经历动荡的年代，对没有接受过正规教育而遗憾。但我想说的是，当你改变不了过往，改变不了大环境的时候，首先要从改变自我开始，学习是个需要始终保持激情的事，如果你像英国作家王尔德所说的那样："We are all in the gutter, but some of us are looking at the stars."（身在井隅，心向璀璨）那么，命运必将为你开出灿烂的花朵。

龙云正是这样的人，学习、读书是他不可或缺的生命的全部。

1977年，龙云第一次去参加高考，本来一向成绩优异的他已经达到陕西师范大学的录取分数线，但因体检时身体原因导致学校录取后又退档。

1978年再考，又超出录取线很多，但依然因为身体原因被弃档。

1979年，每年都考出好成绩的龙云已经颇有名气，当龙云的高考成绩再次上线后，时任横山中学校长、横山县招生委员会主任的黑义忠专门为龙云和另外一名成绩优异的同学召开了会议，他请来县医院的大夫，让大夫在体检报告中什么也不要写，"出了事我负责，国家正在用人之际，这什么也不影响，身体状况本来就很好，为什么要浪费这么优秀的人才。"就这样，在家里放羊、砍柴的龙云被绥德师院（今榆林学院前身）录取，成为中文系的一名大学生。

有了这样的学习平台，天资聪颖的龙云更加

刻苦学习，也开启了他与文化这个宏大的课题打交道的开端。

大学毕业后，龙云留校任教。但龙云似乎不甘心于就此止步。1988 年，龙云考入华中师范大学中文系，成为榆林学院当时培养的第一个研究生。从此，真正为龙云建立了一个学术上向上的通道，他的视野和格局也在这期间真正被打开。

读研究生期间，善于思考的龙云写出了《文学评论自觉与不自觉》一文，被《文艺报》文学评论版头条刊发，让同龄人羡慕不已。尔后，他又在《文艺报》上刊发了整版的学术理论文章，名气日益增大，成为文艺评论界一匹年轻的"黑马"。

我相信，这一切都是才华加勤奋所换取的成果，是对龙云先生钟情于学术研究的回报。

## 知之者不如好之者，好之者不如乐之者

龙云老师曾在一次讲座中说："我对陕北文化的爱是发自内心的。"这让我想起了《论语·雍也》中的那句话："知之者不如好之者，好之者不如乐之者。"意思是说，对某一件事情"懂得的人不如喜爱的人，喜爱的人不如以此为乐的人"。

生在陕北、长在陕北的龙云先生对陕北的爱正是发自内心的一种自觉动力，而他对这种爱的表达方式就是用他长期以来不断地通过研究、论述，并以极具专业水准的论文、专著等作品来呈现的。

研究生毕业后，龙云先生回到榆林学院担任老师，经过几年的思考与探究，他在 1993 年写下了《试论陕北文化》一文，被发表在《陕西日报》上，

这是学界第一次提出的关于"陕北文化"的论述，让"陕北文化"这一极具魅力的文化命题走入理论界，走入公众的视野。榆林学院的领导激动地说，"这才是真正的好文章啊，你要坚持研究下去。"

可以肯定地说，是龙云老师的《试论陕北文化》为陕北这块土地找到了自己的文化坐标，让陕北文化与齐鲁文化、岭南文化等地域文化一起成为学术界关注的对象。当时，龙云老师的这篇文章被全国30多家报纸、杂志转载。时任《光明日报》总编辑看到这篇3000多字的文章后当即准备刊发，没想到却被《人民日报（海外版）》抢先刊发。应该说，这篇并不很长的文章第一次给"陕北文化"建立了理论框架，为学界开启了一个全新的课题。

随后，龙云给《中国青年报》撰写了《毛泽东与陕北文化》一文，被《中国青年报》全文刊发，而且被评为该报当年的理论好稿。这篇文章还被《中国教育报》全文转载。

此刻，龙云意识到，由他提出的"陕北文化"的魅力已逐渐被世人认知。他说："中国文化的四大元素（长江、长城、黄陵、黄河），陕北就占了3个，而且毛泽东在陕北的13年，奠定了新民主主义革命的基础。"陕北是个神奇的地方，

在长期的历史进程中，不断吸收和融合了外来文化，形成了多元、独特的文化形式，这正如陕北这块土地的包容一般，文化也呈现出包容的特色。

随着研究的深入，龙云有关陕北文化的著作不断出版、发表，并使"陕北文化"这一课题成为陕西省重点学科。

2012年，龙云教授的专著《信天而游：陕北民歌考察笔记》出版后，引起了极大的反响，被读者评为"三秦文化畅销书"。

文学博士康长青在《为陕北民歌立传——评〈信天而游：陕北民歌考察笔记〉》一文中这样写道："民歌是一种人类母体性的精神文化，是一个民族最重要、最具代表性的文化遗产，也是该民族最宝贵的文化记忆。作为陕北文化的'百科全书'和陕北的'身份证'，陕北民歌原生于陕北地区并以此为核心流行区域。它数量繁多，传播广泛，影响深远，在中国家喻户晓，亦称誉于世界。"

康长青博士认为，"从1980年代迄今的十几部研究书籍一路开拓前行，共同推动了研究，但大多视角单一，长于梳理，内容较薄，学术性理论性弱，很难谈得上研究的全面深入性、系统性及必要的复杂性。龙云先生的《信天而游：陕北

民歌考察笔记》，从文化地理学等多学科交叉视角进行解读，是不可多得的重要收获，具有里程碑意义。"

是的，龙云教授以陕北本土成长起来的文化学者的姿态，用自己的专著向世界展现着陕北文化的魅力，他不仅仅写有关民歌的理论著作，他对陕北的民俗、礼仪等社会活动都有自己独特的研究角度，他对陕北民歌、剪纸、丧葬以及过年民俗等都有研究，他在为自己热爱的这片土地做虔诚的书写者和记录者，他用自己的不断探索，为这片土地立传。

# 学而不思则罔，
## 思而不学则殆

在这个世界上，凡是有所成就的人总是要比常人付出更多。我很惊叹于龙云先生的成就——他长期以来不仅在一线从事着教学活动，又还担任着学校的领导，他从榆林学院的中文系主任到教务处长，再到副院长，尔后又担任了榆林职业技术学院的院长，从事着行政管理的工作，但这似乎从没有影响他的研究和创作。我以为，这不仅仅是龙云老师的天赋，更多的是他日积月累的辛勤付出，是他在读书、学习和思考的过程中勤于总结、善于总结的结果。

这些年来，他发表、出版了300多万字的作品，其中不仅包括《点击文学》《信天而游：陕北民歌考察笔记》等这样的学术著作，还有长篇小说《女人红》等文学体裁的作品。

2015年，经8年时间构思和创作后完成出版的《女人红》甫一面世，就在全国引起强烈的反响。陕西省作家协会副主席李国平认为，"龙云把他对陕北文化地理的研究理解提升到了一个新高度。"而著名评论家王鸿生则认为，"《女人红》是一部探索性很强的作品，他在探索怎样重新叙述这段历史，用一种什么样的方式来构建自己这个叙述者和这段历史的关系"。

《女人红》这一长篇小说真实地还原了20世纪初陕北"闹红"的历史，作家龙云将人物命运与宏大的历史进程连接融汇，他不仅用生动的语言、丰富的细节构建起一幅陕北地域文化全景图，同时也呈现出民国年间陕北立体的社会结构形态，是一部厚重的革命历史题材佳作。

著名作家贾平凹为这部小说写下这样的话，"陕北的女人叫兰花花，陕北的女人像山丹丹。她们居家能剪窗花，她们出门敢于'闹红'……她们敢干，能恨，会爱……很好看，很耐读。"

而中国作协书记处书记阎晶明则说，"《女人红》以风格特别鲜明、人物形象特别鲜明来评价龙云的作品。

著名评论家雷达认为，《女人红》是一部人文含量很充足，文化底蕴很深厚的小说。它几乎囊括了近代陕北史上的重大事件作为背景，写了这片土地近百年的风雨沧桑，并很自然地糅为了一体，这恰恰是先前一些小说家没有的，"这是作者长期研究陕北史形成对小说的一种渗透，从而形成和别的小说完全不同的品质。作者的叙述有民间的故事，民间的眼光，民间的韵味，我觉得这是他的另外一个艺术特点，还有他的传奇色彩，信天游的巧妙运用，使它产生了一种如同叙述诗的风格。"

2017年10月，龙云先生的长篇散文《赶牲灵》发表在《人民文学》上，这成为龙教授退休后创作的又一高峰。这一作品的发表带来极大的影响，让陕北文化中最靓丽的名片再一次展现在世界的面前。

如今，退休的龙云老师是退而不休，他一方面担任着陕北文化研究会会长、陕西省作协副主席等社会职务，另一方面又在酝酿着将自己的思考和激情倾注于脚下这片他始终热爱的土地，把阅读和创作当成自己的主要任务，以思考者、研究者、创作者的姿态，用自己手中的笔写下文字，为弘扬陕北文化奔忙，为陕北这块土地立传。

我相信，当所有的东西都随着时间的推移化作云烟的时候，唯有文化会流传千古，唯有文化会成为人类的集体记忆，那我就一定相信，对陕北文化付出自己半生辛劳的龙云先生将被载入史册，因为他已经成为这块土地的代言人，他为这片土地系统地梳理了自己的文化内涵，并成为令世界瞩目的文化体系。

# 高仲胜 志不达者智不达

著者：王永利
摄影：李朝阳

　　高仲胜，横山高镇人，1972 年高镇中学初中毕业，1973 年到横山县工程队参加工作，1990 年调入华能精煤大柳塔矿任劳动服务公司副经理兼土建队队长，1994 年被评为陕西省优秀青年企业家。1994 年调到神华集团神府多种经营建安公司任经理，1996 年 1 月升任神华集团神府多种经营公司副总经理，1998 年，神华集团神府公司和神华集团东胜公司合并为神华集团神东公司后，任神华集团神东多种经营公司房地产公司经理，2000 年至 2005 年任神东多种经营公司驻榆林办事处主任。现任榆林胜利集团公司董事长。

在我这里，或者说在我的许多高镇老乡眼中，高仲胜的名气丝毫不会比"福布斯"榜上的那些富豪们逊色，这倒不仅仅是因为"福布斯"榜上的那些人与我们遥不可及，而高仲胜则是同属家乡人的缘故，更多的是因为尚在我成长的少年时期，高仲胜便如同"神话"一般在小理河川存在，其名声总是让许多人羡慕。而且，几十年来，高仲胜的名气如同他的财富一样，不断地增长。

原本，我以为像高仲胜这样"不倒翁"一般的"富豪"一定是自信满满，人生辉煌，可没想到采访的时候他却说，"我以前是个很自卑的人，即使在有了千万家产的中年时期，还觉得自己不如别人。"

我理解他的"自卑"，他所谓的"自卑"一定不是他觉得钱比别人少，而是因为骨子里有一种自尊，有一种希望向上的愿望，内心里有一种对自己使命的驱赶。

我们经常看到成功者的辉煌，但并不知道成功的人在通往成功的道路上所经历过的磨难。其实，每一个成功者的背后，都装着一肚子的辛酸，都装着一部自我成就的奋斗史，翻开这些往事，便成为了别人励志的榜样，这正是"京华陕北人"希望传递的信息。

## 吃得苦中苦，方为人上人

1956 年出生的高仲胜是横山高镇人，在高镇中学读完初中后，他成为县建筑公司的一名合同工。

中国社会历来三六九等，即使同在一个单位，作为农民合同工，高仲胜的地位比那些"师傅"们要差很多，活最累，钱最少，但他干什么都很积极，干什么都不偷懒。

今天，身家过亿的高仲胜在接受采访时甚至站起来比画着当年他拉大锯时卖力的情形。其实，何止拉大锯，干什么他都很卖命，从不省力气，"只为了熬个好威信，不想回家种地"。高仲胜的吃苦精神都感动了他父亲，他的父亲曾对他的母亲说："看着 19 岁的孩子所受的苦，心都动弹。"

当时，高仲胜的父亲也在县城工作，担任县印刷厂的负责人，可每天都等不到儿子回来吃晚饭，晚上十点后才能见到儿子，这让父亲心生怀疑，甚至有些担心，想去看看他究竟在干什么。

那一晚，当父亲推开高仲胜工坊的门的时候，才知道只有高仲胜一个人在横山县车队的木工房里挥汗干活，学习木工技术。父亲看到了儿子上进的心，看到了一家人眼中的"宝贝疙瘩"竟然能这样肯下苦卖力，懂得用自己的努力去帮助家里解决问题，去用自己的付出为家庭支撑一片天。

"那时候交通不方便，从横山到高镇有 70 公里的路，有时候是舍不得买车票，有时候是买不到车票，那就在过年前爬碳车回老家，坐在敞开的卡车兜里，等到了高镇后，双腿都冻得站不起来。"回忆起那种冷，今天的高仲胜表情异常复杂。

贫穷对于有些人来说是灾难，可对于有些人来说是一种考验。对于高仲胜来说，曾经的贫穷成为他人生中励志的财富，他内心里始终在想着一件事，"必须通过自己的努力去改变命运"。

还是学徒的高仲胜他们县建筑公司在承建他父亲所在的印刷厂项目的时候，高仲胜大夏天的中午顶着烈日从砖窑一个人往工地上拉砖。他说自己就是想多挣点钱给家里，改变一下家里的环境。

一个人年轻时候的付出，一定会感动上苍，为他带来好的运气。

26 岁时，已逐渐在单位上有了一些威信的高仲胜利用建筑公司冬闲的时间自己承包了城关小学的一批课桌椅的加工，为了节约成本，高仲胜每晚上都住在一间不生火的窑洞里，整夜冷得连腿都捂不热。而且，父亲给他拿来的米他都节省着吃，多喝些稀饭，少吃稠的。那是因为家里光景并不好，省一点就可以为弟弟妹妹们多留一点。

"那个冷和冻给了我很深的记忆，那会儿的天怎么就那么冷呢？"今天，在宽敞明亮、温暖舒适的办公室里接受采访的时候，高仲胜依然唏嘘不已。

真是吃得苦中苦，方为人上人。当贫穷给了高仲胜人生的第一课后，让他学会了自我救赎，自我奋斗，他也学会了用坚强两个字面对自己的人生。我坚信，人不立志，上天是不会眷顾你的。

而高仲胜后来的发展道路告诉我们，"故天将降大任于斯人也，必先苦其心志，劳其筋骨，饿其体肤，空乏其身，行拂乱其所为，所以动心忍性，曾益其所不能。"

## 人生的每个阶段都应有 属于自己的"纪念碑"

如果说 26 岁之前的高仲胜靠吃苦而赢得大家的信任的话，那么 26 岁之后的高仲胜则开始靠为人、靠技术成为单位里的核心人物。

彼时的他凭着能干和肯干，已经能够在单位上独当一面，30 岁就成为县建筑公司工程队队长的高仲胜带着队伍在横山修起一座又一座的建筑。

榆林农专、高镇供销社、横山县农副公司……当建筑项目一个接一个地完成后，随着社会的进步，根据建筑设计要求，工程难度越来越大，尽管高仲胜当时已经能够熟练地使用各种设备、技术，但高仲胜依然感觉自己掌握的知识还是有限。

1987 年，31 岁高仲胜参加了陕西省建设厅举办的施工培训班。

已经离开课堂很多年的高仲胜这一次是真心地用心去学习的，"看图纸，配钢筋"，建筑领域的许多名词在高仲胜的头脑中形成了系统的知识，我相信，这也为日后当老板、做企业打下了坚实的基础。

在修建横山县农副公司的大楼时，高仲胜带领的队伍创造了许多记录，工程不仅质量很好，而且速度又快，引起一时的轰动。说起这段往事的时候，高仲胜看上去非常自信。

这让我想起路遥在《平凡的世界》第三卷中描写孙少平向田晓霞说起他要在双水村修几孔新窑洞时的情景，"在农村箍几孔新窑洞，在你们这样家庭出身的人看来，这并没有什么，但对我来说，这却是实现一个梦想、创造一个历史、建立一座纪念碑。这里面包含着哲学、心理学、人生观，也具有我能体会到的那种激动人心的诗情。当我的巴特农神庙建立起来的时候，我从这遥远的地方也能感觉到它的辉煌。"

其实，生活中的高仲胜也如同孙少平那样，

自己稍有起色就懂得了为家庭的付出。25 岁的时候，他就拿自己赚的钱帮着家里修起了五孔窑洞，26 岁时候又修起了四孔窑洞，在农村完成了家庭居住环境的极大改善。一个男人，当他懂得为家庭的建设付出的时候，就是开始了他自己作为男人的担当和责任，也是自己走向成熟的标志。

也许，每个人在每个阶段要完成的使命和所要树立的"纪念碑"各不相同。我想，那些矗立在大地上，由高仲胜他们一块砖一块瓦建立的建筑物正是高仲胜在不同阶段给自己树立起的"纪念碑"，每一座建筑里都蕴含着一名农民合同工到亿万富翁的人生记忆。

## 眼光决定未来， 管理产生效益

20 世纪 80 年代后期，随着国家对神府煤田的开发，大柳塔成了陕北人理想的淘金地，"那时候道路不好，从横山到大柳塔要走整整一天。"但希望能够更好地发展的高仲胜很早就来到大柳塔，承包了一个又一个项目。我想，成就一个人的因素有很多，但勇气是必不可少的，心有多大，舞台就有多大。

在大柳塔承接的一个又一个的项目也为高仲胜带来一笔又一笔的财富，他凭着有效的管理和过硬的质量打造出一支可靠的队伍，1991 年的时候，高仲胜的个人财富已达到百万以上。

神东公司的领导看到高仲胜的管理能力和为人的原则后，有意邀请高仲胜到神东公司来工作，请他担任负债 50 多万元的大柳塔矿劳动服务公司的经理。高仲胜不负众望，两年时间就还清了劳动服务公司的欠账，还把上级公司总务科的业务并入劳动服务公司。

从横山县建筑公司调入神东公司后，高仲胜肩上的担子越来越大，但他总是凭着勤奋和好学克服了一个又一个难题。

高仲胜是个敢担当，很有执行力的人，在担任劳动服务公司经理的时候，高仲胜被委派去筹建水泥厂并担任总指挥。1993 年 3 月开始筹建，到年底水泥厂就实现了投产。时任陕西省委书记

张勃兴带着榆林地区的多位县委书记视察水泥厂后高兴地说，"这就是陕北的深圳速度"。

其实，不管领导肯定不肯定，高仲胜认定一个原则，"事业是干出来的"，不仅要肯干，还要会干。刚开始涉及煤炭行业的时候，一直以来做建筑的高仲胜基本就是个门外汉，但善于做调研、善于做分析的高仲胜很快就理清了头绪。

1994年，高仲胜被评选为陕西省优秀企业家。财富和声誉以正比的关系日益增大。而此时的高仲胜没有选择享受，而是谋划着更大的事业。他知道，经营好一家企业单凭领导的自我努力还远远不够，还需要做好长远的战略规划。

作为大柳塔矿多种经营公司的领导的时候，他要分管煤矿运营。第一次到煤矿的时候，"下了一次井，东南西北都分不清"，但为

了搞好企业，高仲胜耐心地听矿长、总工程师、队长等各个岗位的负责人的汇报，很快就理清了要害，制定了详细的目标任务分解方案和管理细则，他要在管理上出效益。

直到现在，高仲胜的管理经验依然是耐心听汇报、充分做沟通。有一年，我和高总在北京相遇，同行的一位熟悉他的领导感慨地说，"做企业就学高总，他的精细管理做得非常到位。"的确，有心人才能做到精细管理。高仲胜在神东公司管理机械加工厂的时候，因为设备刚安装好，大家都摸索着干，为了制定合理的管理方案，高仲胜掐着表看工人操作设备，很快他就整理出一套定额标准，让工人在岗位上多干活而且提高收入，公司效益和个人收入都有了保障。现在很多管理学者就认为，老板不能单纯地做个好人，还要做有担当的人，带领大家走向更高的台阶。

"做企业要做好提前量，要有眼光看清大势，平时要储备人才、储备技术、储备资源，关键时候能拿得出手，时间和效率就是制胜的法宝。"虽然从事传统的行业，但高仲胜的管理理念却总向着现代企业看齐。

## 不忘初心，继续前进

孟子说："穷则独善其身，达则兼济天下"。对于高仲胜来说，为家族、为社会做一些有益的事是他的追求，也是他的责任。有人说，"高总的亲戚中没有穷人。"这正是对高仲胜中肯的评价，也是对他的褒奖，富起来的高仲胜总是尽力找机会为亲戚们提供机会和平台，带动更多人发展。

而我想说的是，就在20世纪90年代初我还在上初中的时候，高仲胜的名声就已经如同本文开头所说的那样，在小理河流域尽人皆知，这不仅仅是因为高仲胜有钱，更多的是他愿意将钱奉献给社会。就在我小的时候，高仲胜老家的赵家湾小学在公路的下边就盖起两层的教室，这是他花了20万元为村里建好的学校。尔后，村里、乡里拉电、修路，他总是慷慨解囊。

高总说，管理企业一方面要精打细算，抓住关键和要害，同时也要对下属、对员工好。建筑行业比较特殊，往往是年底结算，老板能兑现承诺，工人收到工钱，大家都很高兴。

高仲胜是个慷慨的企业家，对下属很大方，但对自己却很苛刻，不该浪费的他绝不浪费，他说自己洗手打肥皂时也会把水龙头关上，甚至有传言说亿万富翁高仲胜都舍不得吃好的，他笑道："看见浪费我就心疼。"直到现在，他依然能和工人在工地上一起吃住。

多年前，他在担任神东集团房产公司经理的时候，公司主要做监理的业务。有一次，设计公司和建设单位为了提高预算，将材料用量超出了正常的配比，高仲胜坚决予以抵制，他认为，"浪费"比"贪污"更不可饶恕，人不能违背良心获取自己的利益。

一个人在自己的事业取得一定的成就后，便会考虑人与人的关系、人与社会之间的矛盾等一系列的问题。和高总最近几次的谈话给我一种强烈的感受——他有一种很强的社会责任感和家国情怀，他希望社会生态能够和谐、健康地发展，希望人与人之间能够真诚、信任，各尽其责，相互促进。

这么些年来，高仲胜始终不忘"诚信"和"正气"这两个词。在横山县建筑公司当队长的时候，他自己以身作则，坚决不容许在采购等业务上发生吃回扣等情况的发生。他要求采购人员必须在阳光下交易，他指定队里耿直的工人监督采购过程，采购员、会计、供应商三联结账，核实无误后才能兑付。

前几年，陕北的小额信贷公司成批倒闭，在三角债成为一种普遍现象的情况下，高仲胜依然要求公司的管理人员必须全额兑付欠款，不伤害任何人的利益，而自己的公司则成为受害者。有些事，看似吃亏，但所赢得的口碑却胜过一切。也正是高仲胜这种"诚信"的处世原则，让他得到一次又一次的发展。

如今，高仲胜董事长旗下的胜利集团广泛涉猎于建筑业、房地产业、煤矿生产、销售、养殖业、种植业及酒店业务，朝着多元化的格局发展，今年62岁的高仲胜迎来了人生的又一次发展高峰。

# 邵廉清 高原赤子

著者：王永利
摄影：李朝阳

邵廉清，1968 年出生于陕西省榆林县横山区，毕业于陕西师范大学中文系。历任企业学校校长、办公室主任、集团发展策划部部长、企业副总经理、总经理、书记，现任内蒙古博源控股集团常务副总裁，政协鄂尔多斯市第三届、四届委员。现为内蒙古作家协会会员、电影家协会会员，业余时间创作文学作品，研习书法艺术。文学作品主要有《高原的流脉》《毛乌素》《我的鄂尔多斯》《茅草地》等，其中《茅草地》被内蒙古电影制片厂改编成电影《北草地》，书法作品多次在国内获奖。

在我们陕北，死人与活人同等重要。活人，活着的意义在于能体面地死去；死人，死的意义在于生命的本身崇高。

——摘自邵廉清小说《高原的流脉》
（2013 年）

穿梭在陕北和鄂尔多斯高原上的邵廉清总给我一种纠结——1968 年生、属猴的他满脸福相，一脸佛缘，肥胖的身材后其实隐藏着一颗细腻的心；中文系毕业的大学生却成为危化企业集团公司的高管；热情爽朗的笑声背后，却有着对土地、对苍生深深的悲悯——这种纠结让我在走近师兄邵廉清后更加清晰，正如他情不自禁地读起艾青的那首诗那样：为什么我的眼里常含满泪水，因为我对这土地爱得深沉……

然而，爱脚下的土地如此深沉的这个男人，却在年轻时按鲁迅先生"走异地、逃异路，去寻求别样的人们"的想法，从无定河南岸来到"北草地"（《北草地》是根据邵廉清小说《茅草地》改编而成的电影名字），成就自己。

一河之隔，两种气质。这些年来，邵廉清不断地向两块土地致敬——生养他的陕北高原和成就他事业的鄂尔多斯草原。

## 以诗人的姿态在大地上行走

我无尽思考的内容是：生命在这毛乌素苦闷、孤独上数年后，是否还完整，也许三年之后则就残缺不全了。

——摘自邵廉清小说《毛乌素》（1998 年）

尽管邵廉清当前的主要身份是一名企业家，一家大型企业的高管，但我更愿意将他作为一名诗人，虽然我从未读过他的任何诗作，但你看他激情如火、豪放爽朗的性格难道不正是一名诗人所具有的气质吗？他深邃忧郁的思考与精确恰当的用词不正是一名诗人的表现吗？

采访邵总的时候，他一支一支地吸着烟，他对生命、对土地、对社会的思考的结果如同诗一般的语言从他的口中飞出，让我都来不及记录，

我想这一定是他这些年不断思考的结果，也是他从小深埋在骨子里的家国情怀在知天命之年的开花与结果。

初中二年级的时候，逃课一个下午的邵廉清一口气读完了路遥的小说《人生》，那一刻，活泼开朗的邵廉清陷入到深深的思考之中，小说中高加林、刘巧珍和德顺爷爷的形象在他脑海中挥之不去。

如果说，这是少年的邵廉清受小说人物的命运影响结果的话，倒不如说这是他开始了对自己命运的思考。

似乎，"高加林在告诉我，再也不能像父辈一样祖祖辈辈面朝黄土背朝天在那个小山沟里生活了，我要走出去。"而且，邵廉清还做出了一个大胆的决定——退婚。退掉家人已经为他选中而且订婚的未婚妻，为自己负责，也为他人负责。

一本小说，就这样在一个下午让一个少年成熟了起来，有了担当，有了独立思考的能力，这大概就是文学的真正魅力。也就在那一年，邵廉清开始热爱上了文学，他向横山县城的一帮文学青年主办的油印文学刊物《柠条花》投出了他人生的第一篇真正意义上的文学作品，从此也就结下了文学的情缘。

《人生》，正是在《人生》的开篇中，让他读到了作家柳青的那句话："人生的道路虽然漫长，但紧要处常常只有几步，特别是当人年轻的时候，没有一个人的道路是笔直、没有弯道的。有些岔道口，譬如政治上的岔道口，事业上的岔道口，个人生活的岔道口，你走错一步，可以影响人的一个时期，也可以影响一生。"这句话，无疑成为邵廉清铭记一生并时刻提醒自己不能忘记的一句话。

这些年来，邵廉清的足迹踏上过许多异乡的土地，但他从来没有忘却陕北，没有忘却自己的根脉所在。多年前，即使在他并不富裕的时候，只要有陕北人到鄂尔多斯找到他，他总是热情接待，乡亲两个字阐释了他待人的全部厚道。

采访他的时候，他一再强调，之所以同意接受采访，只是为了表达自己对陕北的理解。可令他纠结的是，至今，他仍然不能准确地解读陕北

这块土地上养育的这群人究竟是一些什么样的人，是什么样的土壤才能养育出那么多创造和改写历史的英雄。贫困不是山区的"丰碑"，贫困也许是让许多人走出大山的一种动因，但更多的恐怕是这块土地所拥有的那种深邃、博大的、悠远的历史给一代又一代陕北人基因中注入的勇敢和担当的意识。

# 以作家的身份描述
## 心中的故乡

我看见那条浑浊的河，她是黄河的一大支流，她流经于陕北和鄂尔多斯，他是两岸人民的母亲河，我看见了河那边风剥雨蚀的山峁，他们依然形销骨立，傲然于苍茫的黄土大地上，我的母亲就长眠在那里，她祈祷着她儿子的命运，她期盼着她儿子的归来。我走下坡，掬起一掬浑黄的水喝了下去，甘的、凉的、苦的、咸的……

"妈……"我对着黄土大地喊，对着那死不瞑目的灵魂喊。

——摘自邵廉清小说《茅草地》（2007 年）

上面这段文字是邵廉清在小说《茅草地》结尾时以主人公瑞子的名义对陕北大地的呐喊，可这何尝又不是作家邵廉清内心的独白呢。

正是这篇小说，被邵廉清和作家张秉毅改编成电影剧本，并在 2008 年完成拍摄、上映。这些年来，邵廉清笔耕不辍，利用业余时间完成了多篇小说的创作。他总遗憾的是，他的时间不够，他在企业的工作无法让他有更多的精力去投入创作。

但邵廉清坦言，当年自己一个人从陕北出发来到鄂尔多斯，正是他现在所供职的企业——内蒙古博源控股集团公司给了他广阔的天地，让他从一名企业普通员工一步一步走到今天常务副总裁的位置上。博源集团目前是一家总资产达到 320 多亿元的大型企业，旗下拥有一家上市公司，公司业务涉及多个领域，邵廉清的成长正是随着企业的成长而成长的，他说他要感谢这个伟大的时代，他要感谢公司老板的信任，他也要感谢这一帮志同道合的同事。

但一个人的根脉就像风筝的线一样，总会把他的心拴住。2014 年，当邵廉清卸任博源集团旗下的博大实地公司总经理的一段时间里，他立马用脚步去丈量故乡的山山水水，去寻找他一直惦记着的风土人情，并构思出一篇反映横山南部山区人坚强、不屈精神的长篇小说的雏形，他决心以"史志还原历史，为高原立传"。这不是狂言也不是戏说，这是一个 50 岁男人在历经人生风雨、走向成熟后理性地对故乡的思考，也是他 50 年智慧的总结。

"文以载道"，不仅是古代士人的追求，而且至今仍是许多人信奉的准则。从邵廉清的一些文学作品中，我们可以看出他对社会、伦理、道德的不断反思和探究，他试图用自己手中的笔作一种人生的唤醒，唤醒人们对于历史、当下以及故乡的思考。

不得不说，邵廉清是有远见的。1992 年他就在大型文学期刊《延河》上发表了小说《我的鄂尔多斯》，探究民族交融与婚姻自由；而 1998 年，他发表在大型文艺双月刊《新大陆》上的小说《毛乌素》则对这块土地的苦难与希望，对爱情的无私与自私，对女人的贞洁与抗争进行了深入的阐释。正如他在开篇引用《圣经诗 流亡的祷告》中所说的那样"……我为什么这样悲伤？我为什么这样沮丧？我该仰望上帝，还要赞颂他；因为他将要拯救我。"

而在《高原的流脉》中，邵廉清则用陕北传统的葬礼方式播种着教化与担当，探讨传统与现代化之间碰撞的结果，以沉重的笔，去原谅历史留下的罪孽，从而获得新生。他笔下的陕北人忠诚、倔强、狡猾而又充满智慧。我想，这是作为作家身份的邵廉清对这块土地长期观察后而又对这块土地满怀热爱的另一种表达。

作家邵总，大概这样的称呼最符合邵廉清的身份定位，他以企业家的身份造福社会，创造就业机会，但他却用文字书写着内心，表达着自己对苍生、对土地、对故乡的热爱。

# 知识分子是他人生的标签

高原人把自己的形象和威信看得超过自己的生命，高原是他们生活的土壤，高原是他们生命的同行者，他们一生离不开这片厚土，离不开这些父老乡亲。他们就像这片土地的五谷杂粮，离不开土地的滋养，离不开劳作者的扶助。所以他们的威信决定着他们生命的意义，他们的行为决定着他们生存的价值。

——自邵廉清《高原的流脉》（2013 年）

"知识分子"这个词是个"舶来品"，中国古代称"知识分子"为"士"。我这里说的知识分子不是通常意义上所谓有一定"知识和文化"的人，而是按照美国《时代》杂志 1965 年 5 月 21 日定义的那样："第一，知识分子不是指读书多的人，知识分子的心灵必须有独立精神和原创能力；第二，知识分子必须是所在社会的批评者，也就是现有价值的反对者。"

我总觉得邵廉清师兄的身上有股"侠义"，也有一种古代"士人"的精神与情怀。前些年，他担任总经理的大型化工企业出现事故，工厂随时都有爆炸的危险，周边所有人都被撤离到厂区十几公里以外的地区，连夜赶到现场的邵廉清得知厂区中控室还有 16 名技术人员在竭力控制设备的时候，他不顾安全专家和众人的劝阻，不顾危险，回到中控室，与他的 16 名兄弟共同坚守。最后，经过努力，终于控制住了险情，他和他的 16 名弟兄也脱离了危险。第二天，在事故总结会上，地方主要领导严肃地批评邵廉清："只有责任意识，没有安全意识。"理论上讲，邵廉清的举动的确有些违背科学常理，也不符合一名管理者的身份应具有的冷静，但我觉得领导的批评对邵廉清其实是种褒奖。

邵廉清成长的时候，正是自由化思潮掀起的时候，他在大学中也经历了那场政治风波。这些，无疑给他带来极大的影响，也让他拥有了"独立思考"的能力，他总希望自己能在历史的迷雾中廓清现实。

这些年，邵廉清以陕北为蓝本，从这里发掘有价值的线索，希望通过自己的思考解读当下。他认为陕北近年来的蓬勃发展，不仅仅是能源行业带来的福利，还有更多的是深厚的积淀在此时喷涌而出的结果，因为他注意到许多走出家乡的陕北人能在短短的时间内就创造了许多奇迹。

说起家乡横山的许多往事，他异常兴奋，而且禁不住说道："这些爷爷们啊，可真了不起。"是的，所有的创新归根结底都必须是在遵守历史的基础上诞生。不忘却、不背叛也是一个人的底线。

邵廉清与众不同的是，他把自己的经历当作思考的对象，以思考者的姿态反思着这个社会，并极力倡导社会正能量，他希望每个人都能有感恩之心面对单位、面对社会、面对土地、面对父母，正所谓"不忘初心"，不能背叛。

其实，"不忘初心"也是对一个人内心坚定信仰的一种表述。大凡成功的人，从出发的时候就已经懂得自己坚持的方向，从不人云亦云，在纷繁中迷失自己。这些年来，邵廉清的内心总是坚守着自己的底线，不仅把工作干得有声有色，而且也从不忘记自己的爱好，让工作、做人和爱好相得益彰。七岁起就开始练习的书法到现在仍然坚持临帖就是最好的证明。他从古人的书法作品中得到某种启发，让他在企业管理中坚守传统但不忘记创新。细看邵廉清的书法作品也正是如此，古朴中透出灵动，洒脱中不失个性，而且，章法布局都透露出一种做人的严谨与大气。

邵廉清说，这些年，随着自己所在公司的壮大，他人生的舞台也更加广阔，他感谢这个平台。他认为，父母是自己的第一位老师，给予人生的正气和骨气，而他的恩师李赤先生则给了他思辨的勇气和力量，是这些，让他走出家乡，在广袤的鄂尔多斯草原成就自我。

让我用邵廉清在《高原的流脉》中写到的一句话作为本文的结尾："陕北，这块永生不息的土地，苦难伴随着古老的文化，文化孕育着古老的文明。"他说，他热爱陕北。

# 高建群 永远匍匐在大地上

著者：王永利
摄影：李朝阳

高建群，国家一级作家，陕西省文联第四届、第五届副主席，陕西省作协第四届、第五届、第六届副主席。高建群被誉为浪漫派文学"最后的骑士"，是中国文坛罕见的一位具有崇高感和理想主义色彩的写作者。代表作长篇小说《最后一个匈奴》引发中国文坛陕军东征现象，震动中国文坛。1992年至1995年，高建群曾挂职黄陵县委副书记；2005年至2007年，挂职西安高新区管委会副主任。

主要作品有《最后一个匈奴》《六六镇》《古道天机》《愁容骑士》《遥远的白房子》《大顺店》《胡马北风大漠传》《大平原》等。2011年，根据《最后一个匈奴》改编的电视剧《盘龙卧虎高山顶》在央视播出，之后又在多家卫视热播。2012年，长篇小说《大平原》获中宣部"五个一"优秀图书奖；长篇小说《统万城》获国家新闻出版总署优秀图书奖，名列榜首。2017年，完成民族史诗《我的菩提树》。

"真正意义上的创作是一种创造，很多人以为那是个技术活，不是那个样子的。其实是用笔蘸着你的血在写，在把你对世界的认识告诉别人。把你经历过的苦难，得到的感悟、经历过的思考，像遗嘱一样留给后人，那才是创作。"

　　我深刻理解著名作家高建群先生上面这段话的含义，正所谓"文章千古事，甘苦寸心知"。

　　"没有经历过长夜恸哭的人，不足以谈人生。"当我们捧读那些名家的经典文章，在其中得到启发、得到享受的时候，一定要懂得创作者在背后付出的艰辛，我们要向他们致敬，向他们伟大的劳动致敬，向他们伟大的作品致敬。

　　但我更坚定地认为，支撑写作者走向成功的，除了泣血般的艰辛劳动，更重要的是天赋，是情怀，是写作者自身的姿态。

　　毫无疑问，高建群没有辜负上天给他的才华，他总是以匍匐在大地上的姿态，进行着自己的创作，而且，不得不说，他是一个大气磅礴的人，也是中国文坛罕见的一位具有崇高感和理想主义色彩的写作者，"我每有心得便大声疾呼，激动不已"，他始终保持着清醒，用自己手中的笔，进行着极富浪漫与诗意的描述。

## "把这块土地端给世界看"

在高建群的眼中，"陕北"是一部常读常新的书，他的大多数作品都在解读"陕北密码"，他把他作品中经常提到的"唢呐"看作是一代又一代陕北人"用生生不息向世界宣战"的"武器"。的确，当唢呐伴随着一个人的出生、结婚、死亡全过程时，没有什么再比它更具有代表性、悲凉、欢快、幸福、痛苦，都在这唢呐声中蕴藏。

"我不知道这近十年来，我为什么痴迷于这一类题材和这一思考。我常常觉得自己像一个女巫或者法师一样，从远处的旷野上捡来许多的历史残片，然后在我的斗室里像拼魔方一样将它们拼出许多式样。我每有心得便大声疾呼，激动不已。那一刻我感到历史在深处笑我。"

出生在关中平原的高建群对陕北情有独钟，他把自己的写作和思考与三条河紧紧地关联到一

起——度过他卑微和苦难少年时代的渭河，在岗哨和马背上把青春年华抛洒的额尔齐斯河和他走向成熟、成功的延河。他说正是这三条河构成了他文学作品的主要源泉和根基。

2018年4月12日，阴沉沉的天在午后下起了小雨。趁着高建群

老师来陕北统万城为电视教学片《统万城》拍摄外景镜头的机会，我们在靖边县城对高建群老师进行了一个下午的采访。高建群老师说这是他对统万城这座辉煌历史遗存告竣整整一千六百周年的致敬。

一到陕北，高建群似乎就有讲不完的话。曾在《延安日报》做过十多年记者的高建群正是在陕北这块土地上写出了《最后一个匈奴》等许多著名的作品。

1993年5月19日，《最后一个匈奴》作品研讨会在北京召开，有评论家说："陕西人要来个挥

马东征啊。"《光明日报》记者随后便发表了《"陕军东征"火爆京城》的文章。从此，以高建群（《最后的一个匈奴》）、陈忠实（《白鹿原》）、贾平凹（《废都》）、京夫（《八里情仇》）、程海（《热爱命运》）为代表的"东征五虎将"震动了中国文坛。

当一块土地赋予一名作家灵感和使命，当一名作家将一块土地作为自己创作的源泉和母体的时候，我相信，这对彼此来说都是幸运的。陕北，在高建群的笔下是神秘而多情的，是苦难而厚重的，"凝固的高原以永恒的耐心缄默不语，似乎在昏睡，而委实是侵吞；侵吞着任何一种禽或者兽的情感；侵吞着芸芸众生的情感。似乎它在完成一件神圣的工作，要让不幸落入它口中的一切生物都在此麻木，在此失去生命的活跃，从而成为无生物或类生物。"这是高建群在《最后一个匈奴》中对这片土地的描述，这也正是高建群把自己想端给世界的这一块土地神秘力量的描述。

## "艺术家，请向伟大的生活本身求救吧"

2005年4月，高建群挂职到西安高新区管委会担任副主任职务，在任命会上，他的任职发言《艺术家，请向伟大的生活本身求救吧》一文被新华社发了通稿。十年后，习近平总书记《在文艺工作座谈会上的讲话》中要求艺术家："不能以自己的个人感受代替人民的感受，而是要虚心向人民学习、向生活学习，从人民的伟大实践和丰富多彩的生活中汲取营养，不断进行生活和艺术的积累，不断进行美的发现和美的创造。"

似乎正是不谋而合。我以为，这不是说高建群有多高明，而是他作为一名作家坚守了对时代和生活本身的担当。

如果说高建群有什么高明之处的话，那就是如他自己所说的那样："我永远匍匐在大地上，作为一个老百姓，不失本色。"

高建群坦言自己反对成名后即沦落为"文化婊"的所谓艺术家，文化人、艺术家不能千方百计追逐"体制"带来的"福利"，而早已忘却了艺术家本身的使命，甚至逐渐成为艺术的敌人。

高建群认为，"任何题材只要沉下去，都能写出好的作品来，只要你能钻进去，肯定能出大作品，最好的作品是啥呢，应该是曾经震撼过你的事，过了很多年你还没有忘记，一刮春风、一下秋雨就让你想起来的，这里有文学的因素，你写出来这才是好作品。"

我认为，如今对发生在遥远历史深处和广袤大地上的许多故事信手拈来的高建群正如他自己所说的，"向生活本身求救"的结果才让他一直充满激情，始终保持着旺盛的创作能力的秘诀。

## 把脉时代的写作者

高建群是一个高产的作家，而且每有作品推出便大受欢迎。中国作家协会副主席高洪波在读完高建群的长篇小说《大平原》后感动地说："《大平原》把家族史兜个底掉，看后让我很心动，也很心痛，唤起我对故乡、对农村的情感，唤起我强烈的意识。"

而就在创作《大平原》的时候，高建群一度对自己采用活埋疗法式写作——他躲在家里写作，每天烧三炷香。后来，他又干脆到公园去写作，提个小包到公园里找个长条凳，然后铺开稿纸，开始自己的"营生"。

2005年，高建群在担任西安高新区管委会副主任后，他用了一年多的时间，深入基层调查研究，与企业家广交朋友，收集素材，为他的长篇小说做准备。当时的西安高新区共有9000多家企业，每一家企业都有着自己的创业经历和自己的创业故事，这些都是巨大的财富，将它们挖掘出来会给西部大开发以强大的智力支持。因此，高建群说这部书会是一个类似《美国三部曲》那样一部反映经济变化发展的大书。

其实，高建群的创作不仅仅只有小说，还有大量的散文、诗歌、书法、绘画作品问世，这些作品无疑都有一种雄浑深沉的史诗效果和大气磅礴的现实力量。

采访高建群老师的时候，他利用中午休息的时间为统万城当地的朋友写了几幅字，我在现场

看到，高建群老师书法创作的过程中提捺点顿间充满了力量，而且，每写完一幅作品，他都会停下笔来细细端详一番。

应该说，高建群是一位紧紧把脉时代的作家，他说，"当下的文化人应当感到羞愧"，"一带一路"这个概念作为国家倡仪已经提出好几年了，至今就艺术界而言，基本上没有像样的作品。

2017年，高建群在"西安一带一路大学生艺术节闭幕仪式"上说，"法国作家小仲马说历史是一颗钉子，上面挂满我的小说。我说，当我从丝绸之路一路走过时，触目所见，看到这条伟大道路上挂满了许许多多堪为珍宝的钉子，每一个钉子都带领我们走入历史的钩沉，走入艺术大片。"

在哈萨克斯坦欧亚图书展上，高建群演讲的题目是《亚细亚在东，欧罗巴在西，张骞一直在路上》。他说，距今两千一百三十多年的时候，一个叫张骞的陕西人走通丝路，从此，世界各孤立的文明板块成为一个整体。自那时起每一个抱着渴望与世界沟通，向世界学习，而走在路上的人，都是张骞的后之来者。

就在写作本文的时候，2018年6月19日，"高建群研究中心暨首届高建群文学创作研讨会"在延安大学西安创新学院召开，这标志着全国首个高建群研究中心在西安成立。陕西省社科联副主席高红霞高度评价了高建群先生的创作成就，认为高建群具有哲人的智慧、文人的思辨、学人的情怀，作品具有高原史诗、文化史诗的性质，认为高建群在民族文学和人类文学的交叉点上建立了自己的文学品位。

今年八月，高建群将参与陕西电视台"一带一路万里行"活动，十月份，还要去吉尔吉斯斯坦参加"艾特玛托夫逝世十周年研讨会"。

日程安排满满的高建群就这样行走在大地上，用脚步丈量世界，用思想启迪世界，用文字记录世界，但他总说自己，"以写作者的姿态，永远匍匐在大地上"。

康嘉，1985 年出生于陕北绥德，祖籍佳县，"饿了么"联合创始人，曾担任"饿了么"首席战略官，对"饿了么"早起拓展、中期组织发展变革及物流系统的搭建均有杰出贡献。2015 年 7 月起，担任"饿了么"首席运营官。

**康嘉** 永葆学习的激情

著者：王永利
摄影：李朝阳

## "问题少年"逆袭

33 岁的康嘉有着与他年龄不相符的成熟，这并不是说康嘉看上去有多沧桑，相反，长着娃娃脸的康嘉倒像个大男孩。要不是之前已经知道"饿了么"在今年 4 月份被阿里巴巴以 95 亿美元全资收购，也知道康嘉正是"饿了么"的联合创始人之一，你一定会以为这位"大男孩"还是一位高校的在读生。

可一经交流，我便知道，他是个拥有成熟思想的人，他的思维是如此缜密，他的激情是如此澎湃，他的目光不仅紧紧盯着这个时代最前沿的技术，而且对许多传统行业也有过深入的研究。当然，康嘉的这些特质一定与他的创业经历有关。

毫无疑问，年轻的康嘉属于成功的人，但与我们见过的很多传统行业的富翁不同的是，康嘉的办公室简单而又凌乱，到处堆满了书，一点不气派。就在这间小小的办公室里，我们对他进行了专访。

1985 年出生的康嘉在中学时代经历了跌宕起伏的人生。初二之前，康嘉一直都是班里的尖子生，甚至拿过年级第一，从事教育工作的父母给康嘉营造了良好的环境。

然而，初三至高一的这两年间，康嘉的变化令人意想不到。他不仅仅不学习，而且开始了逃课。他不是在球场上踢球，就是在街上卖报纸，几乎到了要退学的境地，令老师、父母都很失望，这个青春期的少年真是令人头疼。

如果不是今天的成功，我不认为康嘉会把那段经历说得如此轻松。

康嘉说那时候的自己找不到学习的动力，内心里没有丝毫的积极性，满脑子都是仗剑走天涯的少年意气。

康嘉认为自己是那种爱钻牛角尖的人，这大概正符合英特尔公司的创始人安迪·格鲁夫所说的"只有偏执狂才能生存"的性格，也许正是这

种性格铸就了康嘉日后的成功。

高一第二学期的时候，康嘉似乎一夜之间想明白了自己想要的东西，他结束了逃课、晃荡的日子，一名让人头疼的"问题少年"突然将自己的人生驶入正常的轨道。

仅仅用了半年多的时间，康嘉就把自己的成绩提了起来。高三毕业时，他便以优异的成绩考入西安交通大学。

眼下正是高考的话题热过气温的季节，从康嘉少年时成长的过程让我们可以得出这样一个结论：青春期的孩子必须经历自我的觉醒与救赎，才能开启人生美好的征途。

## 通往成功的路充满艰辛

本科从西安交通大学毕业后，康嘉考入上海交通大学读研究生，这似乎顺风顺水，一路坦途。但康嘉在读研究生期间又开始了许多人意想不到的举动，在接受许多媒体采访的时候，康嘉都讲到自己与舍友张旭豪开始创业的故事——

2007年，本科毕业于上海同济大学的张旭豪被保送读研究生到上海交通大学的动力工程学院，而康嘉也考入上海交大的动力工程学院读研究生，和张旭豪成了舍友。

2008年的一个夜晚，康嘉和张旭豪打完游戏后饥肠辘辘，打电话想让送个外卖却叫不到。两个有想法的人突然来了灵感，为什么不做一个叫外卖的网站呢？一张创业的蓝图就在这个夜开始起绘，整整聊了一个晚上的两位同学第二天就开始行动，还给自己的创业项目起了个名字"饭急送"，这便是在2009年改名为"饿了么"的雏形。

但创业绝没有那么简单，康嘉曾感慨地说，"学生创业和上班族创业不同，虽然很多名人并不看好学生创业，但是总体来说，学生创业结果通常很极端，要么一无所成，要么成绩斐然。总结原因不外乎学生们大多拥有着社会人不具备的单纯和专注，那种赤子之心的自然状态，所以创业初期如果只是单纯地把创业当做丰富自己人生阅历的一种途径，那么结果自然不会理想。但如若把创业真的当做自己的理想和信仰来做，拿出

破釜沉舟的劲头背水一战，那么结果往往都是可喜的。所幸旭豪是这样的人，我也是。"

当然，支撑信仰的还必须有志同道合的人，这一点上，康嘉和张旭豪彼此无疑都是幸运的。

"第一年里我们还没有自己的网站和域名，其实就是跟一个送外卖的没什么区别。在外界看来，我们多半也就是个自己玩玩的学生社团，但是其中的甘苦却不为外人所知。不管刮风下雨我们骑着电瓶车穿行于整个校园。上海的冬天很冷，动不动就会把鞋打湿，我和旭豪有时穿着拖鞋就给人送餐去，脚上的冻疮常常一整个冬天都不好。那时候其实并没多少利润可图，支撑我们的就是想把事业做成功的信念。"

信念成就了创业者。对于今天无数的年轻创业者来说，康嘉所谓的信念一定值得借鉴。

经过不断发展壮大，今天的"饿了么"注册骑手300多万，每天有30多万骑手在全国各大城市奔波。2018年5月29日，"饿了么"宣布获准开辟首批无人机即时配送航线，送餐无人机正式投入商业运营。康嘉表示，无人机航线的启用，标志着即时配送行业加快从劳动密集型向技术密集型进化。其实，"饿了么"一直就是一家高科技公司，要不然怎么可以把每天庞大的订单信息及时有效地处理掉，实现及时配送呢。

## 让创业者推动榆林发展

康嘉说，人与人最后的差别可能要看你25岁以后还读不读书。我很赞同这句话。

康嘉说他现在比原来上学时候都喜欢学习，每天都会拿出大量时间来阅读，而且，他读的书大多是关注前沿问题的，充满了对未来的思考。

其实康嘉不仅仅关注"饿了么"的发展，同时也会关注榆林，关注家乡。康嘉认为新技术对榆林的传统产业的改造和提升有很大的空间，而且，榆林要想实现持续稳健地发展，必须要有一大批创业者来推动，不能只盯着煤炭等资源发财，创业者才是榆林的未来。所以，他希望我们"京华陕北人"多关注家乡的创业者，给他们鼓励，让他们自信。

# 郭守武 掀起一场新能源革命

著者：王永利

摄影：李朝阳

郭守武，男，1964 年 10 月出生，上海交通大学教授，博士生导师。1985 年在延安大学获得化学专业学士学位，1991 年在中科院福建物质结构研究所获得物理化学硕士学位，1999 年在以色列魏兹曼科学研究所获得材料化学博士学位。1999 至 2005 年间，先后在美国明尼苏达大学、西北大学做博士后及研究员，2005 年起先后在华东理工大学及上海交通大学担任教授。为中国科学院"百人计划"、上海市"浦江人才计划"、江苏省"双创"人才。

　　郭守武教授主要从事石墨烯及其衍生物相关的关键科学和技术问题研究，作为项目负责人主持 / 完成了国家 863 计划、973 计划前期研究专项、国家自然科学基金重点项目及面上项目等国家级项目 6 项。发表 SCI 论文 70 余篇，其中影响因子大于 6 的 20 余篇，单篇最高他引 900 余次，论文他引总计 3000 余次。他负责研发推出的高质量石墨烯基锂离子电池"烯王"突破多项科学和技术难题，有望带来锂离子电池产业的变革，并推动新能源汽车、无人机、可穿戴设备、海洋工程等众多领域的发展。

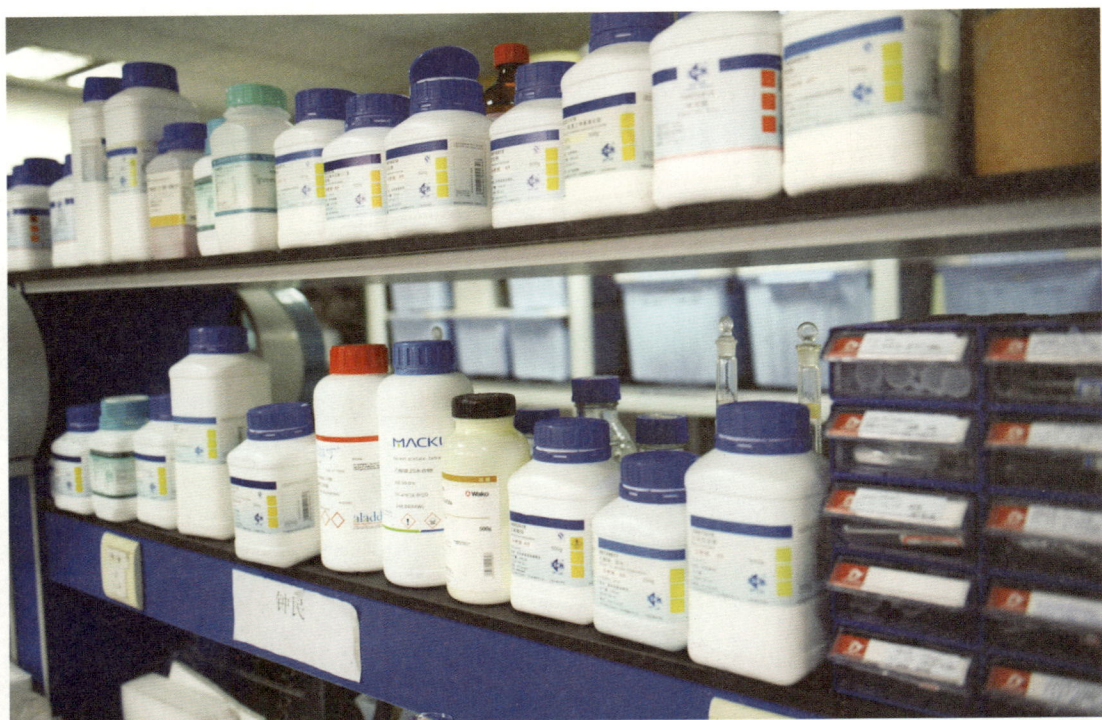

多年前，因工作的原因我曾采访过多名院士，这些科学家给人的感觉总是那么谦逊，那么温和，这些托起共和国脊梁的人不仅学术水平高，而且涵养好。眼前的这位科学家——上海交通大学电子信息与电气工程学院博士生导师、上海碳源汇谷新材料科技有限公司首席科学家郭守武教授也是这样的人。他走过千山万水，从老家佳县出发，在延安上大学，在福建读研究生，再到以色列、美国深造，然后回国在上海交通大学从事教学、科研工作，但一口家乡话不变，与他交谈时令人倍感亲切，质朴是他人生的底色。

近期，"京华陕北人"连续推出三位佳县籍的精英，他们都在各自的专业领域成为翘楚，熟悉佳县的人喜欢用"人杰地灵"这四个字来形容陕北的这个地方。他们都是佳县的骄傲，我曾在一个网络上看到有佳县人留言说："'昂米'佳县真是一块宝地，培养出这么多优秀的人才。"

是的，郭守武教授正是佳县的优秀儿女，甚至整个陕北都为他感到骄傲。

1964 年 10 月出生于佳县的郭守武其父母都是地地道道的农民，生活在乌镇一个叫郭家畔的小山村。作为兄弟姊妹五个中唯一的男孩，郭守武从小便得到父母更多的宠爱。开明的父母没有把家里的收入用来修窑洞盖房子，而是攒下钱供郭守武上学，他们认为孩子只有读书才会有出息。郭守武也没有辜负父母的期望，从小就学习十分刻苦，成绩也非常优异。

在乌镇中学上高中的时候，有一次，老师布置的数学作业，郭守武是两个班同学中唯一一个全做对的，令数学老师高照学非常高兴，给了郭守武很高的评价。这一次的经历让农村来的郭守武更加自信，让他在学习上充满了向上的追求。

1981 年，郭守武高中毕业后从佳县的乌镇中学考到延安大学化学系。"延安大学当时的学习氛围非常浓厚，'老三届'还没有毕业，带动了延大良好的学风。而我们 81 级化学系的 58 个同学，后来有 9 个人走上了出国留学、深造的道路。"

从延安大学毕业后，郭守武留校担任老师三年。如今回想起那段年轻的岁月，郭守武说在延大学习、工作的那七年是他人生中最关键的时期，积淀了他的专业知识，为日后的发展打下了良好

的基础。

一个农村的孩子，从山村里走出来考上大学并在大学里当老师，这在今天许多人看来已是令人羡慕的履历，更何况在 20 世纪 80 年代。但郭守武并不满足，他觉得自己应该去追求更大的人生价值。于是，他决定考研。然而，第一年郭守武却以 2.5 分之差落榜，陕北人骨子里的不服输的精神让郭守武在遇到挫折后更加坚定了要读研究生的决心。

苦心人，天不负。1988 年，郭守武顺利考上了中国科学院福建物质结构研究所的硕士研究生，开启了他从事学术研究的大门。

1991 年，郭守武取得物理化学专业硕士学位后，被分配到北京，在国家建材局下属的一家研究所工作。延续在延大任教不满足的话题，在外人看来，郭守武已经非常令人羡慕，但他对自己人生的定位仍然是继续深造，追求更高的成就——读书、做学问。

1993 年 11 月，在同学的推荐下，郭守武顺利地拿到以色列魏兹曼科学研究所的录取函，并且在 1994 年 6 月来到以色列。

2018 年 5 月 9 日，在上海交大郭守武教授办公室对他采访的时候，郭教授说："大家都说犹太人聪明，其实聪明是因为有长时间的学习和准备的结果。"他认为，犹太人对科学认真、严谨、务实的态度给了他后来做研究很大的影响，尤其是他的导师 Meir Lahav 教授，更是他人生的榜样。

在以色列刻苦攻读五年后，郭守武拿到了博士学位，成为一名材料化学方面的专家。

有了在以色列的学习经历，让郭守武顺利来到美国，1999 年到 2003 年，郭守武先后在美国明尼苏达大学化工与材料学系和美国西北大学化学系做博士后研究。

经历了海外的锻炼和成长后，郭守武觉得自己应该回国报效祖国，而此刻，郭守武身上已具备了犹太人科学严谨的作风和美国人开放创新的精神，他后来的研究工作正是在这两种气质的影响下展开的。

2006 年，郭守武进入华东理工大学工作，2007 年，郭守武来到上海交通大学。

回国后的郭守武一头扎进实验室，开启了对

石墨烯相关材料的研究。

"我关注石墨烯很长时间了，从两位俄罗斯来的英国科学家安德烈·盖姆和康斯坦丁·诺沃肖洛夫两位诺贝尔物理学奖获得者发表的第一篇文章开始，我就认真地读过。"

石墨烯作为新材料的优异性能，有目共睹，它是一种由碳原子 SP² 杂化键合而成的六方对称的单原子层二维碳材料，具有优异的光学、电学、力学特性的材料，在材料学、微纳器件、能源材料与器件、生物医学和药物传输等方面具有广泛的应用前景。前面郭教授提到的英国曼彻斯特大学物理学家安德烈·盖姆和康斯坦丁·诺沃肖洛夫正是因为用微机械剥离法成功从石墨中分离出石墨烯，而共同获得了 2010 年的诺贝尔物理学奖。

石墨烯材料如果取代硅，有望让计算机处理器的运行速度快数百倍；石墨烯有望引发触摸屏和显示器产品的革命，制造出可折叠、伸缩的显示器件；石墨烯强度超出钢铁数十倍，有望被用于制造超轻型飞机材料、超坚韧的防弹衣等。

石墨烯具有单原子层结构特征，厚度仅为 0.34 纳米，也就是 3.4 埃，而要得到这样一种二维晶体材料，目前只有三个路径：一条途径是石墨剥离；第二种方式是化学气相沉积方法；第三种途径是氧化石墨烯还原法。无论通过何种方式，制备石墨烯的难度依然很大。虽然性能优异，但因受制于制备和操纵等技术瓶颈，自发现后的很长时间，石墨烯一直停留在实验室阶段，工业化生产发展十分缓慢。

为了寻找通过氧化石墨烯还原法制备石墨烯的还原剂，郭守武和他的整个团队花了大概近一年时间，经过众多验证，最终将目标锁定在维生素 C。

利用维生素 C 作为还原剂，可实现高品质、低成本的化学还原氧化石墨烯的制备，从而突破了石墨烯大规模制备的瓶颈，成为石墨烯产业化应用和推广的基础。试验成功后，引起了国内外的关注，大家都很高兴，但只有郭守武一如既往的低调，他认为未来的道路还很漫长，科学家不应该停留在已经取得的成就上，而是还要不断深入研究。

成功的背后一定是汗水在铺路。郭守武回忆起当初起步时候的艰难，动情地说："在大众眼中，科研是高尚的，可背后的艰辛却少有人关注。实验最需要持续的资金投入，最初的时候，我只有 150 万元经费，实验室从零开始，每一个玻璃杯都要花费购买，为了跑经费，碰过很多壁。"这些他都默默承受了下来。郭守武说："我永远记得这个日子，2013 年 12 月 16 日，在北京国贸的 17 层高楼上，有一家投资公司看中了我们的技术。"投资公司的老总对郭守武说，他虽然不懂石墨烯，但是懂他这个人，当场转账 500 万。

2016 年 7 月 8 日，由郭守武教授研发的世界首款石墨烯基锂离子电池产品——"烯王"在中国研发成功。这款石墨烯基锂离子电池产品可在 -30℃～ 80℃ 环境下工作，电池循环寿命高达 3500 次左右，充电效率是普通充电产品的 24 倍，15 分钟之内就可以完成充电。郭教授说，"烯王"的推出突破了国际上对"碳包覆磷酸铁锂技术"的技术屏障，将带来整个电池产业的变革，他们突破了国外的技术封锁，拥有了自己的专利。

采访郭教授的时候，他送我们每人一个"烯王"充电宝，这些天，我出差时候也真正感受到它超强的充电速度。

国家发展改革委能源局原局长徐锭明对石墨烯颇为推崇，他曾在接受媒体采访时候说："能源革命需要新材料，新材料推动能源革命。能源革命需要石墨烯，石墨烯推动能源革命。"在上海交大郭教授的实验室，各种我们根本叫不上名字的仪器正在不断运行着，做着各种实验、测试。可以说，因为有了郭守武这样一大批人，让中国在石墨烯技术上居于世界领先水平。

就在郭教授带我们参观他的团队的实验室的时候，他介绍说，由他担任主任的"榆能集团——上海交通大学煤基高纯碳工程技术研发中心"在 2017 年 6 月 2 日举行了揭牌仪式，榆能集团依托郭守武教授的团队，为榆林煤炭资源优质利用，在煤基高纯碳及其复合材料的研究和产业化领域开展技术研发、成果转化、应用推广及人才培养等工作。我相信，这就是陕北骄子郭守武对家乡的发展最真实的关心与行动。

# 薛九枝 技术报国

著者：王永利
摄影：李朝阳

薛九枝，1962 年出生于陕北佳县通镇薛家塌村，1977 年考入兰州大学半导体物理系，1982 年留学美国科罗拉多大学，攻读物理学硕士、博士学位。1989 年进入普林斯顿大学做博士研究工作，主攻凝聚态物理。1994 年返回科罗拉多，从事液晶显示研发。2015 年 5 月，带着科研团队回国，探讨液晶技术的新的发展领域。2016 年，创办江苏省产业技术研究院智能液晶技术研究所以及其运营实体江苏集萃智能液晶科技有限公司。2017 年，中组部特聘薛九枝为"国家千人计划"专家。

"忙碌"这个词无疑是薛九枝博士一直以来学习、工作的主题，只是当前更为忙碌。2018年5月8日下午，我们特意赶到江苏常熟采访薛九枝博士，因为他第二天就要去美国。即使在接待我们的时候，还不断有人到他的办公室交流工作上的事情。

今天的薛九枝有双重身份，一方面，他是学成回国的科学家；另一方面，他还是一家从事智能液晶产业技术研发的高科技平台公司的管理者，力图建立一个世界一流的液晶技术产业化开发中心，努力提高中国经济的竞争力。

## 天才般的少年
## 其实默默流了很多汗水

1962年7月，薛九枝出生在佳县一个叫薛家塌的小山村，父母都是农民。如果从自然条件来看，薛家塌这个距离黄河不足10公里的小山村与陕北千千万万个山村并无二致，一样的偏僻，一样的穷苦，但就是这个落后的薛家塌却一直以来就十分重视教育，有媒体报道说，这个小山村这些年来共培养了50多名大学生，甚至还有硕士和博士，薛九枝就是薛家塌培养出的一名优秀的儿子。

与许多人不同的是，薛九枝年仅15岁就在国家恢复高考后的第一年考上了兰州大学物理系，成为一名少年大学生，而且进入大学后仍然不断刻苦，用了两年的时间，就让自己的各科成绩名列前茅。面对还是孩子一样的少年薛九枝，同学们都断言他"将来一定是个了不起的人才"。

其实，1969年进入小学读书的薛九枝从小就十分热爱学习，每次考试都是满分，可以说是品学兼优。而且，少年的薛九枝在成长中还要帮家里干活，喂驴喂羊，上山劳动，干些力所能及的农活，这些经历一方面锻炼了体魄，另一方面让他养成了热爱劳动的习惯。

小学毕业后，薛九枝进入佳县的通镇中学学习。这时候的薛九枝更加勤奋，不管刮风下雨，不管生病感冒，他从不旷课。

其实，年少的薛九枝有时候也很捣蛋，经常偷偷地玩，被老师抓住过还多次当众批评。但薛九枝的特点是读书时非常认真，心无旁骛，学校阅览室的小说被他看过很多，甚至上课的时候偷看还被老师没收过。薛九枝从小就是个不服输的人，尽管当时个子小，但是劳动课他都不服输，看到要落后了会狠狠努力往上赶。

陕北不仅给了薛九枝成长的历程，而且给了他追求上进的精神骨骼，让他走在哪里都能积极主动、勤奋好学。

## 出国深造
## 成为走向成功的通道

薛九枝是幸运的。但幸运绝不会凭空而来，上帝从来都会把机会给那些有准备的人。在大学里仍然勤奋的薛九枝为自己赢得了一次难得的机会——1982年，从兰州大学物理系毕业后，薛九枝以兰大物理系第一名的成绩考上中美联合招考的物理学研究生（CUSPEA），被美国科罗拉多大学录取。这在当时来说，的确是一件非常幸运的事情。

所谓"CUSPEA"，是在诺贝尔物理学奖获得者、著名学者李政道先生的积极斡旋下，为中国培养物理学人才而制订的"中美联合培养物理类研究生计划"，促使从1979年至1989年的十年间，有九百多名年轻的中国学子出国深造。而薛九枝在1982年正是以CUSPEA考试第28名的成绩走上了出国深造的道路。

到美国后，从中国西部来的薛九枝为了突破语言关，提高英语水平，他主动和美国的同学交朋友，练习口语。节假日期间，当别人都在享受假期的时候，薛九枝则在帮教授批改作业，还常常按照教授的讲义给低年级的学弟学妹们讲解讲义，这让他一方面提高了英语水平，另一方面又巩固了物理知识。

其实，主动和刻苦是每一个学子走上成功道路的保障，没有刻苦，没有比常人更多的付出，成功从来不会降临。

美国课堂提倡学生提问，由于有扎实的功底和勤奋上进的心态，薛九枝在课堂上提出的问题总是能够切中要害，抓住关键，导师高兴地说："和

# LIQUID
# CRYSTA

## 创新时代 智能

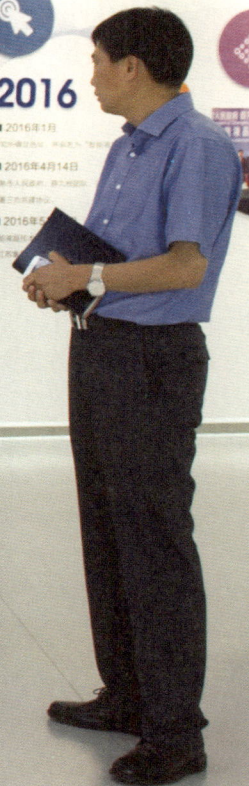

薛九枝讨论问题真是所谓教学相长。"

1989年，在取得博士学位后，薛九枝进入世界著名的大学——普林斯顿大学做博士后研究，他把大量的时间都花费在实验室和图书馆，一门心思做研究，他站在液晶与凝聚态物理科学的前沿，为自己在高科技工业领域能够一展才华做着准备。

为了从事产业技术开发，薛九枝于1994年又返回科罗拉多，继续从事液晶显示的技术研究。

经过不断的学习和积累，在2015年回国前，薛九枝已成为国际液晶显示方面的知名专家，在国际知名学术刊物上发表过30多篇论文，还获得了11项美国国家专利。

# 技术报国
## 是每一位赤子的理想

尽管在美国有很好的工作和幸福美满的家庭，但薛九枝却说："我虽然在美国留学工作，但我永远是一个中国人。"

2015年5月，薛九枝怀着技术报国的理想和一颗赤子之心，带着他的科研团队从美国回到祖国，出任江苏省产业技术研究院第一位项目经理，开拓新型研发机构的建设工作。2016年4月，薛九枝在常熟市人民政府、江苏省产业技术研究院的支持下，在江苏省的常熟市创办了江苏省产业技术研究院智能液晶研究所，并亲自担任执行所长。在他的号召下，一批国际一流专家聚集在研究所，开展智能液晶技术在建筑、汽车、生物化学检测、纺织等众多领域的应用研究与技术开发，力图要建立一个世界一流的液晶技术产业化开发中心。这是江苏省产业技术研究院的第一个自建研究所，开辟了新型研发机构建设的新途径。到今天为止（2018年7月），江苏省已经完全按照这种模式，建立了15个这样的专业技术研究所。

采访薛九枝博士的时候，在一楼展示大厅的一个展示台上，放着一块黑色的绸布，上面绣着若隐若现的花形图案。乍一看上去，这块绸布与其他的绸布并没有什么不同，而当我去拿这块绸布的时候，上面的图案马上变得十分靓丽。薛九枝博士说，这是因为这块绸布上的智能液晶图案感受到了人体的温度而发生的变化，而且随着温度的变化会展现出不同的色彩。其实这就是薛九枝博士的智能液晶技术在纺织上的一个应用事例，他们称这叫智能液晶的柔性显示。

其实，薛九枝博士研究的智能液晶技术可广泛应用到许多方面，他举例说比如在智能玻璃上的应用，不仅可以让使用玻璃的房间实现冬暖夏凉的目标，节能降耗，而且还能让传统的透明玻璃实现私密性，你可以在房间里看到外面，而外面的人则看不到里面，同时不影响采光。

目前，薛九枝博士仍然还在致力于智能液晶全球顶类人才的引进，开展智能液晶在后平板显示领域的产业技术开发，"我们有机会能够研发出核心技术，希望以后是别人买我们技术，而不是我们去买别人的技术。"

当前的中国正掀起一股创新的热潮，薛九枝博士说，对于陕北这样技术人才短缺的地区，抢占人才就是抢占未来。

薛九枝博士目前所在的江苏省产业技术研究院在全国率先探索实践的项目经理、股权激励等多项改革举措和构建研发机构建设运营新模式正是陕北需要学习和借鉴的。

2017年，中组部特聘薛九枝为"国家千人计划"专家，给了他崇高的荣誉，科技部的领导也多次到江苏看望薛九枝和他的团队，并希望薛九枝为佳县的精准扶贫助一臂之力。就在几个月前，常熟市高新技术开发区领导带着光优太阳能发电项目的专业人员一起到薛家塌考察，准备在薛家塌实施光优发电项目，为农民增收创造新的渠道。

从黄土地上走出来的薛九枝历经艰辛，已成为国际知名专家，但他仍心存故土，关心家乡。其实，家乡更以他为骄傲，因为他已成为家乡许多年轻人的榜样。

# 高志胜 世事洞明皆学问

著者：王永利
摄影：吴雨谦

高志胜，1972 年 7 月出生于陕西省榆林县横山区农村，自幼不断磨练，历经艰辛，从一名放羊少年成长为企业家，现为宁夏金海东泰洁能有限公司董事长。

陕北这块土地总能滋养出坚强的性格。降生在这里的人如同生长在这里的树木、庄稼一样，虽然经常面对干旱少雨和风沙肆虐，但从来没有放弃过向上的希望。

大概正是因为自然环境的恶劣，才赋予了陕北人肯吃苦、敢担当的基因，让一代又一代的陕北人给了外界厚道、质朴、顽强的形象，我眼前的高志胜不正是这样的吗。

在银川的陕北人很多，他们大多是多年前为了脱离贫穷，才离开家乡，白手起家出来闯事业。多年前我就经常从北京出差到银川，给我的印象是在银川的老乡都很团结，事业也做得风生水起。而我多年前就认识的企业家高志胜就是在银川的家乡人里面的佼佼者。尽管事业做得很大，他也很忙，但他总是没有一点架子，很热情，坐到一起像一位忠厚的兄长一般，总能给人周到的照顾。

在银川的老乡圈里面，高志胜的名气很大，我想这不仅仅单纯是因为高志胜的事业做得大的缘故，更多的是因为他人缘好，是他不孤傲。了解高志胜的人都知道他一路走来很不容易，他是靠着不断进取的精神和超前的眼光才取得今天的成就的。

1972年，高志胜出生在陕西横山县城关镇的吴东峁大队高阳畔村。虽然高志胜的家乡离县城并不远，但仍属穷乡僻壤，贫困是阻挡高阳畔与外界联通的最大的障碍，也成了高志胜人生中的第一课。

1980年，和中国大多的农村一样，高阳畔村也开始实行了包产到户，家里分得了6只羊，虚岁刚刚九岁的高志胜随着爷爷一起上山，成了一名小小的羊倌。

9岁，本该在校园里的琅琅书声中度过童年的高志胜却不得不整天与羊群为伍，在村庄周围的群山间游走。如果说，所有成功的人生都必须经历苦难的历练的话，那么，属于高志胜的历练才刚刚开始。

从10岁那年开始，爷爷不再上山放羊，高志胜成为独立的放羊少年，自己家的羊加上村子里其他家户委托他放养的羊加起来有40多只，小小的高志胜每天都要谋划着放羊的草场，以保证羊群能够吃到新鲜的草，而且还要提防那些馋羊偷吃别人家的庄稼。

年龄虽小，但高志胜的责任心却挺强，他的心里只想着放好这群羊，让委托给他放羊的家户满意。

其实，彼时年纪尚小的高志胜每天除了放羊之外，夏天的时候天还不亮就起床，跟着父亲上山劳动，到了太阳出来把草上的露水晒干后，马上又回家吃口饭，带上水壶便赶着羊群出去放羊，中午连家也不回，最热的时候便把羊群赶到树底下休息，自己再嚼两口窝窝头。就这样，日复一日的，每天要走上十多公里的路程，奔波在放羊的路上。

回想起那段日子的艰苦，今天已事业有成的高志胜淡淡一笑，他说："家里穷，有什么办法呢？"

真是"穷人的孩子早当家"，本来还是个孩子的高志胜，早早地就承担起了家庭的重担，成为家里的主要劳动力。

12岁那年，父母觉得男孩子不识字会毁了一生的前程，便强行把家里的羊卖掉，让高志胜去村里的小学上学。那是个秋雨绵绵的日子，家里的羊被羊贩子收走后，高志胜说他伤心了好多天，毕竟三年多的时间，自己一手放大的羊，真有些不舍。这时候别的孩子已经开学，高志胜便拿着借来的破烂的课本，来到教室。虽然已经成为一名小学生，但因为没钱，他的作业本却是从村里的哥哥姐姐那里借来的用过的旧作业本，他在别人用过的作业的背面写上自己的名字，来完成老师每天布置的作业。

其实，那几年上学的日子，与其说高志胜是去上学，倒不如说他是在半工半读，因为农忙的时候，他仍是一大早便上山陪父亲劳动，快到上课时再飞奔到学校，下午放学后，书包一摞，马上又上山去劳动。

试看今天的孩子，谁经历过这样艰辛的往事。当然，今非昔比，不是说每个人都应该去过那种艰苦的生活，有时候，这样与众不同的艰苦的生活会给少不更事的孩子内心里留下许多的阴影。

但是，高志胜的少年时期所经历过的艰苦生活却给了他无比巨大的力量，让他在以后的日子

里无论遇到多大的困难，也能够坚强地扛起，从不气馁。而且，这样艰苦的生活虽然也曾带给自卑，但没有在他内心种下狭隘，倒是给了他更多对弱者的同情，给了他能够理解所有的人生都不容易的心。

15岁的高志胜再也不想上学了，因为父母亲身体一直不好，渐渐长大的他一心只想着早点为家里承担一些责任。他说，即使读书再有前途，可眼下一家人的难关就过不去。于是，他主动选择辍学，到县里的农机监理站去考拖拉机的驾驶执照。到考试全都通过了的时候，考官发现他还不满18周岁，就拒绝给他发证。

没有办法，16岁那年，高志胜和哥哥开着父亲借钱买来的拖拉机去县城的东门沟去拉砖。哥哥开拖拉机，他则帮着装卸，双手打满了泡，他全然不在乎，他的内心只是在默默计算着每天的收入，他知道，那些沾满血汗的报酬就是全家人当下生活的希望。每天中午，当哥哥开着拖拉机去送砖的时候，高志胜便回到租住的那孔窑洞里为兄弟俩准备午饭。

不得不说，虽然我同样来自农村，而且我与他的年龄相差也并不多，但听着这样的往事，

我几度同情，因为我深深理解贫穷带给幼小的孩子将会是一种什么样的人生考验。

艰辛的劳动连接着微薄的收入，但高志胜义无反顾，他只能用这种巨大的付出来支撑家庭。他无怨无悔，为了家庭能在经济上翻身，年少的高志胜扛起了本不属于他这个年龄应该承担的责任。写作本文的时候，我一遍一遍听着《往事只能回味》，虽然歌词所要表达的内容与高志胜当年的生活并不相同，但其中的伤感却是那么相似。

到了17岁的时候，高志胜的嘴里没有哼唱出属于这个年龄的流行歌曲，而是开着四轮拖拉机到横山的雷龙湾、内蒙古的乌审旗等地为别人收割庄稼、拉煤运货，什么赚钱就干什么。令他后来骄傲的是，这时候的他已经完全独立了，成为家里名副其实的顶梁柱。

就在那个年代，他内心里曾是那么羡慕那些开着摩托车贩羊绒的人，也渴望着自己能够开上一个有驾驶室的汽车，他渴望多挣钱，但他更渴望自己能告别开四轮拖拉机这种忍寒受冻的生活。

人生的所有阶段，态度决定着一切。从小，高志胜就是个值得托付的人，他办事认真、对人真诚。还不到20岁时，也是因为他肯吃苦，干活

不会耍奸溜滑，因此让他赢得许多客户的信任。比如他在为客户拉煤的时候，为了能给客户拉到质量较好的煤，他不惜体力，亲自拿着铁锹去煤矿的大堆上挑选着装质量好的煤，而原本，这不是他的职责，他只是个开拖拉机的运输人，但他却额外地替客户着想，尽量让客户满意。这种做事的态度一直成为他自身的标签。即使是今天，朋友们委托他办点什么事的时候，他也是尽心尽力，舍脸花钱，十分周全而又细心。

别人的信任更让年轻的高志胜下决心要活出个样子来。1992年，20岁的高志胜终于实现了自己的愿望，花了1万元买了一辆二手的小型货车，再后来，他已发展成拥有3辆货车的老板。

高志胜说，其实直到1996年，家里才不再负债。之前虽然他肯下苦，收入也不少，但家里修窑洞，他和弟弟娶媳妇等家里的大事，花费实在太大了。

随着时间的推移和年龄的增长，30岁的时候，高志胜的业务已经逐渐从老家陕北发展到兰州、银川等地，甚至全国各地都有过他跑长途运货的身影。此时，他虽然已成老板，雇了几个司机，他自己仍然开车上路。从小养成吃苦，不怕艰难的习惯让他从不对自己放松。

2005年，高志胜来到银川，专心做起了煤炭贸易，因为之前在做运输时结识了一些人，客户对他比较信任，因此，没过多久就把生意做得风生水起。随着国家经济的快速发展，高志胜的事业也越做越大，但高志胜似乎不满足于这样的状态，他希望自己能够做一份长远的事业，而不是单纯地赚钱。

2009年的时候，高志胜瞅准机会在宁夏从事起了煤炭深加工产业，如今，10年过去了，高志胜的公司每年向社会供应兰炭、泡花碱、白灰、煤焦油等各类产品上百万吨。眼下，他的公司正在进行着技改，朝着全产业链循环经济的方向发展。

叙述高志胜的创业历程，给我的感觉是他靠着一步一个脚印不断成长，走过了艰难而又扎实的过程。他虽然读书不多，但他却十分善于学习，对于他目前从事的行业里的专业术语，他信手拈来，不仅知其然而且还知其所以然。从没在课堂上学过化学的他后来通过不断的自学，能把他从事的业务领域里的一些化学反应的过程讲得十分明了。

很多人曾说过高志胜是个情商很高的人，我对这一说法也非常认同。我印象中的高总说话总是十分周全，从来也不装，不做作，和别人聊天的时候他脸上的笑容从不间断，但他说的话却往往让人无法反驳，而且带着他独特的幽默。这不是说他有多"圆滑"，而是他保留在心底的真诚、质朴才是真正打动人的地方。他生活的全部历练成就了他的气场，也成为他的尊严和财富。大概把"世事洞明皆学问，人情练达即文章"用来形容高志胜那是最恰当不过的。

今天，当许多人把高志胜作为企业家看待的时候，我却知道他还是一位朋友眼中的好兄弟，孩子眼中的好父亲，父母眼中的好儿子，妻子眼中的好丈夫。

早在1996年，高志胜便给父母在横山县城租了房子，让两位老人从农村搬出来，在县城里生活，希望辛苦一生的老人能有个幸福的晚年。

2010年，正是高志胜在宁夏开始第二次创业的关键时期，父亲却突然得了脑梗。那时候的高志胜一边要管理公司的业务拓展、生产安全等重要的事务，一边则要回老家照顾父亲，那一段时间，他每周末都要开车400多公里，回到横山县城，去服侍生病的父亲。

我一直觉得，对待家庭的态度才能真正衡量一个男人是否成功。尽管平时很忙，但一有空闲，高志胜便和孩子沟通，他说他的三个孩子和他处得像朋友一样，彼此间十分信任。孩子们也十分争气，分别先后考上了大学，儿子更是在去年考到了全国知名的重点学府读书。

如今的高志胜正处在事业的上升期，历经许多风雨的他信心十足，他一方面要在自己的本行业——能源化工领域深耕，同时也逐渐开始了物流服务业方面项目的启动，他说要打造一家完全的循环经济模式的现代化企业。

天道酬勤，我们必须相信，一个肯吃得苦中苦的人一定会拥有美好的未来。

# 李世化 执着的力量

著者：王永利
摄影：李朝阳

李世化，1970 年出生于陕西省榆阳区渔河峁镇。毕业于陕西科技大学，文化出版创意人。1993 年在榆林市毛纺织厂驻京办任职，负责有关北京及华北地区羊毛被、防寒服等产品的销售。1997 年成立了北京华业文化有限公司，策划、撰写了多部图书，代表作有《管理越简单越好》《禅修养心》《道修养性》等数部作品，累计出版图书 1000 余种。公司主要从事文化类产品开发设计制作、图书策划出版发行，分别有华业出版、华业文创、华业艺林三个品牌机构，公司参与了国庆 60 周年台湾馆的设计制作，已印制发行大型精美画册、卷轴数十种，长期组织书画展览、笔会等。北京华业文化有限公司本着"厚德以华，诚信为业"的经营宗旨，20 年来与国内外及港澳台数十家出版社及众多作家、书画家建立了良好的合作关系，已成为具有一定影响力的民营文化公司之一。

和众多在北京打拼的外地人一样，他也是一名"北漂"，但在"北漂"这支大军中，他无疑是成功的一位。

成功有很多种方式，但在李世化这里则需要用两点来阐述：他不仅在出版领域做得风生水起，用20年的时间累计出版1000余种图书，平均每年推出50本以上，其中有多部图书的发行量达到20万册以上；而更令人羡慕的是他把两个孩子都培养成美国名校的高才生。

其实，早就有采访李世化的愿望，但一直拖到了《京华陕北人》第一辑要出版之前，这大概正是一种巧合，就在采访他的时候，我们也决定将《京华陕北人》的策划、出版事宜委托给李世化的公司——北京华业文化有限公司。

李世化的朋友对李世化的评价中有一个共同的词——执着。是的，李世化是执着的人，且不说他20年坚持在文化出版领域深耕，不涉足其他行业，单从他十多年来坚持每天打太极这一件事上来看，执着和坚持这两个词就已成为李世化的标签。

前几日（2018年8月初），我与世化在北京最炎热的时候喝了一壶酒，从另一个层面上来看，李世化还是一位十分理性的人。他对社会有自己独立的看法和思考。这大概也正是李世化成功的重要保障。

在我看来，一个人与别人最大的区别就是对事物有独立的判断和认知能力，有清晰的理解和正确的主张，李世化无疑正是这样的人，他对大势，他对人情，都有自己与社会大体相一致的看法和理解。

2004年，戒烟后的李世化身体有些发胖。"刚开始的时候，我去健身房健身，也几乎是每天都去。"李世化是那种能在运动和锻炼的身体疼痛中找到快感的人，他能在日常的锻炼中唤起自己身体每一个部位的存在感，而且这种"存在感"也让他异常痴迷。

后来，偶然的机会，他在他的朋友、画家牛朝的带动下，开始学习"陈氏太极"。

这一次，李世化似乎找到了自己与身体对话的最好的方式，太极逐渐成为他生命中十分重要的一部分。

今天的李世化每天都要去练太极，时间宽松时打太极拳，练习太极刀、太极剑。时间紧张的话则站桩、打坐。似乎，他的生活已不能没有"太极"的陪伴，甚至，在劳累时他把太极当作是休息和放松，平时则在太极中寻找平衡。

日复一日练习太极的过程中，让李世化深深领悟到了传统文化的精髓和魅力。太极不仅让他的身体和思维得到系统的训练，而且让他在企业管理中找到平衡，也让他在面对自然和人生的时

候更加淡定、从容。

1970年出生于陕北榆林市榆阳区农村的李世化从大学校门出来后被分配到榆林市毛纺厂从事销售工作。1993年起，李世化从业务员一步一步走到经营厂长的位置上，专门从事羊毛被和防寒服的市场推广和销售。鼎盛时，李世化一个人的销售额占到全厂销售总额的四分之一。这期间，跑坏了多少双鞋连他自己都记不清了。他的用心和吃苦让他找到了自己的价值所在。

和那个年代的许多人一样，李世化也不愿再在体制内终其一生，他也渴望到"北上广"寻找自己的人生价值。

于是，1997年，李世化一边继续做榆林市毛纺厂产品华北市场的销售，一边开始"试水"进入图书出版领域，并让他成为一名从体制内退出来的"北漂"。

因为他认识的一些朋友在做图书策划、出版业务，于是他便在北京成立文化公司，一心一意地从社科、经营、国学、励志等题材中寻找好的图书进行出版。

也许是之前长期在产品销售的一线工作过的原因，李世化深谙客户的需求，因此，他会在一个选题的图书中不断深挖，推出不同视角的图书产品，其中不乏极具成功的图书，比如《学会选择 懂得放弃》《管理越简单越好》《做人不能太老实》等。

随着图书出版业务的拓展，从2012年开始，李世化开始沿着文化出版领域拓展产品的外延，以文化为元素和符号，推出文化创意礼品。2009年，他更是将创意产业参与到国家重大活动中，在庆祝新中国成立60周年的纪念活动中，台湾馆的设计正是李世化团队的代表性作品。

同时，随着市场需求的变化，他开始为各地政府提供文化创意服务工作，比如他为陕西省定边县策划、出版的《典藏定边》就得到社会的高度认可。如今，他正在为一些政府部门策划、出版着行业志类型的图书，虽然这些项目并不赚钱，但让他极具成就感。

而他做《艺术榆林》《榆阳览胜图》等大型画册则完全是为了向世界展示榆林的魅力，通过牛朝等画家的笔触，让榆林的各个重大历史遗迹、自然景观浓缩在长卷画图中，以此展示榆林，推荐榆林，他说这就是自己的情怀，他希望把自己的资源用在宣传榆林上，表达自己对榆林的爱。

如今，李世化一边在文化创意、图书出版领域深耕，一边涉足互联网＋产品，推出电子读物、有声读物，朝着综合性文化、图书领域发展。

李世化是一个对自己要求很严的人，他守信、重诺，他说他做公司的时候更多的是关注应付款，而不是应收款，他不希望欠别人的，他希望和所有的人都能做长久的合作。这也正是他性格中沉稳的一面，他不喜欢冒险，他只希望一步一个脚印，把自己的公司做强。

自律的人总是能得到别人的尊敬。李世化不仅能够自律，他还把这种意识传递给他的孩子，他希望孩子们能从小就养成自觉和自律的习惯。

从小，他就给孩子教会自我选择，即使孩子在北京读书的时候，他也从不给孩子报补习班，而倒是每个周末带着孩子们到北京周边去爬山，让孩子们在登山运动中开阔视野，培养自我意识。同时，每个假期，他和妻子也会带着孩子到国外游历，培养孩子的国际视野，所谓"读万卷书，行万里路"。

正是在这种尊重孩子自我选择权利的教育模式下，让两个孩子都考入美国的知名大学。大女儿先是考入美国的威斯康星大学，后来又考上世界上最具声望的高等学府、八大常青藤盟校之一的哥伦比亚大学攻读统计学硕士学位。小女儿则在三年前考取了同样知名的弗吉尼亚大学学习计算机专业。

同为"北漂"，李世化所取得的成就令人羡慕，尤其是他在教育孩子方面值得许多人学习。

用我们共同的朋友牛朝的话来说，李世化是一位"有原则、讲诚信的企业家，他爱妻护女，注重家庭，而且喜欢传统文化，尤其专注于太极拳的修炼并能持之以恒。他相貌堂堂、一表人才，乐于交友，豪饮不醉，属完美主义好男人"。

# "归雁"领航奔小康
## ——子洲县返乡创业群体扫描

著者：王永利

摄影：李朝阳

　　《京华陕北人》是一份人物电子杂志，我们一直以来总是把镜头对准一个个具体的陕北人，以采访、报道个体的形式，展示他们的奋斗历程，挖掘陕北精神，给正在前行的人予以榜样。我们深深感谢长期以来关注《京华陕北人》的朋友，正是大家的鼓励让我们自始至终总是以情怀为主。我们因为报道才结识了更多的优秀陕北人，我们因此而内心充满力量。

　　但本期，我们将要给您推出一个群体：一个致富不忘乡梓的企业家群体，一个扎根山区、立足本土，将劣势变为优势的创业家群体，他们正在用情怀书写历史，用担当、勇气和智慧改变家乡面貌的山区农业现代化建设者，他们正在子洲县掀起一场全民创业、全域创客的热潮。

　　2017年3月25日，《京华陕北人》带着多位国家级媒体的记者走进子洲，深入乡村、企业、基地，进行了为期三天的采访，全面了解了子洲县全民创业的具体情况，了解了子洲县推动山区农业现代化建设的整体思路和规划。

　　近期，在各大媒体陆续从不同角度推出有关子洲全民创业、建设山区农业现代化报道的同时，我们本期订阅号内容以对子洲县全民创业现象进行深入的关注和思考的形式，在宣传子洲模式、报道子洲现象、总结子洲经验同时挖掘其背后的力量，希望能够为各地的山区发展现代农业产业、实施富民强县战略提供借鉴。

　　子洲，黄土高原腹地一个以革命烈士李子洲命名的县，一个充满传奇人文精神的县。贫穷是这块土地上长期以来的主题，是笼罩在山区百姓头上巨大的阴影。曾几何时，子洲人纷纷逃离这块土地，奔赴全国各地创业打拼，"十万贩煤大军"就是对子洲人外出创业打拼的典型描述。

　　如今，这一切正在悄然发生着变化。2014年，子洲县委、县政府在总结返乡创业经验的基础上，提出实施全民创业战略，在年财政收入仅有几千万元的情况下，每年拿出1000万元，整合部门资金6000万元，用于支持全民创业。

　　正是因为县委、县政府全力为创业者保驾护航，因此才有一人、两人、十人、几十人、几百人回乡创业热潮的形成，一场浩浩荡荡的"归雁"返乡创业热潮正在兴起。由返乡创业到全域创客，

子洲的全民创业正成为一种现象、一种模式、一种经验。许多外出的人在政府的号召下、在内心情怀的呼唤下，带着资本、带着技术，返回家乡开始创业，将资金投入到养育自己的土地上，创造着一个个奇迹，让曾经贫瘠的山区走上了农业现代化发展的道路——核桃、山地苹果、黄芪等带着地方特色的农产品正成为子洲的名片，成为精准扶贫、脱贫的典型模式，成为子洲人走上生态发展、生活富裕、奔向小康的致富途径。

　　三年来，在全民创业的推动下，子洲县新增实体经济2676个，新增就业岗位6500个，撬动社会投资10亿元，子洲县因此而被陕西省确定为全省"创业基地县"。2016年，全县非公经济增加值占GDP比重达到58.9%。

## 资本返乡，立足优势创新业

子洲县地处黄土高原丘陵沟壑区腹地，是一个典型的山区县，不仅靠天吃饭，而且立地条件差、生产效益低，让农村劳动力大量流失，特别是青壮年劳动力多年来成群结队外出务工，导致全县半数以上的山坡地被撂荒。

而正是这些大量的撂荒地却为土地流转创造了条件，为现代农业规模化、集约化生产经营提供了便利，于是，子洲县委、县政府便将劣势转化为优势，开始酝酿着一张发展山区农业现代化的宏伟蓝图。

现代社会，资本无疑是非常重要的生产要素。但没有资本、没有企业家，这一切从何谈起呢？

2011年，一个叫李长明的子洲人在外地赚了钱以后，回到他的家乡淮宁湾镇麻塔村。这一次，他要以核桃为纽带，让家乡的土地富饶起来，让家乡的父老改变贫穷的面貌。

李长明：核桃产业"领头雁"、全国绿化奖章获得者

李长明兴建的核桃产业基地

2017年3月25日，尽管已到初春，但陕北高原上依然没有一丝绿意，车子行进在去往麻塔村的路上，大地一片萧条，可上万亩核桃树在道路的两侧成片成片地连接着，一种欣欣向荣的景象似乎就在眼前——今年已逐渐进入核桃开始收获的时期，在巨大的生态效益后面，经济效益也日益凸显。这片核桃基地规划面积20000亩，目前，已栽植香玲、中林等新品种核桃8000亩、育苗200亩，累计投资达6000多万元。这片核桃基地也是子洲县现代山区农业集约化、规模化、专业化经营的"领头雁"。

在李长明6000多万元的投资后面，是上万亩的土地流转合同，是5个村806户农民的致富途径，是核桃产业种植带来的连锁反应。

1972年出生的李长明在回来投资核桃产业之前，曾长期在外地做白酒等生意，积累了一定的资金。但发了财的李长明常常惦记着依然还贫穷的麻塔村，心里总想着为自己的家乡做点什么。于是，经过多方面的调研，他决定栽核桃树。"核桃在采收的季节还有一层绿皮包裹着，不怕摔，这正适合麻塔村的山地条件。"李长明现在更加觉得他的选择是正确的。

李长明说，核桃树基本上是四年挂果，七年进入丰产期。这些年，他每年都在山上扩大种植面积，陆续开始有了回头钱。2016年，李长明的核桃销售收入约180万，预计今年将达300万元。全部进入到丰产期后，按平均每亩33株、每株8公斤计算，万亩土地可年产核桃260万公斤。按每公斤15元计算，可实现年产值3900万元，年盈利2100万元，户均分红1.05万元。也就是说，随着丰产期的到来，农户将会有更高收益，村子里的老人们生活也将会更美好。

而在淮宁湾的清水沟现代农业生态园，他们专门组建的清水沟现代农业合作社以"公司+科技人员+农户"的运作模式已成为子洲县山区农业现代化的典范。

2010年以前，村里的土地大面积荒芜，农村逐渐走向没落的景象后，合作社决定用他的行动改变这一切。修路、整地、建蓄水池，流转过来的这2456亩的土地上，公司累计投入达到3000

淮宁湾的清水沟现代农业生态园

李青山：博士、律师、企业家，一片赤子之心让他搞起"有机农业"，关注土地，关注食品，关注生命

多万元。

几年下来，今天我们走在这个现代化的农业园区里，已经明显地看到了成功和希望——山地苹果、养猪、养羊、沼气、有机肥、仓储、物流，一条完整的有机农业循环模式就在这片土地上令人意想不到地实现了。

"如果采用传统的耕作模式，这些土地一年能收入多少钱？"看着园区里的果树和各种专用设施，我饶有兴致地询问。

"10万？20万？那得看老天爷给不给。"合作社负责人的回答中肯而又理性。靠天吃饭，也正是这块干旱少雨的贫瘠之地留不住人的原因。

但现在的境况完全不同了，因为资本在这片土地上已经创造了奇迹。目前，园区新建生产道路15公里，治理土地1200亩，建成植保观测站1个，养殖厂2个，建成小高抽站2个、高山蓄水池11个，拦河坝4座，铺设管网2万米，建成精准施肥、灌溉系统一套。这一切保障手段可以让园区的苹果在进入丰产期后每年至少收入达到500万元以上。

目前，这样的情况在子洲县已并不罕见，资本已为子洲的山区农业现代化夯实了基础，成为群众脱贫致富的依靠。其实，还有一大批子洲籍的老板们纷纷回到故乡，把资金和理念带到子洲这片土地上，为子洲掀起全民创业、全域创客做出了榜样。

子洲籍企业家、北京中同有机农业股份有限公司董事长李青山，看准了子洲没有污染的土壤、水源和空气，一心搞起了有机农业。

"随着人们对食品安全的日益关注，有机农产品的需求持续旺盛，市场前景广阔。"李青山说："干净的土壤和空气已经成为稀缺资源，而子洲恰好具备这些稀缺资源，所以说，在子洲发展有机农业，优势很明显。"

2015年，李青山回到他的家乡——子洲县淮宁湾镇李家庄，投资4000万元创办了有机农业示范园。示范园流转土地2500亩，按照国际标准建立了一个可持续发展的、封闭的、循环式的生产模式，并配套发展物流、加工、包装、仓储等多项产业，成为子洲县现代农业发展的典范。

返乡创业人士安健铭在流转到手的 2000 亩的土地上,建起龙塬山地苹果示范园后,实行机械化、专业化生产,带动周边村民发展山地苹果产业。他说,"子洲发展苹果产业顺应天时、地利、人和,我们不盲目跟风,是经过仔细研究和考虑的,子洲适合种苹果,政府的良好政策是主要推动力。"

县委书记方虎城则一语道破:"只要找准子洲的优势和劣势,有智慧、善谋划,就一定能够变困境为佳境,化压力为动力。"

周家硷梨树台的村支书曹天锋带领村民大力发展饲养羊和苹果、核桃产业。年仅 34 岁的曹天锋对村里的情况了如指掌——1216 名村民、34 名党员,人均 2～3 亩林果产业,每年出栏 1 万只羊。

马岔镇冯渠村的张涛也是一名成功的企业家。2012 年,他引进技术,投入 2200 万元建成洗煤厂,解决就业 50 多人。

三川口镇的武云飞是一名大学毕业生,2014 年,他多方筹措资金,在家人的帮助下成立合作社,和村民们一起种植黄芪 400 余亩,黄豆 600 余亩,在山上建起"农业银行"。

水地湾乡蕊则洼村的韩枫是一名在新疆打拼创业的成功企业家,为解决乡里百姓致富的问题,他投资 3000 多万元在仅剩 4 个人的蕊则洼村饮牛峁小队,建成了一家年产 1000 吨白酒的酒厂,以订单模式保护价收购水地湾乡农民种植的高粱。酒厂当然要盈利、要发展,但他们建立酒厂,从外地的大酒厂请来专门的技工保障生产的时候,心里更多地想着如何为家乡父老的致富、就业做

武云飞:大学生返乡创业代表,带领乡亲种黄芪 400 多亩,让荒山变成"农业银行"

奶牛场

产品

酒窖

一点贡献。

......

这样的例子不胜枚举，据不完全统计，子洲县这几年来总共有410多名企业家返乡创业，累计投入资本10亿元以上，创办各类经济实体2000多个，截至2016年10月，子洲共流转土地21万多亩，占全县耕地总面积的21.3%，一幅以果业为主、多业并举的山区农业现代化发展的宏伟蓝图正拉开大幕。

可以说，资本已成为子洲发展现代农业的关键要素，可以为子洲的穷乡僻壤带来最直接的改变，让子洲的农业产业走上现代化道路成为可能。

## 技术扎根，优化服务创实业

"果业为主，多业并举"是子洲县发展山区农业现代化的总体思路，而技术无疑是保障这一思路的关键。那些返乡创业的人不仅仅带回了资金，而且还带回了为他们保驾护航的技术。

其实五年前，果业对于子洲来说，是一项弱势产业，品种差、技术弱、缺管理、没品牌、面积小，种种困难都摆在面前。但自"十二五"以来，子洲县加快产业结构调整步伐，从不足上下功夫，探索出一条山区农业现代化的发展路径，山地苹果和核桃产业不断壮大。3月25日，子洲县叶庆隆县长在办公室接受多家媒体采访的时候

说，"2014年以来，子洲县委、县政府立足国家主体生态功能区定位，在充分调研论证的基础上，确立了果业为主、多业并举的子洲山区农业现代化发展路径。"

思路对了，就需要一步步切实的技术来保障子洲发展所谓的"果业为主、多业并举"的战略。对于老果园，农技干部把"大改形、强拉枝、巧施肥、无公害"作为子洲县山地苹果的四项主推关键技术。但山区农业现代化的技术何止这些。

在清水沟生态农业示范区，合作社负责人一边走一边向我介绍："养猪场的边上，这是沼气池，沼渣做有机肥用到果树上，沼液做叶面肥喷施，既可以防病，又能够实现精准施肥；那边是光控增绒陕北窑洞式养羊试验，全国首创；这是以色列的均衡施肥器，这是太阳能调控的灌溉系统，这是气象站，这是植保站。"每走几步，我的眼前都会出现一些国际、国内先进的一些农业技术的应用。

眼下，这个规模并不很大的农业示范园完全依照最先进的管理手段和技术措施进行着生产、试验，山上生产的苹果已经通过有机转换认证，在互联网上和线下市场每斤售价高达十多元，"黄土屺"这个以生僻字吸引人眼球的商标已逐渐成为当地叫得响的品牌。

"政府推进、依托大学、企业经营、农民参与"的思路是清水沟生态农业园区基本思路，他

们在政府的帮助下，把西北农林科技大学的不同课题组的专家、教授请到园区来，让"科技"成为园区的"主心骨"和"当家人"，让各种新品种、新技术在园区内进行试验、示范，而这些技术在得到科学的验证后首先就会在清水沟生态农业示范园得到应用，进而推广到子洲各乡镇、各村的苹果种植基地。目前，西北农林科技大学的第一个山地苹果科技试验示范站就落地在清水沟现代农业示范园，各种新技术将从这里萌芽，为子洲的山地苹果产业插上腾飞的翅膀。

是的，仅仅在这一个园区，我就看到"太阳能智能节水灌溉技术集成系统，水肥一体化智能应用系统，太阳能、沼液、性诱剂、生物互补有机杀虫系统、微量元素叶面喷施技术，植物多样化共生友好环境研究，授粉优化配置"等许多新名词、新技术的应用，还不说苹果的新品种培育和嫁接技术。

科技，成了为这片土地上发展现代农业保驾护航的利器，成了投资者把事业做大做强的信心和保障。

即使是技术难度比苹果低的核桃产业在上马之前也经过了很长时间的论证。李长明说，当年他在考察核桃产业的时候，有专家提出子洲的气候根本不适合种植核桃，每年春秋两季的早晚霜就是核桃的大敌。于是，李长明就带着各地的专家一次次来到麻塔、九沟等他从小长大的地方，进行全方位的考察，当时道路也不通，只能靠爬上来，经过多次论证，最后得出结论，"在技术干预的前提下，这里可以栽种核桃。""经过测土后发现，这里不缺氮，需要适当增强磷钾肥，于是我们就进行精准配肥，科学施肥，大量施用有机肥。"脸色黝黑的李长明望着满山遍野的核桃树和生态林，回忆着当年的情景，"核桃生长需要500毫米的降水，可我们这里只有400毫米，我们就只好进行节水技术灌溉，采用积雨技术和滴灌技术，确保不受旱。"就在中央各大媒体的记者在李长明的核桃基地采访的时候，路边的拉水车正忙碌着作业。而一堆堆有机肥也正等着施入到核桃地。我的一位朋友告诉我，他买过这家公司的核桃，味道确实不错。

即使是现在，李长明的核桃基地每年都要请大批的专家对核桃树的种植、病虫害防治、施肥、剪枝等科学管理实用技术进行深入的研究，李长明说他要为周边16万多亩在他带动下种植核桃的

乡亲们进行技术的前端探索。同时，他还与一些科研院校合作进行着各种核桃产品的技术研发，让核桃的应用扩大范围，延长产业链，开发出更多的下游产品。目前，核桃仁、核桃油等系列产品均已上市，李长明本人也在 2016 年 2 月被全国绿化委员会授予全国绿化奖章。

三丰油脂公司目前是西北地区最大的花园式现代油脂加工企业，采用国际先进工艺和欧美技术。他们也是一家陕西省产业扶贫试点企业，企业与种植户签订保护价收购黄豆协议，免费为种植户提供种子和技术，种植户按照技术要求进行种植，坚决不用转基因农产品，保证了产品的绝对优质和安全。

而在子洲最大的黄芪公司——天赐中药材公司，老板曹牛正谋划着建立完整的子洲黄芪种植、加工、质量、成分等全过程的标准体系，让黄芪这一子洲的特色产品能够建立良好的市场品牌，保护和珍惜这张名片。

李青山博士则完全遵循国际有机农业的标准化流程，在李家庄建起了可持续发展的中同现代农业示范园，目前流转土地面积达到 2500 亩。

韩枫的酒厂专门从山西请来高级酿酒技师，同时建起了化验室，为确保酒的质量他们不怕花钱。

我们在子洲县所走访的这些企业，虽然他们地处西北，从事农业，但共同的情况是，技术是他们创业、办企业首要考虑的问题，也正成为保障子洲山区农业现代化的主导力量，如果不和国内外科研院所、大专院校合作，子洲山区农业现代化将缺乏长久的动力。

而县里的农业技术专家也在这些年随着产业的成长逐渐成为技术的核心，他们在植保、施肥、旱作节水等诸多方面积累了丰富的经验，尤其在山地苹果种植方面摸索出一条适合子洲全域的现代循环农业生产技术，采用"统一规划放线、统一苗木标准、统一开沟施肥、统一规范在植、统一培土管理"的"五统一"技术模式，同时制定"七个一"的标准流程，即"选一株壮苗、挖一个大坑、浇一桶水、施一筐有机肥、用一碗专用肥、铺一张膜、靠一根竹竿"。

截至目前，全县核桃、苹果保存面积分别达到 17 万亩和 16.1 万亩，建成千亩以上标准化示范园 31 个，万亩核桃示范乡镇 4 个。中药材和黄豆种植面积分别达到 15 万亩，"子洲黄豆""子洲黄芪"两大地理标志保护品牌得到广泛推广。全县羊子存栏达到 58.6 万只，畜牧业产值达到 5.6 亿元。一个"山上栽林果、山坡种药材、山下养牛羊"的立体生态产业格局，正在全民创业的滚滚热潮中逐渐成型。子洲的全民创业也正在从注重满足"量"的需求，到注重提升"质"的目标进行华丽"转身"，用全新的业态、知名的品牌、特色的产品，将产业结构调得更"优"，生产方式调得更"绿"，产业体系调得更"新"。

一个项目就是一粒种子，催生了全域创客的梦想；一家企业就是一把火炬，点燃了全民创业的激情。这火炬、这种子，让曾经贫瘠的土地迸发出绿色的生机，让沟壑纵深的山区找到了精准致富的方向，让往日落后的子洲挺起了昂扬的胸膛。

## 政策驱动，情怀支撑创大业

在子洲采访调研的这几天，我们一直在想一个问题，那就是为什么会有这么多的子洲人在外打拼成功后选择返乡创业？如果是个别现象，我们可以理解成是市场的逐利行为，但几百个企业家都选择了这样一条途径就不得不引起人的深思。

可以肯定地说，这一切的产生，都是由县委、县政府围绕创业需求为创业者量身定制的创业保障机制和子洲人骨子里对家乡的情怀的完美结合。

全民创业，重在"全民"。之所以突出"全民"，是因为子洲县部署全民创业的初心，就是要富裕百姓。"大众创业""草根创业"不同于"精英创业"，"草根"缺资本、缺技术、缺市场。

当然，在采访调研的过程中，我们也对回乡投资的企业家和本土自主创业的人的"安全"有些顾虑，我们担心的是如果有一天这些从老百姓手中流转了土地、投入了资金的老板们将企业做大的时候，老百姓会不会出现违约的情况，会不会漫天要价呢？毕竟目前的土地制度的现状是集

曹天锋：扎根乡村，谋划事业

羊场

红太养殖基地

羊肉加工车间

产品

体所有、农民承包，如果流转后就成了企业经营。农业产业本身就有投资周期长、回报慢的特点，到时候万一出现农民违约的情况，那么企业家、创业者投入到土地上的设施设备以及地上的林果等产业怎么办？这个问题不得不引起考虑。

制度保障定航向。为了保障创业者的利益，鼓励更多的创业者加入到现代农业建设的大潮中来，子洲县制定出台了《关于开展全民创业的实施意见》《子洲县全民创业实施方案》《子洲县全民创业专项资金管理使用暂行办法》三个政策性文件，并成立了"全民创业领导小组"，为全民创业战略的实施定向领航。建立县委总动员、政府总安排、乡镇总推动、部门总配合、业主总实施的全民创业运作体系，按照责权相匹、绩效挂钩、赏罚分明的原则，把一项项任务落实到人，把一个个项目落实到人，确保每一个项目按计划建成、每一个企业正常运行，当然，前提是要符合国家的政策和法律的底线。在县城的很多马路上，我们都可以看到关于支持创业的标语和口号，这些朴实而充满智慧的口号不仅装点了城市，更多的是给了创业者一种无形的力量，让许多人看到了政府的决心和政策的对路。

可以说，政策给了创业者定心丸，同时，大多数返乡创业者将自己出生的家乡作为投资所在地，往往是流转了家族的土地，知根知底、血脉相连，但他们还是把土地流转的合同做得很细致，有了法律保障。而且他们已经想到了合同到期后企业与农民的股份分红模式，确保双方都有利可图。

在见到李长明之后，我的疑虑便完全打消了。李长明说，他回家投资重要的就是希望带动家乡亲人一起致富，他甚至希望老百姓参与到他的项目中来，他要做的就是把产品加工和市场销售做好，用合理的分利模式把产业做大、做强、做长远。我在想，与其说这是一种经营思路，这何尝又不是对诚信体系的另一种建设办法？

就这样，子洲县近年来用优质的创业服务、优良的创业环境、浓郁的创业氛围催生了一大批实体经济，一时间，在子洲广袤的大地上，"大众创业、万众创新"的热潮迅速掀起，一幅大企业"顶天立地"、中企业"花开遍地"、小微企业"铺天盖地"的繁荣之景，悄然呈现。

在瓜园则湾乡，我们见到了1982年出生的村支书韩领秀，这是一位在西安工业大学读到二年级就退学的创业者。他在家乡养殖乌鸡的时候，

韩领秀：坚定的梦想者，年轻的村支书，立足当地现实，努力推进产业开发，不仅养乌鸡，而且承包山庄，研发枣醋

红枣醋厂景

红枣醋厂景

红枣醋厂景

看到家乡父老因卖不上价钱将大量的红枣当柴火烧掉后，心里十分不是滋味。于是，他便开始四处走访、到处学习，一心要开发红枣的加工产品，今天，他的红枣醋已经研制成功，去年收购了当地农民的 7 万多斤红枣，酿出的红枣醋产品正待包装上市。

而西峰寺的柴桂周老板的经历更是传奇。出生在瓜园湾乡蒋兴庄村的柴桂周，到 2004 年的时候通过在神木县大柳塔开办食品加工厂已然成为富翁。但富起来的老柴看到蒋兴庄依然还是老样子，便有了为村里做些事的想法。

到了今天，十多年后，老柴在蒋兴庄的山上围绕着 1719 年就已建成的西峰寺"写"好了一篇大文章——他先后投入 1700 多万元，在山上修了塔、铺好路、建起了牌楼、修起了文化长廊和戏台、广场，为村民安装了变压器、打了井、建起了山庄，并发展起了养殖、种植基地，新增人工林 1200 多亩。2015 年，老柴的山庄实现年接待游客达到 8.3

柴桂周："把钱投到村里，能为子孙后代留点产业才是我最愿意做的事。"十多年如一日，老柴在山上谋划着一篇大文章，西峰寺声名远播，他被国家旅游局授予"中国乡村旅游致富带头人"

刘振清："满怀家乡情，魂系家乡根。"不仅仅是做实业谋发展，也不仅仅是搞慈善，资助大学生，更重要的是以孝为根，让现代人在精神上丰满起来

万人次，营业收入达到700多万元，带动周边农户324户，从业农民年收入达到9400元，形成了公司促旅游、旅游带产业、产业强基地的发展模式，柴桂周因此也被国家旅游局授予"中国乡村旅游致富带头人"的荣誉称号。

老柴对我们说，把钱投到自己村里，能为子孙后代留点产业才是自己最愿意做的事。他说自己目前仍然因为在村里投资欠了不少的钱，但高兴的是他和家人关系也逐渐好转。前几年，他的家人因不理解他的行为与他断绝关系，他只能一个人在山里过年。

而前文中提到的韩枫、韩斌两位企业家之所以把酒厂选择在饮牛峁这样偏僻的山沟里，而不是把项目选址在城市边上，不是他们不懂得土地的升值空间问题，而是他们在致富了以后，心中始终惦记着自己童年那块伴随着他们成长的土地，

他们不希望故乡一步一步荒芜，甚至消失在自己的视线里，他们要以产业带动乡村发展，吸引外出打工的乡亲返乡，让土地重新充满生机。他们的规划是收当地高粱酿酒，酒糟养牛，牛粪做有机肥，有机肥种菜，要把先进的技术和理念带到饮牛峁这个地图上都无法找到的村庄里，让它和外部世界的现代文明发生最直接的联系，因为，这块土地滋养了最优秀的子孙和一代代传承下来的情怀。

那么情怀究竟是从哪里来的呢？

是这块土地上的人长期以来对文化、对教育重视的结果，是一代又一代教化的结果，是那些忠孝传承、革命先烈的精神在内心里滋养、成长的结果。

在卧虎湾的刘家大院，企业家刘振清在流转了几千亩土地发展农业产业的同时，以孝为根，

中药材公司

原料

黄芪产品加工车间

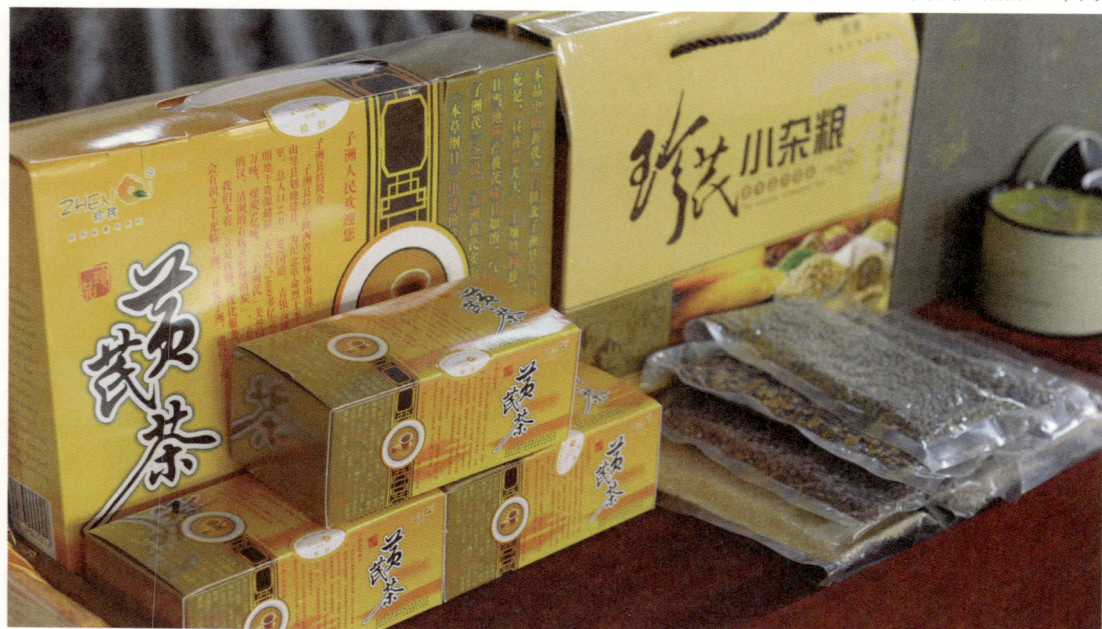

黄芪产品

建起了孝文化展览馆，通过用新、旧24孝的故事等弘扬孝道文化，用不同的形式进行美德、好人评选，弘扬社会正能量，传递正确的价值观，让对面山上"孝行天下"那硕大的四个字有了具体的依存。刘振清说，他流转家乡的土地，在家乡修建现代化的设施，最主要的是希望子孙后代能够把孝文化传承下去，让现代人在精神上丰满起来。

在刘振清创办的孝文化园里，一幅孝文化传承的图景就在眼前。从晚清到现在，三个不同模式的院落正在讲述着传承孝道的故事，把一个家族上百年的追求尽含其中。占昇园是刘振清祖上留下的老宅，即使今天看来，晚清时期建成的这组窑洞民居也可以让人感受到刘家祖上的辉煌。刘振清说，他祖上一个大家庭共有弟兄七个，老大是家长，弟兄几个各有分工，有负责种地的，有负责搞养殖的，有负责做生意的，也有负责教书的，而姐娌们则也各有不同的任务，吃穿用度、后勤工作各管一摊，家族里五十多口人像个单位一样，管理规范、和睦相处，成为远近闻名的大家族，生意远达山西等地。

今天，在刘振清修复的占昇园窑洞的墙上，我看到一张近八十年前的分家契约被镶嵌在镜框中，正所谓"亲兄弟、明算账"，一个开明、公开的家族管理模式跃入眼帘。正是这种开明才得以让长幼有序的观念植入人心，培养起一代代人传承的情怀。

在返乡企业家回乡创业的带动下，今天的子洲大地上掀起的全民创业、全域创客的热潮，这绝不是凭空产生的，而是子洲人的精神和情怀支持下产生的建设家园、完成美丽中国梦的具体行动，是子洲县委、县政府措施得力、引导正确的结果，是西部欠发达地区在新的历史时期发展特色、有机生态农业的一次机遇，也闯出了一条发展山区现代农业的正确道路，为精准扶贫找到了有效的方法和途径。

子洲县县长叶庆隆与记者合影

孝行

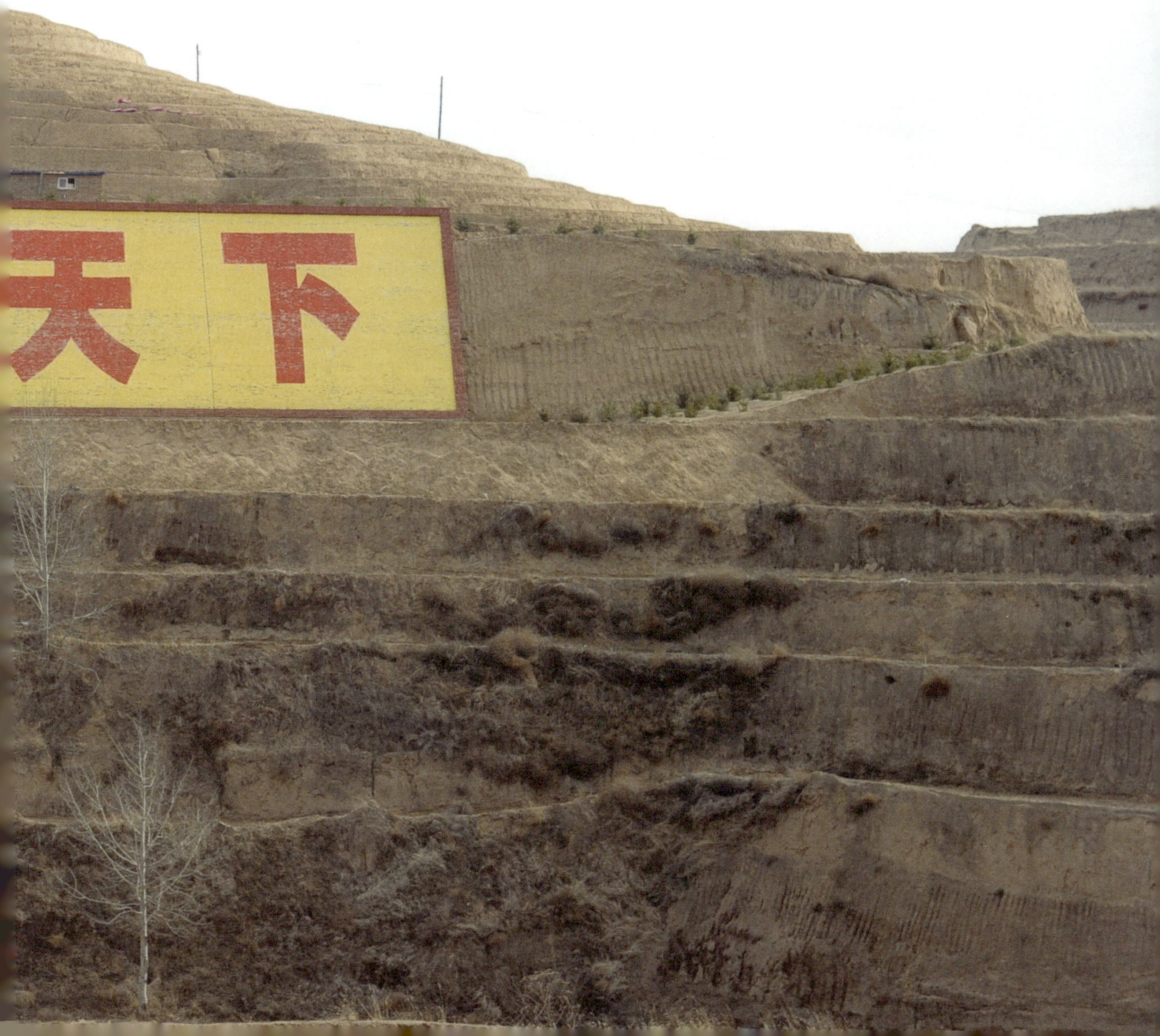
天下

# 后记

两年多时间的采访与报道，让五十多位优秀的陕北人汇聚成一种力量，一种榜样的力量。

也许，每一位个体的成长与成就都是有差异的，但他们却展现了一个群体的形象——质朴、上进、勇敢、诚恳。这一定就是陕北人的形象。

今天，我们要将这两年来报道过的人物汇集成册的时候，心中似乎有许多话要说。我们要感谢所有的采访对象对我和朝阳的支持，是你们的优秀吸引了我们，也是你们的行为给社会传递了一种正能量，是你们让陕北这片土地多了一份骄傲。

我们要感谢榆林市政府驻北京联络处对我们一如既往的支持，我们要感谢榆林市工商联为我们积极推荐优秀的陕北人，我们也要感谢所有关注"京华陕北人"平台的朋友。正是你们的关注与批评，才让我们坚持了这么久。

我们要感谢著名作家高建群在百忙之中为本书作序。

我们还要感谢北京横山商会会长、陕西羊老大集团董事长王飞，两年来给我们兄长般的关怀；我们要感谢横山中学北京校友会董佳羽会长及校友会全体同仁为我们出谋划策，鼎力相助；我们要感谢子洲县委宣传部为我们推荐子洲籍优秀企业家，他们回乡创业的故事给我们太多的感动；我们要感谢周子社、张波、刘春晓等朋友在"京华陕北人"启动时就给予的大力支持。

我们要感谢横山中学84届毕业的校友、学长张帆在"京华陕北人"经历的这两年给予我们始终如一的关怀和支持。

我们还要感谢在北京的许多陕北籍的领导、前辈对我们的支持、指导和鼓励，让我们坚持传播正能量，激励后来者。

……

要感谢的人很多，但挂一漏万，恕我们在此不能一一列举，但我们内心里记着你们，是你们的支持与肯定，才有了今天这本书的出版。

在此，需要说明的是，当我们整理所有人的资料，准备汇编出版时，前后排名顺序成了一个难题，于是，我们决定打破世俗的排名顺序，不从职位、成就、年龄上做考量，我们决定按照采访和报道的时间先后顺序结集出版。因为每一位"京华陕北人"都很优秀，优秀不分先后。

说实话，结集出版前，我忐忑不安，因为水平有限，错误和纰漏一定不少，希望大家能够批评、指示，以便再版时能一并修正。

再一次衷心感谢所有关心、支持"京华陕北人"的朋友，有了你们的陪伴，让我们不再寂寞。